JN295786

三六六日の絵ことば歳時記

ひらがな暦

絵と文
おーなり由子

新潮社

三六六日、毎日

あたらしい風がふいています。

ひらがな暦　目次

一月

二月

三月

四月

五月

六月

七月

八月

九月

十月

十一月

十二月

装幀　秦 好史郎
おーなり由子

ひらがな暦

三六六日の絵ことば歳時記

一月　睦月

一月の呼び名

むつき	睦月
さみどりづき	早緑月
かすみそめづき	霞初月
はつそらづき	初空月
くれしづき	暮新月
ようしゅん	陽春

旧暦一月は、新暦の二月ごろなので、ちいさな芽もあらわれて、ほんのすこし春の気配。「早緑月」「陽春」「新春」ということばが、しっくりきていたのです。「睦月」は年が明けて、親しい人もそうでない人も往来して、仲睦まじくすることからという説があります。新暦の一月は、冬まっただ中の寒さがきびしいころです。

一月一日　はじめの日

元旦。

しずかな、お正月の朝。

台所に、しろくてやわらかい、だし汁の湯気。大きいお椀にたっぷりのお雑煮。うちは、澄まし汁にまるもち。水菜や、蕪や花にんじん。

おせちのまえに、きちんとすわって、すこしかしこまり、いつものテーブル、いつもの部屋、おなじみの顔に、

あけまして　おめでとうございます。

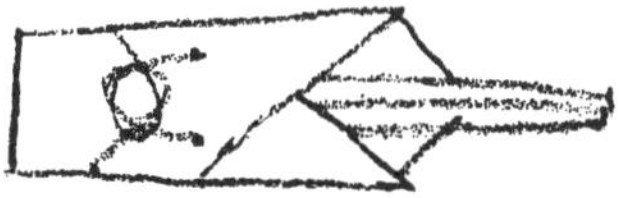

なんの日

元旦

元は、はじめ。
旦は、朝のこと。
だから、元旦というのは、はじめの朝という意味です。

明け方の東雲（しののめ）の空は、初茜（はつあかね）。

お日様が顔を出したら、初日の出。

元旦の空は、初空。

晴れたら、初晴れ。

年が明けて、はじめてはいるお風呂はたのしみな、たのしみな、初湯。なんにでも、はじめての名前がつく、お正月。

一月二日　お宮の音

初詣。朝寝坊して、近くの天満宮に出かける。

——がらん、がらん、がららん。（みんな、元気ですごせますように）

だいたい、いつも、おんなじ事をお願いしてるなあと、思いながら鈴を鳴らす。重い鈴の音は、からだの底にひびくようで気持ちいい。やっぱり初詣は、近所がいいなあ。近所が気楽。それに、近くの神様の方が話も親身になって聞いてくれそう。などと勝手に思いつつ、梅茶とおまんじゅうのセットを湯気と一緒に食べる。

冬枝のすきまから青い空を見あげると、風が鳴って、鼻の先や、手袋の中の指がつめたい。この透明な空気のつめたさが、新しい年のはじまりにぴったりくる。

こまかい砂利をふむ足音と、火を燃やす音が、ぱちぱち聞こえて——

みんな、さむそうだけど、みんな、たのしそうだな。

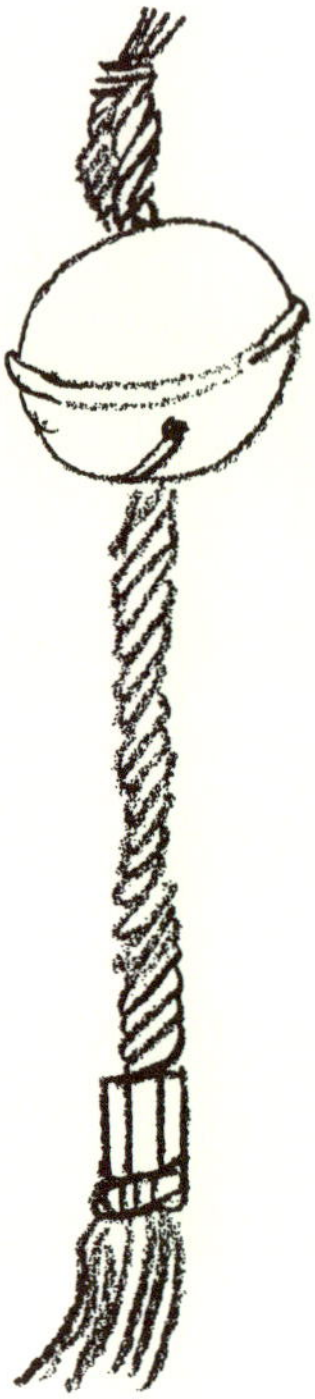

なんの日

初夢の日

三日の朝にかけて見る夢が初夢。富士山の夢をみると、いいことがあるかも。

昔、宝船にのって七福神たちが夢枕に現われると、福がさずかるといわれて、初夢の枕の下に宝船の絵をいれるのが流行ったそうです。

書き初め、弾き初め、生け初め、などお稽古をはじめる日。

山初め。初船。山村や漁村での仕事始め。

初売り。デパートに、福袋がならびます。

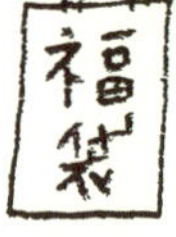

一月三日　初笑い

お正月にしたいこと。それは、笑うこと。

お正月のテレビのお笑い番組ほど、日本のお正月らしいと思うものはない。袴をはいた司会者と「大入」と書いた大きな提灯の前でくり広げられる、ばかばかしい芸の数々。お気に入りの芸人さんが出てくると、くぎづけ。お正月には、漫才やコントや落語などの「ネタ芸」が、いろいろ見られるのがうれしい。若い芸人さんの新鮮な芸を見るのも好きだけれど、ベテラン芸人さんの、立ってるだけで可笑しい、普通のことを言ってるだけなのに笑ってしまう、人間そのものを味わうような年季の入ったおもしろさも、大好き。

関西で育ったわたしには、笑うことは人生にかかせない大事なもの。笑いの根っこにあるものは、かなしみだと思うからよけいに。辛いことも、緊張がほぐれて「あほみたい」と笑えると、明日につながっていく。

そういえば――。外国にも、初笑いってあるのかな。

真夜中。
双眼鏡をのぞいて「あれが土星かな」と、かすかにへしゃげてる星を目をほそめて見ていたら、しゅっとよこぎるもの――。
あっ。と、願うまもなく、きえていった。
みかん色の、初ながれ星。

なんの日

玉せせり
若い男たちが、浜側と陸（おか）側に別れて、ふたつの木玉を取り合う。浜側が勝てば大漁。陸側が勝てば、豊作。
熱気で、力水が、湯気に変わります。
福岡市東区・筥崎（はこざき）八幡宮で。

一月四日　祝い菓子

「福徳《ふっとく》」は、金沢に伝わる、お正月の縁起菓子。

和菓子店「落雁諸江《もろえ》屋」で、今も作られています。

最中の皮でできた、打ち出の小槌や米俵を割ると、中からでてくるのは、金花糖のまねき猫や、ひょうたん。そして、ちいさい天神さまの土人形や桃。

新年のご挨拶をかねて、遊びにやって来たお客さまと「せえの」であける。

なにがでてくるかは、お楽しみ。

金花糖の猫はたべられるけど、土人形はたべられません。

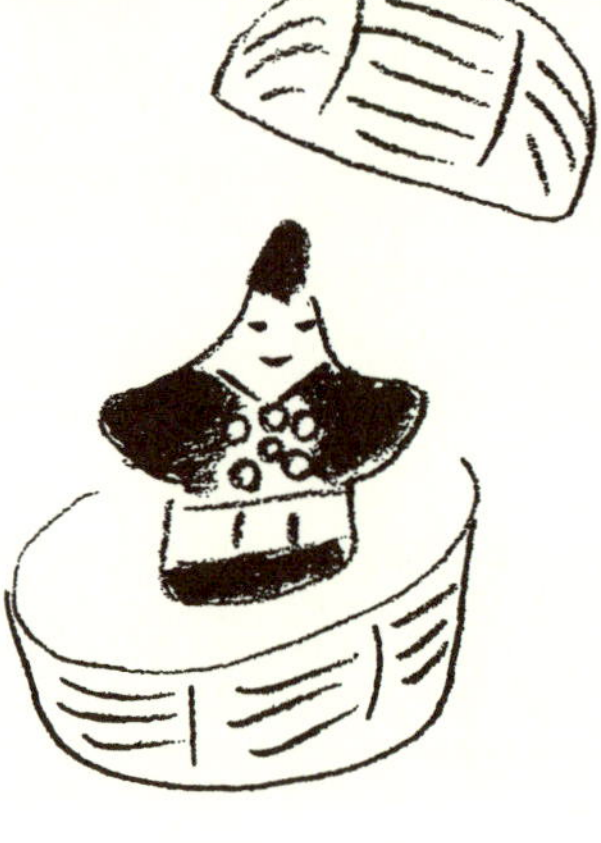

お正月の祝い菓子で有名なのは「はなびら餅」。別名「包み雑煮」。うすい餅のあいだには、砂糖煮の牛蒡（ごぼう）。牛蒡は、正月膳の押し鮎の意味。ほんのり白みその味がする和菓子。

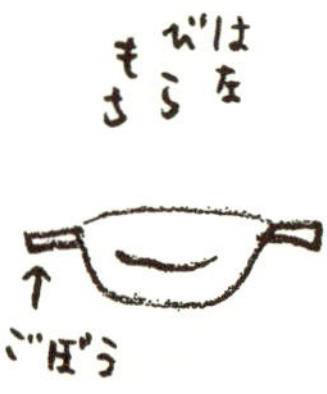

なんの日

住吉　踏歌神事
五穀豊穣を願うため、春の始めに大地を踏み、福を招く神に祈る行事。年始の祝歌を歌い、舞う。神楽女（かぐらめ）による白拍子舞（しらびょうしまい）と熊野舞（くまのまい）が披露されたあと、福の餅が撒かれる。大阪市・住吉大社で。

一月五日　冬将軍

家に帰る道。空を見あげると、冬将軍が、列をくんで渡っていくのが見えた。氷みたいに透明な彼ら。キーンと音が聞こえそうなぐらいつめたい夜空を、タッタカタッタカ、タッタカタッタカ、いかり肩で胸をはって、行進中。

小寒《しょうかん》。寒の入り。

この日から、節分までを「寒」という。寒さはまだ、これからが本番。昼は、青空とからっ風。夜は、冷凍庫みたいに空気がつめたくなる。天気予報では「この冬一番の冷え込みです」と、毎日、寒さを更新中。

なんの日

小寒（二十四節気の一つ）
冬至より一陽おこるがゆへに陰気にさからふゆへますゝ冷也。（天明七年「暦便覧」）
一月五、六日頃
冬至から日は長くなっていくけれど、さて、冬はこれから本番。池の氷は厚くなって、半月後には大寒がひかえています。

魚河岸初せり
各地の魚河岸で、せりを開始。新年の初物として御祝儀相場がつけられます。

十二夜ケーキの日
クリスマスから十二日たつと（六日）、イギリスでは飾り付けをみんなしまいます。その前日に食べるのが、十二夜ケーキ。一日だけ王様、女王様になれる、豆がひとつぶかくれている、すてきなケーキ。

一月六日　年賀状

おそくおそく、かきそびれた年賀状を書いていたら、その人から電話。

「お正月。どうしてたん?」

そして、ついつい、さっき書いたばかりの年賀状とおなじことを、電話でしゃべってしまう。せっかく書いたのになあ。と、思いながら、楽しくて長電話。おめでとうも、もう、しっかり言ってしまった。

「あのね、今話したようなこと書いた年賀状が、とどくから――」

いいわけして電話を切る。それで、そうは言ったものの、すこし追伸を書いたりして――。ああ。去年も、こんなことしてた気がするな。

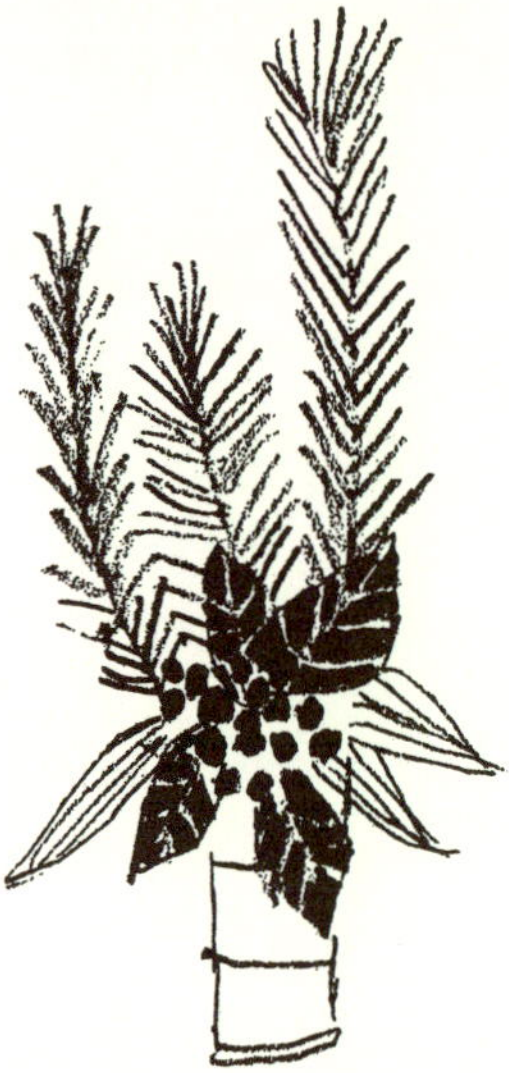

なんの日

松の内
関東では七日まで、関西では十五日まで。これがすぎると門松など松がはずされて、松の外。

高崎だるま市〈六、七日〉
高崎のだるまは、はじめ禅宗の「達磨大師」が座禅を組んでる形でした。それが「繭型だるま」になって、今のような、ごろんとすぐに起きあがる、卵形のだるまに。
高崎市・少林山達磨寺で。

アマメハギ
囲炉裏のそばでなまけて座ってばかりいるとできるたこ「あまめ」を剝ぎに、鬼が家にやって来て、こどもをおどかす行事。
輪島市門前町皆月で。

消防出初め式

一月七日　七草がゆ

春の七草いえるかな。

（せり、なずな、ごぎょう、はこべら、ほとけのざ、すずな、すずしろ）

すずしろは、大根。すずなは蕪。なずなは、ぺんぺん草のこと。

子どもの時、ぺんぺん草をかじると苦かったのに、食べられるなんて、大人になってから知りました。

七草粥を食べると、風邪知らず。ほんとうかな。

なんの日

七草がゆ
七日正月、中国では七種の菜を暖かい汁物にして食べて邪気を避ける慣習があったようです。おかゆにするようになったのは室町時代頃。日本でも「七種がゆ」として、米、粟、麦、ひえ、きび、小豆、胡麻で作っていたそう。

ツメ切りの日
新年になって初めて爪を切る日。七草爪といって七草を浸した水に爪をつけ、軟らかくして切ると、その年は風邪をひかないとか。

鬼夜（おによ）
鬼夜の火祭り。巨大な六本のたいまつを裸の若者たちが支えて、神殿をまわる。冬の夜空を焦がす火花。鬼夜の火にあたれば無病息災。福岡県久留米市・大善寺玉垂宮（たまたれぐう）で。

一月八日　どんど焼き

ぱちぱちぱちぱち。火の粉があがる夜の広場。

熱い缶コーヒー片手に、明日のどんど焼きのために、おじさんたちが、火をたいて寝ずの番。

「こんばんは、徹夜だからよー」

背の高い竹のまわりにやぐらを組んでつみあげられた、しめ縄や、お飾りや、達磨たち。あかるい夜の中で、黒いかげぼうしになって、じっと星を見ています。ぱちぱちぱちぱち、音をききながら。

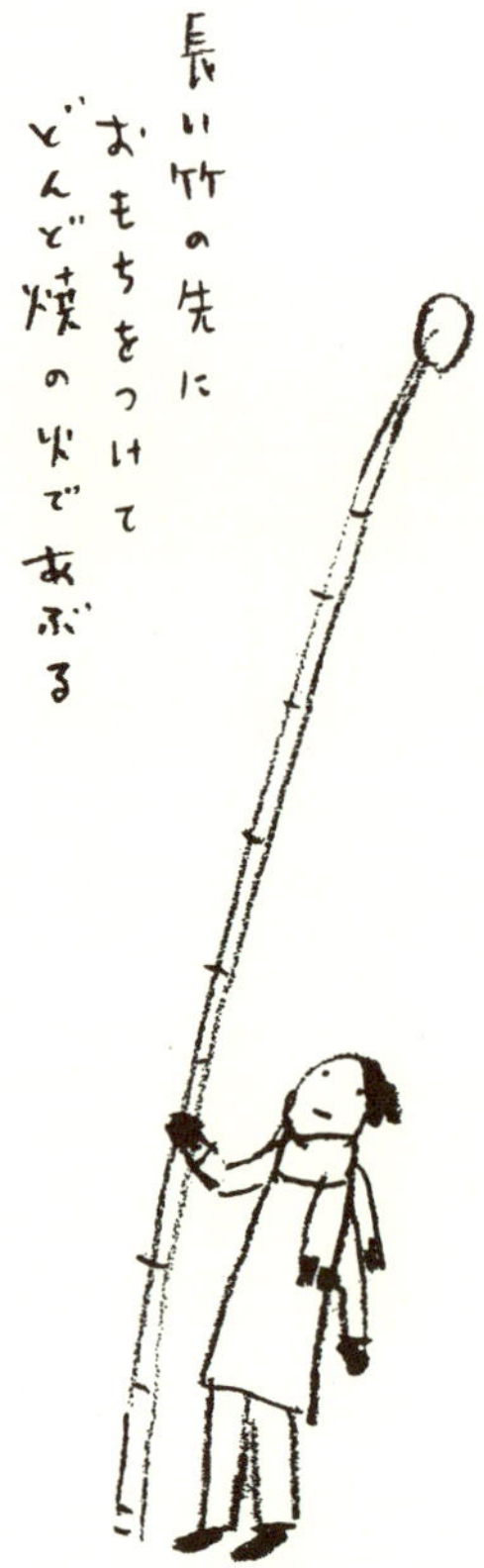
長い竹の先に
おもちをつけて
どんど焼の火で　あぶる

なんの日

どんど焼きの日
七日にはずした、正月のお飾りをみんな燃やして、年の神さまを空に送る。その火で餅を焼き、それを食べて一年の無病息災を祈ります。火の粉を浴びると風邪をひかないそう。十日や十五日に行う地方も。火が盛んに燃える時「どんどや」とはやすことから「どんど」というそうですが、「どんと」とか「さぎちょう」、「さぎっちょう」、「小鳥焼き」ともいうそう。ぱちぱちぱちぱち。

外国郵便の日
一八七五（明治八）年に横浜郵便局で外国郵便の取り扱いがはじめられました。

一月九日　みかん灯

みかんを買ってきては、きらさないようにかごに盛る。
かごの中に、みかん色のまるいあかりがともるようで、うれしくて。
みかん。みかん。と、あかるくともる。
――ついつい、ころがしたり、なでたり。
あたたかい部屋で、ほっぺたにあてると、ひんやりきもちいい。

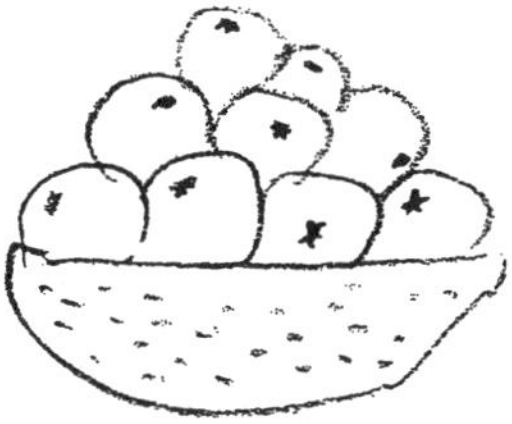

デコポンも
甘くなる
ころ。

みかん湯
みかんの皮を干して、お風呂に入れると、お湯からあがってしばらくたってもさめないそうです。
はしっこからきれいにむいて、ひろげたら、はなびらみたいなかたち。
ザルにひろげて、皮を干してると、南のベランダは、みかんの花もよう。かさかさにかわいたら、もうひとはたらき。

なんの日

クイズの日、とんちの日
一と九で一休さん。それで、とんちの日。

一月十日　えべっさん

「商売繁盛で、笹もってこーい」

大阪では、戎《えびす》さまは「えべっさん」。神さまのことも、なんだか親しげ。

正面でお参りしたあとは、裏手にまわって、羽目板を打って念を押します。

えべっさんは、あんまりみんながお願いしすぎるので、耳が遠くなったとか。「詣りましたで」と、後ろからも叩かないと気づいてもらえないのだそう。

福娘から、福笹をもらって、鯛や小判のついた縁起物の吉兆をつけて、商売繁盛を願います。景気悪くても、今日くらいは、にこにこえびす顔。

大阪、今宮戎で十日戎。

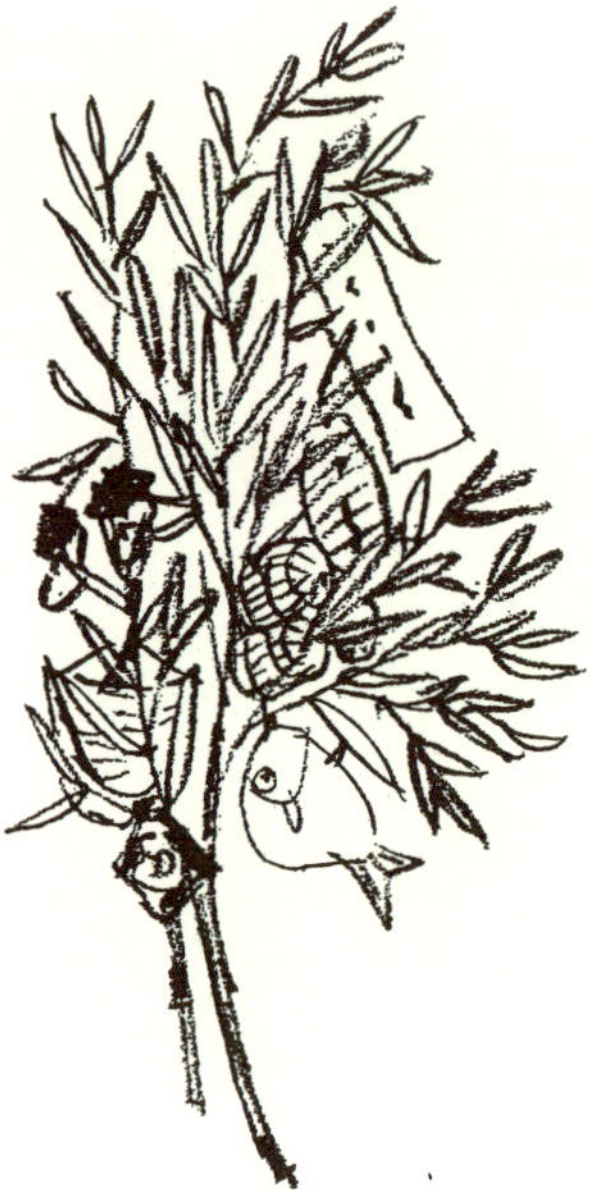

なんの日

十日戎

恵比須さまは、イザナギノミコトとイザナミノミコトのこども。右手に釣竿、左手には鯛。もともとは海のむこうから渡ってきた豊漁をもたらす神さまとして、港の近くにまつられました。それが今や商売繁盛の神様。

恵比須さまは、七福神のひとり。打ち出の小槌を持った大黒天さま。財宝を守る毘沙門天さま。紅一点の芸術の神さま弁財天さま。頭のながーい福禄寿さま。杖を持った寿老人さま。まるいおなかの布袋和尚さま。

全国で、十日市。縁起物の達磨や、飴。露店が立ちます。

一月十一日　鏡開き

鏡開き。

お正月に供えた鏡餅を木槌や手で、わって食べる日。

鏡餅は、小正月《こしょうがつ》の頃にはかちんかちん。ひびわれた足のかかとみたいだった。当然、木槌でなんて割れなかった。

こどもの頃、母親は、水につけて、ぶよんとふやかし、水もちにした。それから、包丁で切って、フライパンにバターをしいて、大きなお好み焼きみたいな、焼き餅に。

ふにゃふにゃのでっかいお餅は、途中で飽きたけど、バターしょうゆ味で、ちょっとおいしかった。へなちょこな、おおきい焼き餅。

鏡開きは、旧年の無事を感謝し、これからを神さまに祈って、鏡餅をお下がりとしていただく儀式。餅を食べる者には、力が授けられるといわれて、もともとは武家の間で行なわれていた習慣だったそう。

すっかり
カチこコチこ

なんの日

塩の日

戦国時代。武田信玄統治下の信州に、宿敵、上杉謙信から塩俵の贈り物が到着した日。そのことに感謝して、塩市がはじまりました。「敵に塩をおくる」のことわざの由来。長野県松本市で。

塩俵

一月十二日　鳥のかげ

障子にうつる、鳥のかげ。
午前十時です。

青く天気のいい日が続くので、かげがきれいで、かげばっかり見てしまう。
おもてを歩くと、枯れた田んぼの中に、わたしのあたまのかたちのかげ。
アスファルトの上に、電信柱のかげと、ダイヤ型に穴のあいたブロック塀のかげ。
この季節のわたしの楽しみは、かげを見ること。
今朝見つけた、きれいなかげは、これ。
ひだまりの机においた、夫のめがねのかげと、パンくずのかげ。

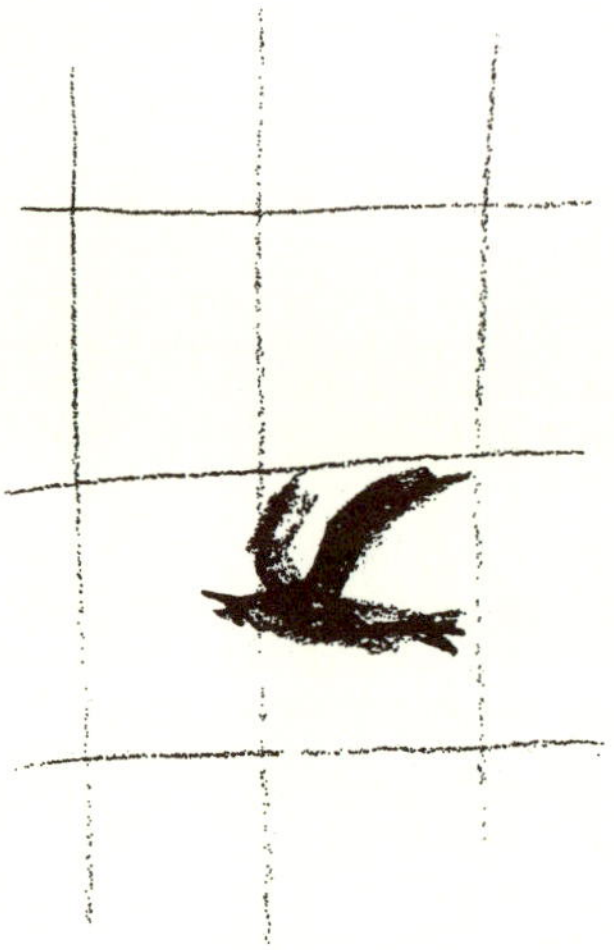

なんの日

松本あめ市〈第二土日〉
古くは「塩市」だったものが「あめ市」に。上杉謙信から贈られた塩俵をかたどった飴が、露店にならぶ。たくさんの種類の福飴。子どもたちの〝だるま売り〟の掛け声がひびきます。長野県松本市で。

まないた開き
手を触れず、庖丁と箸を使って魚を料理する庖丁式。東京都台東区・報恩寺で。

成人の日（祝日）〈第二月曜〉

一月十三日　遠くのかげ

好きなかげ。もうひとつ。

橋を渡るとき、見おろした土手のむこうがわにうつる、自分のかげ。

ほそっこく、ほそっこくのびて、わたしからはなれて、下のほう。

あんなに遠くで、わたしと同じように歩いてると思うと、自分のかげだけど、なんか、けなげなかんじがしてしまう。見るたんびに、

「あるいてる、あるいてる」

「あそこにいるな。あそこにいるな、かげ」

「ここにいるな。ここにいるな、わたしは」

と思って、目で確認する。

午前中でも、冬の陽はひくく、ゆうがたみたいな金色のひかり。

時々だけど、遠くのかげに手をふる。

当然ふりかえしてくれる、かわいい分身。

色とりどりのかんもちカーテンがゆれています。
富山では、うすく切ったお餅を干して、かんもち作りのまっ最中。寒の間につい た餅を食べると、年中元気。

一月十四日　寒九の雨

お正月が、すこしずつ去っていく。
ぽたぽたと、やわらかい雨にながされていくように。

雨です。なんだかすこしぬくい雨。一月の五日めぐらいからを「寒《かん》」といいますが、「寒」にはいって九日目を「寒九」と呼ぶそう。その日に雨がふると、春が近いとか豊年のきざしと、いいました。

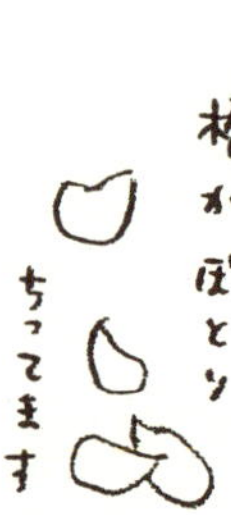
雨のなか
椿がぽとり
ちってます

なんの日

どやどや
大阪市天王寺区・四天王寺の裸祭り。裸の男たちが牛王（ごおう）宝印の護符を奪い合う。天下泰平・五穀豊穣を祈願する行事。

バイトウ
雪原に木と藁で直径約八メートル、高さ約十メートルの家を建て、村の人々が一晩集う。そのあと家を燃やし、その年の豊凶を占う。巨大な火柱は五十メートルにもなって、夜空を焦がす。新潟県十日町市大白倉で。

つるつる
葉っぱの
椿もち

一月十五日　小正月《こしょうがつ》

小正月の朝は、あずきがゆ。

関西では、おかゆは「おかいさん」と、だれかの名前みたいに、さんづけ。

こどもの頃、風邪をひいた日は、母が、

「おかいさん、つくったろか」

と言って、部屋をのぞきに来た。おも湯たっぷりの、ゆるゆるのおかいさん。塩こぶを落とすと、茶色い昆布の色が、おも湯にすうっと沈んでいく。

おかゆには、弱ってる体をなおしてくれる「おかいさん」という名のお米の神さまがいるみたい。鍋のふたをあけると、たちのぼる湯気といっしょにあらわれる、しろい衣を着た神さま。——頭のてっぺんに、梅干しのせて。

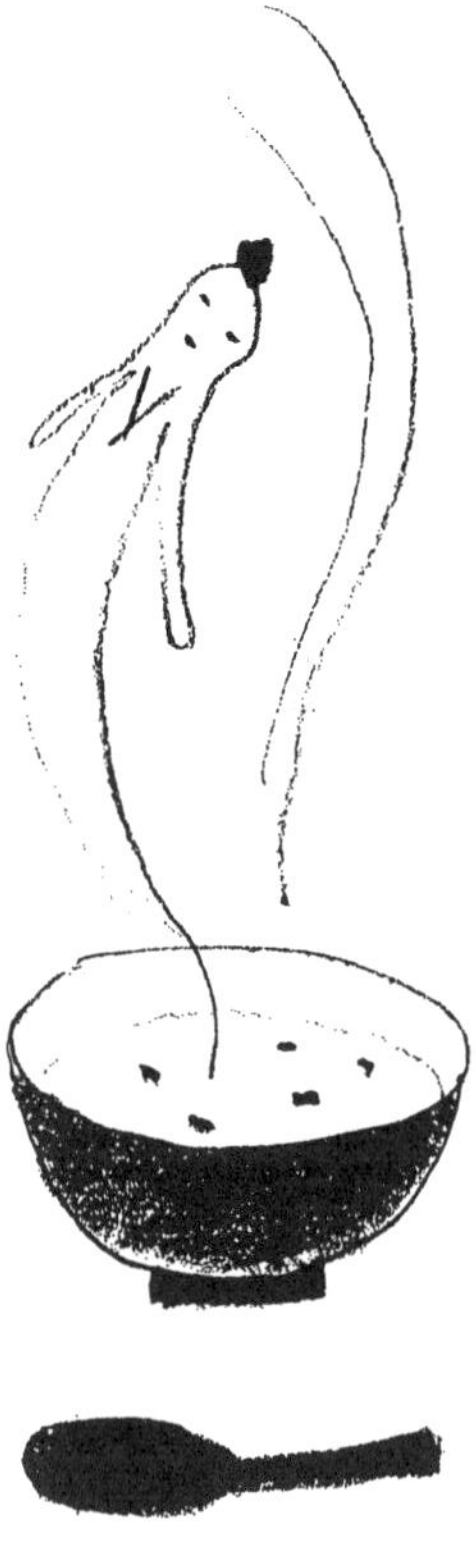

ことこと土鍋で作ります。最後に、さっと熱いお湯をさすと、さらさら、さっぱりとしたおかゆに。

なんの日

小正月
七日までの松の内を「大正月」と呼び、十五日を「小正月」という。地方によっては「女正月」というところも。小正月に、小豆粥を食べると、風邪知らず。

御粥祭
小豆粥、大豆粥を神前に供え世の中の安泰を祈願。昼時、お粥が参拝者にふるまわれます。
京都・下鴨神社ほかで。

筒粥神事
葦でつくった筒を束ねて麻糸で結んだものを小豆粥にいれてたく。筒にはいった米と小豆の量で、その年の農作物の豊凶を占う。
埼玉県秩父市・三峯神社で。

一月十六日　こんにゃくえんま

東京の小石川の源覚寺のえんまさまは、右目が割れて、濁った黄色。

むかし、眼を患ったおばあさんが、痛いのをがまんして、えんまさまに
「――どうぞ、この眼をなおしてください」

と二十一日間、お願いすると、満願の夜、えんまさまが夢にあらわれて言ったとか。

「わたしの両目のうちの片方を、えぐりとって、あなたにさしあげよう」

夢からさめると、いたみはなくなり、おばあさんの片目は明るく見えるようになりました。けれど、かわりにえんまさまの右目は、ひびわれて、にごった黄色に。それ以来、おばあさんは、好物のこんにゃくを絶って、えんまさまに、そのこんにゃくをそなえるようになったそうです。

源覚寺では、こんにゃくえんまの日。

今晩は
こんにゃくと
タカノツメを
たいたもの

なんの日

こんにゃくえんま
こんにゃくは「困厄」。こんにゃくをお供えして、目やからだをよくしてくださいと、お願いします。

コンニャクイモ

念仏の口開け
正月の神様（年神様）は念仏が嫌いなのだそう。十二月十六日の「念仏の口止め」からこの日までは念仏は唱えてはいけないそうです。初念仏を唱える日。

新山神社裸まいり〈第三日曜〉
山頂にある神社を目指し、ほら貝の鳴る中、「ジョヤサ、ジョヤサ」と、声を上げながら参道を一気に駆け上がる。秋田県由利本荘市・新山神社で。

一月十七日　消火マスク

ごほんごほん。

背中が、スーッと寒くて、嫌な予感。——もしかして、ひいてしまったかも。

「風邪の火種は、ぼやのうちに消しましょう」

と、テレビの人が言っていたのを思い出す。

風邪は夜すすむから、湿度を高くしてねむると、ウイルスが増えないそうです。有効なのは、ぬれマスク。慣れないと、寝てる間にうっとうしくて、はずしてしまうけど、「ぼやのうち、ぼやのうちに——」と、風邪の消火活動を、いろいろと。

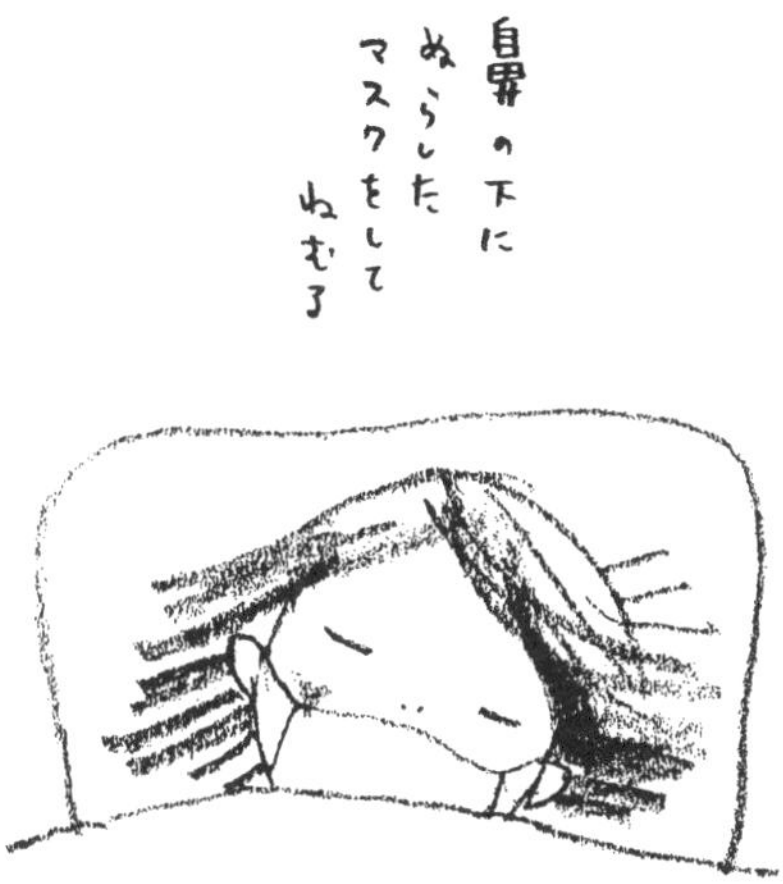
鼻の下に
ぬらした
マスクをして
ねむる

なんの日

冬土用入り（雑節の一つ）
この日から立春の直前までが「土用」の期間です。まだまだ寒いので、風邪には、用心。
風邪退治のもうひとつの強い味方はショウガ。うちでは、薬のように常備しているショウガ。体を温め、代謝を良くして、発汗作用も——。
眠る前に、ショウガの葛湯や、ジンジャーティー。皮ごとすって、黒砂糖かハチミツを少しいれて。

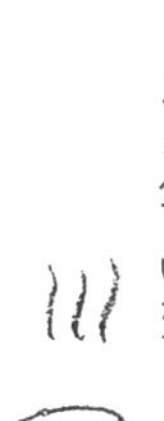

三吉梵天祭（みよしぼんでんまつり）
竹カゴに布や五色の紙を飾りつけた〝ぼんでん〟（神様が降りるしるし）を担いで、五穀豊穣、家内安全を祈って三吉神社まで奉納一番乗りを争います。秋田市・太平山三吉神社で。

一月十八日　氷中花

毎朝、庭のバケツに氷がはるのを、見に行く。

バケツの底には、秋の植えかえの時に忘れ去られた土が、はいったまんま。そこにハコべの芽が生えて、雨水がたまって、さらに表面に氷がはっている。氷の蓋つきバケツ。透明な氷ごしに陽がさしこむと、緑の葉っぱが水中花みたいにゆれて、きれい。氷をゆらん、と指でつつくと、はしから、まるい空気が、ぽこん、とはいって、きらきらとゆれた。あぶくが、ぽこぽことうごく。だけど、しずか。

午前十時。——まだまだ、氷はとけません。

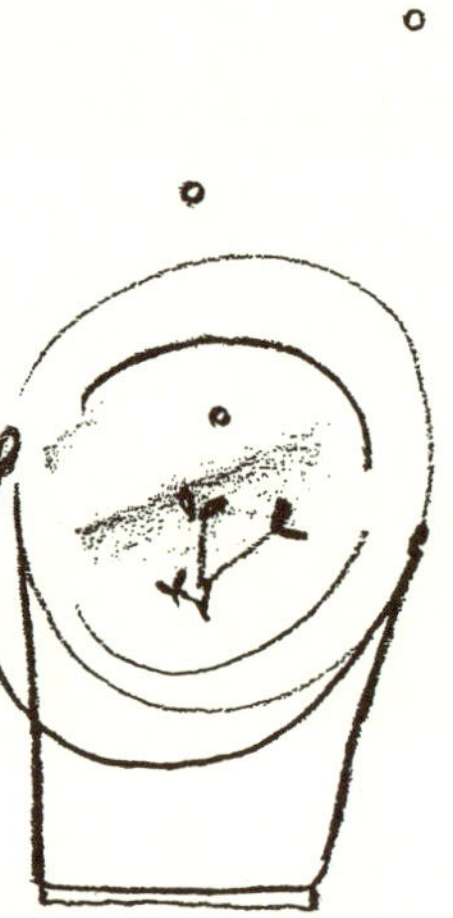

外でスコップを持つのはさむいけど、そろそろ、庭の春の準備をしなくては。寒肥（かんごえ）の時期です。

冬の草木は、春になって、新しい芽を出したり花をさかせるために、力をたくわえているところ。今のうちに肥料をあげれば、たくわえが増えて、春にぐんぐん成長します。ゆっくり効く肥料や腐葉土を、せっせと根元に埋めて。

なんの日

都バス開業の日

一九二四（大正十三）年、東京市営の乗合バスが開業。十一人乗りで「円太郎」と呼ばれました。バスに名前なんてかわいい。

一月十九日　あこがれ雪

窓にへばりついて、つめたい雨をみていると、
窓ガラスが、わたしの息で白く、まるく、曇る。
「――雪にならへんかな」
わたしが、うっとりとあこがれるのは、
――まっしろ。
朝おきて、ここがどこだかわからないほどに、世界が一変しているようなこと。

雪国育ちではないわたしは、冬、雪が積もるのがうれしい。夜から雪がふりはじめ、明日はつもるかもしれない、と思う時は、朝、窓をあけるのが楽しみ。電車が止まったりして、都市機能が麻痺してしまうことも、不謹慎だけど、なんか、わくわく。

雪みたいに
白い
冬ぼたん
咲いています

なんの日

初厄神（はつやくじん）兵庫県西宮市では、十日に「西宮えびす」（西宮神社）で福を授かり、十八、十九日に門戸厄神（もんどやくじん）さん（松泰山東光寺）で厄払い。初厄神の厄除大祭。

一月二十日　お正月納め

二十日正月《はつかしようがつ》。

お正月も、今日でおしまい。

正月の残りの魚の頭や骨を使って、団子や鍋料理をつくって正月を終えるので、「骨正月」とか「団子正月」とも呼ぶそう。

冷蔵庫がわりにベランダに出している箱のなかに、まだまだ、でん、と残ってる白菜や蕪。これはみんな、お正月用に買った野菜たちの残り。いっぺんに使って、イワシのつみれ鍋でもしようかな。そうだ。ささがきごぼうもいれよう。

うちも、お鍋で、お正月納め。

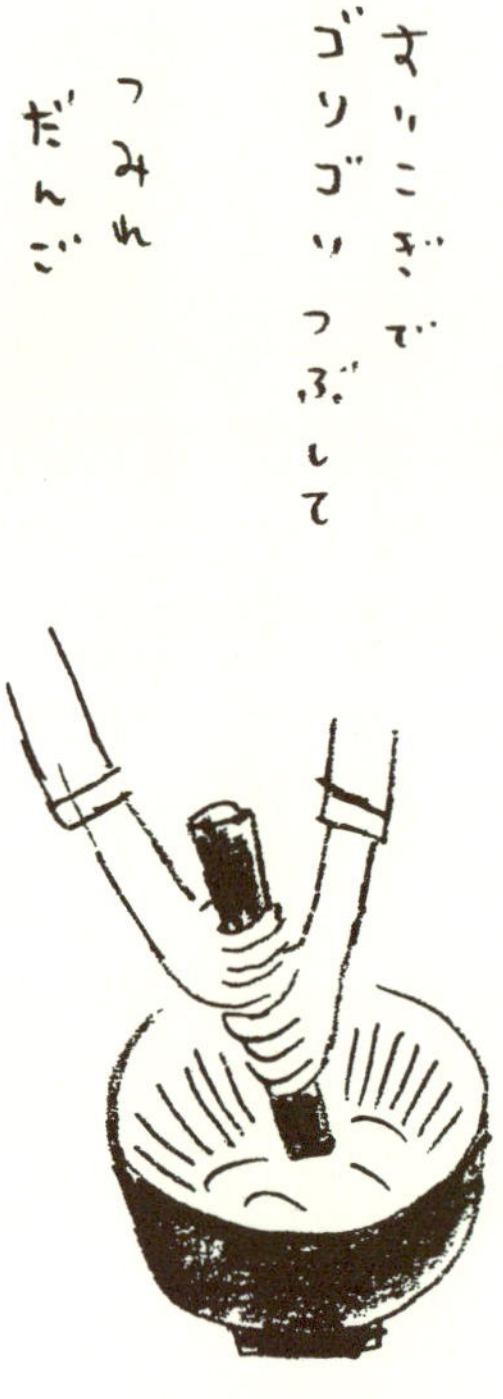
すりこぎで
ゴリゴリつぶして
つみれ
だんご

二十日正月
むかしはお正月の祝い納めとして、仕事を休み、遊び楽しむ習わしがありました。新年、働きづめだった主婦が、この日里帰りして休む風習も。
小正月に飾った餅花などはこの日に取り外します。

もちばな

なんの日

摩多羅神祭（またらじんさい）

五穀豊穣、家内安全などを祈願する大祭。

「延年の舞」が奉納されます。

「延年の舞」を舞う寺僧に見物人が悪口を言う風習があって、悪態がひどいほど豊作なのだとか。

岩手県平泉町・毛越寺（もうつうじ）で。

一月二十一日　大寒《だいかん》

朝おきたら、空ぜんたいが、白の点描画。

大雪注意報で、電車も止まっている。

大陸からやってきた寒気団が、日本列島を白く塗りつぶしていった。

細い電線に、重そうにたわんで雪。ちいさいスコップの内側にも雪。葉っぱの一枚一枚にも雪。こんこんと、きりなく雪のふる、にぎやかな景色なのに、音はみんな、雪にすいこまれてしずか。音も白くなってしずか。

友達の名前を呼んでるこどもの声も、遠い穴の中からきこえてくるよう。

——大寒。一年中で一番、寒い日。

さっそく雪散歩。
ゴム長はいて。

なんの日

大寒（二十四節気の一つ）
ひゆることのいたりてはなはだしきときなればなり
（天明七年「暦便覧」）
一月二十、二十一日頃

一年で一番寒さの厳しい頃。この頃が、寒さの底だとしたら、これからは暖かくなるということなのかな。

沖縄の八重岳では、さむいさむい大寒の頃、桜が開花します。緋寒桜は、梅のような赤い色。本部（もとぶ）町八重岳の桜まつり。

一月二十二日　手足よ

外から帰って、ちりちりと、しもやけ寸前の、手の指先と足指。
おふろにはいると、じんじんそこだけ燃えてるみたい。
ぴりぴりしびれて、そこだけ凍ってるような——
さわっても、たたいても、自分の手足ではないような——不思議な感覚。
——ね、わたしの手足よ。わたしの声、きこえてる？

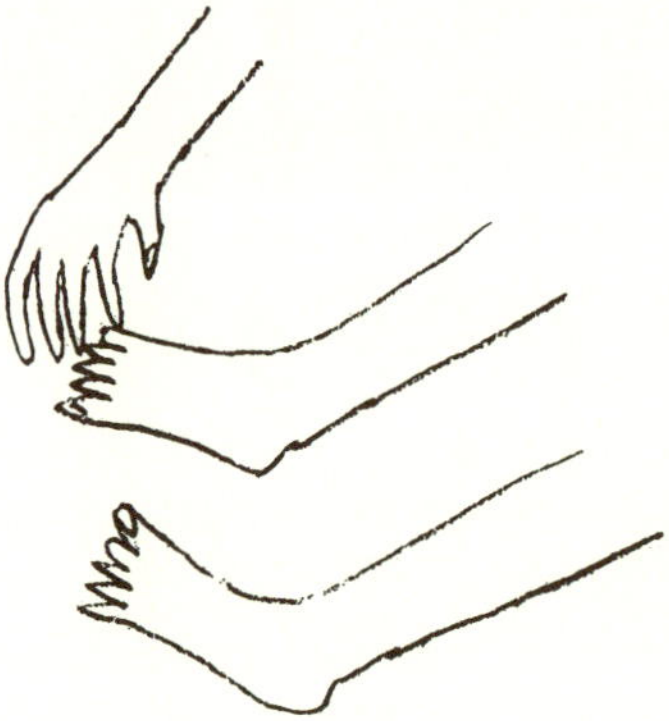

氷瀑まつり

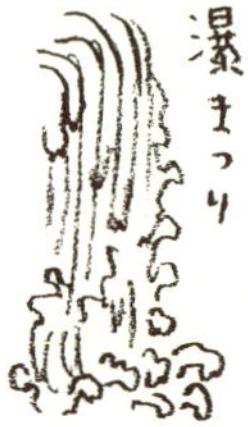

冬の滝紀行〈十二月下旬から二月上旬頃まで〉

寒くつめたい日々。茨城県大子（だいご）町の袋田の滝が、寒波でしっかり凍りました。がっちり凍ると、滝をのぼっていく者アリ。凍る滝は、ロッククライマー達の、冬の練習の場になります。

なんの日

カレーの日

一九八二（昭和五十七）年、全国の小中学校の給食で一斉にカレー。

うちの定番カレーは、鳥手羽カレーと、すじ肉カレー。豆カレー。ココナツミルクはわすれずに。

一月二十三日　冬の大三角形

白い雪のうえに星。夜の散歩。

ぎぃし、ぎぃしと、雪をふみながら見あげると、南の空のまんなかに、おおきいオリオン座。肩のところの赤い星はベテルギウス。下にさがると、青白く閃くおおいぬ座のシリウス。オリオンの左で、ハッハとべろ出してるのは、こいぬ座のプロキオン。

黒々とした鉄塔のシルエットが、線画になって星空に立ちあがる。

そのうえにひろがる、冬の夜空の大三角形。

冬のダイヤモンド

冬の夜は、星座たちをつくる大きな星を七個も見ることができます。ぎょしゃ座のカペラ、おうし座のアルデバラン、オリオン座のリゲル、おおいぬ座のシリウス、こいぬ座のプロキオン、ふたご座のポルックスとカストル、七つの星を順に結ぶと、大きな冬の夜のダイヤモンド。きらきらきら。

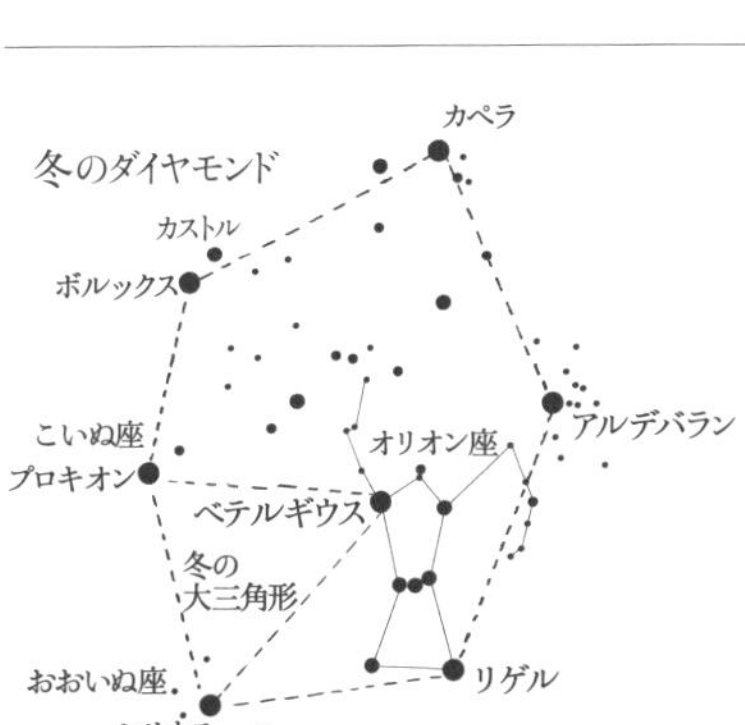

一月二十四日　冬キャベツ

冬のキャベツはかたくてひらべったい。

寒さの中で、ふんばってしもやけになったみたいに、ちょっと紫がかっている。だけど煮こむと、このかたいところが、あまくておいしくなる。春キャベツの、あのさわやかな青さとはまたちがう、しみじみとした、あたたかいあまさ。

ざくっと包丁をいれて、わたしはつぶやく――

「人間だって、ほんとうにやさしい人は、芯が、このっくらい、かたくて頑丈」

――なんてね。

メニューはやっぱり、ベーコンとトマトで、まるごとスープ煮でしょう。

おおきい鍋に、どかんといれて、落とし蓋をして、ことことことこと。

かたいキャベツの芯は、びっくりするほど、やわらかく、あまく。

かじかんだ手
みたいに
ぎゅっと
とじてる

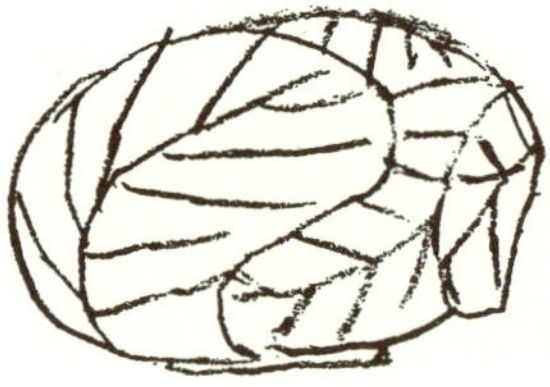

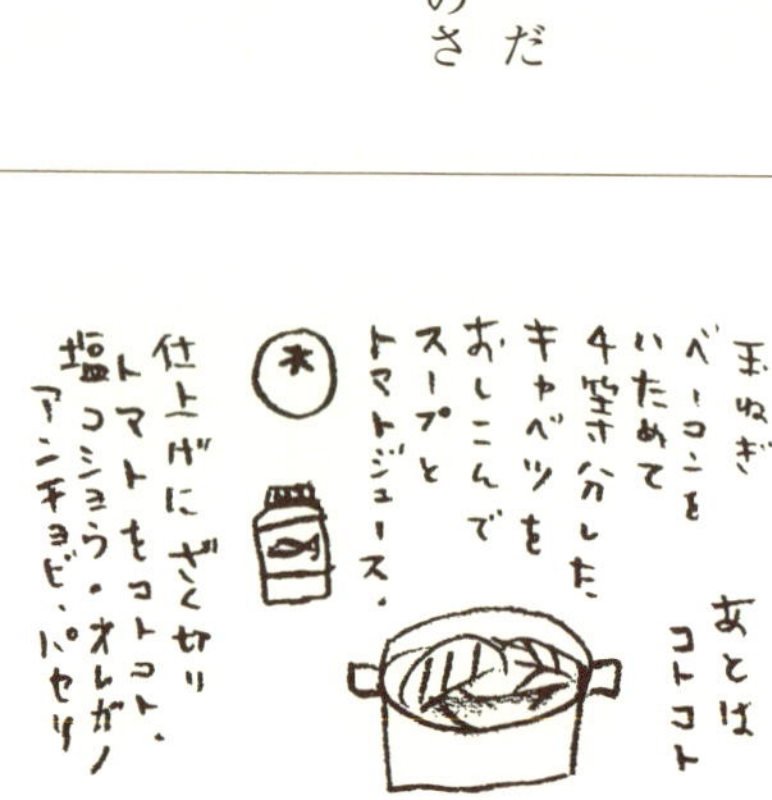
玉ねぎ
ベーコンを
いためて
4等分した
キャベツを
おしこんで
スープと
トマトジュース。
木
仕上げにざく切り
トマトもコトコト。
塩コショウ・オレガノ
アンチョビ・パセリ
あとは
コトコト

なんの日

金の日

ゴールドラッシュ・デー

一八四八年、カリフォルニアのサクラメントに近いアメリカン川。製材所で働くひとりの男が、川底に金の粒を発見！

このうわさはアメリカ中に広まり、一攫千金を夢みて、われもわれもと、山師たちがサンフランシスコに押しかけました。

一月二十五日　仮面ライダー

ちいさいとき、仮面ライダーのおめんをかぶった弟は、本気で仮面ライダーになっていた。容赦しないキックがとぶ。戦いの相手は、パンダのぬいぐるみ。ふわふわのパンダは、いつもやっつけられて、宙を舞い、天井にぶち当たっていた。やぶれて、おなかからはみ出したパンヤは、「手術や！」といって、縫われては、復活をとげるのでした。――母の手によって。

今日は仮面ライダーの作者、石ノ森章太郎の生まれた日。

なんの日

石ノ森章太郎と、松本零士の生まれた日

仮面ライダー1号は、半分人間。身体だけ変身した本郷猛がひとりで鏡の自分をのぞきこんでいるところはどこかかなしかった。孤独なんて言葉は知らなかったけれど、今でも、仮面ライダー1号だけは、なんか、とくべつ。

日本最低気温の日

明治三十五年、北海道の旭川でマイナス四十一度という日本の最低気温を記録。

全国の天満宮で初天神

東京の亀戸天神で鷽替（ウソかえ）神事（二十四、二十五日）。

前年買った「ウソ」という鳥の木彫りを納め、新しい「ウソ」を求めると、〝凶もウソとなり吉にトリ替わる〟といわれる。ウソは幸運を招く鳥。

一月二十六日　福寿草

きいろいひかりみたいな福寿草――もうひとつの名前は、元日草。

旧暦のお正月が近づく、ちょうど今ぐらいの時期、まっさきに咲いて、春をおしえてくれる花でした。

旧暦の元日はもっと春めいていて、新しい季節の気配がしてうれしかったろうな。

初春。迎春。できたての春。

一月も終わり頃、つめたい風が、パリンと音たてて凍るような青空の下、福寿草が土をぬくめるように、暖かい色で咲きはじめます。

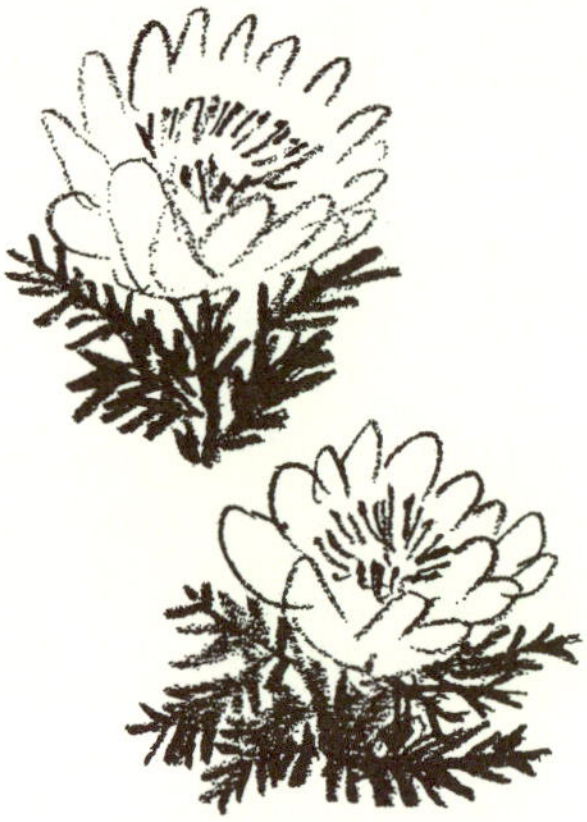

近くのお寺の庭で、ひっそり地味に咲いていた福寿草。アイヌ語では「クナウノンノ」。春の神様からもらう金色の宝物。

福寿草
キンポウゲ科、多年草。秋の終わりに芽を出し、冬に花。そして、六月頃には枯れてしまう。花後にはこんぺいとうみたいな果実ができます。種から花を咲かせるのに、なんと五年以上。新春を祝う金色の花。福を招く縁起の良い花として「福寿草」の名がつきました。
旧暦のお正月に開花するので、正月の床飾りとしたそう。今も、年末にはお店に鉢植えが、たくさんならびます。お正月が終わったら、庭に植えかえ、わすれずに。

一月二十七日　鏡のなかへ

こちん、とかたいガラス。

てのひらで鏡をさわって、鏡のなかにはいることを想像して、目をとじる。

こちらの世界に戻れなかったら、どうしようと、心配しながら目をとじる。

鏡がやわらかい水みたいになってやしないかと期待して、うす目をあける。

――こわいけど、行ってみたい場所は鏡の中。会ってみたいのは鏡の中の、もう一人のわたし。すごい意地悪だったり、怠け者だったら嫌だなあ――などと、心配になるのは、わたしの中に、そんな自分がいるからかも。

今日は「鏡の国のアリス」の作者、ルイス・キャロルの生まれた日。

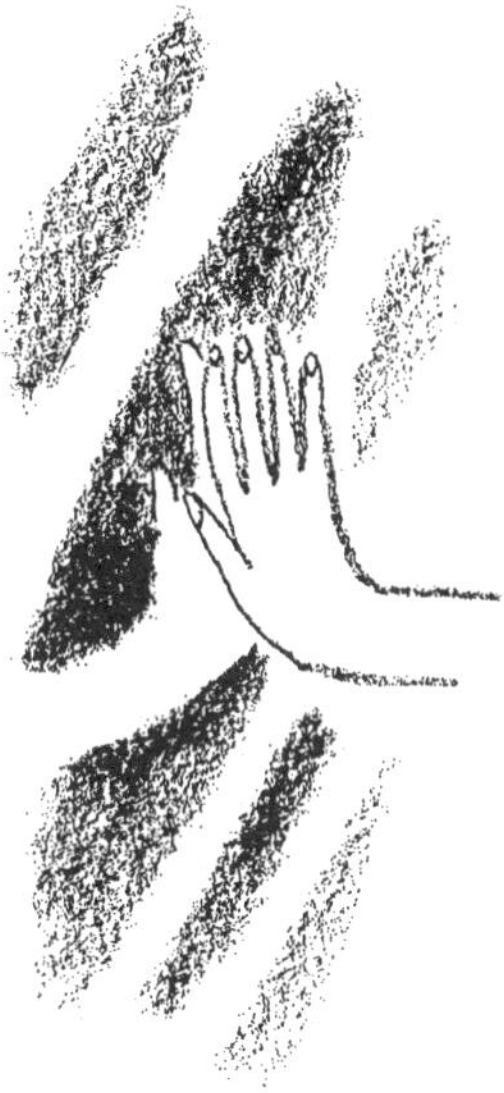

なんの日

ルイス・キャロルの生まれた日
「地下の国のアリス」は、数学者のルイス・キャロルが、リデル家のアリスに、舟の上で即興で聞かせた物語。ジョン・テニエルの絵で有名だけど、はじめは自作の絵をつけてアリスにあげたそうです。のちに、「不思議の国のアリス」に。

国旗制定記念日
明治三（一八七〇）年、今の日の丸が正式に国旗となりました。

一月二十八日　ガスの星

あけがたはやく、目がさめてしまった。

まだ、つゆくさ色の空を見ると、西のてっぺんに、ひかる星。

なんだろう、と星見表で調べたら——木星です。

木星は、太陽惑星の中で、一番大きい星。ほとんどがガスでできた、ガスの星。地球の衛星は月一個だけど、木星は十六個以上の衛星を持っているという。

木星からは、おおきい月やちいさい月、一日中たくさんの月が、出たり沈んだりするんだろうか。ガスの空は、なに色なんだろうか。

などと思って見ていたら、木星は「さあね」と、わらうように、あかるい空に、とけて消えていきました。

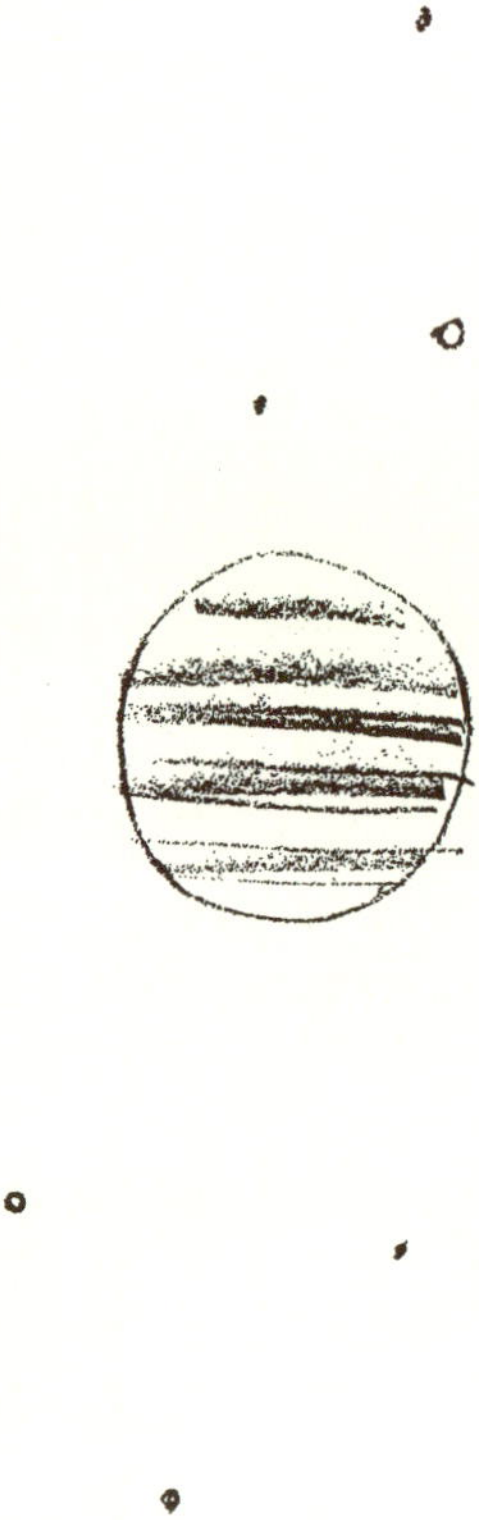

惑星たちは、星座のように、規則正しく、おなじ距離で見えない。惑わされるから、惑星。星座のあいだに、急にあらわれて、すうっと消える。

太陽惑星は八つ。太陽から近い順に水星、金星、地球、火星、木星、土星、天王星、海王星。

大島椿まつり〈一月下旬～三月下旬頃〉
大島で、たくさんの種類の椿が、咲いて見ごろです。

一月二十九日　みちくさ時間

漫画「ふしぎトーボくん」は、鳥や犬の話す言葉が聞こえる男の子の話。

ちばあきおの漫画のなかの時間は、ぽっかりしている。

学校から帰って、あそぶ子がだれもいないときの——白くて曇ったひるさがりを思い出す。ふきだしのなかに「……」が多いから、その空白に、わたしもいっしょに立ってあるく。

みちばたで。

ありあまる時間のなかで。

自分のかげを見て、うれしくあるいていた、ひるさがりの沈黙。

あそぶ子が
いない
ひるさがり

なんの日

漫画家ちばあきおの生まれた日

中学の頃、野球部の男の子のカバンのなかには、ぎっしりと、「プレイボール」「キャプテン」とがつめこまれていた。夢中で読んでいる姿に、「あの漫画、なんやろう」と思ったのがはじめでした。お兄さんは、「あしたのジョー」で有名な、ちばてつや氏。

スポーツ
バッグの中
ぎっしり
はしまで
コミックス

一月三十日　やきみかん

ストーブでやきみかん。

こうばしくて、あまいにおい。ちょっと目をはなすと、皮にまっくろこげの、ほくろみたいなおこげができてしまう。

かゆくなるぐらい顔を赤くして、ストーブの前。

じっと見ています。

おいしいのかおいしくないのかわからない、あつあつみかんができるまで。

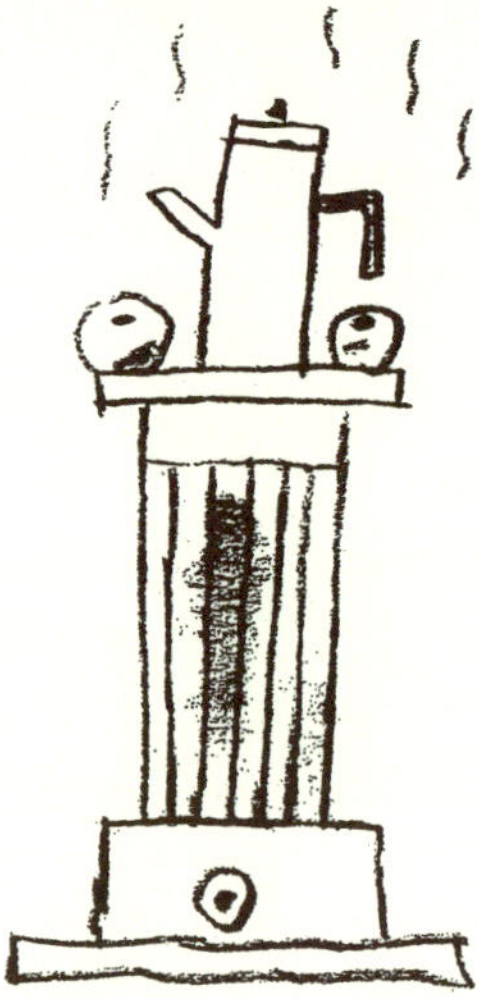

なんの日

長谷川町子の生まれた日

「サザエさん」の作者長谷川町子さんは、一九二〇年のこの日、佐賀県に生まれました。ずっと前、東京の桜新町の長谷川町子美術館に行ったとき、展示されていた原稿を見て、その切り貼り（キリバリ）の多さにおどろいた。簡単に見える線を、こんなにも、描き直しまくっていたなんて。まるで、複雑なパズルのようでした。

わたしが持っていたのは、「いじわるばあさん」と、「うちあけ話」。「サザエさん」は、友達のうちに全巻あって、うらやましかった。

ほかほかみかん
たべながら。

一月三十一日　こどもの頃

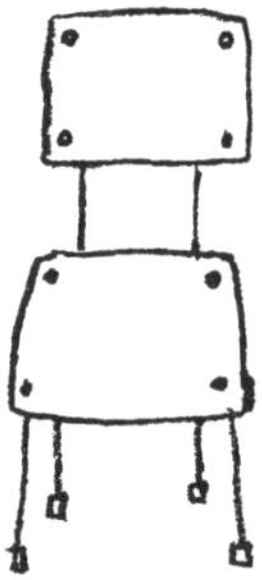

「子どもべやのいす」

このいすは　みなみアメリカ
このいすは　うみのふね
このいすは　ライオンのおり
このいすは　ぼくのいす

わたしが「プー横丁にたった家」を読んだのは、中学生の頃。この本は児童書だけれど、子供時代が遠く思えてきた思春期のわたしには、ぴったりのタイミングだった。物語だけでなくて、大好きだったのは、その本に描かれていたE・H・シェパードの描く挿絵の子供のポーズ。すっとのびた背中や、とびはねてる横顔。つばのついた帽子や皺のよったタイツ、昔のイギリスの子供の洋服もかわいくて、うっとりと、まねして描いた。描いている間、クリストファー・ロビンの気持ちが、すっかりわかった。自分も自由な子供になったみたいだった。

この詩は、子供時代のことをうたったミルンの詩集「When we were very young」の中から——。

「子どもべやのいす」は、希望どおり、なんにだって、変身可能!

なんの日

ミルンが亡くなった日
「くまのプーさん」のアラン・アレキサンダー・ミルンは、一八八二年一月十八日にロンドンで生まれました。
ミルンは、自分のこどもには、決して自分の本を読んで聞かせなかったそう。彼は、自分のなかの子供にむかって、物語を書いたのでした。
（この詩集は「クリストファー・ロビンのうた」という日本語題で出ています）

晦日正月、晦日節（みそかぜち）
正月最後の日。この日、松の内に年始回りをしなかった家を訪ねる地方も。

二月　如月

二月の呼び名

きさらぎ	如月
きさらぎ	衣更着
うめつつき	梅つ月
ゆきげづき	雪消月
れいげつ	令月

旧暦二月は、新暦の三月ごろなので、雪が消えて梅が満開のころで「梅つ月」。「衣更着」の字は春とはいってもさむいので、衣服をかさね着しているようす。二月は新しいことを始めるには良い月といわれて「令月」。新暦での二月は、大雪が降ったり、まだまだ極寒のころです。

二月一日　凍る月

駅から帰る道。

凍るような夜空におどろいて、うえをむいて歩きながら、あんぐりと、口がひらいてしまった――。

黒々とした空には、雲がどこにもなくて、かじかんで縮んだような、ちいさい星と、だまりこんでる、冬の月。

はーーっと、息を吐いて白い雲をつくってみた。

月が、あんまり、さびしそうだったから。

なんの日

ヤーヤ祭り〈一～五日〉
「やあやあ、われこそは」の、声がひびくヤーヤ祭。「ヤーヤ」の由来は戦さの名乗り。白装束の男たちが「チョウサじゃ」のかけ声とともに町を練って、激しくぶつかりあう。三重県尾鷲市・尾鷲神社で。

テレビ放送記念日
一九五三（昭和二十八）年、NHKが東京地区でテレビ放送を開始。受信料はひと月、二百円。

二月二日　天気雪

雪国の雪は、ひかりのなかにもふってくるそうです。

さらっさらの、かたくてつめたい雪は、風がふくと、あしあとも、さああっと消してしまう。——透明人間になったみたい。

さむくたって、どこまでだってあるいてみせる、と、つよいきもちの天気雪。

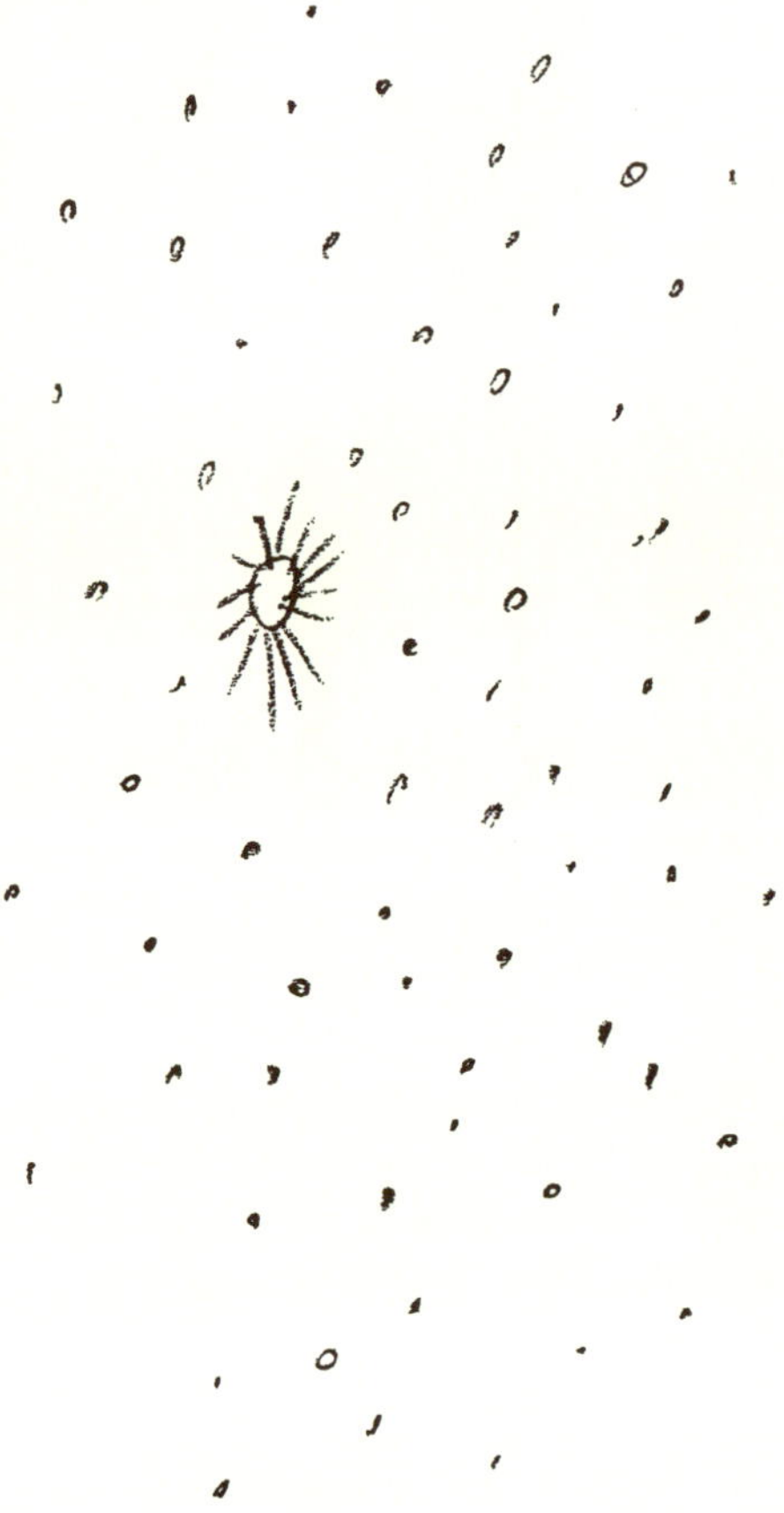

雪の温泉に行きました。半露天のお風呂にはいると、屋根からぽそっと、雪がおちる音。湯にとけて、しずかな夜。

なんの日

キャンドルマス
二月二日はキリストの聖母マリアが天使ガブリエルから受胎告知を受けた日。キリスト教では、安産祈願のために妊婦がキャンドルを納めに行く日なので聖燭節（キャンドルマス）と呼ばれます。
この日で、長いクリスマスシーズンもおしまい。リースやツリーを燃やします。

二月三日　鬼もうち

「鬼はーそと。福はーうち！」

節分の夜。ばらっばらっと豆をまかれて追いやられた全国の鬼たちは、吉野山の金《きん》峯《ぷ》山寺《せんじ》蔵王堂へ。暗闇の中、黒鬼、赤鬼、青鬼は、境内で鬼踊りを踊りながら、たいまつの火をふりかざして、おおあばれ。

金峯山寺では、豆をまいて鬼たちを迎え入れます。

「福はーうち！　鬼もーうち！」

僧侶や山伏《やまぶし》たちにかこまれ豆をまかれると、暴れまくっていた鬼たちは、みんなおとなしくなって、災難から守ってくれるもとの鬼の性格にもどっていくのです。

追われた
鬼が
やってくる

なんの日

節分（雑節の一つ）

節分は、立春の前日だけではなくて、すべての季節の分かれ目をいう言葉。もともと春の節分の豆まきは、大晦日の行事でした。豆をまいて、はらい清めたあとに、「正月さま」という福の神さまをむかえるための追儺（ついな）の儀式。豆を煎るのは「魔の目を射る」にかけて。「福は内。鬼も内」鬼が守ってくれる地方では、鬼を歓迎します。全国で節分祭。

のり巻きの日

節分の夜は、その年の恵方（えほう）にむかって太巻きを食べると健康で長生きできるそう。福をまきこむ。縁を切らない。太巻きは一本食べるまで、だれとも話してはいけません。

二月四日　立春

スーパーマーケットで、ふきのとうをみつけて、うれしくなった。春をさわるような気持ちで買って帰る。うすきみどりの葉が、やわらかい鞠のように合わさって、奥をのぞくと、びっしりと花芽。青い地面のようなにおいが、つうんとする。さっと湯がいて水にさらして、おひたしで食べるのもおいしいけれど、やっぱり、てんぷら、食べなきゃねえ。

あつあつの揚げたてに塩。噛むと、ほろ苦い蕾の香りが、ふかふかと口の中で崩れて、春の青さでいっぱいになる。

立春。今日から、暦の上では春。

なんの日

立春（二十四節気の一つ）
はるの気たつをもってなり（天明七年「暦便覧」）
二月四日頃

この日から立夏の前日までが春。まだまださむいけど、みんな春を待っています。すこしずつ日がのびて、九州や太平洋側の暖かい地方では梅が咲き始める頃。

ふきのとうはキク科の多年草。蕗の花のことをいいます。北海道のふきは大きく、コロボックル（アイヌの伝説に出てくる小人）のすみかともいわれているそう。

旧暦の中国は春節。お正月です。

二月五日　あご

びゅうびゅうと、ふきっさらしの坂道をあがる。

北風で枝が鳴る道で、あごの先っちょが、ひりひりと凍っていく。

人間のからだで一番つめたくなるのは、あごかもしれない――。

ふだん気にもとめなかった「あご」を、てのひらでおさえて、あたためながら、歩く。自分のからだの一部を、だいじだなあ、とあらためてたしかめるみたいに。

家についたら、お湯を沸かして、お茶をいれよう。今頃お正月休みの中国のことなんか思いながら、「八宝茶」。体をあたためる、クコの実や、ナツメ。緑の干しぶどうや白きくらげ。ふたをあけたら、色とりどりの、にぎやかなお茶。氷砂糖が、甘くとけていきます。ふーっと湯気吹いて、すすったら、おなかのなかから、ふやけてあたたか。

初午〈二月最初の午の日、日にちは毎年変化〉稲荷神社で初午大祭。お稲荷さんは農業と食べ物の神様。油揚げをおそなえ。初午だんごを食べて、福まいり。

二月六日　冬将軍

冬将軍が、また通る。

窓ガラスに北風がぶつかる音が、大砲みたいに、どおん、と鳴って、胸がどきどきする。木の葉や枝が、大波にゆれるように大さわぎして、びょおおお、びょおおおと、狂ったように、うなる。

――寒波襲来！

明日の朝は、すべてが――すべてが、彼らのせいで凍りつく。

寒さの中、あちこちで、旧正月のお祭り。あったかくして、出かけます。

なんの日

ゾンベラ祭

おおきなお餅で観衆を「ゾンブリベロリン」となでる。ゾンベラというのは、たくさんという意味のはやし言葉。太鼓のひびく中、男が田おこし、女が田植え。その年の五穀豊穣を祈って。

石川県輪島市門前町・鬼屋神社で。

お燈（とう）祭

白装束の男たちが神火を松明にうけて急な階段をかけおりる。

このお祭りは女人禁制。熊野の神々を出迎える「神迎え」と神々の「来臨」までを見せます。

和歌山県新宮市・神倉神社で。

二月七日　しもばしら

自転車置き場に、じゃりんと、白いしもばしら。

しもばしらが立つと、うれしくて、踏まずにはいられない。

今日のは、とくべつ立派。踏むのがもったいないほど。横からのぞくと、太いクリスタルの針みたい。がんばって、土を持ちあげている。

そっと、片足をのせてみる。（ぜんぜんへいき！）

両足でのってみる。（まだ崩れない！）

なんて力もちな、しもばしらたち！（こころのなかで拍手！）

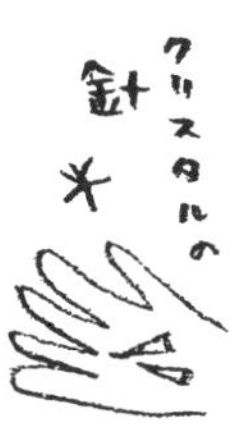

どっさり降った雪にとざされる北の国では、あちこちで、雪の動物やら、雪の町が出現！　冬限定の雪のお祭りが、はじまっています。

北海道では、華やかな「さっぽろ雪まつり」。

氷像がならぶ「千歳・支笏湖氷濤まつり」。

青森では「弘前城雪燈籠まつり」。ミニかまくらの灯りがたくさん。

岩手の小岩井農場では「岩手雪まつり」。

新潟では「十日町雪まつり」。

雪祭りで楽しみなのは冬の花火。ほっぺた冷たくして、見あげます。

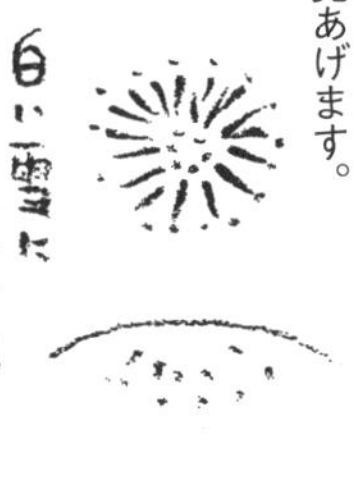

二月八日　風邪の神おくり

「風の神おくろ（ガンガラガン、ガン）」
「風の神おくろ（ガンガラガン、ガン）」

むかしは、手に負えないインフルエンザのような風邪がはやると、「風の神送り」といって、風邪の神さまを、村や町全体で追い払ったのだそう。

やりかたはいろいろ。上方では、竹や藁で風邪の神さまのわら人形をつくって、祭壇に祀り、太鼓やカネをガンガラ鳴らしてはやしながら「風邪の神さま、さようなら」と、川に流す。ほうり投げたら、あとも見ずに、さあっと逃げたとか。

上方落語にも「風の神送り」という噺。ある時みんなで「風の神おくろ」と、送りかけると「お名残惜しい」という者。「だれや」と、調べたら、医者やった。――これは、その落語のまくら小咄。

風邪の
かみさま
さようなら

なんの日

風の神送り
信州の飯田ではかつて風邪が流行った時に、「風の神送り」。
「風邪の神さま、でていってくなんしょー」
風邪の神さまに出ていってもらうよう、竹を持って家の中を走り回ります。竹にのって、風邪の神さまが、かけあしで出ていってくれるように、竹には「馬」と書いた短冊を結んで。
おなかがすいて、戻ってこないように、お米もつけて。

針供養
関東では二月八日ですが、関西・九州では十二月八日。この日は針仕事はお休み。古い針や折れた針を豆腐にさして供養します。縫い物がじょうずになりますように。ケガしませんように。各地の淡島神社で。

二月九日　こたつの寝息

こたつで、手紙を書きながら、たまらなくなって、ことん、とうつぶせ。
うたたね。
机に耳をくっつけていると、おおーーんと、温風ごたつの、うなるおと。
いーーーん。おおおーーん。クシューーウ。クシューーウ。
ふとんの中で、こたつが息をしているみたい。
それが、こもりうたみたいで。
こたつの、寝息みたいで。
あああ。からだが、どんどんおもくなる。ねむくなる。

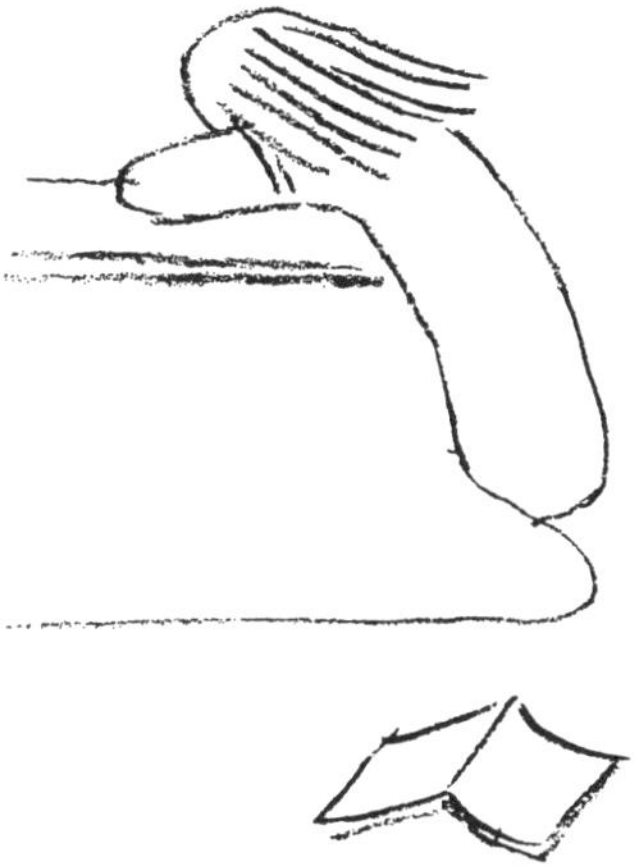

かきかけのまま

こたつでねむると、こわい夢みて、目がさめて——汗びっしょり。ねむりに落ちるときのあのきもちよさは格別なのだけれど。風邪には注意です。

なんの日

アエノコト
前年の十二月に迎え入れた田の神さまを、送り出します。

手をとって

二月十日　ふとん暮らし

冬の朝のふとんほど、はなれがたいものってない。

ひんやりと、鼻がつめたくなって、目がさめる。ふとんの外では、つめたい朝が、わたしをさわろうと、まちかまえている。

毛布をぎゅっと、ひっぱって、奥にもぐりこんで、かくれる。

愛しい愛しい、ふとんよ！（しがみつく）

もう、一生、ここで暮らしていきたい！　と、心の底から思うくらい、ふとんのなかは、あたたかくて、平和。ああ。ほんとうに、おなかさえ、すかなければ——。

今日は——そんな、愛すべき、ふとんの日。

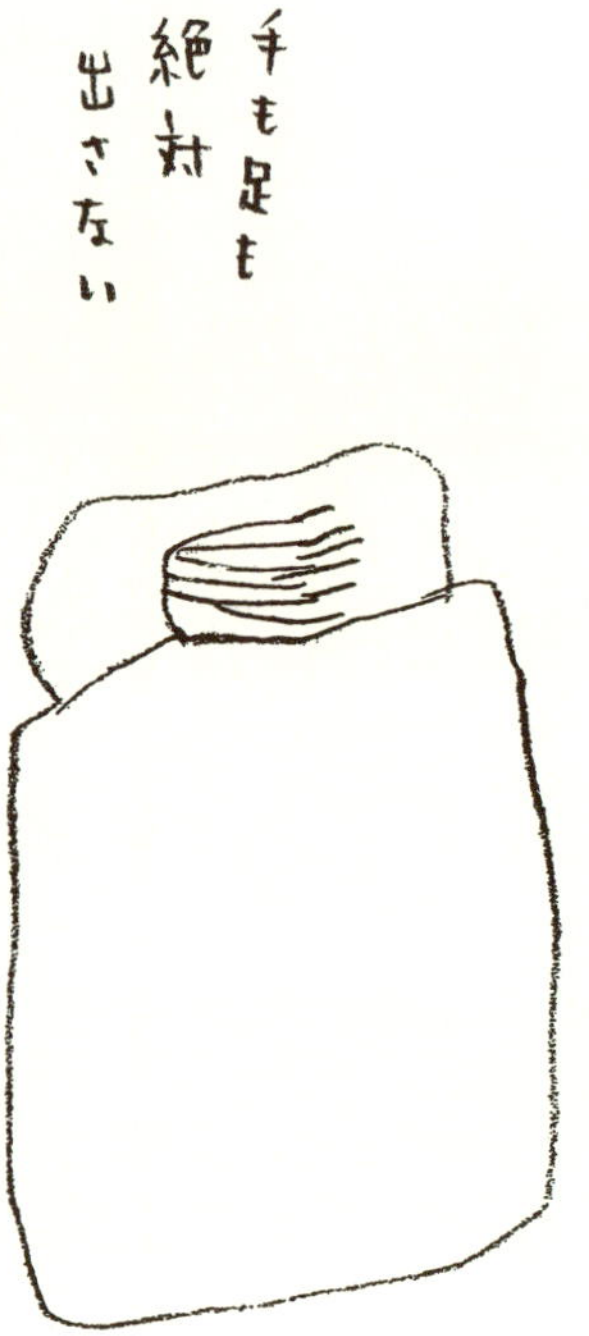

なんの日

ふとんの日
語呂あわせです。
現在のような、ふかふかのふとんが出現したのは、江戸の初期だそう。
ほかの語呂あわせ記念日は、ふきのとうの日。ニットの日。

紙風船上げ
秋田県仙北市上桧木内では、マイナスの雪原で、凧上げならぬ、紙風船上げ。おおきな紙風船が、雪の中にうかびます。

御願神事（ごんがんしんじ）別名「竹割りまつり」。青年たちが、約二百本の青竹を石畳にたたきつけて割ったあと、大蛇に見たてた大縄を、川に投げ込んで大蛇退治。この竹で作った箸で食べると、歯がなおるそう。石川県加賀市・菅生石部（すごういそべ）神社で。

二月十一日　そば湯

ひさしぶりに、おろしそばをたべる。
辛み大根の、つめたいそば。
そば湯の湯気のにおいをかいで、まだまだ、冬。と思う。

なんの日

建国記念の日（祝日）

干支供養の日
一年間大切に飾られ、厄を払ってくれた干支の置物たちに感謝して、ありがとうございました、と元の土にかえす日。

白河だるま市
福島県の白河だるまは、よーく見ると、眉が鶴のかたち、髭が亀、耳髭は松・梅、あご髭は竹なのだそう。福島県白河市で。

雪中花水祝（せっちゅうはなみずいわい）
雪の中、去年結婚した新婿の頭に、ばしゃあと水！子宝、子供の成長と夫婦和合を祈って。新潟県魚沼市堀之内で。

二月十二日　流氷

北海道の流氷群には、獣の雄叫びみたいな音があって、ときどき、まるで泣いているみたいなのだそう。

寒い日には、わたしの庭でも、氷がかたまる時や霜ばしらが立ちあがる時、かすかすぎるほどの音たちが、きっと地面にひびいている。

明け方や、真夜中。みしみし、ぱりりと、声を出して。

首をまわしてのびをして、関節ならす、氷たち。

遠く北の果て。こおりを割って、流氷群がやってきます。

なんの日

犬っこまつり〈犬の子正月〉〈第二土日〉

秋田県湯沢市で、雪のお堂に米の粉でつくった犬っこを供えて、盗難と魔よけの祈願。わんわんわん。泥棒を追い払う、ちいさな犬たち。首輪がおおきいね。夕方には、雪のお堂っこにろうそくの灯がともります。

二月十三日　なまはげ

「泣ぐ子いねがー、親の言うごと聞がねガキいねがー」
「ここの家の初嫁、朝起ぎするが、すねがー、うぉーうぉー」

なまはげは、出刃包丁をもった鬼が家にやってくる、秋田県男鹿の大晦日の行事。

こどもの頃、泣き叫ぶこどもの様子を、テレビで見た時は、心底ふるえあがった。

母は、わたしが、あんまりこわがるものだから、しめたとおもったのか、言うことを聞かないときに、「なまはげがくるで！」と、おどした。

関西人なのに。しかも、テレビだったのに。もしも、なまはげがうちに来たらどうしようと、その時だけは、おとなしくなった、わたし。

——秋田県男鹿市の真山神社で、なまはげ柴灯《せど》まつり。

赤い顔で
いっぱい
のんで
帰る

節分草

なんの日

なまはげ柴灯まつり〈第二金～日〉
大晦日に行われるなまはげと、神事の柴灯まつりをあわせたお祭。
松の木で柴灯を焚き上げ、この火で焼いた餅を霊峰真山の山神に献じてその年の安全や五穀豊穣を祈願。
なまはげの語源は囲炉裏に当たってできる「なもみ」といわれる火だこをはぎとる「なもみはぎ」から。なまはげが着ているワラをつかむと一年間、無病息災。

苗字の日
一八七五（明治八）年、苗字を名乗ることが義務となりました。
姓名判断とか画数とか、色々言うけど、むかしは名前だけ。苗字なくても幸福に暮らしていました。

二月十四日　告白

胸がいたいので　あなたの指をおもいだしてみた。
すると　もっと胸がいたくなった。
わたしだけが　恋している。
そうして　そのことを知っているのも　わたしだけ。
——今日は、告白しても、いいわけができる日。

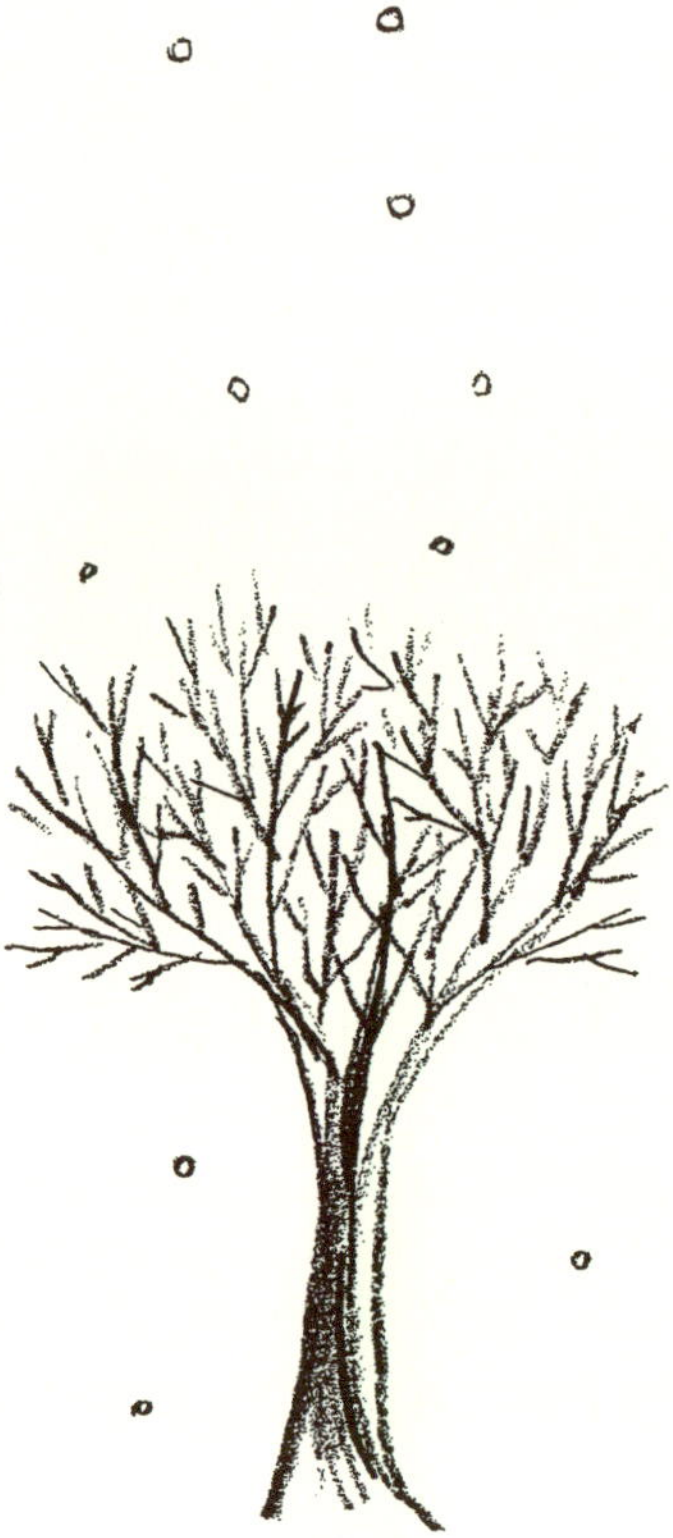

なんの日

聖バレンタインデー
バレンタイン司祭は、結婚を禁止していたローマ皇帝にさからって、たくさんの兵士たちを結婚させました。それが皇帝の怒りをかって、二七〇年の二月十四日、ついに殺されてしまう。もともとは司祭の死を悼む祭日。今では、愛しい気持ちを伝える日。

チョコレートの日
十七世紀、フランスの国王ルイ十三世と結婚した、スペインのアンヌ王女は、たいへんなチョコレート愛好家。チョコレートコックを連れてお嫁入り。チョコレートはたちまちフランス宮廷の貴族に広まりました。お菓子屋さんに、はなざかりの、バレンタインチョコレート。おいしそうで、自分用にも、もうひとつ。

はじめは
のみもの
だった
チョコレート

二月十五日　かまくらまつり

「はいってたんせ」

「おがんでたんせ」

ちいさくこどもの声。

しろい雪で、まるいかまくらをつくったら、小正月のおいわい。

水神さまを祀って灯をともしたら、あかるい影が、ぼんやり雪の上にゆれる。

半纏《はんてん》の袖から出たゆびさきは、つめたくて、赤い。

こどもらみんなで、くすくすわらいながら、豆もち焼いたり、甘酒飲んだり。まるで、お店やさんごっこみたい。

秋田の横手では、雪もあたたかくなる。しずかな、しずかな雪まつり。

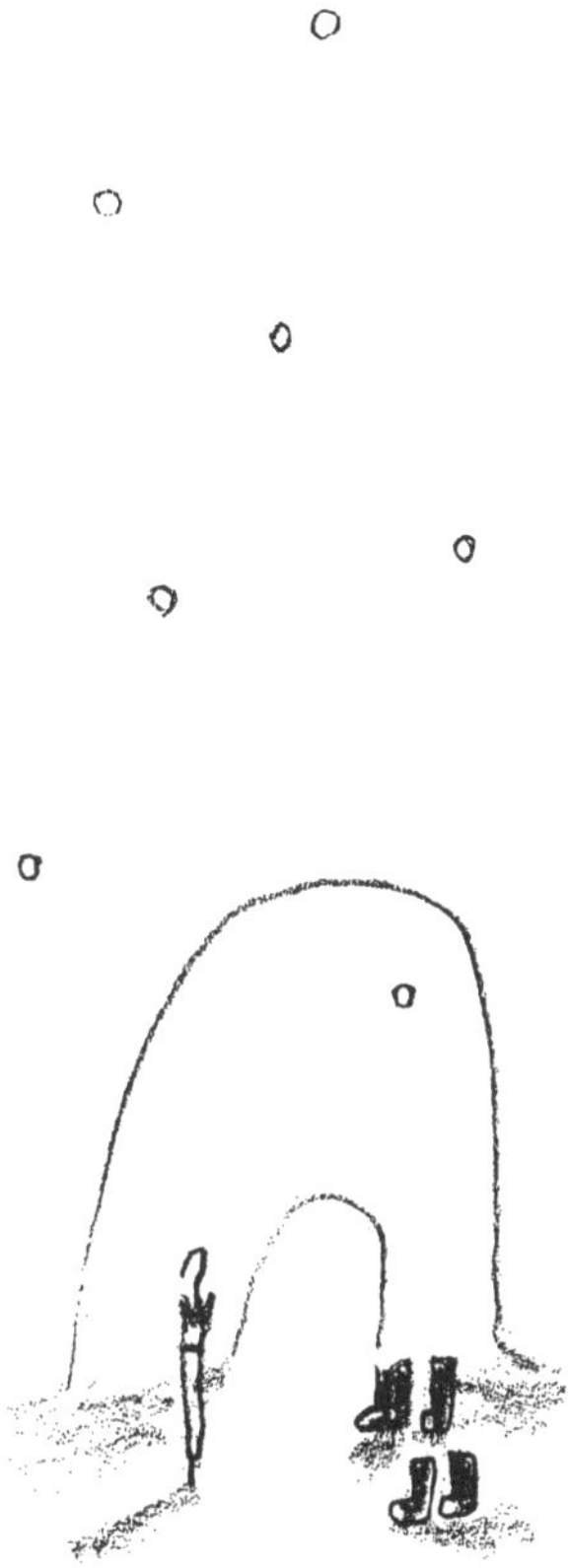

なんの日

横手のかまくら〈十五、十六日〉
どっさりつもった雪で、かまくらをつくって、小正月（旧暦）のお祝い。中に祀られた水神様にお賽銭をあげて、祈ります。通りがかった人も迎えて、おもち焼いたり、甘酒飲んだり。大根のつけもの「いぶりがっこ」たべたり。河原や小学校には、「ミニかまくら」がてんてんと並んでいます。中に、かわいい願い事入り。夕方になると、うつくしいあかりたち。秋田県横手市で。

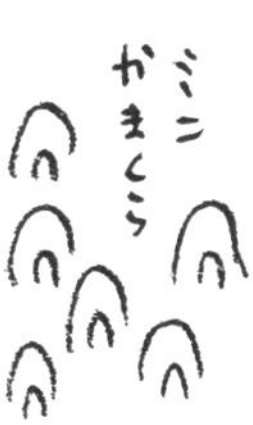

春一番の日
春を告げる南風に、はじめて「春一番」という名前がつけられた日。春一番がふくのは二月のおわりごろ。

二月十六日「小法師」

ころん、ころん。

小豆のお菓子「小法師」は、会津の友達のおみやげ。箱の中には、ころんと、ちいさな「おきあがり小法師」の人形いり。つっつくと、にこにこ、ころん。と、のんきな顔で起きあがってくる。

この小法師は、会津の縁起物の土人形で、家族の数より、ひとり多くかざると、その小法師が家族の厄を、みんな背負ってくれるのだそう。だから、お菓子とは別に、十日市で買った小法師も、おみやげでもらう。

「いろんな子がいてねえ。かわいい顔の、選んだんだけど、どうかなあ」

てのひらに乗るぐらいの土人形。ふんわりほほえんで、わが家にやってきました。

「会津葵」の銘菓「小法師」は、小法師そっくりの小豆のお菓子。赤い着物も着ています。そして、おまけにひとつ、ほんとうの小法師さんがはいってる。小法師は会津では、一月の十日市で、売られます。

なんの日

天気図記念日
明治十六（一八八三）年、日本ではじめて天気図がつくられました。

リオのカーニバル〈二月〜三月初めの土〜火曜の四日間〉
南半球のブラジルは、夏まっさかり。イースター前の禁欲期間の前に、サンバのカーニバル。謝肉祭です。リオデジャネイロで。

二月十七日　はと座

冬の夜空に羽をひろげる、はと座は、ノアの箱船から放たれた鳩なのだそう。

大洪水で、世界が水の中に沈んだあと。神さまがふらせた大雨がやんだかどうか、ほかの動物たちが、もう住めるかどうか、

「みておいで――」

と、飛ばされた鳩です。

鳩は、二度目で、オリーブの若葉をくわえて戻ってきました。

オリオンの足もとの、まだずうっと、ずうっと、下のほう。ちいさく羽ばたいてひかる。はじめて見た、新しい世界は、どんなふうだったんだろう。

むかしむかしの二月十七日、ノアの洪水が起きた日とされています。

なんの日

ノアの洪水の日
旧約聖書では「ノアの洪水」が起きたのはノアが六百歳のときの、第二の月の十七日となっています（創世記第七章）。四十日間雨が降り続き、すべてが水のなかにしずんで、一年後の第二の月の二十七日に地がすっかり乾きました（創世記第八章）。

西大寺会陽（えよう）〈第三土曜〉
岡山県の西大寺観音院で、はだか祭り。はだかの渦に、幸運の「宝木」（しんぎ）が投げ入れられると、数千のはだかが、うねって、奪い合い。

二月十八日　葛湯の鳥

むかし、琵琶湖には、とてもたくさんの鳰《にお》がいて、「鳰湖《におのうみ》」と呼ばれていたほどだったとか。鳰は、一夫一妻の仲むつまじい水鳥。冬の琵琶湖で、寄りそって、つがいで浮かぶ姿が見られます。

長久堂の「鳰の浮巣」は、やさしい甘さの、あたたかい冬のおやつ。浮巣の形の葛粉に熱いお湯をそそいだら、二羽の鳥が、なかよく、ぷかり。葛湯の中から浮かんでくる。

「――一羽だけ食べるのって、仲裂くみたいで、なんか悪いなあ」

湯気の中でおもしろそうにゆれて、ゆれて、たのしそうな、ふたり。

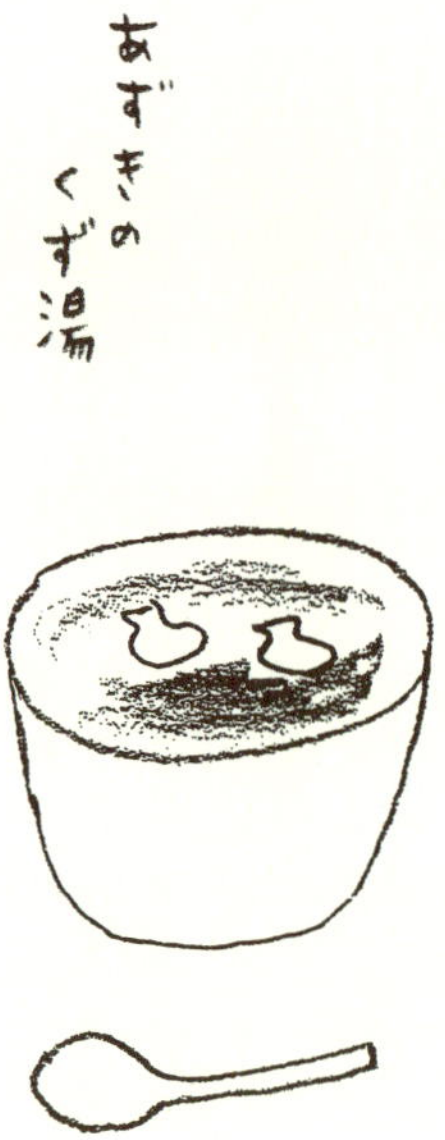

鳰は、カイツブリという水鳥の古名。水に頭をつっこんで、すいっと姿を消すので潜り鳥（むぐりどり）という名も。二月には赤ちゃんが一緒に泳いでいたりもします。

なんの日

エアメールの日

一九一一年、インドの博覧会会場から、八キロ離れたナイニジャンクション駅まで、はじめて飛行機で手紙が運ばれました。この時空を飛んだ手紙は、六千通。

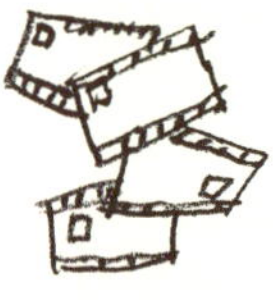

二月十九日　雨《う》水《すい》

庭のちいさい畑で、ぺしゃんこになってる冬越しのルッコラ。

そのうえに、つめたいみぞれが降る。からからの冬の空気をぬらしていく。

みぞれの音が葉っぱにあたって「ビツン、ビツン」と鳴って、地面がさらに冷え込む。ふんばってる、しもやけのルッコラ。「まだまだ」と、冬もふんばる。

庭に出て、はーっと、息を吐くと、湿度のせいか、いつもよりさらに、白い。

きっと、吐く息の水蒸気のつぶつぶが、さむいから、よりそって大きくなってるんだ。

――雨水の頃。積もった雪も雨となって、とけはじめるころ。

なんの日

雨水（二十四節気の一つ）陽気地上にはっし雪氷とけて雨水となればなり（天明七年「暦便覧」）二月十八、十九日頃

雪が雨に変わり、氷や雪がとけて水になる頃。気候が不安定で、突然の大雪も。南の方ではうぐいす。春一番も吹く頃。

秋吉台の山焼き〈第三日曜、天候によって変更〉山口県の秋吉台は、カルスト台地。海原のような大地にいっせいに火が放たれます。延期することも多いけれど、炎がなめるように、草原を焼きつくす様は、圧巻。

二月二十日　スープさえあれば

大根と油揚げに白葱いれて、お味噌汁。しみじみ朝のスープ。中華スープに青菜と餃子としいたけをいれて、おにぎりといっしょに、さらさら昼のスープ。れんこんと、カブが残ってたので、ベーコンといっしょに透明になるまで、バターで炒め、じゅっと、コンソメとミルクをいれて、とろんと白い夜のスープ。
熱々のをふうふう、すすって味見。冬はスープさえあれば、幸福になれる。

♪ひとくち　ススス　ふたくち　ススス　すすって　すべる、
チキンスープ　ライスいり――

センダックの絵本のうたを、テーマソングにして。

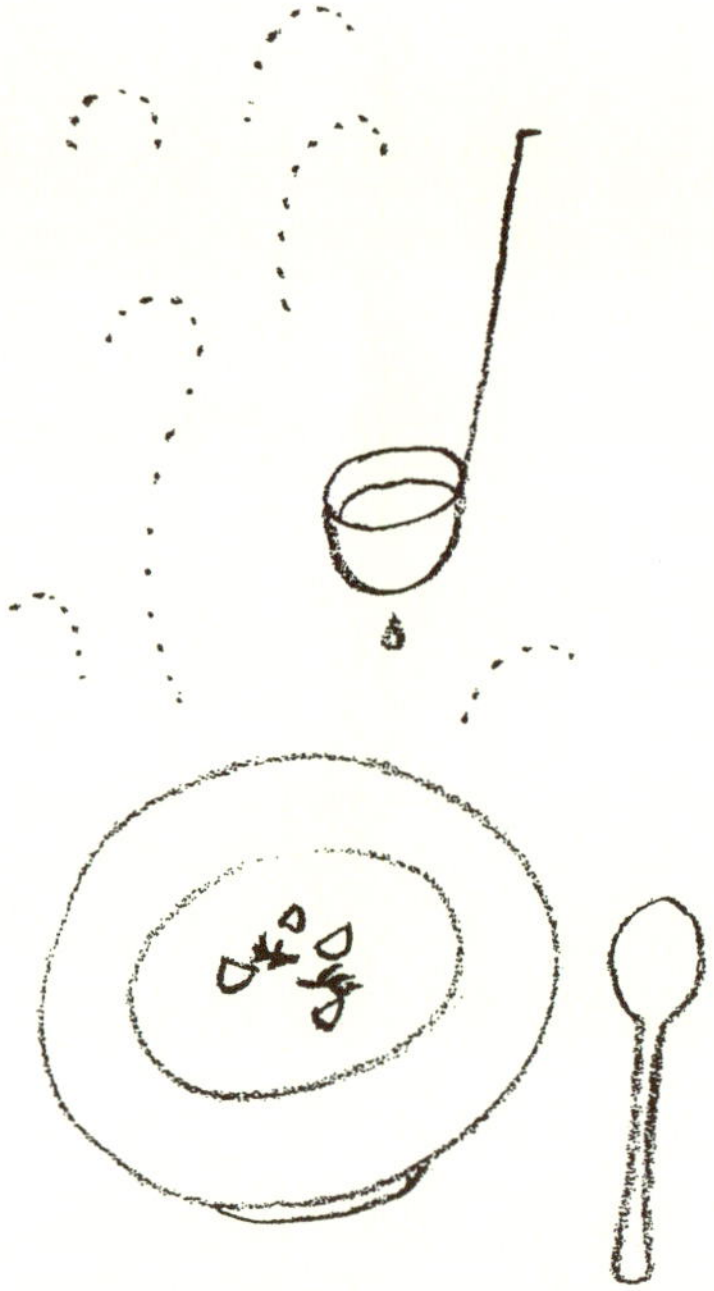

「チキンスープ・ライスいり」はモーリス・センダックの有名な絵本。わたしが好きなのは、自ら脚本、作詞、原画、背景を描いたミュージカル・アニメ「リアリー・ロージー」でキャロル・キングが歌う「ライス入りチキン・スープ」。スケートしながら、スープが飲みたくなる。

春を待ちわびていると、花屋には、もうチューリップが満開。ベビーピンクにうすいグリーンのさむそうなチューリップをひとかかえ。春の色が、部屋にやってきて、うれしい。あたたかい部屋で、まるでばらのように、おおらかにひらいていく、八重のチューリップ。

二月二十一日　マツユキソウ

ころがれ、ころがれ、指輪よ
春のげんかん口へ
夏の軒端へ　秋のたかどのへ
そして、冬のじゅうたんの上を　新しい年のたき火をさして――

「森は生きている」は、ソビエトのマルシャークのお話。女の子が、冬の吹雪の中、マツユキソウを摘みに出かけます。ゆびわをころがすと、雪の森は、さあっと鮮やかな春の景色に――。こどもの頃、あのゆびわ、ほしかったな。

ゆびわはないから、うちの庭には季節どおりの、マツユキソウ。

まださびしい北の庭に、ひっそり咲いて、しろく「春よ」といいました。

マツユキソウは、早春に咲く、しろいちいさい花。球根で植えます。もうひとつの名前は、スノードロップ。毎年きちんと、雪の中を割って咲いて、真っ先に春をおしえてくれます。

なんの日

日刊新聞創刊の日
明治五（一八七二）年、日本はじめての日刊新聞「東京日日新聞」（毎日新聞の前身）が創刊。

冬の新聞は
ひんやり
つめたい

二月二十二日　猫ろがる

朝のひかりでできた日だまりで、木の床がぬくもっている。

せっかくだから、ねころがる。

床で新聞を読んでるついでに、そのまま、ねころがる。猫ろがる。猫みたいに。

そうして、ぐしゃぐしゃぐしゃと、床にひろげた新聞紙に、まざりこむように、ころがって、ぐしゃぐしゃのまま新聞を読む。

まるで——ほんとの猫みたい。

まるくなって、ニャアとあくび。

なんの日

猫の日
二がみっつある今日は——にゃんにゃんにゃんと、ないて、猫の日。
うちの庭は、猫の通り道になっていて、ときどき通りかかった猫と目があう。かたまって、おたがい、みつめあい。ちょっときまずい。なんでかな。

春会式（はるえしき）〈二十二、二十三日〉
二月二十二日は聖徳太子の祥月命日（亡くなった日）。「お太子さん」といって、たくさんの参拝客。雪もちらつきそうな、兵庫県太子町の斑鳩寺（いかるがでら）で、春を呼ぶ太子春会式。

二月二十三日　富士山の日

「今日、富士山、見えてるよ！」

出かけていったはずの夫が、いったん戻ってきて、おしえてくれる。駅までむかう坂道。そこから、真正面、きれいに富士山が見える場所がある。消えないうち、消えないうち、と、わたしは大急ぎで坂の上に走っていく。

すると、道のはるか先に、さあっと、幻のように、大きな富士山。

すこし雲がかかると、すぐに見えなくなってしまうのだけど、よく晴れた冬の日は、雪まで見えて、手をのばしたら、さわれるんじゃないかと思うぐらい。

東京に住みはじめた頃、関西人のわたしは、この富士山の大きさにびっくりした。背の高いマンションや鉄塔なんか、ぜんぜん下のほう。ゆうゆうと富士山が立つ。絵みたいにきれいなかたち。でも、絵じゃなくて、ほんもの！

東京の街なんか、富士山にくらべたら、へなちょこ。自然のものに人間がつくったものが負けていることに、安心する。

――今日は、富士山の日。

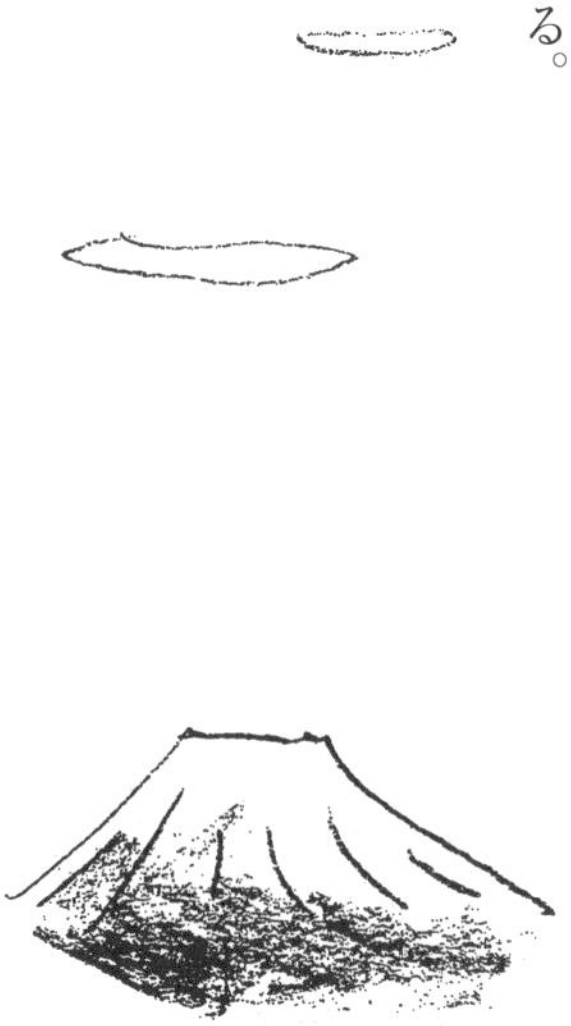

なんの日

天皇誕生日（祝日）

富士山の日

「ふ（二）じ（二）さん（三）」「富士山」の語呂あわせ。この時期は富士山がよく望めることから。富士山の標高は三七七六ｍ。

五大力尊仁王会〈ごだいりきそんにんのうえ〉

京都の醍醐寺で「五大力さん」として親しまれている法要。おおきなお餅を持ちあげる、力持ちくらべが、たのしそうです。

二月二十四日　くしゃみ

はっくしゅん。
まだ空気はつめたくても、からだが先に、春をうけとる。
杉の花がさいて、花粉がとびはじめるころ。

猫柳も、咲きはじめました。
鳥のくちばしみたいな堅いつぼみの中に、こんなやわらかいものがあるなんて。銀鼠色の花穂。

くしゃみしながら出かけたのは人もまばらな二月の水族館。アマゾンの巨大淡水魚、ピラルクに見とれて。

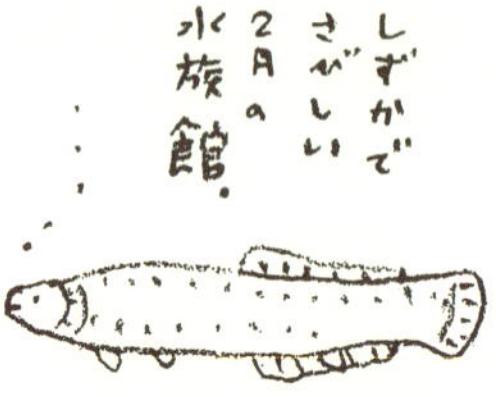
しずかで
さびしい
2月の
水族館。

なんの日

幸在祭（さんやれさい）
昔の元服式。成人のお祝い。十五歳に達した〝あがり〟男子の青年入りを祝して祈願。「おんめでとうござる」と太鼓、鉦、笛ではやしながら練り歩き、山の神・大田神社・上賀茂神社に参拝します。さんやれは、「幸在れ」のこと。京都・上賀茂神社で。

二月二十五日　梅の恋

東風《こち》ふかば　にほひおこせよ　梅の花　あるじなしとて　春な忘れそ

梅の花よ。春が来て東風が吹いたら、その風にのせて、花のにおいをわたしのところまで送っておくれ。わたしがいなくても、春をわすれてはならぬぞ——。

無実の罪で九州の太宰府にながされることになった菅原道真は、庭の梅の花に言いました。さようなら、さようなら、と。親しい、いとしい庭の梅に。

梅の花は、道真を慕って、一晩で九州へ。すぐにその花をさかせたそうです。

京都の北野天満宮で、梅花祭《ばいかさい》。

九州の太宰府天満宮でも飛梅講社大祭《とびうめこうじゃたいさい》。梅の花が見ごろ。

太宰府天満宮には、道真を慕ってとんできたという伝説の「飛梅」があります。

一月半ばからまっ先に、白い花をさかせます。梅の実からは、梅酒や梅干しができて、おいしそうです。

京都の北野天満宮では、梅の実で「大福梅（おおふくうめ）」をつくります。お正月の朝これをお湯にいれて飲むと、無病息災。

そして、毎月二十五日は「天神さん」。露店がならびます。全国の天満宮で、梅が見ごろ。

太宰府天満宮飛梅講社大祭
福岡県太宰府市

北野天満宮梅花祭
京都市上京区

水戸の梅まつり
茨城県水戸市・偕楽園、弘道館公園

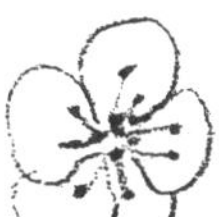

二月二十六日　大きな月

冬の満月は、夜が早いから早くのぼる。

のぼりたての月が、低いところにぽかん、とあらわれると、その大きさに、いつもびっくりしてしまう。でも、月の大きさは変化しないから、いつもおなじ。地上近くに出ると、建物や木との対比で大きく見えるだけなのだそう。

ほんまかなあ。と、それをきくたびに思ってしまう。いつもとおんなじ月だなんて、とうてい思えない。低く出ている月は、おばけみたいにでっかくて、なにかの間違いで、来てはいけない場所までおりてきてしまったみたいだ。地球にぶつかりそうで、でっかい目で見られてるようで、胸がどきどきする。胸がどきどき、どきどきして、だれかにこのことをしゃべりたくなってしまう。

——ビルとビルの間に、大きなパンケーキみたいな満月。

ひくいところは空気の層がちがうせいか、月が不思議な色。パンケーキみたいなきつね色だったり、ピンクグレープフルーツみたいな、おいしそうな、もも色だったり。

ふだんとはちがう月を見かけるたんび、ちょっと興奮。だれかに言いたくなってしまう。

二月二十七日　片口さん

片口のうつわが好き。

口がある、というところが、なんだか人格があるみたいで。こういう形の生き物みたいで。ほかのうつわより特別に感じてしまう。煮物をいれる時なんかでも、「この子に、いれよう」と、片口には「この子」よばわり。ほかの、うつわより、ひいきだ。お酒を入れるにもいいし、だしのあるものにもいい。（口から、すっすっとわけられるからね）

もちろん、花をかざるのにも使う。この、きゅっと出てる口がアクセントになって、まんまるの器にかざるよりも、間のびしない気がして。よくはたらいてくれる、かわいい片口さん。（やっぱり、ひいき）

剣山をいれて、梅の花の枝を生ける。

つんと横顔の片口は美人。梅の枝は、頭にのせた、花かんざしみたい。

片口だけでなくて、口のあるものには、みんな弱いわたし。

ピッチャーも好きで、小鳥みたいに、ならべている。

その横顔にうっとり。

二月二十八日　手ぬきティー

手抜きミルクティーをつくって、ひとりで飲む。

超、超、手ぬきのミルクティー。

朝食の時に残った、ティーポットの中のさめて濃くなったセイロン茶に、ミルクをそそいで、レンジでチンする。黒砂糖もいれて、うんと甘くして。

すごい手ぬきだけど、あたたかくて、ミルクいっぱいで幸福。

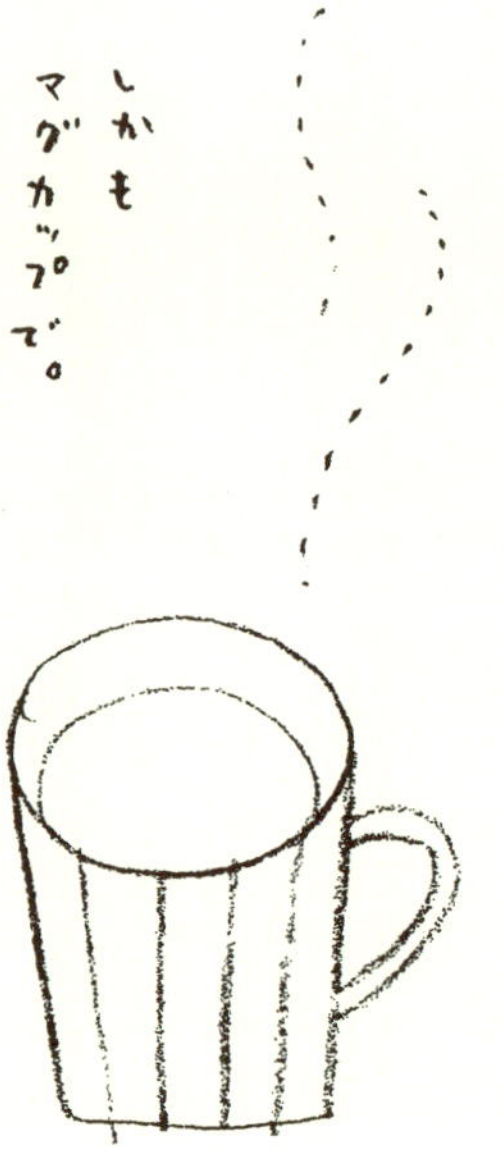

なんの日

ビスケットの日

ミルクティーの、おやつには、やっぱりビスケット。さくさくの、あんまり上等すぎない、気楽なやつを。

ビスケットの語源は、ラテン語で「二度焼（八）かれたもの」という意味なのだそう。

その語呂あわせと、水戸藩蘭医の柴田方庵の日記に、一八五五（安政二）年の二月二十八日の日付で、ビスケットの作り方を友人に書き送ったと書かれていたことにちなんで、今日はビスケットの日。

二月二十九日　春スカート

まださむいのに、もう、春物のスカートを買ってしまった。

薄っぺらいコットンの、あかるい緑とアネモネ。花柄って、ほんとうはあんまり好きではないのだけれど、春先のスカートだけは特別。一月のセールが終わると、お店では、早々とカラフルな春の服がならんでいて、花畑みたい。つい、手に取ってしまう。（摘みたくなってしまう）

ぶあついタイツに、セーター。ブーツもしっかり履いて、さっそくスカートで、おでかけ。スカートだけがひらひらとたよりなく、つめたい風が吹き込む。

だけど、花をかかえて歩くみたいな気持ちで、うれしい。

マフラーをぐるぐるまいて、手袋もして、ウールの帽子もかぶって。スキップ。

かろやかなのはスカートだけなんだけど、ひらひら春のきもち。

なんの日

閏日

四年に一度の閏年には、二月二十八日の翌日に閏日として二十九日が入ります。これは、一年の日数が三六五日ではなく三六五・二四二二日なので、そのズレを調整するため。

英語では閏日のことを"leap day"。イギリスでは、この日のみ、女性から男性へのプロポーズが伝統的に公認されていました。

うちの庭のウッドアネモネ
咲くのは4月。

三月　弥生

三月の呼び名

やよい　弥生
さくらづき　桜月
はなみづき　花見月
ゆめみづき　夢見月
冬三月

旧暦の三月は、春まっさかりの新暦の四月ごろにあたります。弥生は「草木いよいよ生ひ」の「いよ生ひ」がなまったものだそう。桜も花もたくさん咲いて、夢のよう。はださむい日もあって「冬三月」。新暦三月は、ようやく春らしくなってきて、梅が満開のころです。

三月一日　モクレン

モクレンの花のつぼみが、両手を合わせて、空に向かってのびている。
ふるえる、うぶげ。
あの手の中に、今年の春が、はいっている。

ハクモクレンのつぼみが、見かけられるころ。まるでだれかの、白い手みたい。うすむらさきのは、シモクレン。

おなじモクレン科でも、こぶりなのはコブシの花。モクレンより、少し早く咲きます。

欧米では「マグノリア」というきれいな名前。

三月二日　寒桜

駅のホームの寒桜が、つめたい夕暮れの中で、ひっそりと満開。
あんまりにもしずかなので、見てる人はあんまりいない。
音もなく散って、わたしのところにも、ひらり。
はぐれた花びらがいちまい、春の手袋のうえで、目をとじる。
見られていても、見られていなくても、変わらない、しずかないいにおい。

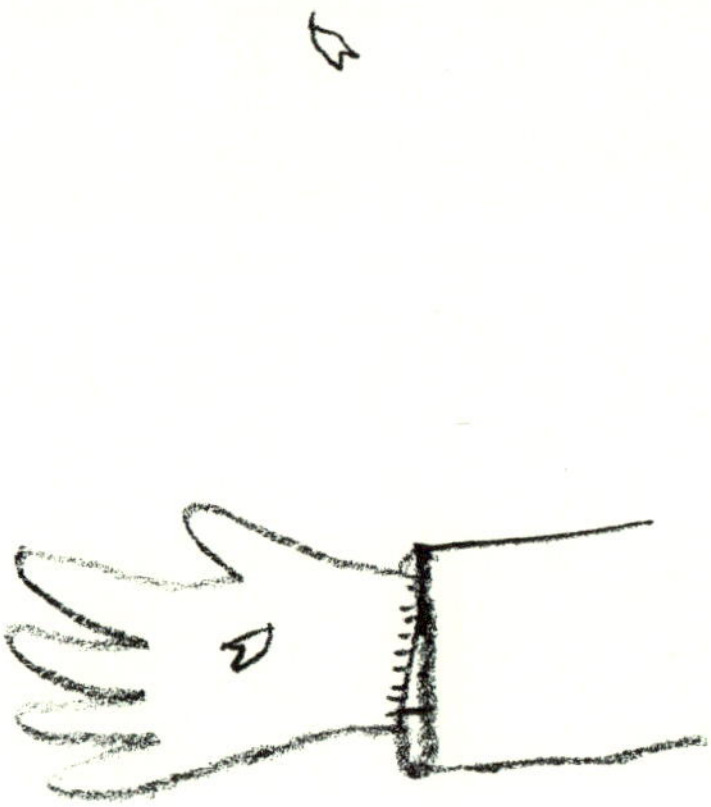

早いところでは、二月頃から早々と咲く寒桜。寒桜の仲間には「大寒桜」や、伊豆地方に咲く「修善寺桜」、「河津桜」など。うっすらと桜色が、まだ寒そう。

なんの日

若狭のお水送り
東大寺二月堂のお水取りで汲む霊水を水源、遠敷（おにゅう）川より送る神事。竹筒の水を川に注ぎます。福井県小浜市・神宮寺で。

二月堂修二会（しゅにえ）
東大寺では一日から、僧侶たちがけがれを悔過（けか）して行をはじめます。ほら貝を吹く練習をする音が、二月堂からひびいて、春が着々と近づいています。東大寺のお水取りも、もうすぐ。〈一～十四日〉

三月三日　ひなまつり

土人形のまめ雛をちいさくかざって、ひなまつり。

たっぷり買ってきたハマグリを、ごりごりこすり合わせて水で洗って、塩水で砂出し。暗くて静かな隣の部屋に置きにいく。

水菜や大根を切る間に、ちゅうう、ぴゅうう、ちゅうう、と、隣から砂を吐く音。

生きてる生きてる。息してる。しめしめ。なんて思うわたし。

静かにほうっておかなくちゃいけないのだけど、ついつい、時々見に行ってしまう。

砂を吐くのがおもしろくて。ハマグリ、飼ってるみたいで。がまんできなくて、指でつついたりもしてしまう。

だけど、情をうつすのは禁物。今晩は蛤鍋だもの。

なんの日

ひなまつり（桃の節句）
三月三日の節句は、もともと中国から渡ってきた「上巳（じょうし）の節句」のお祓い行事。三月はじめの「巳の日」に、けがれを洗い清めて、水に流すというもの。それが、日本に渡って、ひとがたに災いや厄をうつして流す流し雛に。

蛤なべは、蛤と、水とお酒でふたをして、口がひらいたところをわっと食べます。塩を足して海の香りの潮汁をすすりながら、ふうふう。野菜は、蛤のあとで。ハリハリした、水菜やウドが良く合います。

天領日田のおひなまつり〈二月十五日〜三月三十一日〉
江戸時代からのひな人形が、旧家や祇園山鉾会館で公開されます。大分県日田市で。

三月四日　声の色

ヒヨドリが、庭の木に止まって、ときどき、空に顔をあげて、きゅうっと啼く。窓ごしに見ているから、その声はかすかにしか聞こえない。だけど、啼くたび、声の代わりに口の中の赤い色が見える。ちらちらと、赤。また赤。またちらりと赤――。じっと見ていると、声が色で見えるみたい。空のとおくの、あかるいところを見つめて、ヒヨドリも春を待ってるところ。

春がちかづくと、鳥たちがほんとうに、にぎやかに啼いている。ひかりが、きらめく時みたいに。つがいでやってきたきみどりの子らは、メジロ。とおくから見ているのは、シジュウカラ。

なんの日

深大寺だるま市〈三、四日〉
おおきな目玉のだるま。目玉ナシのだるま。まねき猫もならびます。東京都調布市・深大寺で。

ミシンの日
語呂あわせ。ミシンを発明したのは、一七九〇年、イギリスのトーマス・セイント。春にむかって、コットンのスカートでも、縫いたくなる頃。布を選んでさわってる時が、いちばん幸せ。

三月五日　啓蟄《けいちつ》

ぶぶぶぶぶ　ぶぶぶぶぶぶぶぶ

まるっこい毛玉みたいなマルハナバチが、花のまわりを飛ぶのが見られる頃。

マルハナバチは、めったに針を使わないおとなしい蜂。ふわふわと気ままに蜜をなめては、ふわふわとまたどこかへ。ミツバチみたいに蜜もあつめないし、大きな巣も作らない。

「きょうは、どこで、やすもうか」

夜もひとりで、葉っぱのかげで、ねむります。

——啓蟄。冬眠していた虫たちが、動きはじめる頃。

オウバイに
ふわふわ

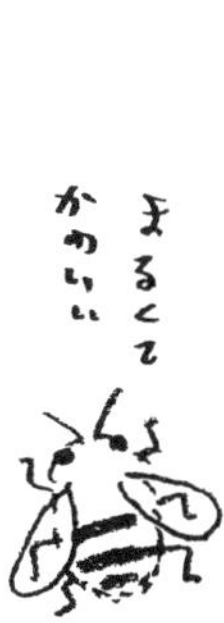
まるくて
かわいい

なんの日

啓蟄（二十四節気の一つ）

陽気地中にうごき、ちゞまる虫あなをひらき出ればなり（天明七年「暦便覧」）

三月五、六日頃

「啓蟄」は冬眠をしていた虫が穴から出てくる頃という意味。

実際に虫が動き始めるのはもう少し先だけど、天気の良い日は、春の植物に、マルハナバチが見られます。ふきのとうの花が咲いて、柳の緑が、芽吹くころ。

スミレが
さきはじめています

三月六日　こころ

学生の時、好きだった男の子が、フロイトの本を貸してくれた。好きな子が貸してくれた本だったので、がんばって読もうと思ったけれど、何でも夢でこじつけるのが面倒で、きゅうくつで、読みながら、ねむくなった。

他人の言葉で自分の心が決めつけられることも、嫌で、こわかったのだ。そして、ついに最後まで読まずに返してしまった。

こどもっぽいわたしには、その男の子の心はさわれず、その子は別の女の子を好きになった。すれちがう、ひかるような笑顔。もしかして、あの本には、心をさわる方法が書かれていたんだろうか。

いまでも、わたしは、こころを言葉だけでふちどることが、こわい。

ひとみしりなので、話し言葉で心をあらわすのが苦手。はじめて、フロイトの名前を知ったのは、大島弓子さんの漫画、「F（フロイト）式蘭丸」。心理学の本よりおもしろかった。高校の授業中に、読んだっけ。

なんの日

フロイトの生まれた日
フロイトは、オーストリアの神経病学者、精神分析の創始者。
（誕生日は五月六日と三月六日の二説ある）

三月七日　火の花

紙を燃やす。

みるみるひらめくように火の花が咲いて、黒い粉になって舞いあがり、散り落ちる。火を見ているとあきない。大昔、はじめて火を見た人は、あまりにもうつくしくて、さわりたくなって、一度はヤケドしたに違いない。さわらずにはいられなかったと思う。熱くておどろいて、こわくなって心ひかれたと思う。あの、何枚も重なっては消える、透明なまぼろしみたいな、ひかりの花。

燃えるということは、この世界にあるものの中で、最もきれいでこわいもののひとつ。こわくてきれいなものは、心を引きよせる。

けっして、さわれない光と熱の花。

近づくと命を取られてしまうので、気をつけて。

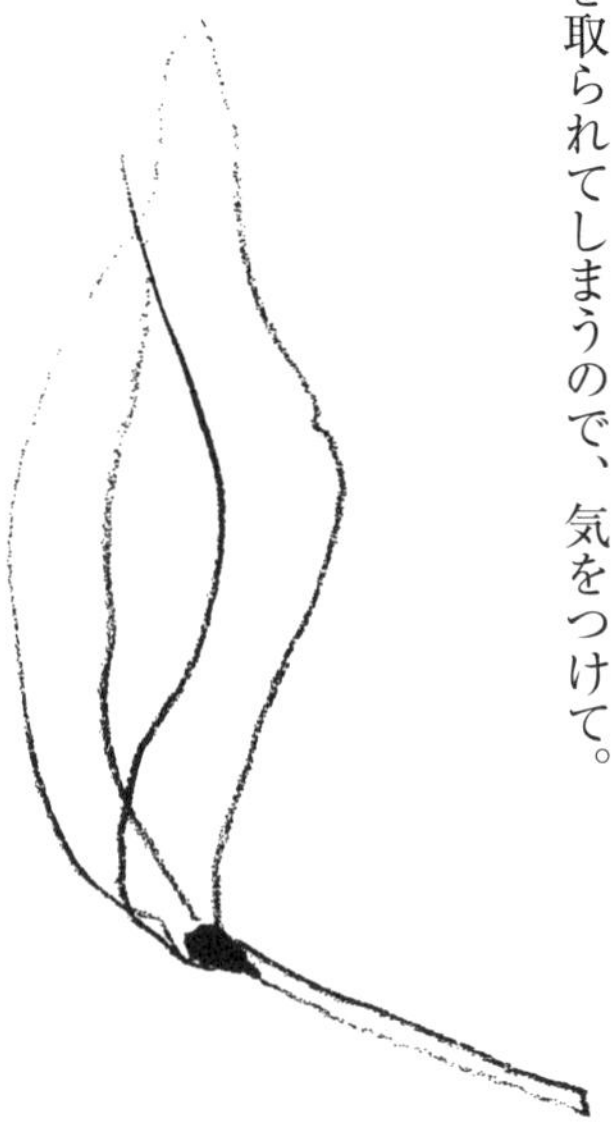

なんの日

消防記念日
消防士は、火の花が、こわーいドラゴンのように変化したときに、退治する勇敢な人たち。

近くの土手に菜の花が咲きはじめました。

黄色の点描画。

はやくあの青い匂いの中をあるきたい。

三月八日　さびしい日

なんだかさびしかったので、あまいもの、あつめてみた。
ハチミツ。メープルシロップ。黒砂糖。角砂糖。チョコレート。クイニーアマン。
カステラ。あずき。マーマレード。キャラメル……。
――まだ、たりない。
と、あの人に電話。これ、口実にならないかな。

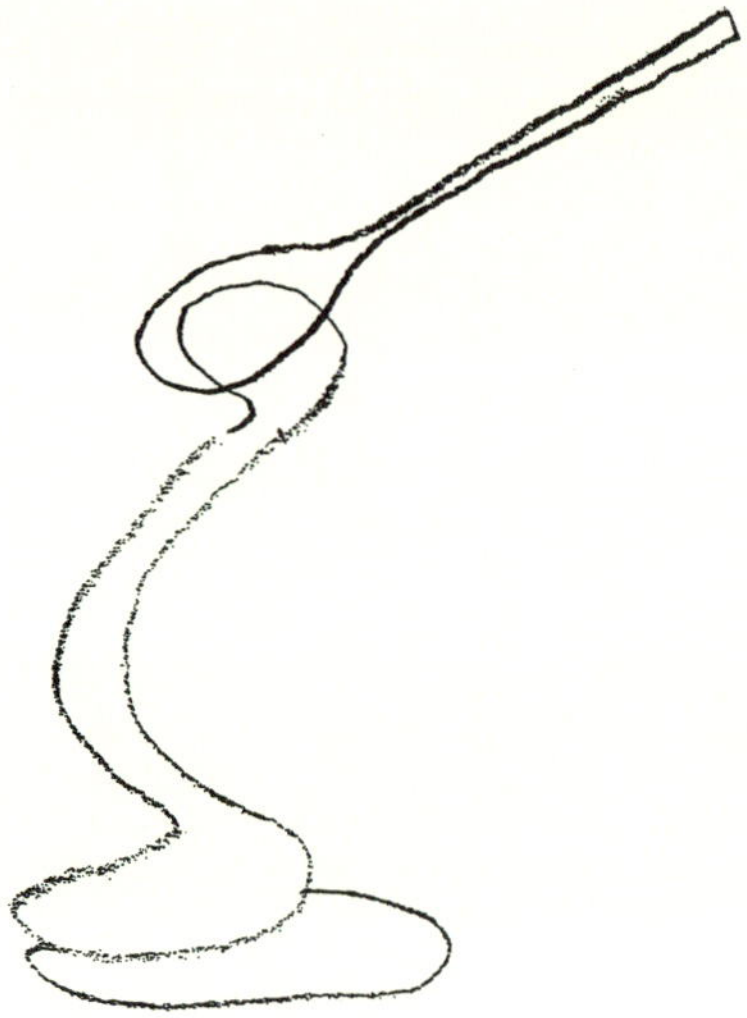

なんの日

ミツバチの日
あまいあまい、ひかるような、ハチミツを取ってくるのは、ミツバチたち。今日は、三と八で、ミツバチの日。語呂あわせ。

三月九日　ありがとう

庭のクリスマスローズが、みんな咲いて、せいぞろい。

白、うすみどり、あかむらさき。ピンク。

「きれいねえ」

と、声をかけて、しゃがんでのぞきこむと、

「ありがとう、ありがとう、ありがとう」

おじぎしたまんま、はずかしそうに地面を見ている。

なんの日

まっ先に咲く
木立ちの
ヘレボルス

ありがとうの日
三と九の語呂あわせで、サンキュー。

クリスマスローズは、うつむいて咲く。清楚で、繊細な形をしているけれど、とてもじょうぶな日陰につよい花。

ローズという名前だけど、キンポウゲ科。英国ではクリスマスの頃に咲く花。

うちの庭では、手入れを怠っても毎年かならず咲いて、どんどんその場所をひろげ、勢力を拡大中。

三月十日　春の演奏会

大きな風が、ひかりのなかで、空にむかってオーボエを吹き鳴らす。

ふおーん、という音といっしょに、
あっという間に、
雲。

ふきとばされて。

青空がひらく——。

ごどん。ごどん。どどどどどど。てけてけててて。

あちこちで、なにかが飛んでぶつかるのか、ひっくりかえるのか、合間に太鼓のようなひびき。やかましい、たのしい、春のがらくた演奏会。

つぴつぴ、つぴつぴ、つぴぴぴ……。

——メジロの恋の歌つきで。

春先に見かけると、新緑のようでうれしくなる、きみどりのメジロ。目のまわりが白いから、メジロ。和歌山では「あおちろ」。鹿児島では「はなつゆ」。沖縄では「そーみなー」なんて名前も。春先は、つがいで見かけます。恋の季節。

なんの日

藤子不二雄Ⓐ（安孫子素雄さん）**の生まれた日**
「忍者ハットリくん」や「怪物くん」は、かわいいのに、めだまが、こわい。奇妙な暗さにこころひかれて。

三月十一日　土づくり

なまけ園芸家の土づくりメモ。

1　石灰を全面にまく（表面がうすく白くなるぐらい）
2　天地返し↓肥料を混ぜ込む↓たがやす（くりかえし）
3　腐葉土を入れる↓たがやす
4　雨に二度ほどあてること。

いそいで、いそいで。春はもうはじまってる。
土づくりは、種まきの十日前までには、かならず。
だいじなのは、待つこと。
ふかふかと、おいしそうな土ができるまで、種まきは、がまん。

春に目覚めるように、カタクリの花が、咲きはじめます。ぴいんと花びらをとがらせて。地面の上を、編むようにおっていく。カタクリはユリ科の球根性多年草。むかしは、片栗粉の材料でした。

栃木県佐野市の「万葉自然公園かたくりの里」で、カタクリの花が咲き始めました。うすむらさきの群生。見ごろは、三月下旬頃から。

三月十二日　お水とり

奈良の東大寺の二月堂で、お水取り。

くらやみの中で、パチパチザザアと燃えおちる「おたいまつ」。東大寺のお水取りが終わると、関西に暮らす人たちは「もう、春やなあ」と、どこかうきうき。

ロシアでは「マースレニッツァ」という、春を呼ぶにぎやかなお祭り。

黄色い太陽の形の「ブリヌイ」というパンケーキを食べて、ロシアの人たちも、

「――はやく、春になあれ」。

そして、わが家の庭のはじっこ。なにやら植えた覚えのない草花たちの芽。

土の上にてんてんと、みどりの絵の具のしずくを落としたように顔を出している。

雑草なのか、去年植えた花のこぼれ種なのか、見分けがつかないけれど、しゃがんだまんま、うれしくなって、にっこり。

みんな、待ち遠しい春。

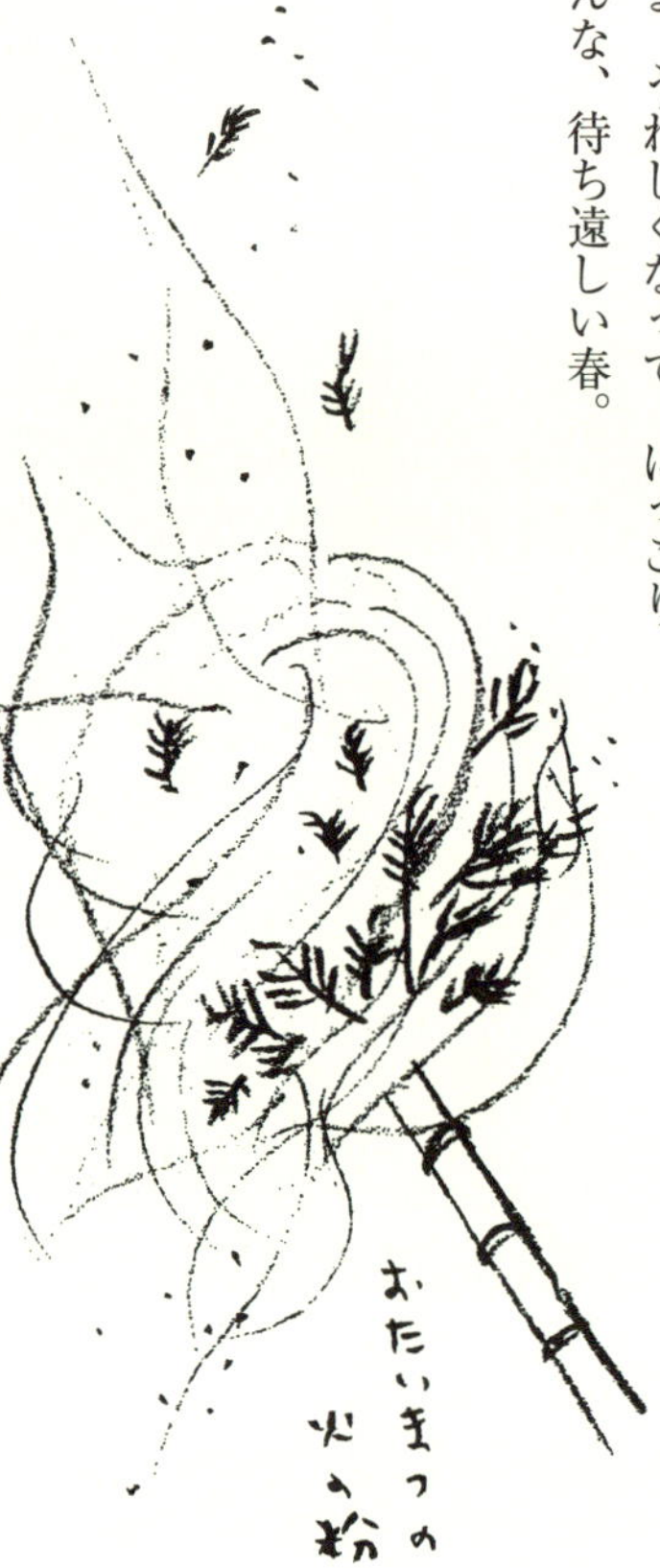
おたいまつの
火の粉

春の語源は、「万物の発（ハ）る季節」「草木の芽の張（ハ）る時」などから。なんにも変化がないように見える土の下から、突然顔を出すちいさな芽。冬の間に、もう準備は進んでいたのです。

なんの日

東大寺のお水取り
十二日の深夜、若狭の水を二月堂の中にうつす儀式。籠松明（かごたいまつ）のいっぽんの重さは八十キロ。大松明の火は、二月堂の欄干でふりおとされます。この燃えかすをひろうと、無病息災。

マースレニッツァ
冬の長いロシアで春を呼ぶお祭り。この時期は、パスハ（イースター）を迎えるため、肉を口にしてはいけないのだそう。でもバターだったら大丈夫。

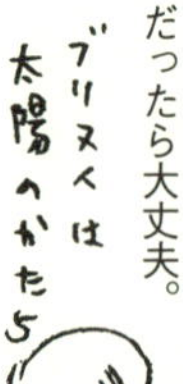
ブリヌイは
太陽のかたち

三月十三日　菜の花サンドイッチ

「なたねのサンドイッチ、したろか」

母親は、やわらかい炒り卵のことを「なたね」と言う。なたねのサンドイッチというのは、だから「たまごサンド」のこと。ゆで卵をつぶしてマヨネーズであえるたまごサラダではなくて、母のは、この、ほかほかの「なたね」を、パンにはさんだもの。

卵をといて、ぐしゃぐしゃっと、フライパンで炒める。半熟のうちに止めて、あとは余熱で——みるみるうちに咲く、きいろいたまごの花。

ナイフを入れると、切り口から、とろっとやわらかいたまご色と、きみどりのレタスがのぞいて、菜の花畑のような、ほかほかのサンドイッチ。マヨネーズとからみあう。パンが、すこし湯気でしめって、ふにゃっとしてるところもすき。今では、わたしの定番。（ゆで卵より簡単だしね）

春を待ちながら、今日は、菜の花サンドイッチ。

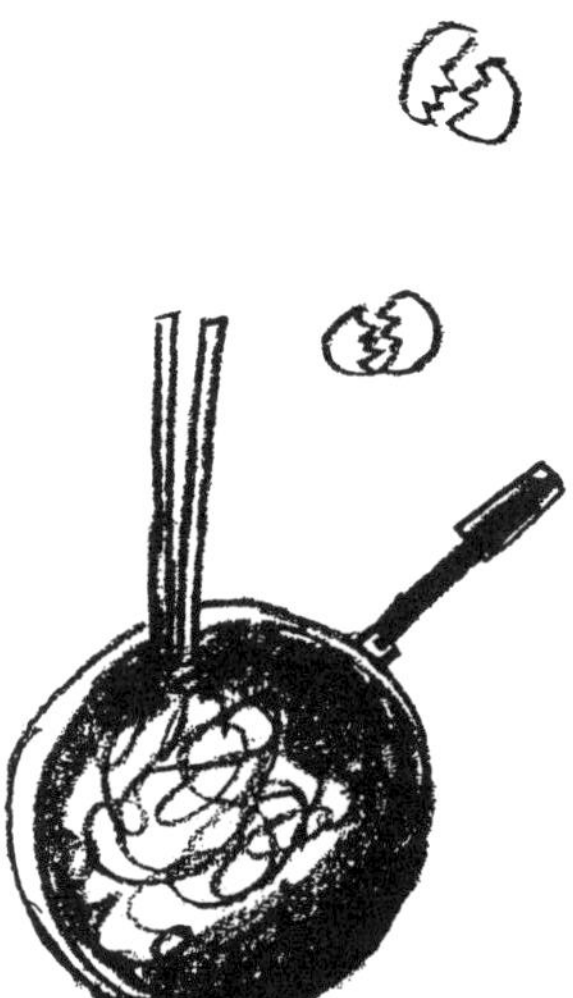

なんの日

サンドイッチの日

サンドイッチ伯爵は、トランプ好き。トランプしながら、片手で食べる方法はないかと肉もサラダもいっぺんにパンにはさんで、ひと口でガブリ。それが、サンドイッチのはじまりとか。いったい何のトランプゲームに夢中だったんだろう。三と三にはさまれて、今日は、サンドイッチの日。

茨城県取手市の利根川沿いに、菜の花が、ひかりの帯のように咲き始めます。橋を渡る電車の窓から見える、あたたかな春の景色。なたねサンドイッチ持って。

三月十四日　桜もち

「桜には、すこしはやいけどね」

ひさしぶりに遊びに来てくれた友達のおみやげは、桜もち。

包みをあけると、ふわっと甘い桜の花の香り。

つぶつぶの餅米の道明寺は、関西風。小麦粉を薄く焼いたもので餡をつつんだのは、東京風。どちらも、塩漬けの桜の葉っぱで、くるりとまかれて、さくらいろ。どちらもおいしい。嚙むといい匂い。熱い緑茶を入れて、ふたりでむかいあって、パクリ、パクリと、あっという間に食べてしまう。

「――なんかさ、一瞬だったね」

わらう。わらう。東京生まれの彼女と、大阪生まれのわたし。ふたりとも、食いしん坊。地元言葉のまんまで、話が弾むひるさがり。春に会えてうれしい。

東京風

関西風

西の桜もちなら、京都嵯峨野の車折（くるまざき）神社ゆかりの、無餡の道明寺と山形餡のもの。

東の桜もちといえば東京向島、長命寺の門前菓子。珍しい、二枚の葉っぱではさんだもの。

どちらも、桜の名所。


さくらもちの葉っぱは大島桜の葉っぱの塩づけ。

なんの日
ホワイトデー
お菓子屋さんが考えた、バレンタインのお返しの日。「マシュマロデー」「キャンディーの日」。日本だけの記念日。

三月十五日　白いくつ

白い靴を買った。

まっしろの、まっしろの革の、ぺったんこのスニーカー。

春が近づくと、白い靴がはきたくなる。それも、はずかしいぐらい、まっしろのやつ――。暗い冬色のぶあついコートの足もとに、まっしろの靴をはくと、そこだけ春が来ているみたいで、うれしくなる。

白は夏には目立たない色だけれど、早春の白は、ぴりっとしたアクセサリーのようで、ひかるようで、すてき。

当然。

軽くスキップ。

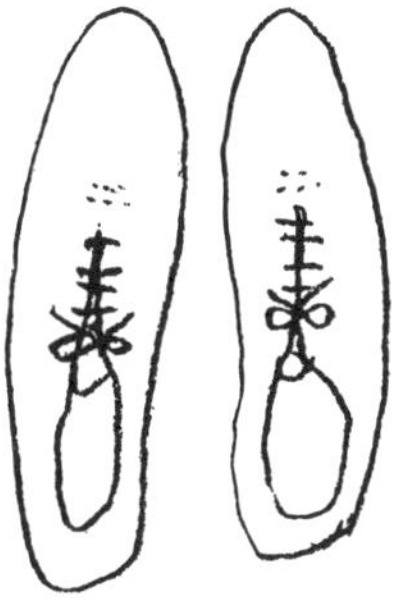

なんの日

靴の日
明治三年、東京築地入船町に日本ではじめての靴の工場ができました。

涅槃会（ねはんえ）〈旧暦の二月十五日〉
お釈迦様が入滅した日。京都の真如堂の涅槃会で授与される「花供僧（はなくそ）」は、あられや炒り豆を、砂糖蜜でまぶしたお供え菓子。かりん、と、あまくておいしい。

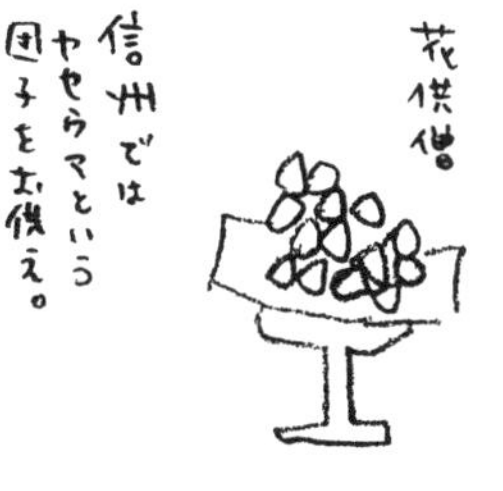
花供僧
信州ではヤセウマという団子をお供え。

三月十六日　うど

台所で、うどの皮をむいて酢水にさらすと、春が来た。
しゃりしょりと、やさしい香りの歯ごたえ。
寒そうな、うどの白いろが、あたたかく感じたら、すっかり春。

なんの日

十六団子の日

田んぼも春の準備です。今日は、山の神様が田の神様となって山から下りてくるといわれる日。東北・北陸地方の各地でお団子を十六個供えて、神さまを迎えます。

この日は、「田の神荒れ」といって天候が荒れやすく、神様に会うといけないから、田んぼにでてはいけないそう。

三月十七日　うぐいす

うぐいすの初音前線は、梅の花を追いかけていく。

近くの天満宮の梅が、びっしりと満開の頃、山を歩くと山の中の梅も、てんてんと、高いところに低いところに咲いて、音符みたい。枝に止まったうぐいすが、梅の楽譜に合わせて、あっちこっちで——。

ホーホー、ホケキョ、ホーーーホケキョ……。

春空にひびいて、いい調子です。

うぐいすの別の呼び名は「匂鳥」「春告げ鳥」「歌詠み鳥」「花見鳥」と、すてきな名前。ホーホケキョと「法華経」をひっかけて、「経よみ鳥」。
ホーホケキョの後ケキョケキョ啼くのは「鶯の谷渡り」。初夏の頃、山に帰ったうぐいすが歌う、山でしか聞けない歌声です。
春の彼岸入りの頃です。春の花と、牡丹（ぼた）餅を持って、お墓参り。

秋の彼岸には「お萩」というなまえに。

三月十八日　ニトペアイス

北海道のはしっこの、かちんこちんの雪が、やっとおしまいになる頃——

アイヌの子供たちは、イタヤカエデの樹液とり。

ナタで幹にきゅっと切り込みをいれると、たらりたらり。ニトペとよばれるその樹液は、ほんのり甘く甘く、それを鍋で煮詰めて飴にしてなめるのが、こどもたちの春先の楽しみ。

煮詰めた樹液を一晩雪の中に出して凍らせたら、ニトペアイスのできあがり。

昭和のはじめごろのアイヌの子供たちの、春のおやつ。

イタヤカエデの樹液って、どんな味だったのかな。幹に切り込みをいれると、たらりたらりと、おもしろいほどとれたそう。ニトペのニは木のこと。トペは乳汁のことだそう。三月半ば頃のアイヌの子供たちの遊び。

こちらは現在の話。カナダのケベック州で。春が近い雪どけのサトウカエデの森で、メープルシロップの収穫の頃です。カエデの幹からチューブで樹液を吸いあげ、ことこと煮つめたら、甘い甘い金色のシロップのできあがり。ニトペも、こんな甘さだったのかも。

三月十九日　ぼたん雪

白いくもり空に、白いみずたまの、てんてんてん。

春の長雨。いつのまにか、ぼたん雪に変わる。

ぼたん雪の別の名前は、淡雪、綿雪、泡雪、かたびら雪。島根のほうでは、だんべら、というのだそう。ひらべったい雪らしい、やさしい呼び名。

ティッシュペーパーをちぎったような、重さのないひらひらが、昼の空を舞う。

三月の雪は、気温が高いから、結晶どうしがくっつきやすくなって、ひとひらが、あんなふうにおおきくなるのだそう。

ヒヨドリが
ふるえて
ふくらんで
ボール
みたい

油断できない三月。

わすれた頃にふる雪は、

「わすれ雪」。


ぼたん雪は、いつしかみぞれに。

ユキヤナギの白い花がつぶつぶとさいて、春のみぞれに散っています。雪みたいに。

しめって黒くなった地面に、こまかな、点描画を描いて。

三月二十日　しずかな犬

酒屋の入り口で、ひまそうに、いつもこっちを見ている犬。

おとなしそうな鼻っつらに、ブザーを押すみたいに手をあてると、
びいん、と、ゴムみたいにはねかえってきた。指先に鼻水がひんやりとくっつく。

すぐに心をさわがせて、がぶりとかみついたりしないその犬は、やさしい。

酒屋の前でざらざらの足の裏を地面につけて、いつも昼寝している。何人もの足が
通りすぎるのを見ている。なんにもしてないいんだけど、静かな目が、りっぱに見える。

ゆるい昼下がり。黒いまつげ。黒い目玉。

のぞきこむと——犬の目玉の中に、じっとわたしを見ているわたしの顔。

なんの日

動物愛護デー
上野動物園の開園記念日にちなんで（明治十五年）。動物の横顔や背中が、いつもりっぱに見えるのは、なんでだろう。

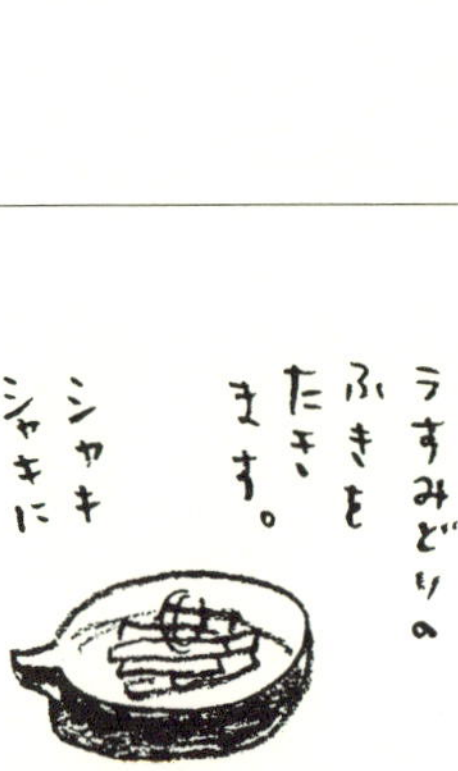
うすみどりのふきをたきます。
シャキシャキにするのがコツ。

三月二十一日　春分の日

空がゆっくりとまわる。
天空が、あおくまるくめぐる。
あかるいゆうがたが、庭に足をなげだして、ほんのりわらっている。
春分の日。昼と夜の長さがおなじいちにち。

なんの日

春分（二十四節気の一つ）
日天の中を行て昼夜とうぶんの時なり（天明七年「暦便覧」）
三月二十、二十一日頃
お彼岸の中日に当たる頃。「暑さ寒さも彼岸まで」この頃から、だんだんと、春らしくあたたかくなってきます。
そろそろ、ツバメもやってくるころ。

道後温泉まつり〈十九～二十一日〉
小説「坊っちゃん」にでてくる道後温泉。道後温泉は、日本書紀にもかかれていて、日本最古の温泉なのだそう。お風呂から上がったら、二階の大広間で、だらりとしながら、お茶と、お団子。愛媛県松山市で。

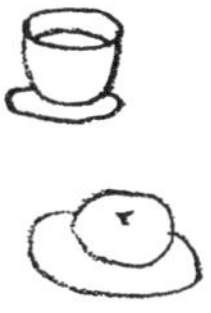

三月二十二日　鼓草《つづみぐさ》

たんぽぽは、英語で「Dandelion」（ダンデライオン）。

ギザギザの葉っぱが、ライオンの歯に似てるからだそう。

わたしは、花がライオンのたてがみに似てるからだと思ってた。

日本での、もうひとつの名前は「鼓草」。こっちは花の形が、鼓ににてるからなのだそう。

「たん、ぽぽ」。「たん、ぽぽ」「たん、ぽぽぽ」「ぽん」。

くり返して言うと、ほら、鼓をたたく音。

よく見かける、花びらのひろがったタンポポは、西洋タンポポ。秋の初めまで咲いています。日本のタンポポは、苞（ほう）が上向きにとじていて、花のかたちがふっくら。

タンポポの食べ方色々。葉っぱはサラダや、おひたしに。根っこはこがして、タンポポコーヒー。

なんの日

法隆寺 お会式（えしき）〈二十二〜二十四日〉
聖徳太子の徳をたたえる法要。法隆寺では、旧暦に合わせて命日の二月二十二日の一ヶ月後に営まれます。お寺では、ひと月前から美しいお供えづくり。にぎやかに露店が立って、お会式が終わると、斑鳩（いかるが）は桜の季節。

三月二十三日　春の歯のスキマ

春の大風の親分が、わらいながら、
歯のすきまを、すーぴー、すーぴーと、ならしてやってくる。

すーぴー、すーぴぴぴ、しゅぴっ。

ぬくい雨雲が、遠くからやってくる気配。

またもや、春のあらしだ――。

胸がときめく。

三月は、天気が大騒ぎする季節。突然変わる風向きは「てのひらがえし」。

「春一番」に「春二番」。やっとこさついた花のつぼみも、容赦なく散らす。

庭の植木鉢がひっくり返る。何かのビニール袋が飛んでいく。

今日は「世界気象デー」。冬の寒気団と温帯低気圧がぶつかって、空も地面も、大荒れ。

なんの日

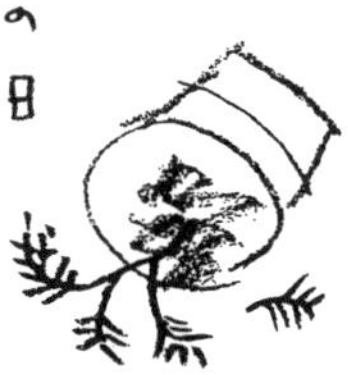

世界気象デー
「二八月荒れ右衛門」といって、旧暦の二月と八月（今の三月と九月）は「あらし」が多い季節。

南からひろがってくる春の温帯低気圧は、日本付近で寒気団と衝突して、大暴れ。通りすぎると、またみぞれが降ったり、寒く冷え込んだり。そのたびに風向きが変わることを、「てのひらがえし」というそう。

なんだか、春風の大親分の、必殺技みたいに聞こえます。

大風の中、彼岸明けの頃。

三月二十四日　ひなたタオル

かわきたてのタオルに顔をうずめて、おもいきり泣く日。涙がタオルにどんどん吸いこまれていく。鏡を見ると、ぼろぼろのぬれぞうきんのような顔。

「ひどいかお……」

あまりの情けなさに、自分で力なくつっこんで、力なくわらう。ぱしゃぱしゃと顔を洗うと、涙の塩分で、つるんつるんと、手がすべって気持ちいい。

泣くという行為は、沈んでいく状態ではなくて、復活の第一段階なのだそうだ。悲しいのに、涙が出ないことの方が、ずっと苦しい。だからといって、胸が痛いことに変わりはないけれど——日なたのにおいのタオルに救われる。

今日がお天気で、よかった。

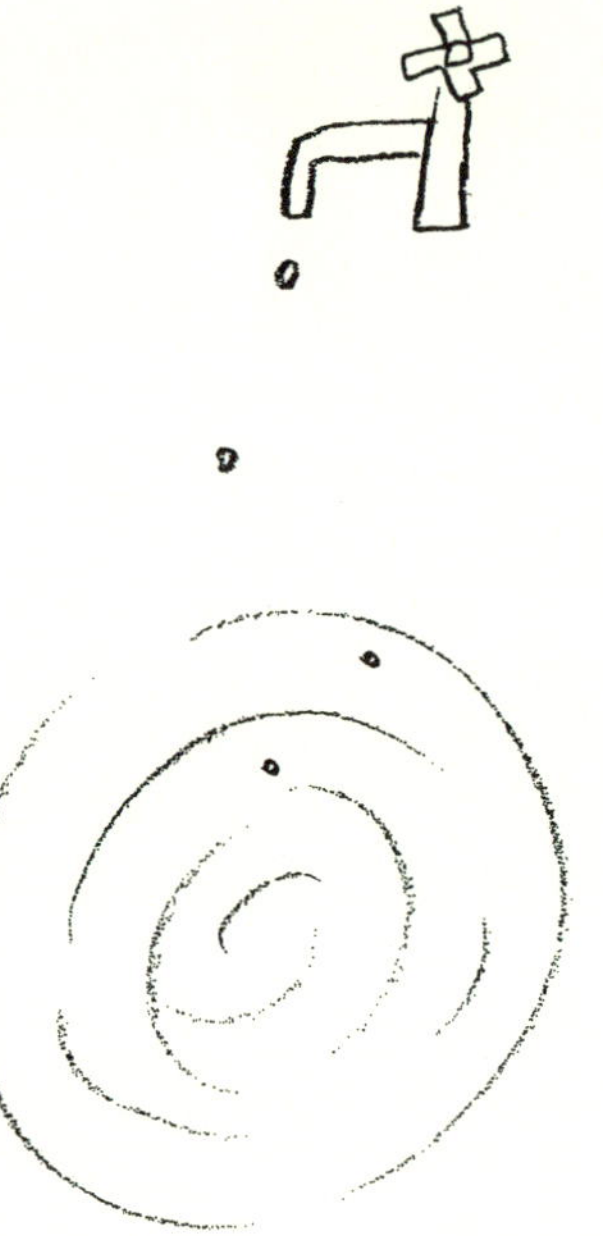

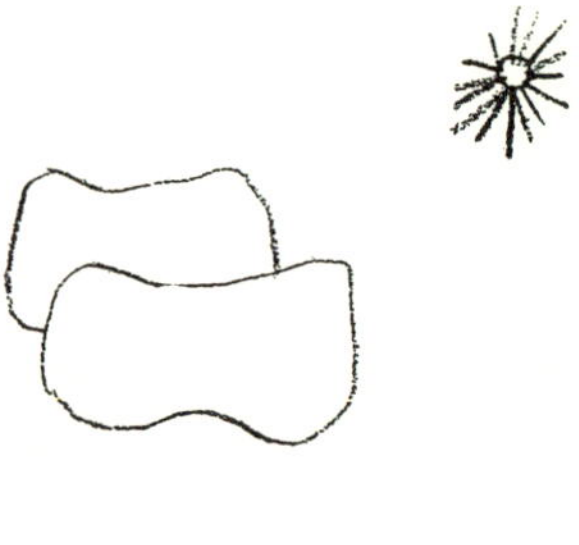

かわきたてのタオルは、三月のひなたでふくらんで、あたたか。昼のあいだに、とりいれて。

あたたかい
土手に
土筆《つくし》の
みつかるころ。

三月二十五日　沈丁花

ゆうぐれが
あんまりいいにおいなので、深く息をすった。
横断歩道の横で、信号の色になる沈丁花。

春のはじまりの夜、表にでると沈丁花の匂い。
卒業式の時、好きな人と手をつないで、うつむいていたとき、このかおりがしたのを思い出す。

三月二十六日　雁風呂《がんぶろ》

三月の終わり、秋に渡ってきた雁やハクチョウは、北へ帰っていく。

雁は、日本に渡ってくる時、海で羽を休めるために、木片をくわえてやってきて、帰る時、またそれを持って帰るというウワサ。春の浜辺に、残された木片があったら、それは、冬のあいだに死んでしまった雁のものなのだとか。

青森の外ヶ浜には、その木片でお風呂をたいて、雁を供養したという「雁風呂」の言い伝えがあります。

日本にやってくる雁は、マガン、ヒシクイ、オオヒシクイ、コクガン。だんだん種類が少なくなっています。

かりがね茶の「雁が音」は、雁が渡ってくるとき持ってくる木片に、形が似てることからつけられた名前。おいしい棒茶。

三月二十七日　赤い桜並木

ふくらみはじめた桜のつぼみは、かたい赤色で
桜は咲く前から、うっすらとお化粧をはじめる。
なんだか思春期の女の子の、つんと、とんがらせた唇みたい。
そっけなく空見て。さびしそうで、ねむそうで。
遠くから見ると、ぽやぽやとけむるような、赤。
曇り空の下、つぼみの赤い桜並木。

桜の花の塩漬と
しおこぶにお湯で
桜こぶ茶。

花を待ちながら。

天気予報で桜の開花予想が発表されると、もう気持ちの中に花が咲きはじめてしまう。

咲くのを待ちわびて、お花見に行く日を想像するこの時期が、わたしはとても好き。

誰をさそおうかな――。

めったに会わない人を誘う口実にもなるから、たのしくなる。咲き始めると、あっという間に満開だから、早く約束しなきゃ。

庭の
ハナビシソウが
さきはじめました

三月二十八日　すくうもの

木のスプーンが好きで、知らず知らずのうちに、たくさん。
すくうもの、って、それだけで、とてもロマンチックに感じる。
料理用の木のお玉は、スープのあじみするときも熱くない。
中ぐらいのスプーンは、雑炊をふうふうたべるのにも、むいている。
ちいさくてうすっぺらいのは、アイスクリームにぴったり。
木のスプーンは、おさらやガラスにあたるときの、あの、音がいいの。

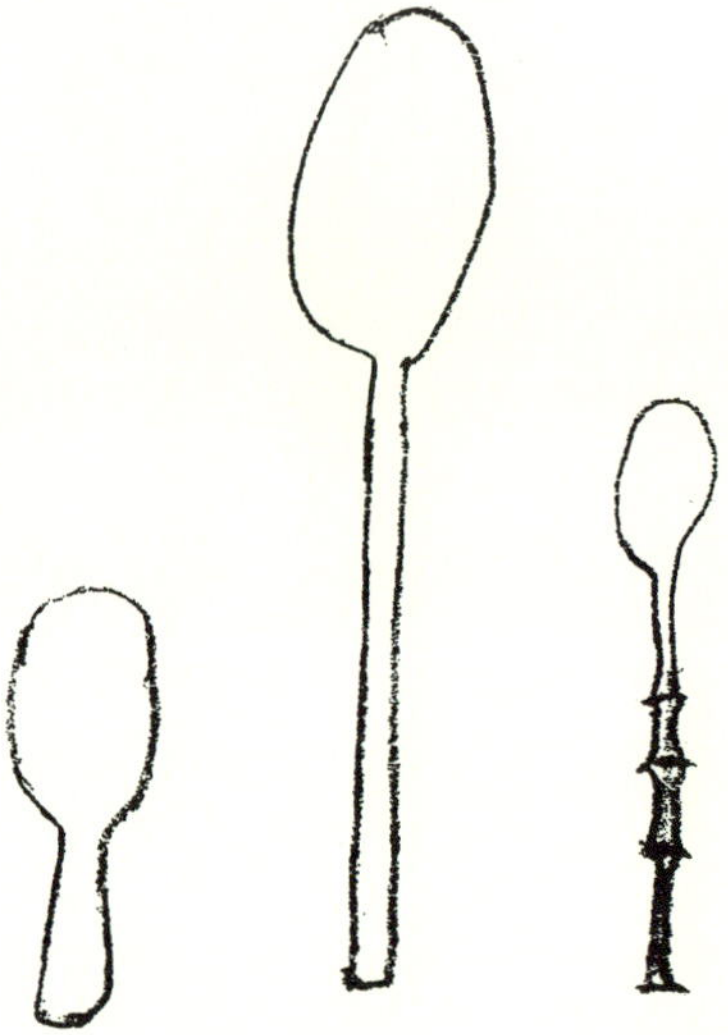

スプーンって、なにかをすくう道具。てのひらも、まるくくぼませて、さしだしたら、すくう道具。スプーンです。

なんの日

ミツバの日
さて。夕飯のおひたし。根三つ葉のマヨネーズびたし。さっぱり、しゃきしゃきと、歯ごたえがおいしい。つんと春の香り。今日は、三二八で、ミツバの日。

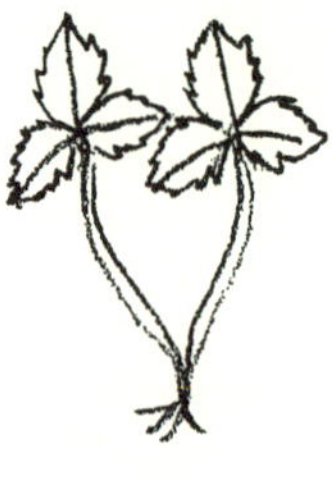

春の青菜たち。ぜんまい、せり、うるい、わらび、うど。庭で取った、のびるも。

三月二十九日　春の北斗七星

おおきな、おおきなひしゃくが春の夜空をかきまぜる。
北の空高く、ななつの星。

春の午前零時。北斗七星が見ごろです。

北斗七星は星座ではなくて、大熊座のしっぽのところ。空をかきまぜてるのは、ほんとうは熊のしっぽ！　そうして、こぐま座のしっぽの先で、大きく輝くのは北極星です。

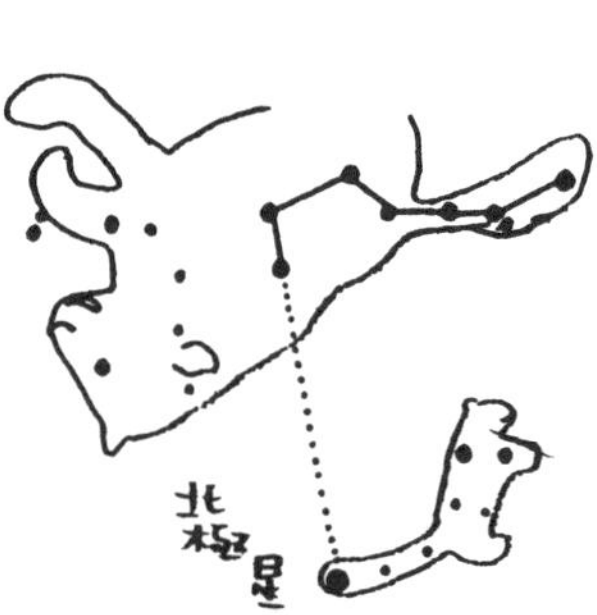

北斗七星の柄の先から二番目の星は、実は、ミザールと、アルコルという星が、ふたつ重なっている二重星。ちゃんと見えるかな。「目だめしの星」といわれています。

三月三十日　ワイルドフラワー

まだまにあうかな、と「ワイルドフラワーミックス」という花の種をまく。

この袋には、丈夫な花の種がいろいろはいっていて、いろんな形の葉が絶妙なバランスで芽を出して、一年中つぎつぎと咲いてくれるのが楽しい。矢車菊、月見草、コスモス、スイートピー、ニゲラ、なでしこ、花菱草……思いがけない種もまじっている。好き勝手に野原みたいに咲いていく庭が好きで、毎年、庭のちょっとしたすきまにばらばらっと、てきとうに撒く。

あ。去年撒いた分のアリッサム、白くこぼれて、今年も元気で繁殖中。

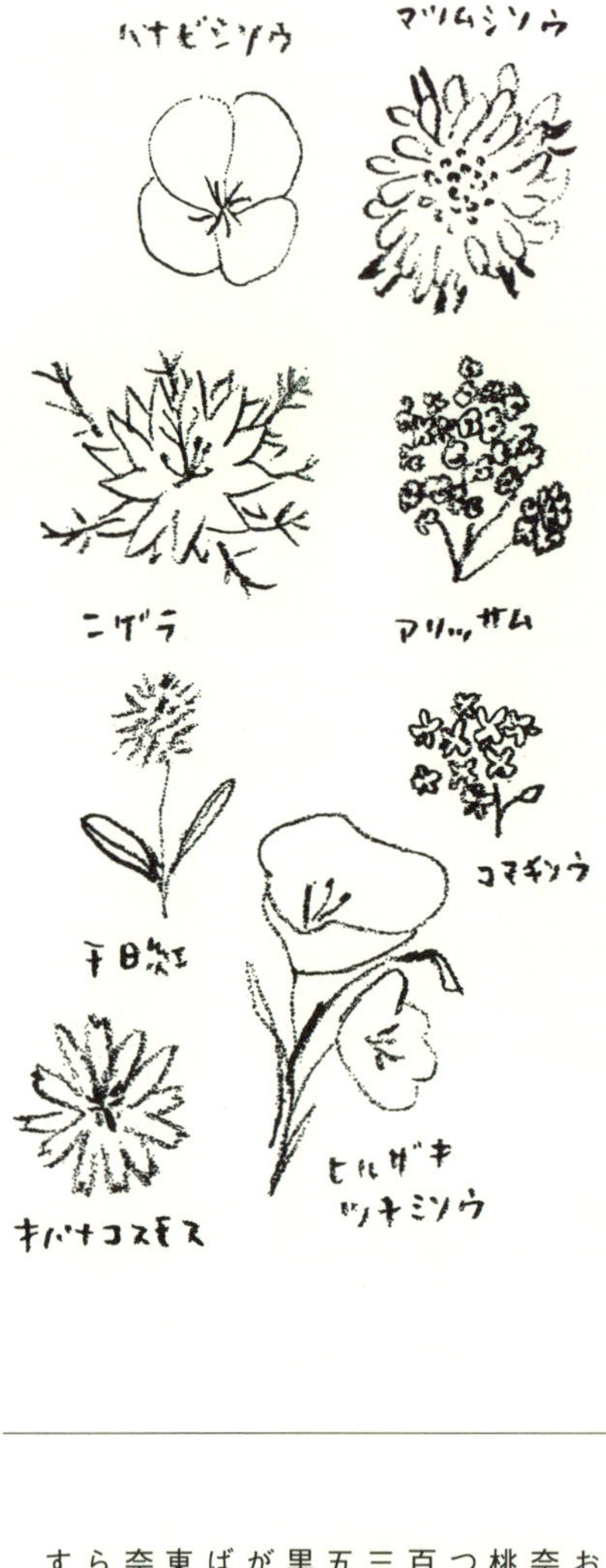
ハナビシソウ
マツムシソウ
ニゲラ
アリッサム
コマチソウ
千日紅
ヒルザキツキミソウ
キバナコスモス

なんの日

いろんな形の種
wild flower

薬師寺花会式（はなえしき）（三十日〜四月五日まで）

奈良で、色とりどりの花のお祭り。

奈良の薬師寺で、梅・桜・桃・山吹・椿・杜若（かきつばた）・藤・牡丹・菊・百合の十種類の造花を薬師三尊の前に飾ります。

五日の夜は、鬼追式。赤・黒・白・緑・青の五匹の鬼がたいまつを持っておおあばれ。

東大寺のお水取りと同じく、奈良の春は、この花会式からはじまるといわれています。

三月三十一日　春三番

ごうごうとふく、今日の強い南風は、春三番あたり。

こころがときめく。

自転車で向かい風の中をすすむと、空までふきとばされそう。

大風は、胸のなかのちりのようなものを、吹き飛ばしてくれるようで、自分の芯の方から、つよいちからが、わいてくるようで——思わず、たちこぎの自転車。

「おうい、おうい」

と、なにかに声かけたいような、不思議で、おおらかな気持ち。

春一番
はじめ、この言葉を使っていたのは西の漁師たちだった。海難をもたらす春のあらしをおそれて——。
春一番が吹くのは立春を過ぎた、二月の終わり。木の芽が芽吹く頃。春二番は、花が咲き始める頃。今日あたりは、春三番かな。

つよい風のふく日は、どうしてか、胸がときめく。

むかい風。

すいこんで。

からだいっぱいに、力を受けるみたいに。

四月

卯月

四月の呼び名

うづき	卯月
うのはなづき	卯の花月
とりまちづき	鳥待月
なつはづき	夏初月
うえつき	植月

旧暦四月は、新暦の五月ごろ。夏の気配がして、卯の花の咲くころ。「卯の花月」が、うづきとなったという説も。ホトトギスやカッコウがないたら、初夏の訪れ。「鳥待月」。そして、鳥がないたら田植の目安。「植月」。新暦四月は、桜や菜の花が咲いて、花の季節の到来。田植は、まだすこし先です。

四月一日　幸福の種

幸福のタネが空からふってきた――。

今日はエイプリルフール。
ほんとのこともなかなか信じてもらえない。

つくのなら、すてきなうそを。

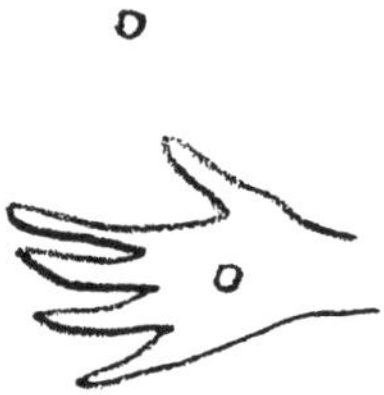

なんの日

エイプリルフール

「四月ばか」といって、一年で、この日だけは、うそをついてもかまわないという日。「うそなんか、ついたことないよ」――なんて、それこそウソ。

四月二日　アンデルセン

だいすきな人に、声が届かないことは、どんなにか、かなしいことか。

声を持っていても、こころが届かなかった自分の恋を、かさねてしまう。

「人魚姫」は、アンデルセンがずっと思いを寄せていた女の人が、他の男の人と結婚して大失恋したことから生まれた物語。

今日は、デンマークの童話作家、アンデルセンの生まれた日。

なんの日

ハンス・クリスチャン・アンデルセンの生まれた日

一八〇五年、デンマークのオーデンセの靴屋の子として生まれました。後半生を、コペンハーゲンで過ごす。こどもの頃読んだ、「みにくいあひるのこ」のあひるや「人魚姫」。「おやゆび姫」のもぐら——。不器用な登場人物たちが、どうしても他人事とは思えず。

踊り続ける
赤いくつは
おそろしかった。

四月三日　いんげん豆の日

長細い、いんげん豆をさっとゆでると、湯気でめがねがくもる。めがねをはずして、ぼんやりと色鮮やかな緑色を見る。

さっと色が変わったら、お箸ですくいあげて、水にさらす。オリーブオイルとゆず酢、塩こしょうとゴマであえて、大好きなインゲンのサラダ。

むかし中国から、いんげん豆を日本に持ってきたのは、隠元《いんげん》禅師。いんげんはお坊さんからつけられた、りっぱな名前のおまめ。そのお坊さんの命日にちなんで、今日は、いんげん豆の日。

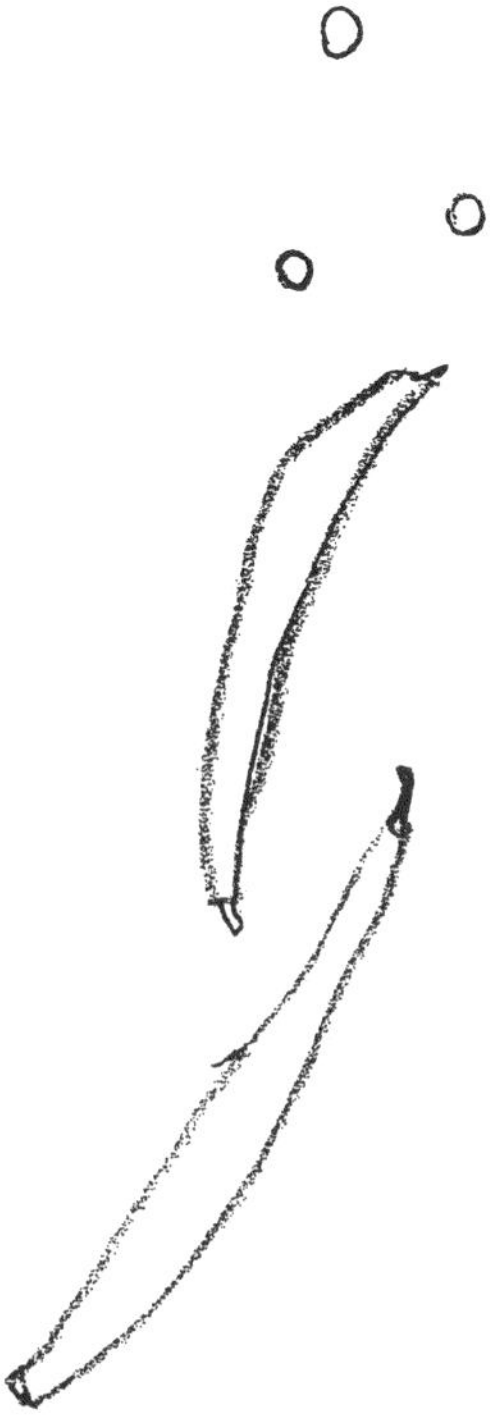

なんの日

いんげん豆の日
緑のドジョウいんげんは、大阪にいるとき、「さんどまめ」と呼んでいました。年に三度も採れるからさんど豆なのだそう。サヤごと食べる、若いいんげんは「さやいんげん」。

春の午前三時。コバルトブルーにひかる海。富山湾で、ホタルイカが、たくさんあがりました。

四月四日　さくら色弁当

花見弁当は、おにぎりと大根のさくら漬け。

うすーく切ったいちょう切りの大根を、赤梅酢でさっともんだ、あわいぴんくの浅漬け。おにぎりにも花化粧。白ごまとさくらの花の塩漬けを、頭にちょんとのっけて。

けしきも、おべんとうも、どちらも桜色。

――「清明《せいめい》」。

清浄明潔の晴れわたった青空に、花が咲きそろうころ。

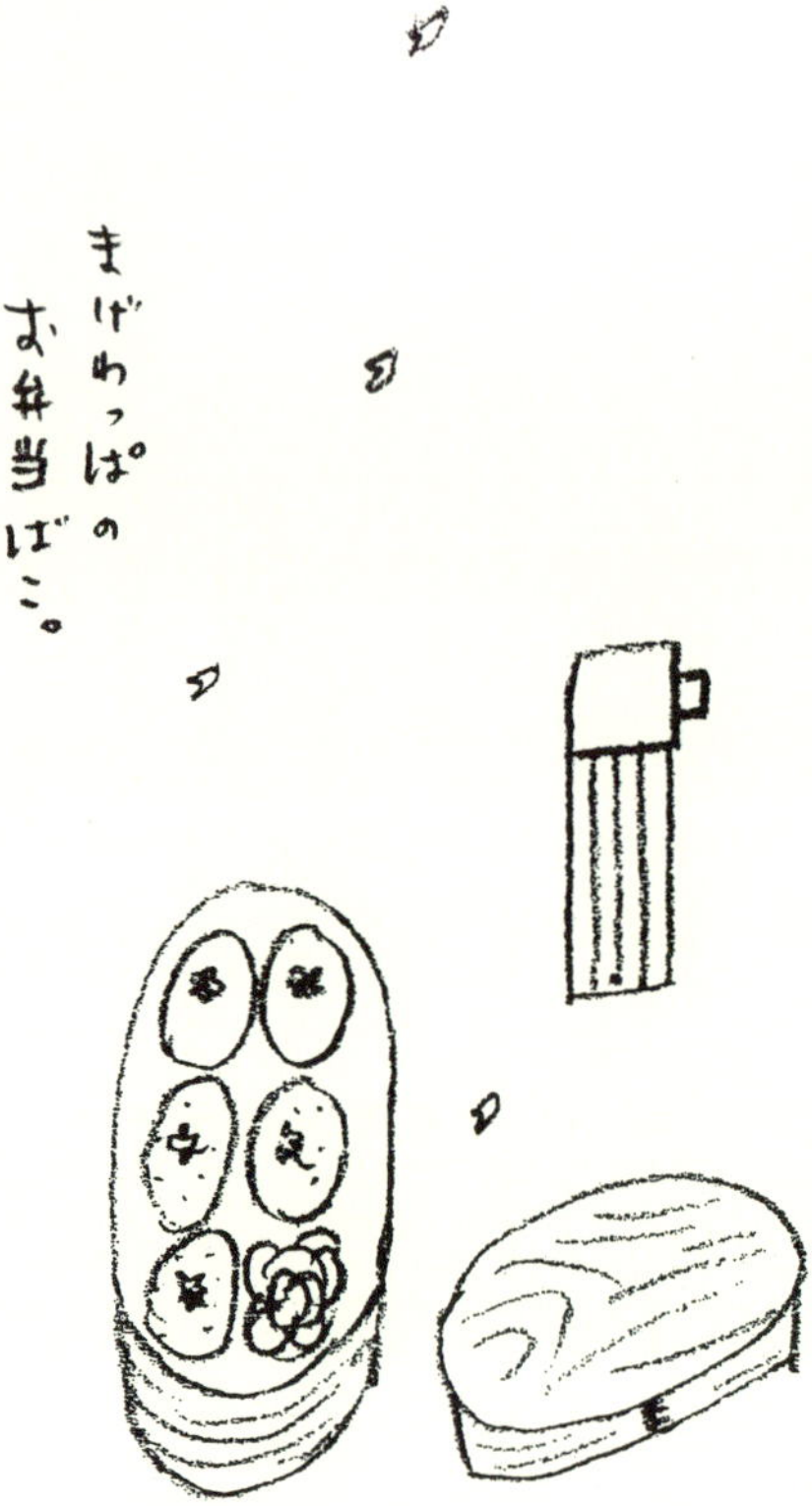
まげわっぱの
お弁当ばこ。

なんの日

清明（二十四節気の一つ）
万物はっして清浄（しゃうじゃう）明潔なればこの芽は何の草としるる（天明七年「暦便覧」）
四月四、五日頃
「清明」とは清浄明潔の略。あかるく晴れた青空と、花たちが、あふれるように咲くころ。お花見びよりです。

あんぱんの日
一八七五（明治八）年、木村屋が、明治天皇にはじめてアンパンを献上。この時、さくらの花の塩漬けつきのアンパンが誕生しました。
わたしの好きなのは紀ノ国屋のアンパン。アンパン片手に、かじって歩きながらのお花見も、気楽で楽しい。

四月五日　きいろのトンネル

菜の花にかくれてキスをしたことがある。
背丈ほどの菜の花。
しゃがむと、きいろのトンネル。きみどりの菜っぱの匂いがした。
胸がいたくなるほどびっしりと、ぎゅうぎゅうづめの、きいろ。
いちめんの、きいろ。きいろ。きいろ。
うつむくと、ひたいに触れる。
菜の花のきいろって、なんであんなにひかるんだろう。

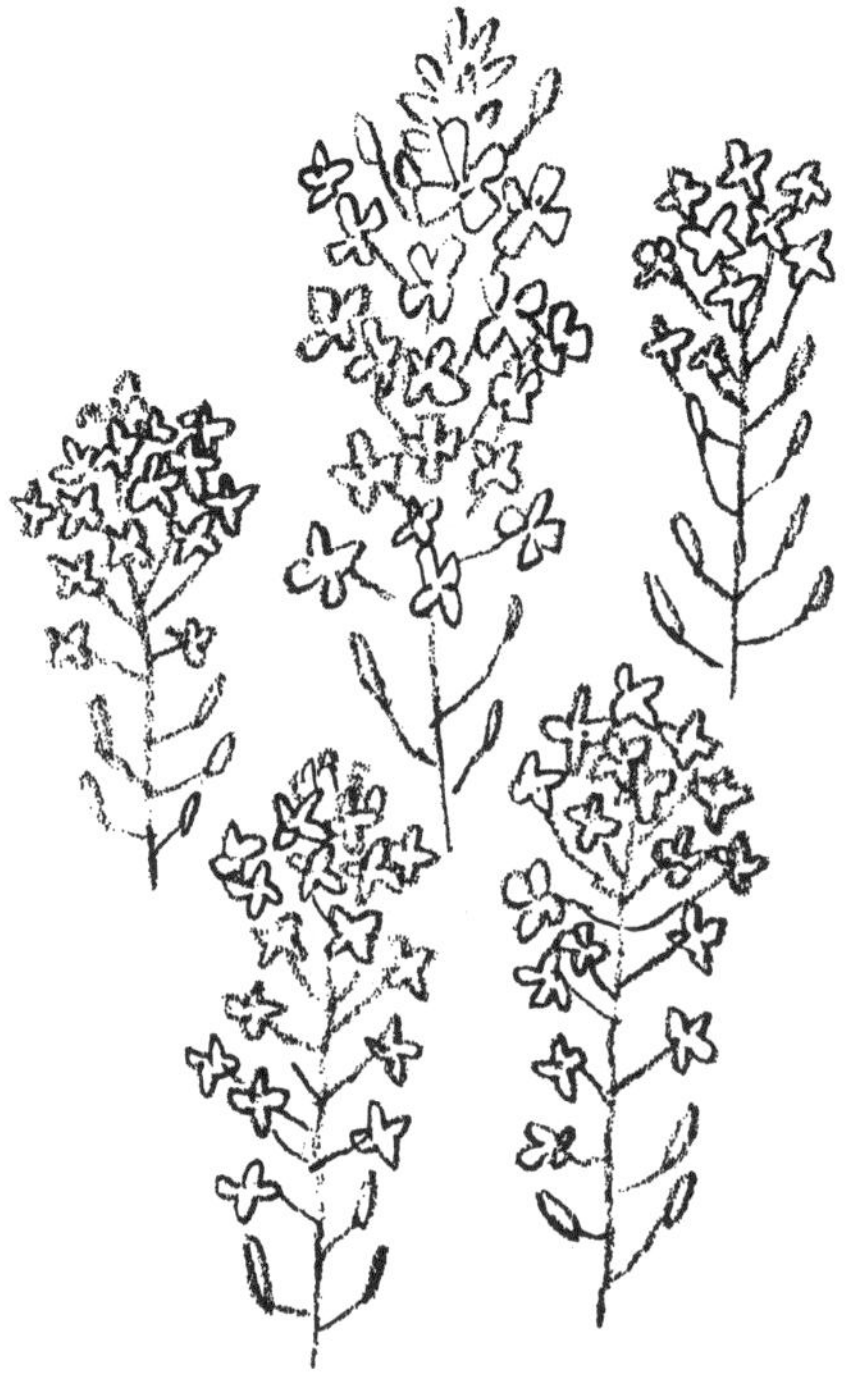

車がとおると
アタマだけ
みえる

土手に生えている背の高い菜の花は、西洋カラシナ。きいろい海の中に、大人でも、すっぽりかくれてしまうほど。

四月六日　ニシン曇り

四月の天気の半分は「くもり」なのだそう。

だから、曇りの名前もいろいろあって楽しい。

さくらの季節の曇り空は「花ぐもり」。空では、渡り鳥が、この雲の中に姿を消しながら、帰っていく頃だから「鳥ぐもり」。海では、鰊《ニシン》がたくさん獲れる季節なので「ニシンぐもり」。

「春告げ魚」とも呼ばれる鰊たち。——北海道では、いきのいい鰊が大漁。

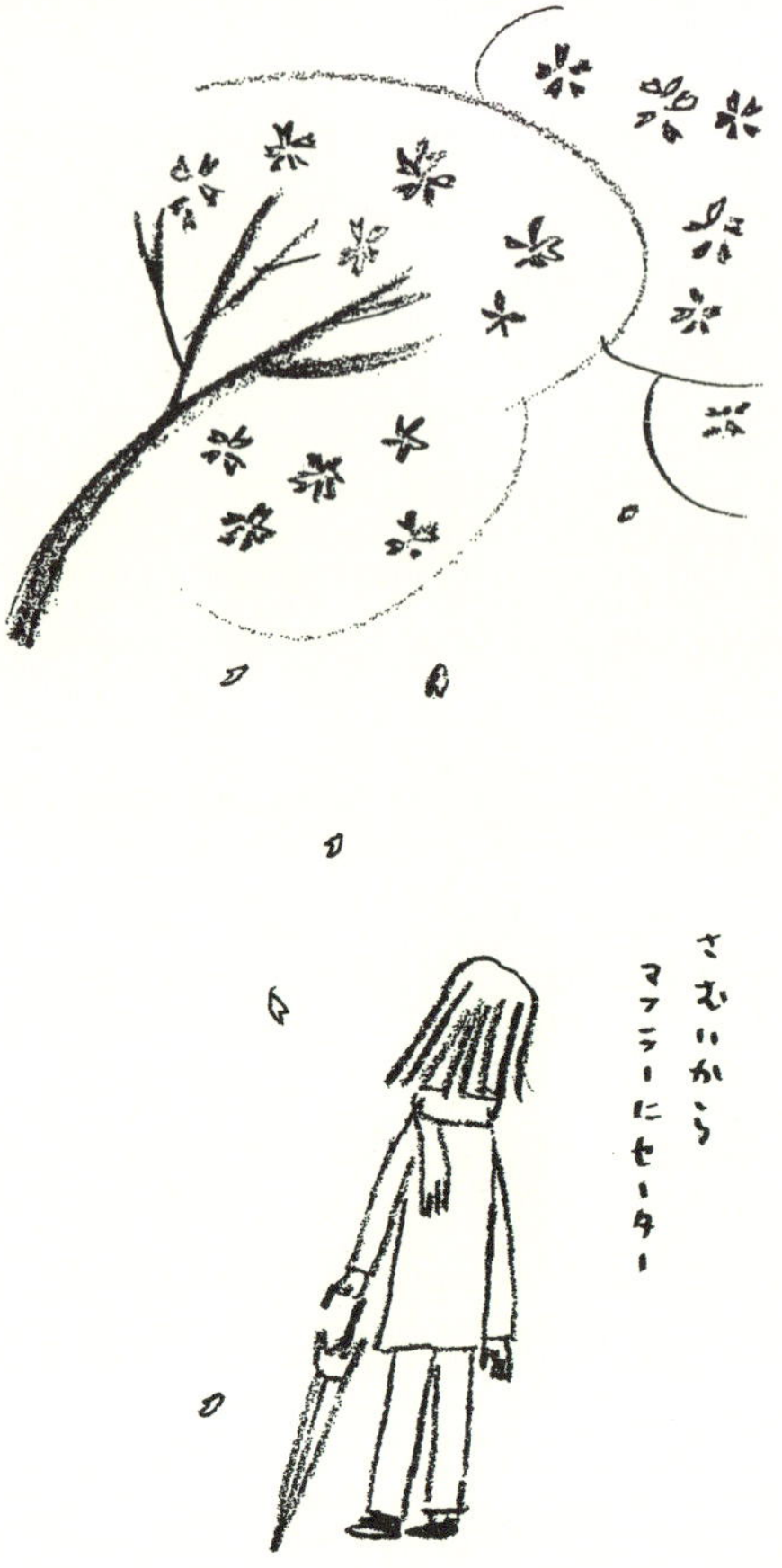
さむいから
マフラーにセーター

ニシン
ぐもり

せっかく桜が咲きそろったのに、急にさむくなるころ。どんより、くもりぞら。雨ふりそうで、かさを持って、お花見。

奈良の吉野山では、柔かい色の山桜が、うたうように咲いていきます。下千本、中千本、上千本、奥千本と、ふもとから、山頂へ向かって。山の緑と幻想的な白山桜たち。

シメサバがおいしい、奈良の吉野の名物、柿の葉寿司をお弁当に持って。

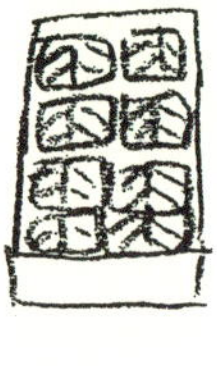

四月七日　おぼろ月

月のかたちをメモして眠る。
春の月は、ゆるゆるのりんかく。
にじんで、にじんで、きっとまた、あしたもくもりぞら。

卯月の卯の字は「卯の花」の卯。卯の花は、空木（うつぎ）のこと。卯月は四月の呼び名だけど、今の季節で言うとひと月先の立夏の頃。「♪うの花のにおう垣根に——」と歌う季節は、もうすこしあと。

歌にでてくるホトトギスもやってくるのは5月ごろ。

なんの日

空をこえて、ららら、ほしのかなたー。四月七日は鉄腕アトムの生まれた日。

「赤いろうそくと人魚」の童話作家、小川未明の生まれた日。

メートル法誕生の日
一七九五年、一メートルを、赤道から北極までの距離の一千万分の一、とするメートル法誕生。

四月八日　お花まつり

こどものころ、ふらふらとひとりで出かけていった近所のお寺で、甘茶をもらった。来た人たちが、みな、竹の柄杓で水盤のほとけさまに、甘茶をかけていたので、まねしてみた。ほとけさまの顔に、つるつると流れるお茶。水盤のお茶は、太陽のひかりを反射して、ゆるゆるとうごく。お香の静かなにおいと、夢のような満開の桜。

「――あの甘いお茶、いっつも、もらえるんかな」

しばらくして、ふらりとまた、行ってみたら、もう水盤も竹の柄杓も、どこにもなくて、その日のことがなんだかきれいな幻みたいだった。

「お花まつり」を知ったのは、ずっと後のこと。

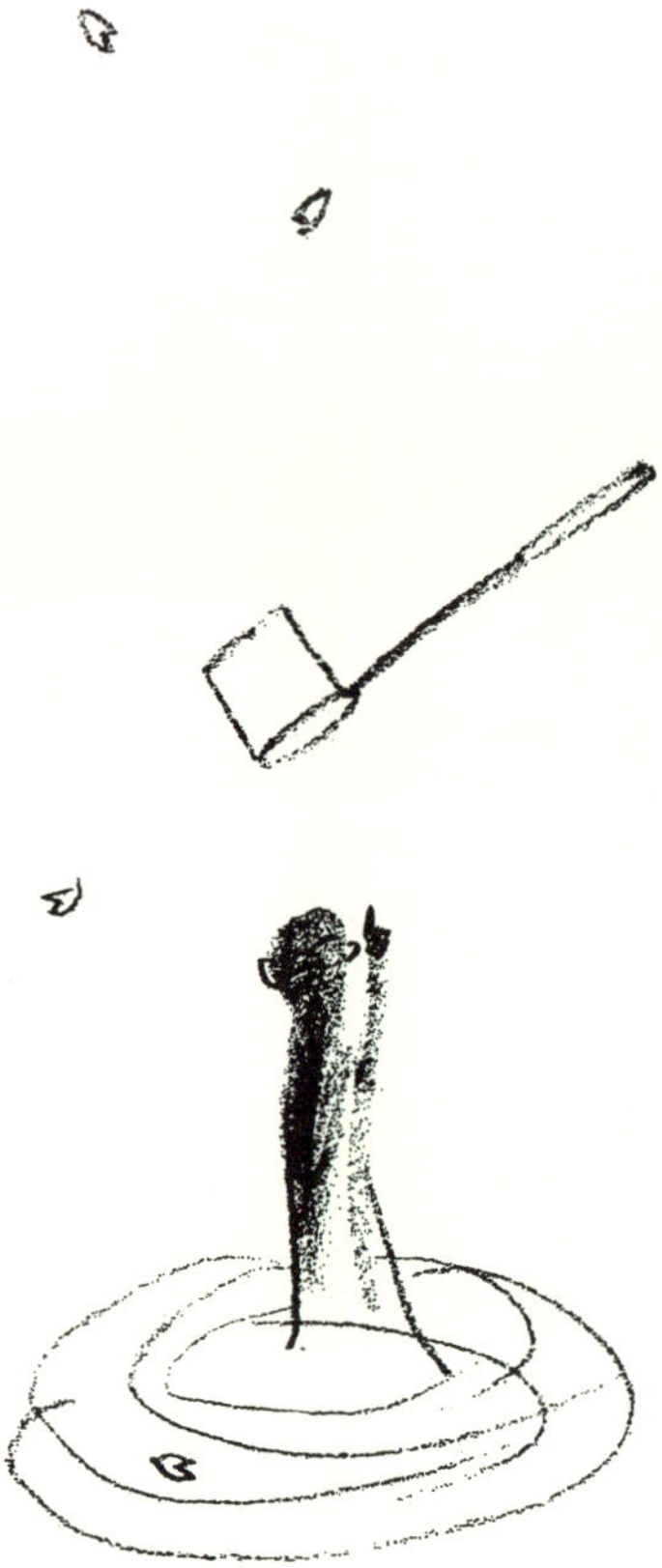

なんの日

おしゃかさまの生まれた日、灌仏会（かんぶつえ）満開の桜の下、全国のお寺で、おはなまつり。花御堂（はなみどう）を作り、浴仏盆（よくぶつぼん）のなかの仏さまに、甘茶をそそぎます。花と甘茶と、ほんのり甘い、いいにおい。

春のさかり。キリスト教圏では、イースターのお祭りの頃。イースターはイエス・キリストが復活した日。春分の日以降の最初の満月の次の日曜日がイースターなので、毎年日にちが変わります。色とりどりのイースターエッグ。庭にかくして、さがしっこ。

四月九日　さくら湯

あたりいちめん、お祭りみたいな大さわぎの花吹雪。

桜が散って、花びらが、こんもりと道の脇にたまってるところを見つけると、さわらずにはいられない。すべらかで、ひんやり。さらさらの、散りたての花びら。両手ですくってながめる。そのあと、どうすることもできないのだけど、さわらずにいられない。あれは、なんであんなに、きもちいいんだろう。

いっしょにいた友達が、

「花びらね、お風呂にいれることもできるよ」

と、おしえてくれる。

春の湯。お湯にうかべると、ほんのりと、さくらのにおい。

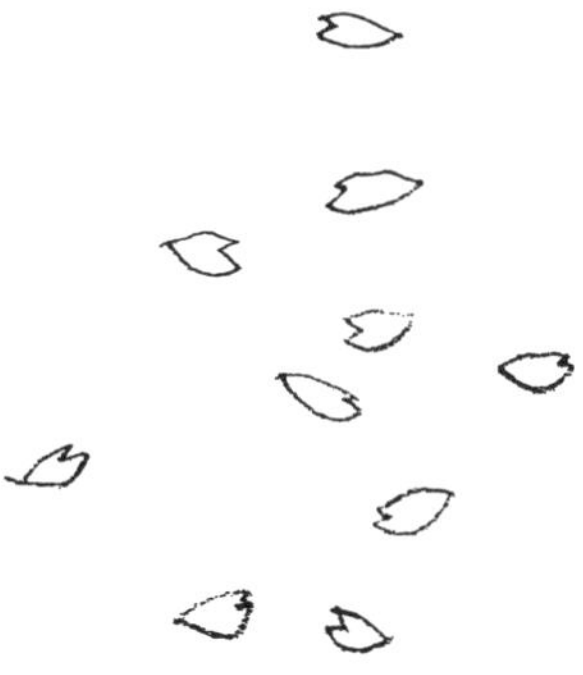

ついにあちこちが、桜の花びらだらけの、幸福な季節がやってきました。
駅のベンチ、歩道橋、屋根の上、雨樋、ごみ箱のふたの上、植木鉢の中、自転車のかご、車のボンネット……
ふだんの見慣れた景色も、やさしい花の街に。
散っていく花を見ていると、ねむくねむくなる春。

四月十日　やすらい祭り

「花よ、ゆっくりしなさい、散りいそがずに――」

京都・今宮神社の「やすらい祭り」は「鎮花《はなしずめ》の祭」。

平安時代「春の花が散るころになると、疫病神もそこらじゅうに散って病が流行る」と信じられていたことから、病や悪霊がひろがらないように、と花に祈るお祭。

鬼に扮した氏子たちが太鼓たたいて、舞い踊り、

「花や咲きたる、やすらえ、花や」

「やあすらい、ヨーホイ！」

桜や椿、山吹の花をさした、まっ赤な風流傘の下にはいると、一年じゅう元気。

なんの日

やすらい祭りは、京都の玄武神社も有名。各地であります。

帰りに食べた「あぶり餅」は、今宮神社の門前菓子。やすらい祭りの時に神さまに捧げたものをなぞらえて。

〈今宮神社・玄武神社のやすらい祭りは第二日曜〉

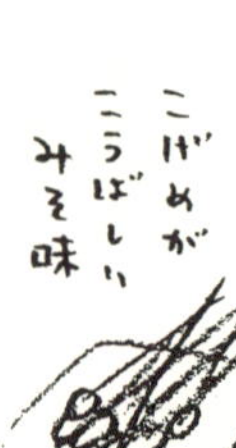
こげめが
こうばしい
みそ味

駅弁記念日

はじめての駅弁は、おにぎり二個と、たくあん二切れ。とっても、シンプル。五銭でした。

「弁」という字が「4」と「十」を合わせたように見えることから、この日に。

四月十一日　桃の節句

見わたすかぎり、桃色の春の海。

旧暦の三月三日にあたる、桃の節句の頃、山梨の笛吹市では、モモの花が満開。

鳥取の用瀬町《もちがせ》では「流しびな」。

まるく編んだ、さん俵にのせた、紙のおだいりさまとおひなさま。

からだをなでて、「ひとがた」に災いやけがれをうつして、千代川《せんだい》に、そっとながします。

ゆうぐれの春霞の中、くるくると川面を流れる、人のみがわりのおひなさま。

旧暦の三月三日は、もともと「上巳（じょうし、じょうみ）の節句」。その時の行事「薬草摘み」が、災いを「ひとがた」にうつしてながす行事となり、それが、宮中の「ひいな遊び」とむすびついて、流し雛になったそうです。流し雛は、ひなまつりの原型。

岡山県北木島の流し雛は、海にながします。おそなえするのは、アサリ寿司やアサリごはん。おひなさまたちは「うつろ舟」にのせて、しずしずと海へ。

四月十二日　春雷

空の奥が、遠くでうなって、夕方みたいに暗い朝。

電気をつけて、朝ごはん。

春のかみなりに、耳をすます。

ばこんべごんべごん。ばごばごごごご。ごどごどごどどど。

かみなりの音は、空で誰かが巨大な鉄板を、ぶよんぶよん波打たせているみたい。

窓を開けると、かみなりと鳥の声が交互に聞こえる。たくさんの音に部屋がゆらゆらとゆれる。

もうすぐ、ふってくるな。と、思った瞬間、ぱたぱたぱたたたっと、屋根が鳴った。

——大粒の雨!!

春の嵐はいちにちじゅう。パラパラとまばらな雨がぜんたいに飛び散ります。
春の嵐で、最後の桜もすっかり舞いあがり散りまくり。

なんの日

パンの日
一八四二（天保十三）年、四月十二日に、江川太郎左衛門が日本人で初めて本格的なパン「兵糧パン」第一号を焼き上げました。この日を記念して毎月十二日はパンの日。

パンのはじまりは六千年前メソポタミアから。

四月十三日　たけのこざんまい

でっかいたけのこが送られてきたから、今日は、たけのこのフルコース。

まずは、薄くスライスして、わさび醤油で、たけのこのお刺身。

だしと薄口しょう油で、さっとわかめとたいて若竹煮。

バター焼きして、お醤油でじゅっと、あつあつの焼きたけのこ。

メインはふきのとう、たらのめなんかもいっしょに、たけのこのてんぷら。

ゆでたけのこと、ゆでた菜の花、大根、そらまめ、白マイタケといっしょにさっぱり、春のサラダ。

仕上げは、こんにゃくや油揚げといっしょに、たけのこごはん。

——やわらかい姫皮のお吸い物つきで。

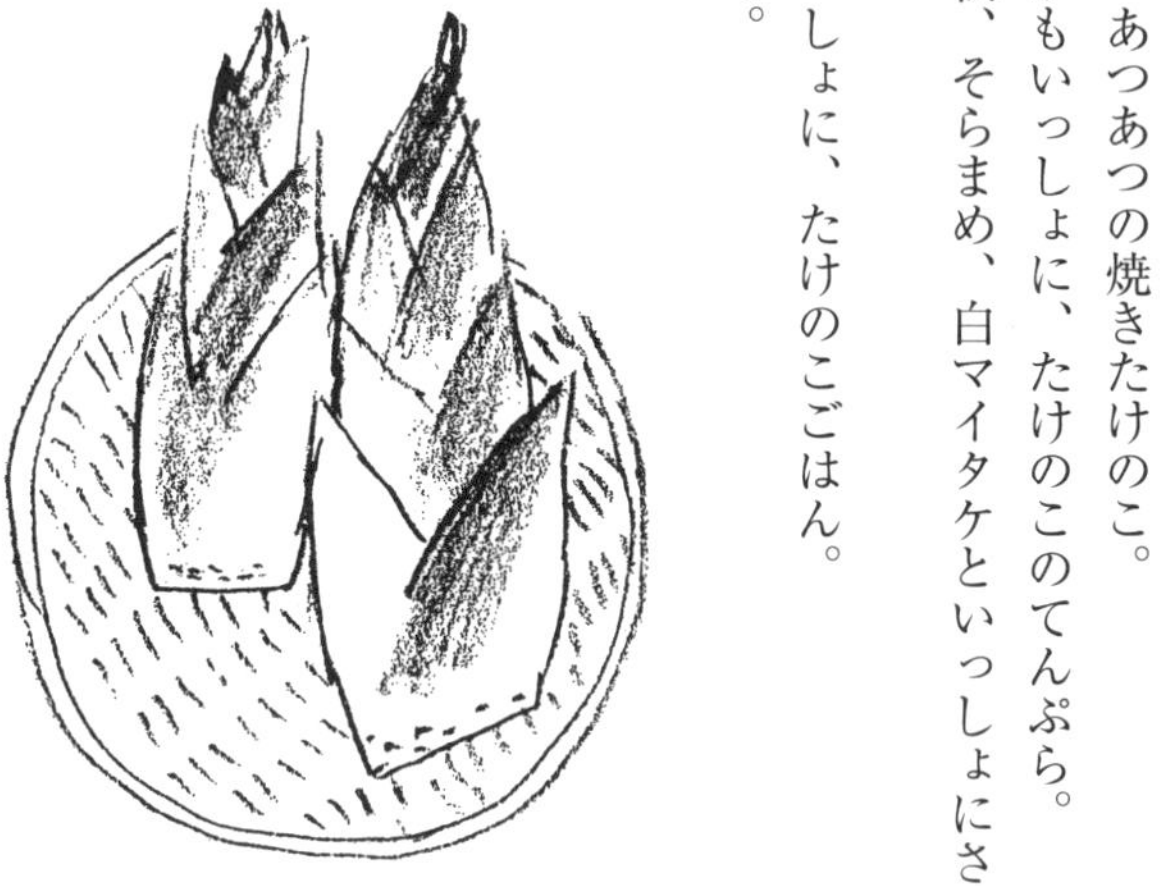

昼も夜も、ぬくくて太い風。筍の季節に吹く南風を、「筍流し」といいます。

なんの日

弥生祭〈十三〜十七日〉
「ごた祭り」ともよばれる。古いしきたり通りにすべてを進めないと「ごた＝トラブル」がおこるという、弥生祭。はなやかなピンクの花家体。
伝統あるお祭りが、日光に春をもってきます。栃木県日光市・二荒山（ふたらさん）神社で。

四月十四日　昼のつづき

春分の日をすぎてからのゆうがたは、うれしい。

まいにち日が長くなり、四時ぐらいでも、まだ昼の続きみたい。

「えーまだ、こんなにあかるいのに、四時？」

などと、うれしくて、わざと、声に出して、いってしまう。

「えーもう、五時？」

「えー。もう、六時？？」

と、うるさいくらい、とってもしつこくおどろく、わたし。

春の花を
いろいろ。

「四月の花器」
いう なまえの
フラワーベース。

春らしくなってきて、各地で春のお祭り。

春の高山祭〈十四、十五日〉岐阜県高山市、日枝神社の春の山王祭。豪華な細工の山車（だし）や、その上で踊るからくり人形、鳥の毛を頭につけて、太鼓をうち鳴らす闘鶏楽。うつくしい音色、うつくしい山車が飛騨の町を練り歩き。

長浜曳山（ひきやま）**祭り**〈十三〜十五日〉琵琶湖のそばで、きらきら輝く漆塗りの曳山。曳山の上では、小さい子らが、きれいにお化粧して、子供歌舞伎。滋賀県長浜市・長浜八幡宮で。

四月十五日　ヘリコプター

ぱらら、ぱらら、ぱらら、ぱらら……。

空が、鳴っている。

ひさしぶりに晴れわたった空。

「どこかな。どこかな。——いた！」


とおく。

とおく。

ヘリコプターの音。

なんの日

ヘリコプターの日
ヘリコプターの原理を考えたレオナルド・ダ・ヴィンチの誕生日にちなんで。

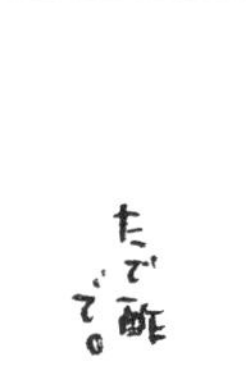

初鮎。鮎といえば夏だけど、もう魚屋さんで見つけてしまった。この頃は、季節が早くやってくる。

四月十六日　春キャベツ

台所で、新しいキャベツをむくと、くもり空が晴れてきた。
一番外側の大きな一枚をぱりりとはがして、お面のように顔をすっぽり入れてみる。
——きみどりのにおい。
葉っぱのお面をかぶったままで、窓の外を見ると、陽が透けて、
ひかるきみどりだらけの世界。うすぼんやりと、葉脈のふちどり。
青虫は、葉っぱの中で、
いつも、こんなふうなあおいひかりを見て、そだつのかな。

やわらかな新キャベツは、葉っぱが、ふかふかでうれしい。青い匂いを楽しむために、せっせと千切りにします。生でバリバリほおばるサラダは、新キャベツのお楽しみ。あとは、ザク切り。さっと湯通しして、うすきみどり色になったら、アンチョビとグリーンオリーブとで温サラダ。最後にレモンをしぼって。

なんの日

チャールズ・チャップリンの生まれた日

あんなふうに人とつながりたいと思ったのは映画「キッド」。見えない糸でひっぱりあうかのように抱きしめあう大人と子供。ちいさな腕をしっかり背中にまわして。

四月十七日　もんしろ蝶

蝶がひらひらと泳ぐあしもとに、風の道が見える、まひる。
庭に、今年はじめての蝶。

かわいい蝶々だけど、庭には、おいしい菜っぱを植えているものだから、
蝶を見かけると、心配で、きゅっと、ミケンにしわがよるわたし。
「――らんらんらん。どの葉に、たまご、生もうかな」
すれ違うとき、小耳にはさんだ――これは蝶の言葉。

なんの日

春土用入り（雑節の一つ）

この日から立夏の直前までが「春土用」の期間。

春眠です。もうだめです。気をゆるすと、ねむくねむくなる春。
こういう時期のことを「蛙の目借り時」というそうです。カエルが、目を借りにきたから、ねむいんだとか。冬眠からさめたカエルたちが、恋人さがしの季節。

四月十八日　発明の日

発明されてほしいもの。
亡くなってしまった人と、つながる電話。

長電話できなくてもいいのだけれど――
たとえば、誕生日にだけ、とか、条件付きでもいいのだけれど――
少々ぎこちなくても、たわいもない話で、もういちど、笑いあいたい。

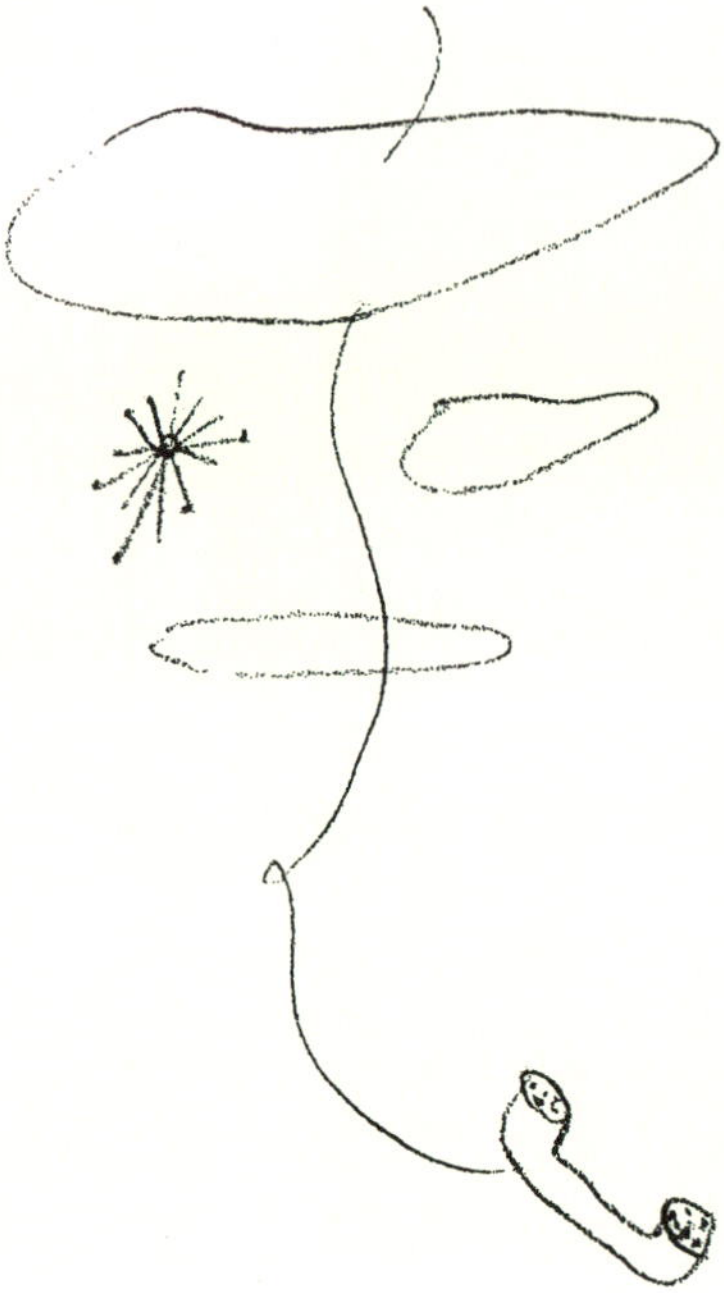

なんの日

発明の日
一八八五（明治十八）年、特許法の原型の「専売特許条例」ができたことにちなんで。

よい歯の日（語呂あわせ）
虫歯をもとどおりにする歯磨き粉、なんてあったらな。だれか発明してくれないかな。

四月十九日　枝雀寄席

こどもの頃「枝雀寄席」という落語のテレビ番組が好きだった。深夜の番組だったけれど、それが見たいがために夜更かしして起きていた。出ばやしの太鼓が鳴るのがきこえると、

「——枝雀寄席、はじまったでえ」

と、母の声。テレビのある父の寝室のベッドに、家族四人がわくわくと集まった。父は落語を見ている時、入りこんで、枝雀さんが乗り移ったかのような、ひょっとこみたいな笑い顔になって見ていた。怒りっぽい父が、この時は、しんからおもしろそうにしていて、そういう父のそばにいるのもうれしかった。

今でも、鼻にかかった「すびませんねえ」という、独特のフレーズを思い出すだけで、あのぎょろっと目をむいた丸い顔が浮かんで、ふっとゆるんで笑ってしまう。

二度ともどらない時間——家族みんながそろっている深夜の、わくわくとした空気までよみがえってくるから、よけいに。

キセルになったり
おはしになったり

なんの日

今日は、桂枝雀さんの亡くなった日。夏のかんかんでりを見ると「おひーさんが、かーーーーっ！」と叫んでいた、枝雀さんの声といっしょに、アツーーイ気持ちになる。もうあの落語を聞けないのが、ほんとうに残念。

山道のはじっこに、スミレの花。ひとつ見つかると、ここにも、あそこにも、小さいうすむらさき。たくさんつんで、つくるのは、スミレの花入りの、春のちらしずし。

四月二十日　穀雨《こくう》

さらさらと雨。さらさらさらさら、地面にしみこむ雨。
ヤマボウシの新緑がやわらかくなってぬれている。
ヤマボウシは、水木《ミズキ》だから、水が大好き。
じめんの中で、根っこが水を、ごくごくごくごく飲む音がきこえるような気がする。
――穀雨。
田んぼや畑の準備もととのって、やわらかな春の雨がふる頃。

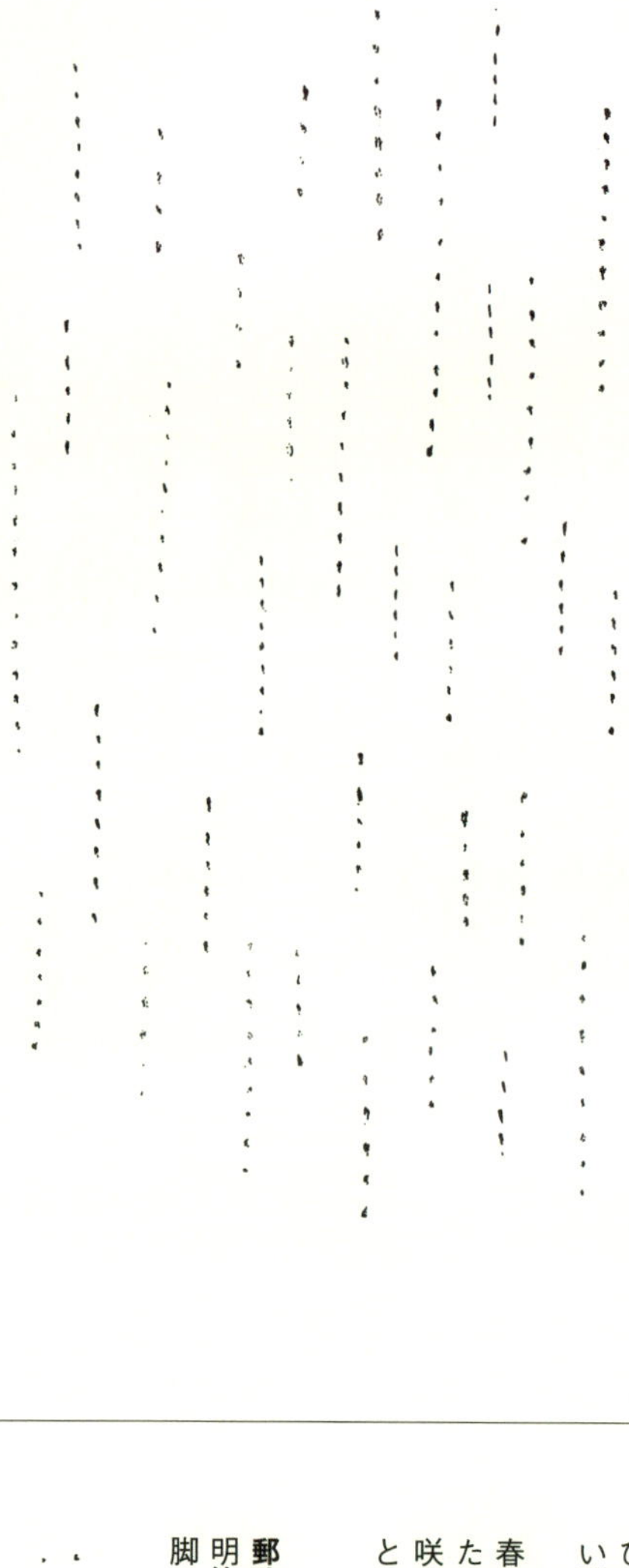

なんの日

穀雨（二十四節気の一つ）
春雨ふりて百穀を生化すればなり（天明七年「暦便覧」）
四月二十日頃

穀雨というのは、穀物を育てる雨。この春の雨で、秋まきの種は、ぐんぐんとのび、春まきの種は、あかるい芽を出します。

春の長雨は、菜種梅雨（なたねづゆ）という名前。咲きそろった菜の花に、しとしとと続く、雨の日。

郵政記念日
明治四（一八七一）年、飛脚から郵便制度へ。

四月二十一日　地球の触診

雨がふったあとの地面をさわると、まるで発酵しているみたい。
てのひらで、地球の触診。
すいつくように、ぬくい蒸気があがってくる。
土の中が、ふかふかとぬくい季節。

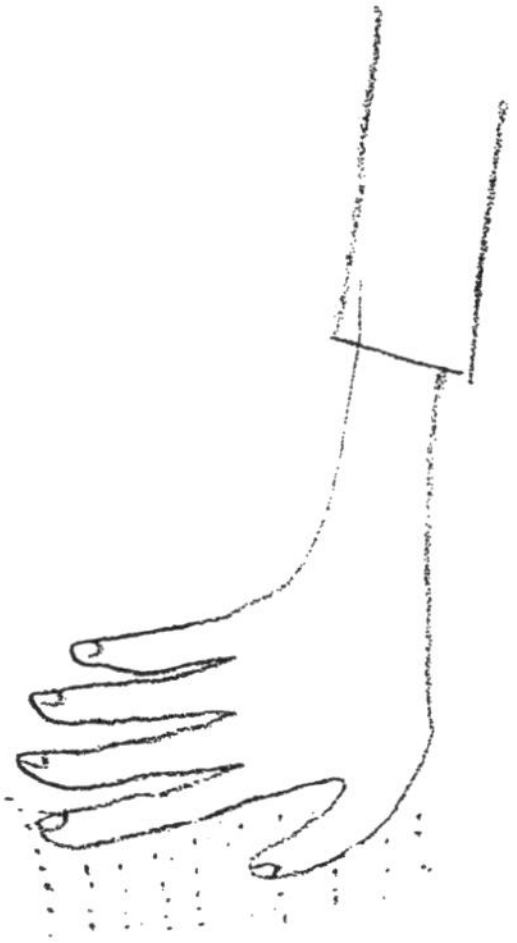

からたちの花が
さいたよ

春のまんなかは雨の多い頃。桜の花も、すぐに散らしてしまう。この時期の気圧配置は梅雨に似て、長雨続き。春の長雨は「春霖（しゅんりん）」。秋の長雨は「秋霖（しゅうりん）」とよびます。

雨のあと、地面をさわるのが好き。てのひらをひらいて、地面にあてると、しめっていて、蒸気が、はりついてくるよう。
春がやってきていることを、確認するみたいでうれしい。

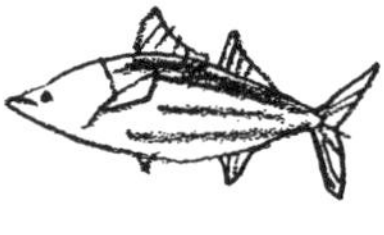
福島で
初ガツオが
あがりました

四月二十二日　花ざかり

庭のジャスミンや、クレマチスが咲きはじめてうれしい。

もうすぐ咲きそうな、オオデマリは、虫に食われてしまった。くやしい。

ナニワイバラは、毛羽だったつぼみをつけて、待機中。

土の中からツノを出してるのは、すずらんの芽。

ああ。今年こそは、白ヤマブキを植えたいと思ってたのに、もう無理。植えそびれてしまった。「やっぱり、いいなあ。かわいいなあ」と、人の家の庭にあふれるように咲いた白ヤマブキみては、悔やむ。

あっという間に、季節はすすんで。

ハナミズキ、エゴ、白雪げし、野バラ、あじさいの葉っぱ……

いつのまにか初夏のけしき。

白ヤマブキは、不思議な名前。「山吹色」という色の名前があるくらい、ヤマブキって黄色いイメージがあるのに、白、とついてるなんて。白ヤマブキは、バラ科の植物。花は原種の一重のバラみたいなかたち。実もできて、かわいい。トゲもないし、なんといっても丈夫。あと、日陰に強い。なんて、かしこい子！（条件の悪い庭にとって）

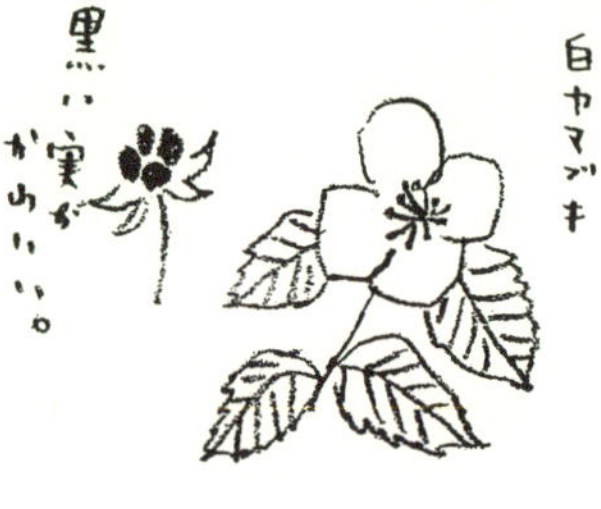
白ヤマブキ
黒い実がかわいい。

四月二十三日　本

絵本を描いているものだから、子どもの頃好きだった絵本はなんですか、と、よくきかれる。だけどわたしは、小さいとき、絵本をそんなに読まなかった。本を読むより、れんげ畑でしゃがんでいる方が好きだった。たまたま家にあった数少ない本を、くりかえし読んでいただけだったから、答えるのが申し訳なくなってしまう。本は、わたしにとって特別ではなくて、草遊びや人形ごっことおなじものだった。

子ども時代は、うれしいことも情けないことも、言葉が追いつかない豊かさで、その本質だけが色のように深くひかっている。

生きていることは、見るものやさわるもの、すべてが、あたらしい本のページをめくるようなもの。生きている世界や手ざわりが先にあって、ことばは、あとからやってくる。本は、きっと、そんな世界の不思議をたしかめたり、あたらしい色をつけるために——

なんの日

サン・ジョルディの日
世界本の日
スペイン・カタロニア地方では、女性は男性に本を、男性は女性に赤いバラを贈る風習があるそう。

世界図書・著作権デー
国際デーの一つ。（World Book and Copyright Day）

線路ぞいの空き地に、いちめん咲いてるうすむらさきは、はなだいこん。ムラサキハナナともいいます。むかしは見かけなかった帰化植物。春が来るたび、すきまを見つけて繁殖中。

四月二十四日　つばめ

春の空をまっぷたつ。
ついーっと正装で横切るのはつばめ。
あんぐり口をあけて見あげているのは、パジャマ姿、ぼさぼさ髪の店の主人。
ツバメは、巣作りのまっ最中。
牛乳屋の店先を、でたりはいったり。

関東にいるツバメは、イワツバメ、コシアカツバメ、アマツバメ、そしてツバメ。ツバメが飛び回ってるってことは、春になって虫たちもたくさん生まれているってこと。

なんの日

信州のりんご農園では、りんごの花が満開。言葉をなくすぐらいうつくしい、りんごの花のトンネルを抜けて、アンは、グリーン・ゲイブルスに、やってきました。

今日は「赤毛のアン」の作者、モンゴメリの亡くなった日。

四月二十五日　春の星空

南の夜空。春の大曲線をさがす。

北斗七星の柄のカーブに合わせて、弓なりに南に行くと、うしかい座のオレンジの星「アルクトゥルス」。もっと先まで、カーブをのばすと、白く輝くおとめ座の「スピカ」。春の夜空の、大きくてゆるやかなカーブ。このふたつの星と、獅子座の尾の星「デネボラ」をむすんだら、春の夜空の大三角形。

「――わんわんわん！　ぼくらも、ぼくらも！」

うしかい座の近くで二匹、吠えているのは、猟犬座の犬。

猟犬座の二重星コルとカロリを結ぶと、春の夜空のダイヤモンドが見つかります。

桜前線北上中。

青森の弘前公園の桜が満開の頃。福島の三春の紅しだれは、花の滝となって、はらはら。

北海道の浦臼町にも、ようやく春の訪れ。

浦臼神社でエゾエンゴサクの青い花が、じゅうたんのように咲き広がっています。

朝には、木の実をさがしてかけまわるエゾリスの姿。

四月二十六日　帽子

洋服よりも早く、まずは帽子のころもがえ。
コットンのつばの広いやつ、前のとこ、すこうし折って、かぶるのが好き。

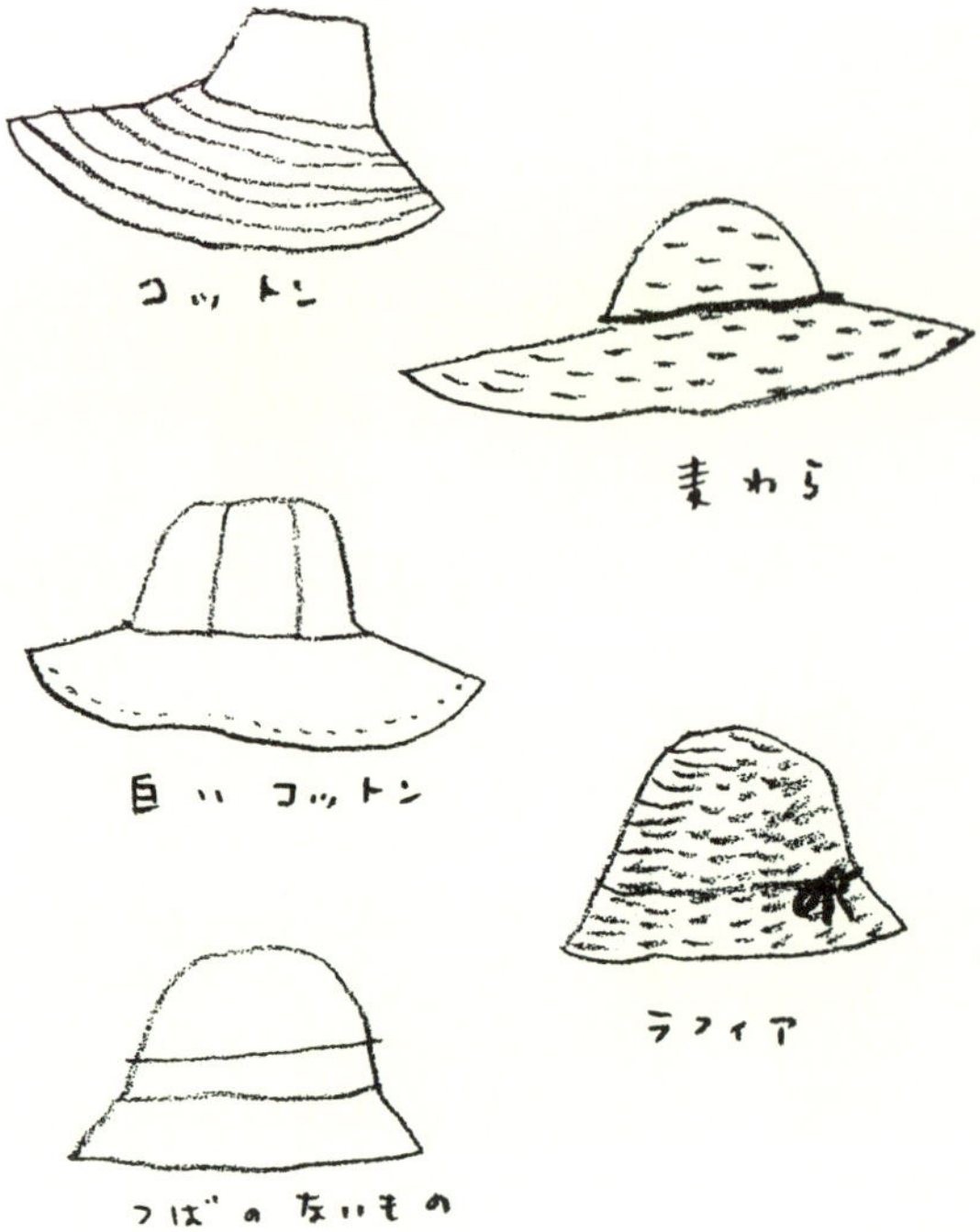
コットン
麦わら
白いコットン
ラフィア
つばのないもの

東京、立川の昭和記念公園でアイスランドポピーが満開。帽子かぶって、おでかけ。

うちの庭に、ちいさいブルーベリーの花がさきはじめました。
ナニワイバラも満開。
オオデマリ、虫に食われてぼろぼろ。

ジャスミンは、垣根いっぱいに、雪のように咲いて、つぎつぎと花びらを散らしています。ひとえだ部屋に生けただけで、家じゅうがジャスミンの香り。

ハゴロモジャスミン

四月二十七日　恋猫

おわあ、おわあぁと、せつない猫の声。

はじめて聞いたときは、どこかで赤ん坊が、いじめられて泣かされているのかと思った。春は、猫の恋の季節。あまりの声のせつなさに、どこで鳴いてるんだろうと窓を開けてさがすと、うしろ姿のまっ黒な背中。ふりかえり、目があう。

すると、「なあんだ、にんげんか」とでも言うように、そっぽむかれてしまった。

――おわあ、うわあ、うわあん。恋人をさがしている。

「わたしはここよ。ここにいるのよ」

「あいたいのあいたいの。さびしいのさびしいの」

この季節の猫たちは、気まぐれにオスもメスも次々と恋のはしごをするそうです。

猫の恋の季節は二月頃から夏にかけて。

求愛期間は、数日。その間食事も取らず、ラブコール。オスはライバルとも戦う。メスが、うん、というまでは。

夜、窓をあけると、香水をまき散らしたように、ジャスミン。

猫の恋にも、一役買いそう。

ほそい
ところ も
すりぬける

四月二十八日　れんげのじゅうたん

あきちゃんとねっころがったのは、れんげのじゅうたんのうえ。
ふんづけて、はしりまわって、草をちぎって、花をちぎって、げらげらわらっても、
れんげ畑は、ぜんぜん、おこらなかった。
深いももいろの野原は、らんぼうだったわたしたちに、やさしくしてくれた。
小学二年の時に、なかよしのあきちゃんが、引っ越してったあとも――。

れんげ畑はお墓のそば。
いつも、ふたり、ぎゅっと手をつないで、走って通りぬけました。

こどものころは、ふつうにあった、れんげばたけ。今では、だいじなお花畑。
草のあいだに生えている、スズメノテッポウを、ひっこぬいては、ぴいぴいならしました。ならしながら、歩き回りました。
ゴールデンウィークの頃、あちこちで、れんげまつり。

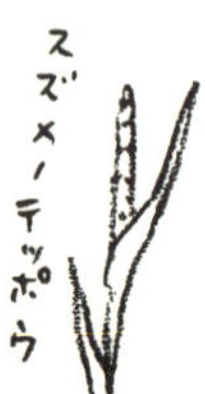

富山では礪波（となみ）平野と入善（にゅうぜん）町で、チューリップが、見ごろ。カラフルに咲いて、絵の具箱みたい。

四月二十九日　みどりの草花

アスファルトと歩道の間のせまいところや、下水のふたの縁に「雑草」と呼ばれる
みどりの草花が、ぎゅっと、つよく咲いているのを見るのが好きだ。

あまりの素っ気なさが、かっこよく、意志を感じてしまう。

「ここがすきなの」

「ひあたりかげんがちょうどいいのよ」

「きらくで、そらもひろいしね」

なんていってる声が聞こえるようで。

なんの日

昭和の日（祝日）

まだ四月だけど、すっかり初夏の景色。あたらしいみどりが、目にいたいぐらい。

人間に雑草と呼ばれても、別に草花はどうということもないだろうけれど、名前もあります。ホタルカズラやカラスノエンドウ、ヒメジョオン、オドリコソウ、キツネノボタン――しかも、かわいい名前ばかり。

四月三十日　青嵐《あおあらし》

風がふくと、
生まれたての葉っぱがいっせいにゆれる。
白くひかりながら、葉っぱと葉っぱが、こすれあって、
しゃらしゃらとすべるような音。
水のような音。
ひかりが絹のドレスをひるがえすような音。

春のドレスのはしっこを、つかんでめくったら、
ざぶんと、たちあがる、大津波のような夏のみどり。
つよいひかりと濃い影に、あっと息をのんで——
つぎの季節を、
すこしだけ、のぞき見。

青嵐
四月でも、夏のように感じる日。次の季節をのぞき見。さわやかに青葉をゆらして吹く南風は「青嵐」。桜ももう、葉桜。新緑はぐんぐん、ぐんぐん。みどりの風は、いいにおいです。

奈良の室生寺で、シャクナゲが、もう見ごろ。ふわふわと薄紅色のシャクナゲと葉桜。
長谷寺では、ひかるような牡丹。小さい時、おじいちゃんに、つれていってもらったな。

シャクナゲと
牡丹の
きせつ
です。

五月

皐月

五月の呼び名

さつき	皐月
さなえづき	早苗月
たちばなづき	橘月
さみだれづき	五月雨月
つきみずづき	月見ず月

旧暦の五月は、梅雨時期の新暦六月のころ。田植の苗もきれいにならんで「早苗月」。五月雨は、梅雨の長雨のこと。雨ばっかりで月も見えないので「月見ず月」。新暦五月は新緑のころ。夏の気配がして、カッコウがなきはじめます。

五月一日　すずらんの日

りん　りん　りん　りん。
しめった庭のすみっこで、すずらんの女の子たちがうわさばなし。
花虻《アブ》に恋した、咲きたてのすずらんの片想い。
ちいさなこえで、しろくひそやかに相談事。
りんりん　りんりん　りん　りん　りん。

なんの日

すずらんの日
庭のすずらんが咲き始めました。かたまって咲くすずらんむすめたち。じょうぶで毎年ふえていきます。日陰に強いすずらん。実もきれいなオレンジ色で、花のあとも楽しみ。

春のどぶろく祭り〈一、二日〉
岐阜県高山市一之宮町の水無（みなし）神社では、参拝者にどぶろくがふるまわれる。みんなよっぱらって、そこらで、いねむり。

五月二日　新茶

「夏も近づく八十八夜――」

八十八夜を過ぎると、お茶屋さんに、新茶ののぼりが立つ。

ああ、ほんとうに、あのうたみたい。八十八夜にお茶をつむんだな、と思う。

新茶は、きれいなあかるい若草色。湯冷ましてから、ゆっくりいれると、あまい。

みどりの季節を、新緑のひかりといっしょに飲むようなきもちになる。

――八十八夜は立春の日から数えて八十八日目。

この頃から、霜の心配がなくなるので、農家では種まきの目安の日。

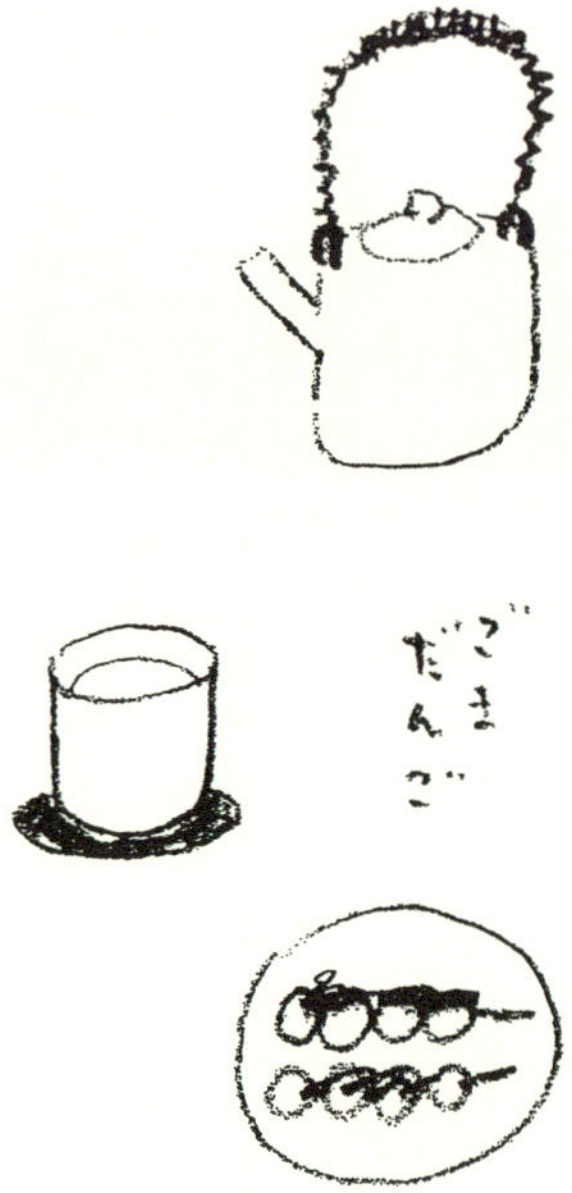

玉露の淹れ方は、湯冷まして、六十度から五十度で、ゆっくり淹れるとほんのり甘い。お煎茶は七十度から八十度で一分ぐらい。わたしはどちらかというと、あつーいお茶が好き。玉露でもついせっかちに熱いお湯をそそいでしまう。

なんの日

八十八夜（雑節の一つ）立春から八十八日目。「八十八夜の別れ霜」といわれ、農家では霜よけの寒冷紗（かんれいしゃ）や簾をはずします。

キュウリの日（韓国で）オイ（きゅうり）デー、きゅうりをまるかじり。

五月三日　ガラスびん

ガラスのあきビンが、なかなか捨てられない。

かわいいラベルのついたビンはもちろんのこと、どうってことのない薬のビンでも、洗って陽に透かしたら「きれい！」と、すぐに情が移ってしまう。

ガラスビンのいいところは、ひかりや空気をその中にいれられること。

ガラスは、みた目ではわからないけれど、水のようにすこしずつ動いてるのだそうだ。だから、アンティークのガラスなんかは、氷がとけていったみたいに、りんかくがゆるい。変化しているってとこも自然物みたいで好感が持てる……。ああ、そうだ。あの、重さがしっかりあるところも、いいんだった。それに、それに……

――ためすぎたビンの前で、たくさんのいいわけ。

なんの日

憲法記念日（祝日）

博多どんたく〈三、四日〉
ゴールデンウィークまっただなか、福岡で。「どんたく」は、オランダ語の「ZONDAG」がなまったもので、「休日」という意味。思い思いにしゃもじをたたいて好き勝手におどる、気取らないお祭り。

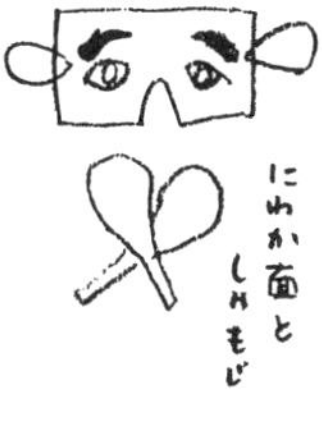

リカちゃんの誕生日
わたしが持っていたリカちゃんハウスは、「ママの洋裁店」。裁縫好きの母が買ってくれて、なんでうちのリカちゃんハウスには、壁にミシンの絵があるんだろうと思っていた。

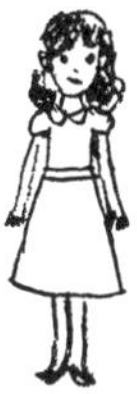

五月四日　サイダー日和

もう夏日。
サイダーが飲みたくなって、買う。
スーパーからの帰り道、あるきながら、夫とかわるがわる飲む。
しゅわっと、透明な晴れ。——サイダー日和だ。
口の中に、フリスクのミントも、ほうりこむ。
さらにさらに、ひゅううっと、風。
あわつぶが鼻にぬけて、おどる。
ああ。今日は——。
やっぱり、サイダー日和だ。

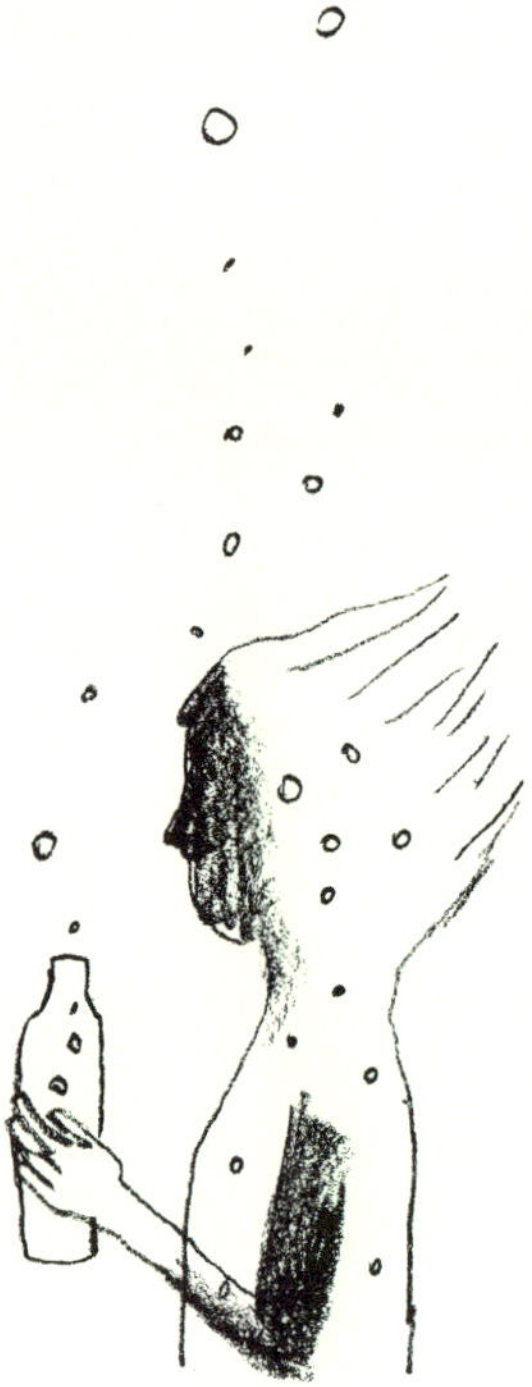

なんの日

ラムネの日
一八七二（明治五）年、東京で初めての清涼飲料水、ラムネが売り出されました。ころころとすずしげにうたう、ビイ玉いりの青いビン。さて、クイズ。どこからビイ玉をいれたのか？　ビイ玉をいれてから、口を加熱して、しぼるのだそう。

みどりの日（祝日）

お日様みたいな
日向夏の
出まわる
ころ
日向夏ごと
たべて。

五月五日　端午の節句

端午の節句のお楽しみは、柏餅とチマキ。

柏の葉っぱは、若葉が出ないと古葉が落ちないという、縁起のよい葉っぱ。「チマキ」は「茅巻」で、茅萱《ちがや》の葉っぱ。その繁殖力や生命力にあやかるため、その葉で、くるりとつつみます。

子供の成長を祈って——と、願う間もなく、気がつくとお皿はからっぽ。子供らは、ターッと走ってきて、あっというまに、ぺろりとたべてしまう。

若葉があかるい、立夏《りっか》のひるさがり。

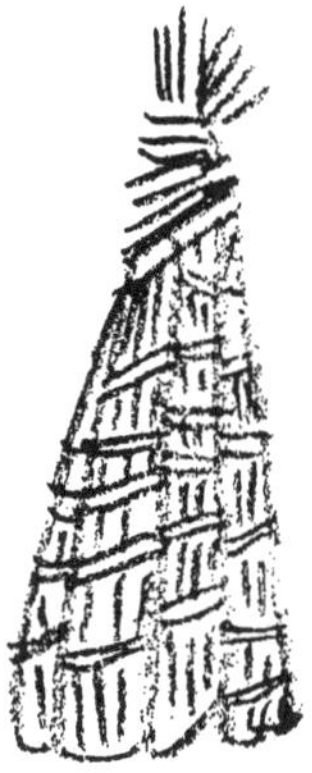

なんの日

立夏（二十四節気の一つ）
なつのたつがゆへなり（天明七年「暦便覧」）
五月五、六日頃

夏のはじまり。暦のうえでは今日から立秋の前日までが夏。新緑があふれ、田んぼにかえるが鳴き始める頃。

端午の節句
奈良時代に中国から伝わり、五月の端（はじめ）の午（うま）の日に行われてきた節句。そもそもは、二千三百年前、中国の屈原という政治家の命日（五月五日）に川にチマキを投げて供養をするようになったのが起源。

旧暦の五月五日は悪月とよばれる六月の梅雨の頃。この時期に咲く菖蒲（しょうぶ）は、邪気をはらうと信じられていたので、菖蒲湯にはいったり、軒先を菖蒲で葺（ふ）いたり。

こどもの日（祝日）

五月六日　くらやみ祭

どうん、どうん、どどどうーん。

夕やみがしずかにおりてくるころ。大きな太鼓の音が神社にひびく。

東京・府中の大國魂《おおくにたま》神社の、くらやみ祭は「あかるいと、神さまの目がつぶれるから」と、陽が傾いてから、はじまります。

どうん、どううん。どどううん。

ゆれる提灯の光。おなかの真ん中まで響く大きな太鼓は山車《だし》に乗って六の宮までつづく。神社を出た八基の神輿《みこし》は御旅所《おたびしょ》へ。あくる朝、日が昇る前に帰ってきます。

ちいさい子も大人もみんな、ハメをはずして夜更かし。

「きのう何時に寝た?」と、聞き合うのが楽しみ。

くらやみ祭〈四月三十日〜五月六日〉

その名前から、もっと真っ暗かと思ったら、今は、夕方から。

昔は、五日の深夜十二時に沿道の家が灯りをみんな消して、神輿渡御（とぎょ）が、行われたそう。当時は、当然、夜這いの風習も。

神社の広場にたーくさんならぶ、大植木市が楽しい。

東京都府中市・大國魂神社で。

早稲田と三ノ輪橋を結ぶ、都電荒川線の線路沿いに、たくさんのばらが咲き始めました。

都電にゆられながらすこしの間、バラ見。電車が通るたび、色とりどりのバラの花が、「いってらっしゃい」と、ゆれています。

五月七日　カマキリの赤ちゃん

去年の秋から植木鉢にくっついていたカマキリの卵が、いっせいにふ化した。

朝おきたら、窓ぎわがカマキリの赤ちゃんだらけで、うじゃうじゃ。

びっくりして、ひめいをあげる。

でも、肉食のカマキリは、ハムシやアブラムシ、毛虫を食べてくれるので、気を取り直し、空き箱にとって、庭のあちこちにばらまく。——パセリの上やレタスの上、とびちっていく、カマキリたち。

「みんながんばって、アブラムシを食べてねえ」

声援を送る。

あたたかくなって、いっせいに、ふ化するカマキリの赤ちゃん。やわらかそうなからだ。
脱皮をくり返して、秋には、おおきな、いかついギャングみたいなカマキリに——

庭のヤマボウシの花が咲きはじめました。初めは緑色で、葉っぱみたい。だんだん大きくなって、雪のように白く白くなっていきます。上にむいて咲くので、二階の窓から、こんにちは。

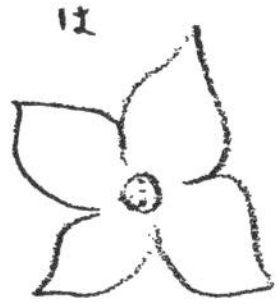

五月八日　ゴーヤーの日

ゴーヤーは、怪獣に似ていると思う。

本物は実在しないから知らないけれど、おもちゃのプラスチックゴムの人形の怪獣。あれにそっくり。ゴジラのしっぽって、さわるとこんな感じではないかなあ、と、思いながら、みどりのざらざらをなでる。

そのゴジラのしっぽ似のゴーヤー（ぴかぴかのやつ）。夏が来るたびに食卓にのぼるうちの食べ方は、ワンパターンだけど、簡単でおすすめ。うすく切ったのを、さっと塩ゆでで、カツオブシをたっぷりふわり。しょう油をまわしかけるだけ。カツオブシと食べると、苦さがやわらかくなるのが不思議です。

五月八日はゴーヤーの日。

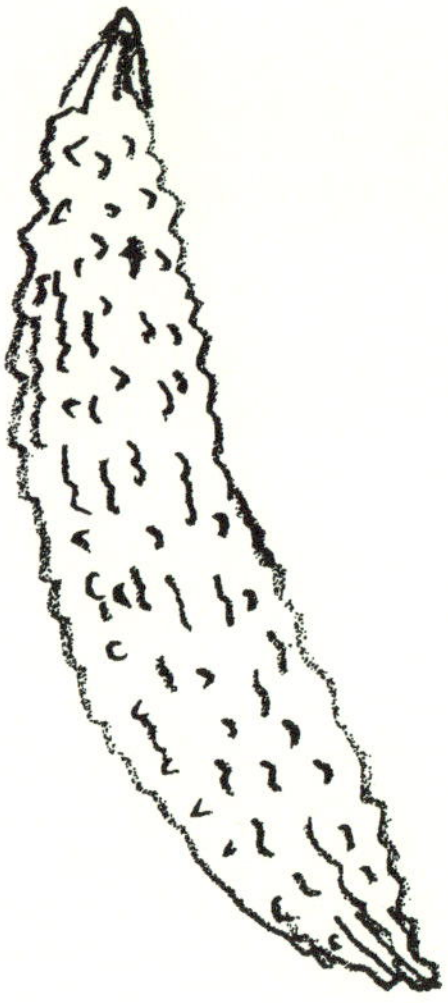

ゴーヤーはタネを取って、内側の白いワタを、スプーンでしっかりこそげ取るのがコツ。

なんの日

ゴーヤーの日（語呂あわせ）

わたしが、ゴジラのしっぽみたい、というと、「ピグモンみたい（「ウルトラマン」の）」と、夫。

沖縄では、ゴーヤーといわれているニガウリ（ツルレイシ）。

育ててみたい人は、今から土づくりして五月下旬に種まき。ぐんぐんのびて、つるをまいて、八月には、収穫可能。

五月九日　あいすくりん

「――珍しきものあり。氷を色々に染め、物の形を作り、是《これ》を出す。味は至って甘く、口中に入るるに忽《たちま》ち溶けて、誠に美味なり。之をアイスクリンといふ」

日本人で最初にアイスクリームを食べたのは、万延元年、咸臨丸《かんりんまる》で渡米した徳川幕府の一行。おいしくて、目を丸くしたそう。

明治二年、日本ではじめてのアイスクリームは「あいすくりん」。ちょっとシャリシャリ。クリームっぽくなかったようです。作って売り出したのは、町田房蔵さん。お店の名前は「こおりみずや」。横浜の馬車道通りで。

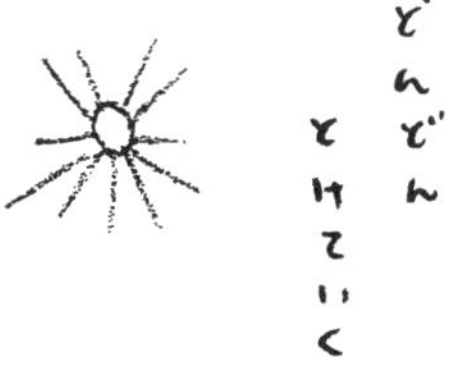
どんどん
とけていく

Ice cream

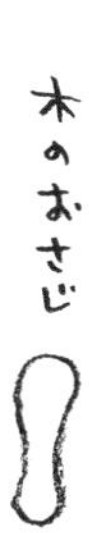
木のおさじ

なんの日

アイスクリームの日

明治の頃にできた資生堂パーラーのアイスクリームは、卵の黄身とレモンの香りのおいしいフランス風アイスクリーム。たちまち銀座名物に。

当時、アイスクリームは二十五銭と庶民には贅沢品。だけど、街では「一杯一銭」のアイスクリーム売りがいたそう。そっちは、どんな味だったんだろう。

子供の頃好きだったのは、三色アイス。チョコとバニラとイチゴのやつ。当たりクジつきのアイス、さっぱりミルクのホームランバー。あたったのは一回だけ。

五月十日　かっこう

かっこうがないている。
青い空の中に。
こきん、と木琴のひくい音をたたくような声で。
やわらかく、たからかに、五月にこだまして、
窓からはいって、うちの天井にもひびく。
洗い立てのお皿にも、はねかえる。
とおく、
空耳みたいにひびいて。

愛鳥週間〈十～十六日〉
水を引いた田んぼのあぜ道に、鳥たちが集まってきます。スズメ、ツグミ、ハクセキレイ、ムクドリ……ヒバリはぴーーぃっと、たからかに歌をうたいながら。愛鳥週間はじまっています。

青森県弘前市のりんご公園で、まっしろなりんごの花が、咲き始めています。花のむこうには岩木山。りんご園を横切るアップルロードに、あまずっぱい、やさしいかおり。

五月十一日　ハナウタ

うちの母は、気がつくと、鼻歌を歌っている。

用事をしながら、ちょっと高めのよそいきの声で、きもちよさそうに。

耳をそばだてて、ようく聞くと、その鼻歌は、ばかばかしいコマーシャルソングだったりするから（商品名を連呼するような）、曲がわかったとたん、なんとも脱力してしまうことが多い。よそいきの声でうたうから、一瞬、品のいい童謡のようにきこえて、その内容があきらかになったときのギャップに、へなっと力が抜けてしまう。

わたしはこどもの頃から、この鼻歌に耳をすますのが好きだ。母の思いがけないゆるい鼻歌が日常の中にあったおかげで、知らない間にその呑気さにいつもすくわれていた気がするから。

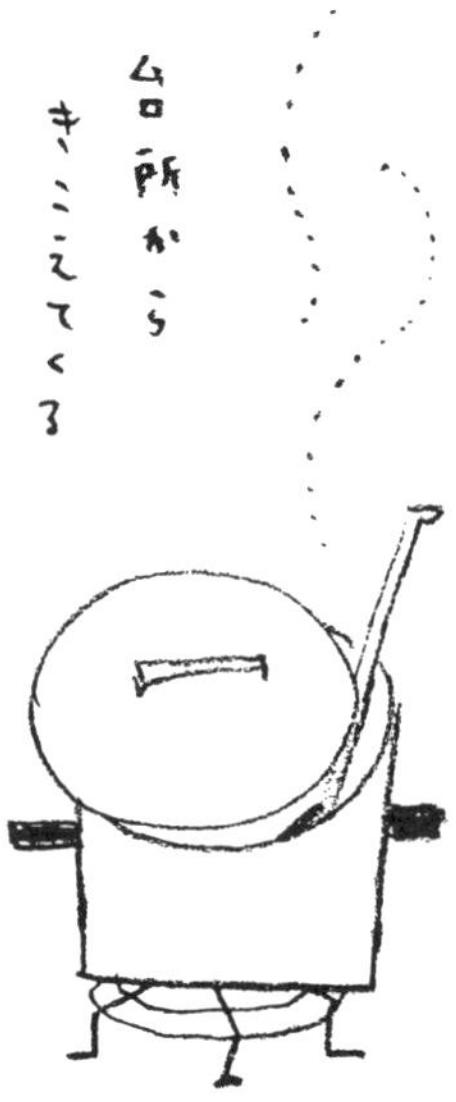
台所から
きこえてくる

なんの日

母の日〈第二日曜〉
母の日の花、カーネーション。赤い花の花言葉は「真実の愛」。白い花の花言葉は「尊敬」。ピンクは「感謝」。

土手で見つけたよもぎで、よもぎだんご。
ゆでてすりつぶして、団子粉と水、砂糖とまぜて、こねてまるめて、蒸す。ふわっと草の香りが立ちのぼる、ほかほかの出来たてに、粒あんを絡めて。

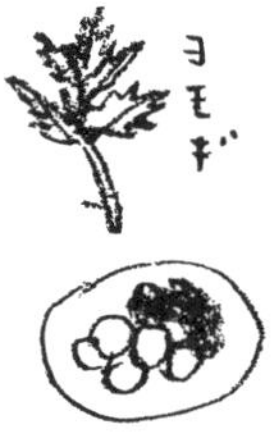
ヨモギ

五月十二日　星をまたぐ

「いいにおいだねえ。きれいだねえ」

クリーニングやさんが、枝をくぐってはいってきた。

あしもとには、満天の星。

雨あがりの、しめって黒い地面に散った、星形の花。

えごの木の花が、しろくこぼれながら満開。

星をまたいで、あるきます。

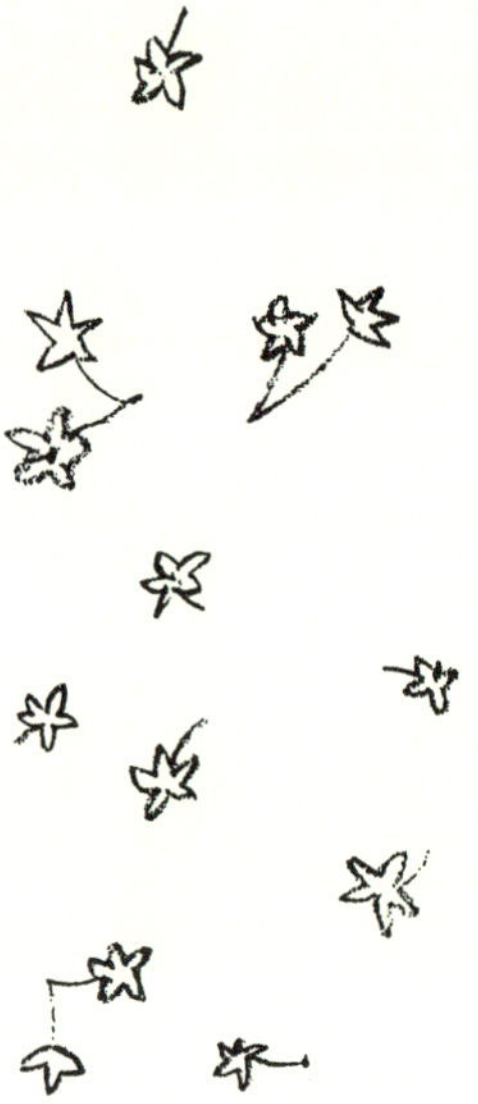

えごのはなは、ちいさいので、咲いてるときは、気づく人が少ない。
散ってはじめて、「あ、さいてる」と木を見あげる。

えごって、そんなににおいがしたっけ？　不思議に思って、鼻をくっつけると、横から割り込んでくる香り。ジャスミン。

クリーニング屋さんは、玄関横のえごの花があんまりにも満開なので、きっとまちがえたんだ。すこしはなれた垣根に、ジャスミンも満開。

えごの木は別名「石鹸（しゃぼん）の木」。えごの実が、洗濯石鹸に使われたことから。

五月十三日　夢

大好きな人が、夢の中で「別れよう」と、いったので、
かわっていく他人のこころは、
絶対にひきとめられないことを思い出して、目がさめた。
夢の中で、その人は、
わたしじゃない人をわたしより好きになって、
わたしのことは、きらいではないけれど、その人と暮らしたいといった。
夢でよかった。
ふとんをかぶったまま、朝の雲がうごくのを見ている。

なんの日

メイ・ストームデー（五月の嵐の日）
「バレンタインデー」から八十八日目も、「八十八夜の別れ霜」。立春からの八十八夜にひっかけて、心についた冷たい霜ともお別れ。別れ話をするのに、最適な日だとか。
どうか、大嵐になりませんように。

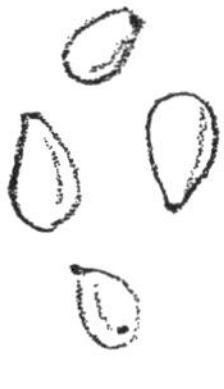

びわの実がおいしいころ

五月十四日　いちごシロップ

果物屋に、赤い斜面みたいに、いちごがならんだら、いちごのシロップづくり。
炭酸水で割って、ぱちぱちはじける、いちごソーダを楽しめるように。
そうして暑い夏には、こおりいちご！（赤！）を、食べられるように。

1.
100cc
200g

へたを取ったいちごと
水を強火にかける。

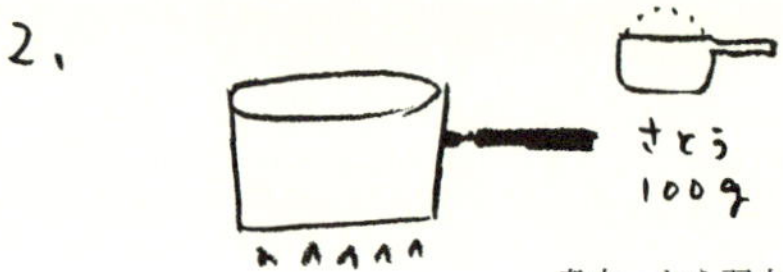
2.
さとう
100g

煮立ったら弱火。
赤い色が水にうつるまで
煮て、砂糖を加える。

3.
そっと
こす
おさえない
こと。

ざるでそっと漉す。
果肉は、ジャムにしても。

いちごが、安くなってきたら、シロップづくりのチャンス。ため込んでいた、ガラスびんもいよいよ出番です。
いちごシロップを入れたら、窓ぎわに持っていって、しばし観察。きれいな赤色、太陽に透かして。かげぼうしも赤い。

なんの日

神田祭〈中旬土日を挟んだ一週間〉
一年ごとに「本祭」「蔭祭」を繰り返す。すましたオフィス街が、祭り色。東京・神田明神で。

五月十五日　葵祭《あおいまつり》

片想いだった人と、京都の町をあるいていたとき、葵祭にぶつかった。

きらびやかな色の行列が、ふだんの京都の町に突然あらわれて、まぶしかった。行列を見て、その人の顔を見て、交代ごうたいに何度も見て、はねかえるひかりの強さに、「ああ、夏がやってくるなあ」と思った。

この人はわたしのこと好きじゃないけれど、今いっしょにおなじものを見て、笑って、たのしそうで――もうこれでじゅうぶん。この恋はあきらめよう。と思った。

その人の好きな女の子の話を聞きながら、ふたりであるいた道で。

なんの日

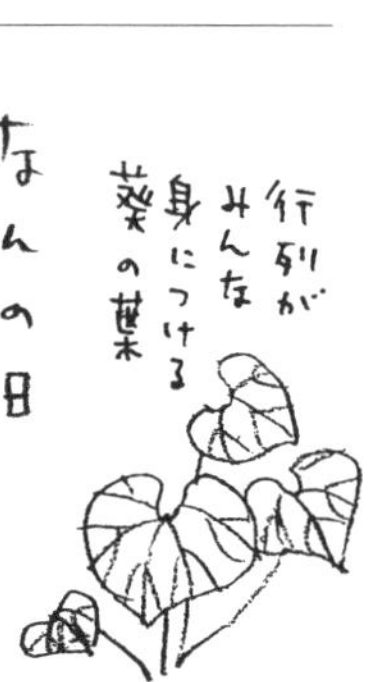
行列がみんな身につける葵の葉

葵祭

賀茂御祖（かもみおや）神社（下鴨神社）と賀茂別雷（かもわけいかづち）神社（上賀茂神社）の例祭で、古くは賀茂祭、北の祭り、などとよばれました。

平安朝の貴族たちの優雅な古典行列は、まるで平安時代をのぞき見したみたい。京都御所を出発して下鴨神社を通り、上賀茂神社へむかいます。

京都、詩仙堂の庭で、ミヤコワスレと京カノコ、ひっそりと咲いています。

京がのこ

五月十六日　電車と電車

うれしいのは、電車と電車がすれちがうとき。

追いこしていくとき。

わたしが扉の前に立っていて、むこうの電車と速度が合って、一瞬、電車が止まったようになる。むこうの電車の扉の人と目があう。

知らない人どうし。一瞬だけど、むこうに気持ちが、飛んでいく。

言葉を交わさないのに、おたがいに、出会ったことにハッとして、心が微笑むような、あの時間が好き。

飛び去ってしまう一瞬だから、よけいに、あたたかい。

なんの日

旅の日

わたしは車で旅するより、だんぜん電車が好き。

時間を調べて、電車を待つ。

乗ったことのない色の電車。

へんな名前の駅。

お弁当をたべながら、外の景色も、おおきな窓で見える。お楽しみが多いから。

今日は旅の日。

元禄二（一六八九）年三月二十七日（新暦五月十六日）、松尾芭蕉が「奥の細道」へ旅立った日。

せんぷうきを出しました。

五月十七日　豆ごはん

えんどう豆をむくと、サヤのなかで、豆があせをかいていた。

水滴つきの、しめったえんどう豆。

「買ってから、しばらく、むきそびれてたからなあ」

じっと見ると、中には、冷蔵庫に入れっぱなしの間にのびたのか、（ほったらかしすぎて、おこってるのか）ツノみたいな根っこが生えてる豆も。

「まあ、いいや」

ぴゅんと、ツノつきのまま、お米とまぜて、炊きあげる。

炊きあがったら、ツノはどこへやら。機嫌も直ったみたい。

うすいみどりの、豆ごはん。

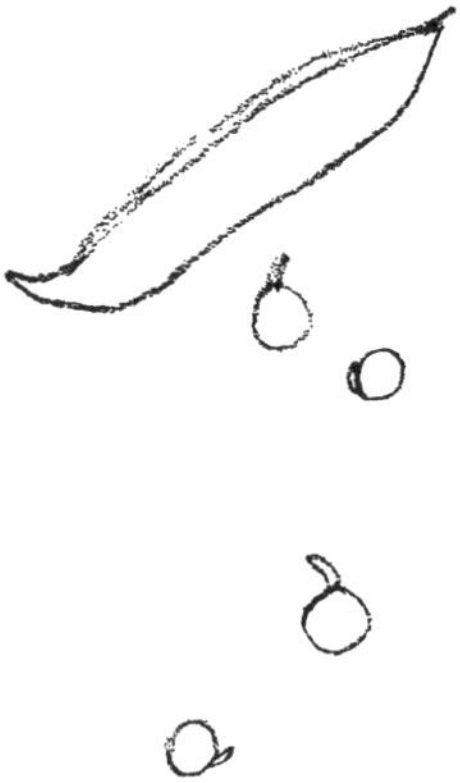

豆が
みえるように
よそう

豆の季節。

マメ科の落葉性木本（もくほん）藤の花が見ごろです。東京では、亀戸天神の藤が四月半ばから、次々と咲いています。

埼玉県の「牛島の藤」は、樹齢千二百年の老木。

奈良の春日大社では「砂ずりの藤」。

けむるように咲いて、みんな、うすむらさきの雲のようです。

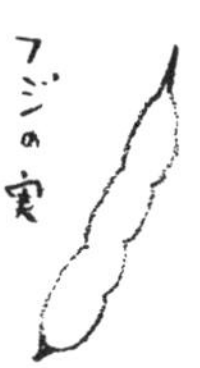
フジの実

五月十八日　そらまめ

天にむかって、さやがのびるから「空豆」。
中国では、さなぎになる前の、蚕の形に似てるから「蚕豆」。
千三百年前に中国からやってきたときは「唐豆」だったそう。
ひすい色の空豆の季節は、あっという間。旬はあと少しでおしまいです。
さやのなかで、大切そうに、ふわふわのふとんにくるまれている空豆。
ゆでたり焼いたりするなら、さやごとで。
蒸し焼きのようになって、ほくほくと、かおりゆたか。

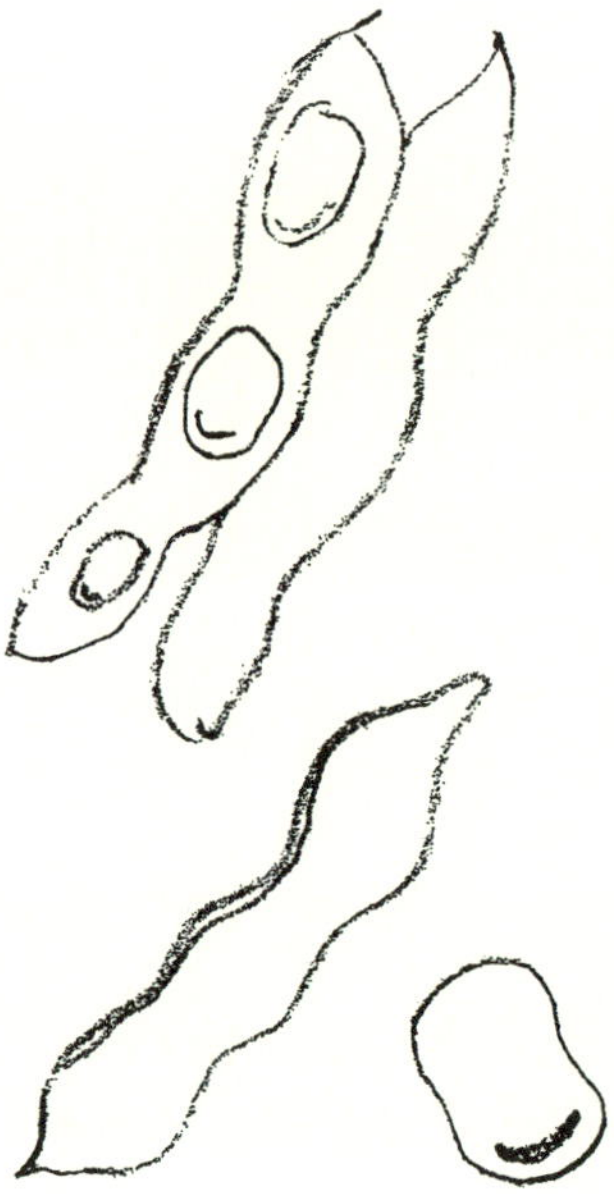

にっこりわらってる
ようなここ

桜が咲いてから、二ヶ月後までがその地方の空豆の旬なのだそう。

いろんな呼び名を持つ空豆。四国では四月豆、静岡では五月豆、千葉では雪割豆、奈良では大和豆、伊勢では雁豆、九州では唐豆。

「唐豆（からまめ）」から、当て字で「空豆（そらまめ）」になったという説も。

サヤごとゆでてから、皮むき。

五月十九日　三社祭《さんじゃまつり》

浅草神社には、神様が三人いるそう。

むかしむかし。隅田川で二人の漁師が、魚網で不思議な人型の像をすくいあげた。漁師の名前は「浜成」と「武成」。物知りの「真中知《まつち》」に「これは何だろうか」とたずねたら、それは尊い観音様だという。

その像に「たくさん魚が捕れますように」とお願いすると、翌日は大漁！

観音様を自ら出家して祀った「真中知」と、すくいあげた「浜成」と「武成」。その三人（三社さま）のお札を、神輿におさめるのが「三社祭」。

「セイヤ、セイヤ」と、威勢のいい声がひびいて、みんな汗だく。全国からやって来た、神輿かきも「セイヤ、セイヤ」と、汗だく。

神輿にのって、東京の下町に夏がやってきます。

なんの日

浅草三社祭〈第三金〜日〉
拍板（びんざさら）という木の板の楽器を、アコーディオンのように、うちならして踊る「びんざさら舞」の神事や、三つの神輿。東京下町の荒祭。

旧暦でいうと、今頃が卯月。卯の花の季節です。

近所の垣根のバイカウツギがきれいに白く咲いていいます。

こちらが うのはな
こちらは バイカウツギ

五月二十日　オトシブミのゆりかご

青葉のさきっちょに、くるくる巻かれた、葉っぱのゆりかご。

つくったのは「オトシブミ」。五ミリ足らずのちいさな虫です。

若葉の先をはじっこから、噛み切っていき、よいしょと、二つ折り。それをひとりで、くるくると巻き上げていく。

巻き上げる途中に卵を産んで、さらにていねいに巻き上げると、赤ちゃんのための葉っぱのゆりかごのできあがり。ゆりかごは、卵からかえった幼虫の安全な部屋になり、食べ物になり、サナギ室になります。もしも人間だったら、二十畳ほどもあるじゅうたんを、ひとりでまいていくようなもの。

五月。みどりのどこかで、ていねいに、ていねいに、ひとりで葉っぱを巻きあげる、ちいさいオトシブミのことを思うと――はたらくことが、少したのしくなるのです。

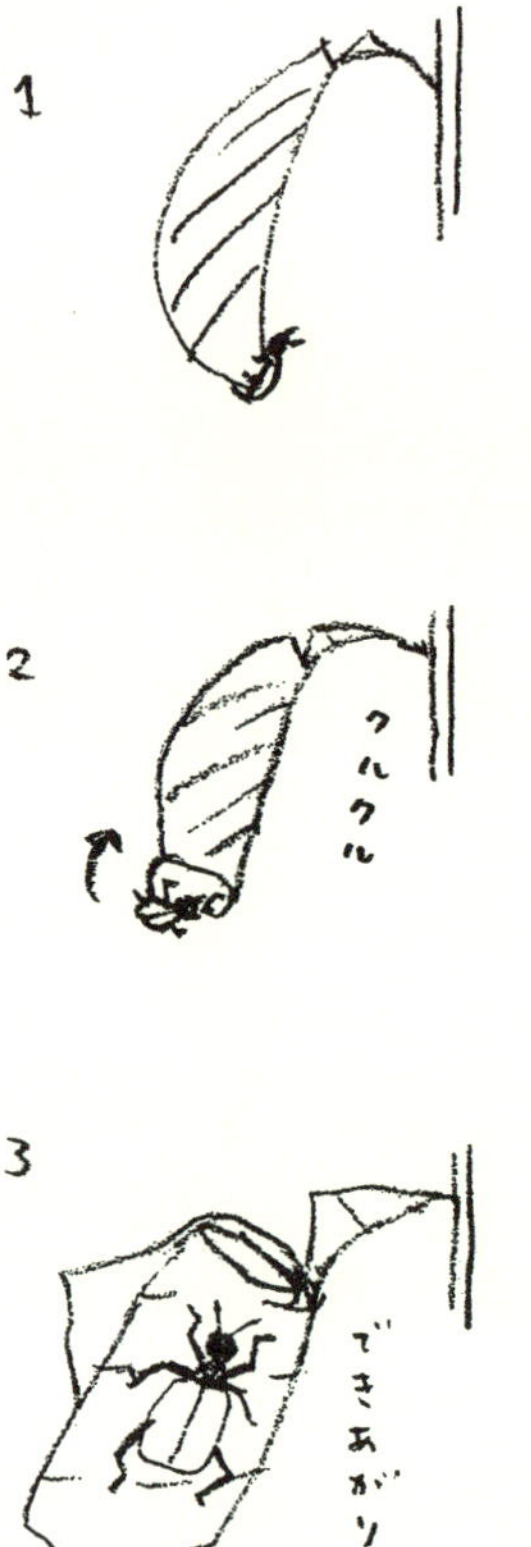
1
2
クルクル
3
できあがり

E.T.のような顔

オトシブミというのは、もともと、はっきり言いにくいことを文書にして、そっと落としていく手紙のこと。恋文なども「落とし文」といったそう。くるっとまるめた葉っぱの巻物は、そんな手紙みたいに見えて、虫の名前になりました。

なんの日

森林の日
森の中でも、オトシブミのゆりかごはみつかります。野バラ、キイチゴ、コナラ、フジなどの葉っぱをさがして。

世界計量記念日
一八七五年、メートル条約締結を記念して。

五月二十一日　小満《しょうまん》

窓ガラスをふきながら、窓の外の木を見る。
あたらしいきみどり。やわらかそうな、きみどり。
くすくすと、わらうように、そよぐ。
よそ見。
手が止まる。
——小満。
あかるいこもれびが、きらきら。葉っぱや新芽がぐんぐんと、おいしげる頃。

なんの日

小満（二十四節気の一つ）万物盈満（えいまん）すれば草木枝葉しげる（天明七年「暦便覧」）
五月二十一日頃

陽気がよくなって、草木などがぐんぐん生長して若葉が生いしげるころ。西日本では、もう、走り梅雨。あたたかいところでは、紅花も咲き始めます。

小学校開校の日
明治二（一八六九）年、京都で、日本初の近代小学校の開校式。

五月二十二日　クモの顔

蜘蛛の顔は、あんがい、かわいらしい。

首のところがボールペンの先みたいに、くるっと動くので、

「あっクモ！」

と言って見つけたりすると、その部分がきゅっと上に動いて、むこうもこちらを見るのがわかるときがある。

四つもある目玉と目があう瞬間は、少しだけうれしい。

(だって、蜘蛛の目は、まんまるなんだもの！)

ちゃんとゆらす

スープセロリの葉の上に、クモを発見。クモは肉食なので、植物とわたしの味方。巣があると、庭はひなびた感じになるけれど、そのままにしておく。クモの目玉は種類によって四つのや六つのや、八つのやいろいろ。みんなまるくてかわいい。

こっちみてるクモ

なんの日

コナン・ドイルの生まれた日

シャーロック・ホームズの作者、アーサー・コナン・ドイルは医者。患者がさっぱりこないので、ありあまる時間を利用して小説を書きました。

五月二十三日　キスの日

グレープフルーツ色の月が　でている夜。
あまいかおりが　空じゅうにふくらんでいる。
あまったるい夜が　ぽたりぽたりと　街にふりそそぐ。
ぽたり　ぽたり　ぽたり　ぽたり
街が、夜が、あまく　あまく　なっていく。
恋人たちの　キスのじかん。

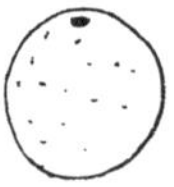

グレープフルーツ色のおいしそうな月夜。お月見しながら、ハチミツがけのグレープフルーツ食べて、ハチミツだらけの、くちびるで、キス。

なんの日

キスの日
昭和二十一（一九四六）年、日本ではじめてキスシーンが登場する映画「はたちの青春」が封切り。ほんのすこし、くちびるがふれあうだけのキスシーンに、大さわぎ。連日満員。

ラブレターの日
こい（五）ぶ（二）み（三）の語呂あわせ。

五月二十四日　青田

苗の子供達が、田んぼで前へならえ。

しゃがんで横からながめると、とんがった葉の先が、ちくちくとやわらかくひかる。

「アメハ　マダデスカ。アメハ　マダデスカ」


水面が、空の雲と交信している。

きれいに整列。みどりの生徒たち。

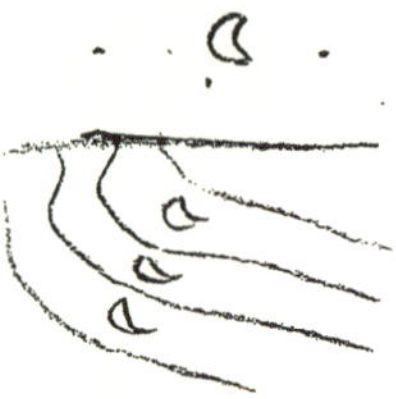

田毎（たごと）の月
田植えが終わって、水が引かれた棚田に月がうごいて、次々とうつる様子。長野県千曲市姨捨（おばすて）の田毎の月は有名。冠着山（かむりきやま）の段々を背にした水田に満月。

水をたたえた田んぼには、アマガエルの声。

五月二十五日　食堂車

結婚してすぐの頃、ふたりで、東京にむかう新幹線に乗ったときのこと。

晩ごはんを食堂車で食べようと思ったら、混んでいて知らない人達と相席になった。サラリーマンらしき年配の、陽気そうな男の人ふたり。親友なのだろうか。お酒を飲んで、すっかりできあがっていて楽しそう。

「なにを食べようかなあ」とメニューを見ていたら、「どこからきたの？」などと、話しかけてきて、グラスを頼んで、お酒をついでくれた。そうして、次々といろんなものを注文しては、わたしたちに「いいから、食べて、食べて」と、ごちそうしてくれた。よっぽど、おさなく頼りなく見えたのかもしれない。「あの、自分で払います」といっても「いいの、いいの」。

名前も知らない気のいい人達。ばかばかしい楽しい話を、とめどなくしてくれて、あっという間に、東京に着いた。「ずっと、なかよくしなよー」と、言い残して。

――もう今は、なくなってしまった食堂車。新幹線での食事は、移動中で他にすることもなくて、みんなどこかヒマな、のんびりとした空気だった。人と出会うのも、のんびり。

なんの日

食堂車の日

明治三十二（一八九九）年、山陽鉄道（現ＪＲ西日本山陽本線）に食堂車つき一等車が、お目見え。現在、食堂車があるのは、カシオペア、北斗星、トワイライトエクスプレスの三つだけ。

鶴岡化けものまつり

山形県の鶴岡天満宮の天神祭は「化けものまつり」。編み笠をかぶった「化けもの」が道ゆく人々に酒を振る舞う。三年間化けもの役をやってバレなければ、願いがかなうのだそう。

五月二十六日　ねがえり

夜中に目がさめて、なんどもねがえりをうつ。
目をとじたまま、風の音をきいている。
まぶたごしでも、外があかるくなってきたのがわかる。
あの、「朝がきた」と、思ったとたん、
ホッとしてねむくなるのはなんでやろう。
——このごろは、朝があかるくなるのも、早くなってきました。

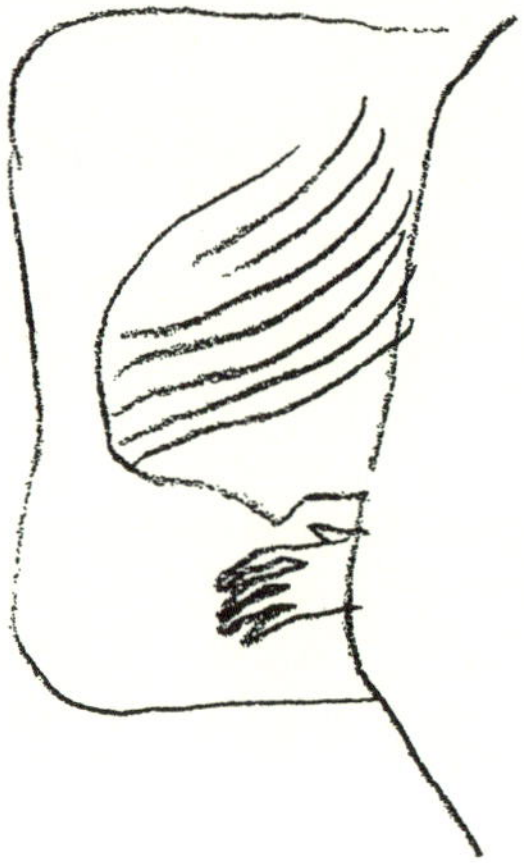

神奈川県箱根町の山のホテルのツツジが満開の頃。ヒノデツツジをはじめ、ミツバにクルメ、キリシマ、レンゲ、リュウキュウ、ドウダン、サツキなど色とりどり。
運が良ければ、ツツジのむこうには、ぽっかりと、富士山。

五月二十七日　リネン

夏にむかって、麻（リネン）の布でシーツと枕カバーを縫う。

麻は、吸水もよくて、乾きが早く、そして、なんといっても、ひんやりした、この肌触り！

さっそく、敷きたてのシーツにごろんところがって、ほおずり。

そして、ばたあし。

きもちよさに、おもわずわらってしまう。幸福。

これできっと、ぐっすり眠れるはず。

あまった布で、ハンカチとパジャマいれもできました。

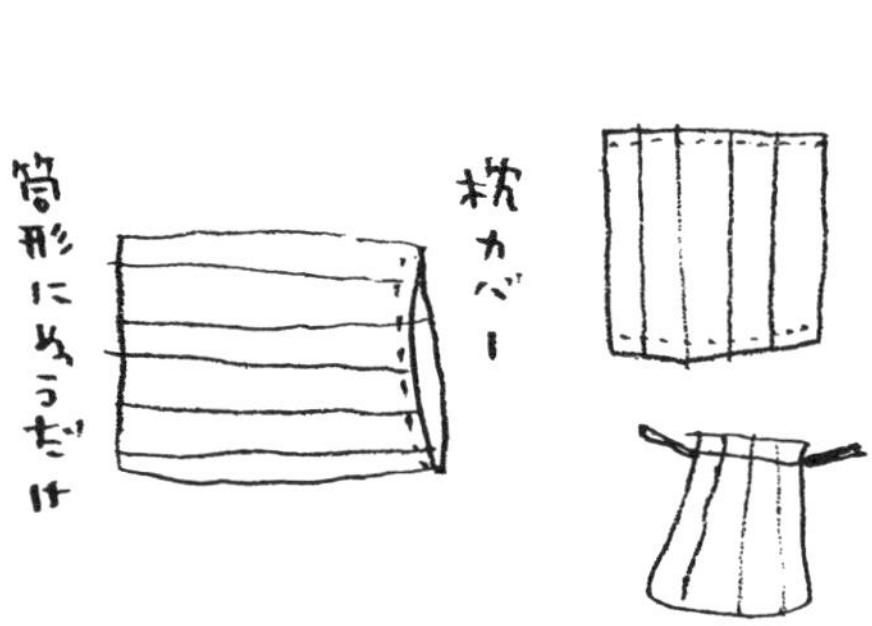
枕カバー
筒形にぬうだけ

麻のなかでも、リネンは、シーツや、枕カバーにむいています。ちょっと高い生地だけど、とてもじょうぶなので、何年も使えるから、おすすめ。

五月二十八日　カゲロウ

ガラス窓に、ぴったりとはりついているのは——
カゲロウのぬけがら。
ここにいた子は、いまごろどこで、なにしてる？
かぼそい手足と白カビのようなからだと、透ける羽根。
ふわふわと夕暮れに舞うところを空想しながら、洗濯物を取りこむ。

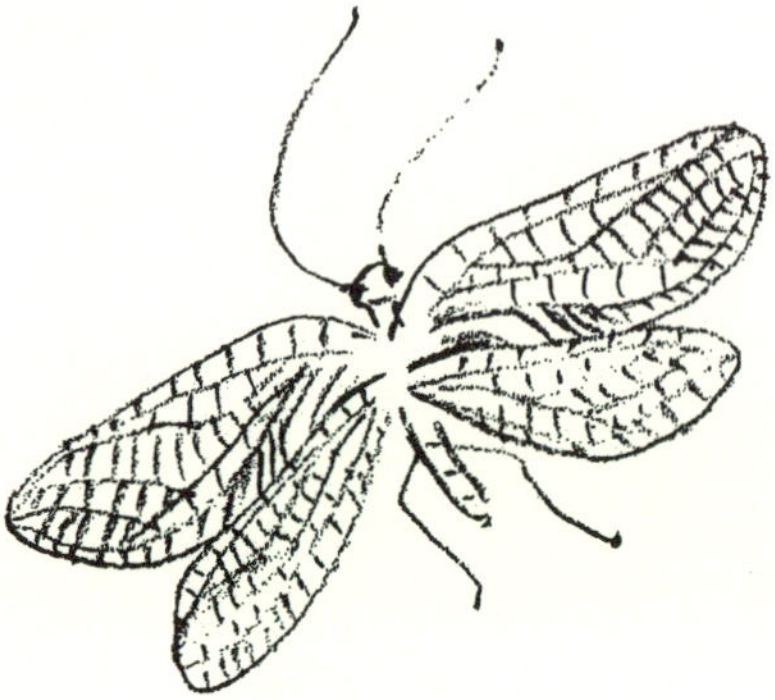

カゲロウが羽化する頃です。夏に見かける「うどんげの花」は、クサカゲロウの卵。

なんの日

曽我の傘焼まつり
むかしむかし、鎌倉時代、曽我の十郎、五郎兄弟が、かさを燃やして、松明にして、父の仇を討ったそうな。神奈川県小田原の城前寺で、かさを集めて、火を放ち、かさ供養。

五月二十九日　ガラスみがき

自分の気持ちが、くもっているように感じるとき、半日ガラスをみがく。

きゅっ、きゅっ、きゅっ。きゅっ。

だまって、みがく。おこったように、みがく。

ガラスコップ。ガラスのお皿。ガラスの花瓶。ガラスの密閉瓶。ガラスのお碗《わん》。あわつぶ入りのガラスのペーパーウエイト。うすいビールグラス。透明なものは、なんでもかんでも、みんな。みんな。指に、プツンとひっかかる汚れは、はあっと、息吹きかけてみがく。意地でも、ぴっかぴかに。

考えなくていいこと、考えないでいられるように。
ぴかぴかのガラスを、窓にかざして見ていると、
わたしのなかにも、ひかりがよくさしこんでくるような気がして。

五月の光は、ガラスをきれいに見せてくれる。みがきたてのガラスコップには、白いミヤコワスレ。

山開きを待ちわびるように、大分は阿蘇くじゅう国立公園のミヤマキリシマが、咲き始めています。

五月三十日　朝やけ

きのうのゆうやけが、花びらのようで、あんまりきれいだったので、朝焼けもさぞかしきれいだろうと、目覚ましをかけて、早起きした。

まだあかるい月が出ている早朝。

みるみると、あけていく。

予想は、ばっちり。いや、予想以上。

オーロラのような朝焼けで、まるで、オレンジの竜がのぼっていくような、大スペクタクル。ねむっているあいだに、いつも、こんなことが、空でくり広げられているなんて……と、魔法を見たようだった。よく知ってる人のすごい能力を見せつけられた気分。日がすっかり昇ると、なんにもなかったような、いつもの空の顔してさ。

あたたかくなってきた春から初夏の海岸で、潮干狩り。おおきな麦わら帽子と、くまで、バケツを持って。しりもちついたら、どろだらけ。
アサリ、シオフキ、バカガイ。大潮の頃が、たくさん採れるそうです。

五月三十一日　ユーカリのにおい

しげりまくったユーカリの葉を、ばさばさばさっ。切り落とす。本格的な夏が来る前に、刈り込み。ぐしゃぐしゃにしげったあっちこっちを、散髪します。切るのって、気分がいいから、切りすぎないように、少しずつ様子を見ながら、気をつけて。

両うでにかかえてまとめると、髪の毛もシャツもてのひらも、腕も指先も、みんなみんな、まつげの先までもが、ユーカリの青緑のにおいで、いっぱい。

メンソールの香水を、全身にあびたみたいに。

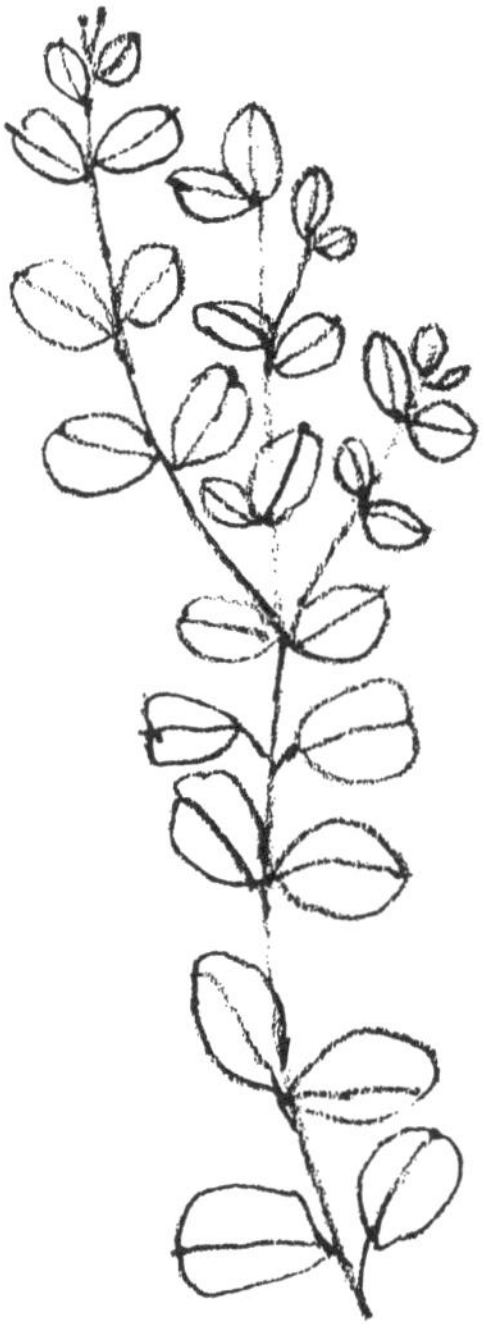

コアラの食べる葉っぱで有名なユーカリは、ペパーミントよりも強い匂い。さわるだけで、青い匂いでむせるほど。エッセンシャルオイルは、お風呂にいれたり、空気を殺菌するので、風邪の予防にも。

ユーカリのそばで深呼吸すると、息が、スーッと通って、からだじゅうにゆきわたる感じ。

丸い葉っぱもかわいい。

同じ
ユーカリでも
コアラが
食べるのは
細長い葉っぱ

六月　水無月

六月の呼び名

みなづき	水無月
なるかみづき	鳴神月
かぜまちづき	風待月
せみのはづき	蟬の羽月
とこなつづき	常夏月

旧暦の六月は、新暦の七月ごろにあたるので、夕方になると雷が鳴って、雨をもたらし「鳴神月」。雷が鳴ったら、梅雨明け。風もやんで、夏らしい日がやってきます。雨がなくなるので「水無月」。蟬の羽根のような薄い衣をはおる「蟬の羽月」。新暦六月は、梅雨入りのころ。雨の季節です。

六月一日　音

電線に　雨つゆがぶらさがって
がらすだまのように
ひかってみえる。

てん　てん　てん　てん
ぽる　ぽる　ぽる　ぽる

――音にすると　こんなふう。

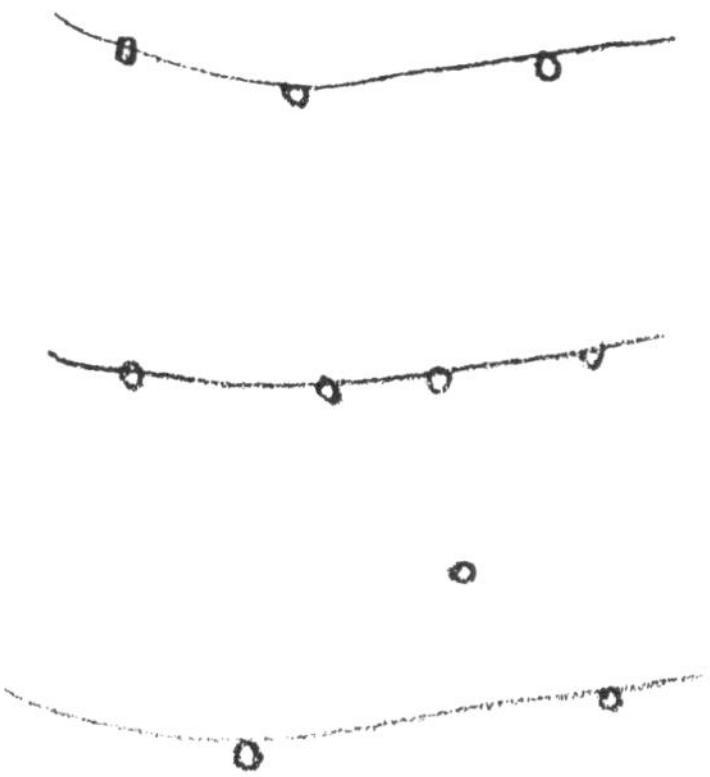

なんの日

気象記念日

明治八（一八七五）年、日本で最初の気象台が設立。天気予報から目がはなせない雨の季節がやってきます。

さみだれは「五月雨」と書くけれど、旧暦の五月の長雨のことなので、今の六月頃、梅雨の雨のこと。五月晴れも旧暦の五月だから、梅雨の合間の、からっとした晴れ間のことなのです。

衣更え

中学の頃、夏服に衣更えするのが楽しみだった。セーラー服の薄い水色の衿と半袖。ニノウデが、すーすーして、軽やかな気分になって。好きな人と廊下でばったり会いたくて。

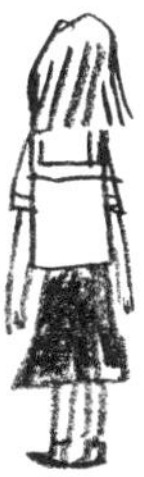

六月二日　路地の日

路地を歩くのが好きで、路地で迷うのが好きで、つい横道をどんどん入っていく。いざとなったら、人にきけば、どうにか帰れるもんね、と。

いつも通る道のすぐ横の路地をはいっただけなのに、見たこともない場所に行けるのが、不思議で楽しい。行き止まりの古い建物とばらの庭。知らない竹ばやしや、色とりどりの洗濯物——。そんなのが見つかると、うれしくてにやにやしてしまう。

歩いているときの、こころぼそさも、なんだか好きで、初めての道をどきどきしながら、ぺたぺたと、どこまでも進むのは楽しい。すてきなけしきを見つけながらも、どうやって行ったのかおぼえてなくて、そこへは二度と行けないことも。

六月二日は、路地の日。

裏路地の
ドクダミが
満開。

南九州では
がらっぱぐさ
河童草。
河童のにおい
だって。

なんの日

路地の日（語呂あわせ）
長野県下諏訪町の「路地を歩く会」が制定。参加者を募ってウォーキングではなくて、もっと気楽に路地をめぐるのだそう。知らない人の暮らしが、親しげに声かけてくるような、路地をあるくのって楽しい。

だんだんと
ぎゅうぎゅうづめ
つばめたち

六月三日　夏服

衣更えです。

さむがりのわたしは、まだ長袖をしまうかどうか迷って、ひきだしの前で考えこむ。五月頃から、だましだまし半袖を出して、ちょっとずつ何回も衣更えしているわたし。

出てきた、出てきた。うすっぺらいローン地のブラウスに、涼しげなストライプのシャツ。麻のノースリーブ。

「――わー、着るものない！　去年、なに着てたっけ？」

と、毎年一年たつと忘れて、こんな事ばっかり言ってるけれど、その分、夏服との再会がうれしい。途中、ちょっと着てみたりするから、気がつくと一日がかり。

夕方のにおいが、もう、夏。

丁字
クローブ

あたらしいハンガーを買いました。木製で自分の肩幅のやつ。

防虫剤には、クローブの実。

基本的に、きちんと洗ってあるものには虫はつきにくいそうです。

自然雑貨屋で買った防虫剤には、ヒメマルカツオブシムシの嫌いなクローブやラベンダー。衣更えの四～六月が虫の発生する季節。引き出しの中があまくて、ちょっとエスニックな香りになりました。

全国で
山びらきの
ころ
夏山
シーズンの
はじまり

六月四日　アワフキ

木イチゴの枝のあちこちに、ふわふわと白い泡をくっつけたのは、誰？

犯人は、アワフキ。

泡の中にいるのは、アワフキムシの幼虫。鳥やほかの虫から身を隠して、泡でできた家のなかで、樹液を吸って食事中。

外国では、この不思議な泡が、誰の仕業かわからなくて、カッコウや蛙の「つば」と呼んでいました。あのファーブル先生も、観察記録をつけるまで、植物から分泌されるものだと思っていたそう。

世界には、名前のない虫が、まだたくさん。――今日は、虫の日。

木イチゴやヤブイチゴが赤や黄いろの実をつけはじめる頃。そのイチゴの枝のあちこちにアワフキの白い泡。雨がふっても、なかなか流れない不思議でじょうぶな泡。

なんの日

虫の日（語呂あわせ）
手塚治虫らの呼びかけで、「虫の住める街づくりを」と、日本昆虫クラブが制定。

口の中に住む虫は、できるだけ退治。
今日から、歯の衛生週間のはじまり。〈四～十日〉

六月五日　ゴムぐつたち

芒種《ぼうしゅ》。
芒《のぎ》のある穀物（主に稲）の種をまく頃。田植えの季節。
やわらかなうすみどりのかまきりが、葉っぱのうえで、目をひからせる頃。
蛍が、とびはじめる頃。ながぐつの準備をする頃――。
西日本では、そろそろ梅雨入りです。

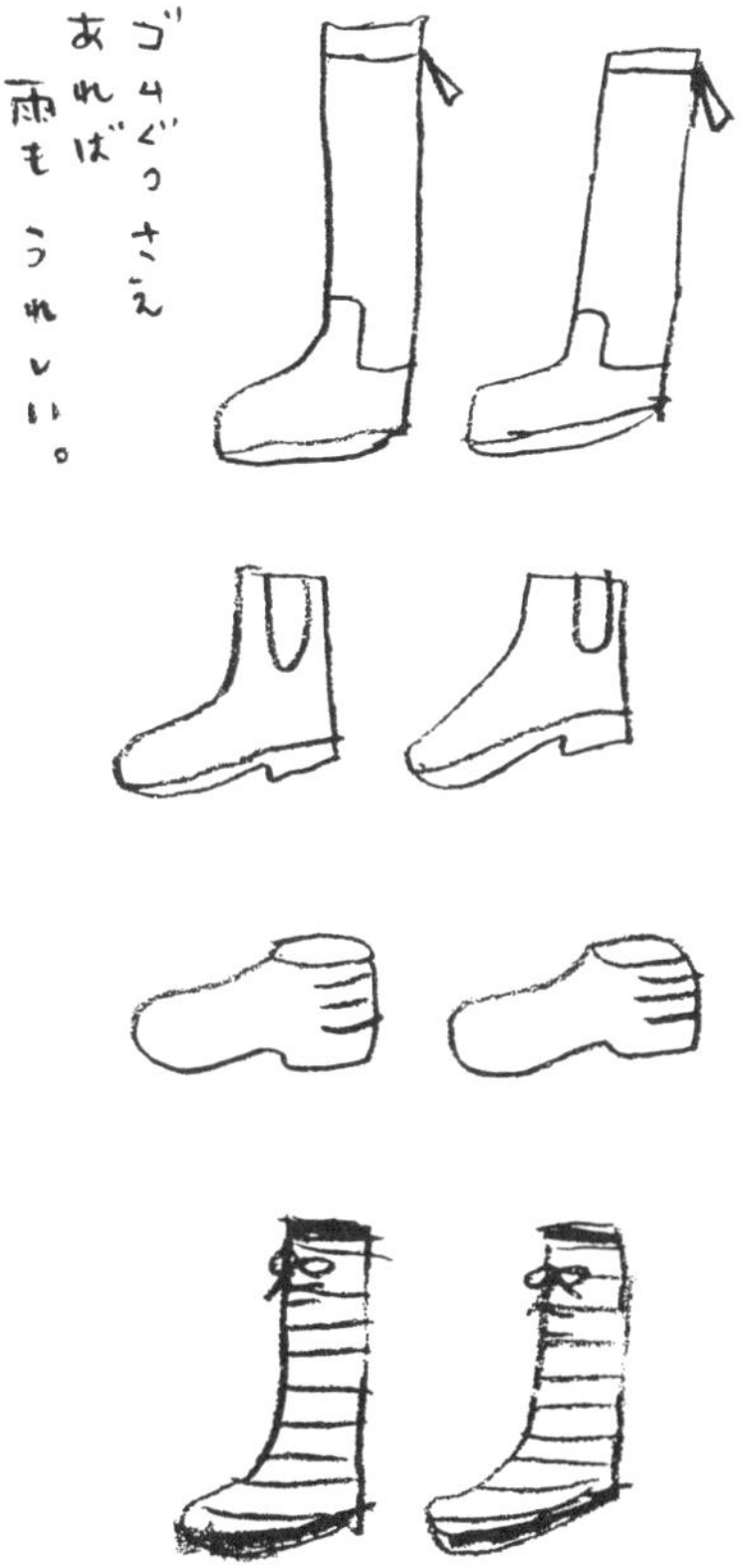
ゴムぐつさえ
あれば
雨も　うれしい。

なんの日

芒種（二十四節気の一つ）
芒ある穀るい稼種する時なればなり（天明七年「暦便覧」）
六月五、六日頃

芒とは、麦や稲の穂先にある針のような突起のこと。最近は、温暖化のせいか種をまく時期が早くなっているところも。

熱気球記念日
一度のってみたいカラフルな熱気球。
一七八三年、南フランスで、世界で初めての、熱気球が、空にうかびました。

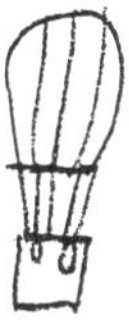

六月六日　さじかげん

遊びに来た母が、炊き込みごはんを作ってくれる。

母の作る炊き込みごはんは、鳥皮をこまかくきざんでいれるので、炊きあがったごはんが、つやつや。下味の調味料も、塩もお酒も、目分量なのに、ちょうどいい。かなわない、母のからだに染みついた計量カップ。

母のさじかげんは、不思議。手を動かすとつくれるのに、

「大さじ何杯ぐらい？」なんてたずねても、ぜんぜんおしえてくれない。

「そんなん、だいたいでやってるから、わからんわ」

と、不親切な答えで、おしまい。

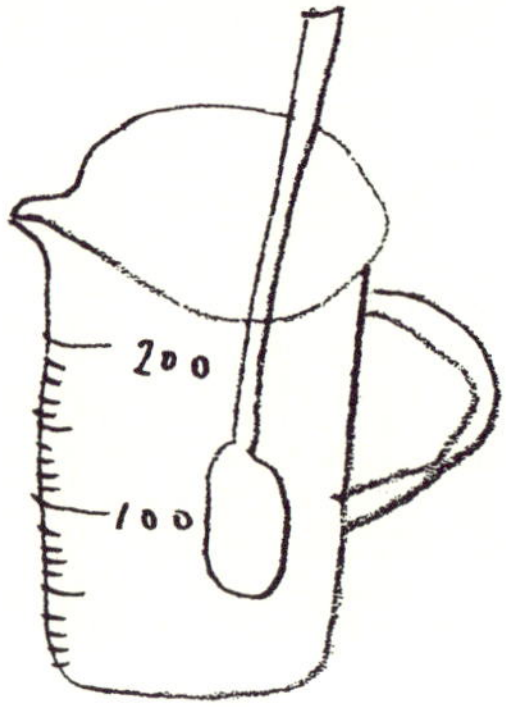
200
100

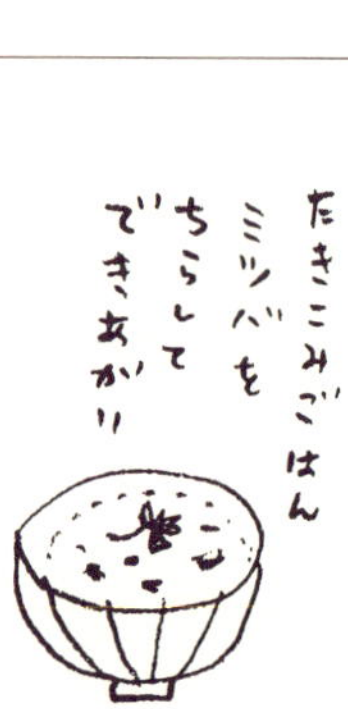
たきこみごはん
ミツバを
ちらして
できあがり

なんの日

おけいこごとの日

昔、芸事は、六歳の六月六日からはじめると、うまくなるといわれたそうです。ならいごと、わたしは、続いたためしがありません。

♪六月六日に、雨ざーざー
ふってきて――
ご存じかわいいコックさんの絵描きうた。
今日は、コックさんの日。

六月七日　鏡のアジサイ

庭の山アジサイの花の球が、うすみどりから、どんどん白くなっていく。
白は粉をふいたような、まっしろ。
ぱちんと切って洗面台の前にかざったら、鏡にうつって、花は二倍にふえた。
——ごうかな、花束みたい。
花びらのはじっこは、まだうすみどり。春がそこにすこし残っている。
梅雨入りまぢか。
毎日すこしずつ色が変わっていく花を見ながら、歯みがき。

庭のアジサイの色の変化を観察するのが楽しい。近所の散歩道のアジサイたちも、見逃せない。

アジサイがはじまると、庭のヤマボウシの花が、うっすら生成り色になって、ついに散りはじめました。風がふくたび、おおきな花びらが、モンシロチョウみたいに飛んで、飛んで、あっちこっちに、白くとまる。

六月八日　スグリジャム

房スグリが、あかくなっている。

「あらまあ」と、いう感じ。きのうまでは、気づかなかったけど、今日あかくなったのかな。いっせいに。いちごも、つぎつぎ赤くなる。ラズベリーも、まっ赤になって、指でさわると、ぽろりとはずれる。ぶらさがるおいしい宝石たち。

みどりの庭に、あかい水玉模様が実って、てんてんてんてん。

すっぱいスグリは、そのままだとすっぱすぎ。枝からはずしたスグリの実に砂糖をかけて数時間。水分が出たら、鍋でさっと煮詰めてジャムにします。ルビーみたいなジャムは、いつも大人気。あともうすこしの、おたのしみ。

なんの日

白根（しろね）**大凧合戦**
〈六月初旬の木〜日曜の五日間〉
新潟市白根で中ノ口川をはさんで大凧合戦！相手の綱が切れるまで。

六月九日　おけらと鮎

まるで、真夏みたいな気温の夕飯どき。
おけらのなく声が聞こえる。
あけっぱなしの窓の外から、家の中にはいってくる。
声は、壁にぶつかり、食卓の上。
尾っぽが塩でまっしろの鮎に、ひびいてかぶさって。

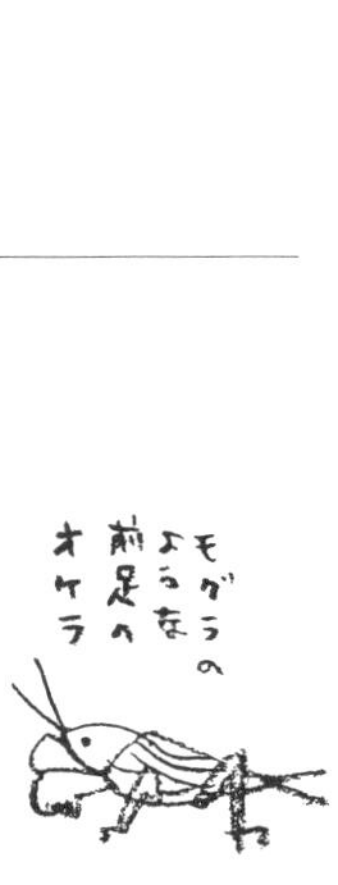
モグラの
ような
前足の
オケラ

ジージーと鳴くおけらの声。もうすっかり夏。鮎もおいしくなってきました。関西では鱧（ハモ）が旬です。骨切りしたハモを、湯に落として、氷水できゅっとしめたら、白い花が咲くよう。

六月は各地で御田植神事。田んぼの神様に農作業の無事を願います。
広島の壬生の「花田植」は第一日曜。
大阪・住吉大社の「御田植神事」は十四日。
三重県磯部町の「御田植神事」は二十四日。

六月十日　ヒツジグサ

睡蓮の花をヒツジグサというのは、未の刻に花をひらくから。
大きくあくびするように、目ざめていくスイレン。
だれも見ていなくても、時間どおりきちんと咲いて、そっと目をとじてねむる。
未の刻って何時？
未の刻は、江戸時代の時刻で、昼の一時から三時のあいだ。おやつの時間。
六月十日は、時の記念日。

なんの日

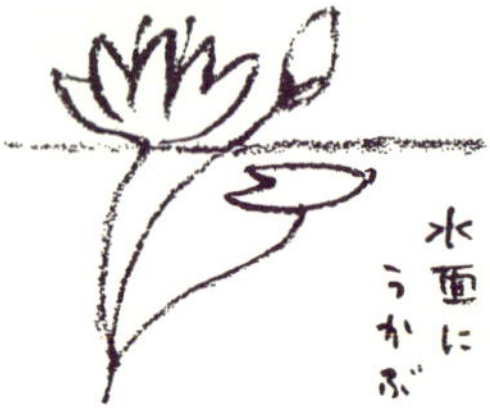

時の記念日
日本では天智天皇の時代に水時計（漏刻）を作ったのが、時計のはじまり。その発明をたたえて、滋賀県大津市の近江神宮で「漏刻祭（ろうこくさい）」。

ミルクキャラメルの日
一九一三（大正二）年、森永製菓が、ミルクキャラメルを、はじめて発売。今日のおやつは、ミルクキャラメル。あるきながら、空を見ながら。

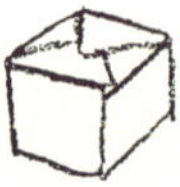

六月十一日　あかいカサ

おとなりの三歳の女の子、みうちゃんは、ひとりでいる時、庭に干してある、あかいカサのなかにはいって、お日さまを、ずっと、ながめてた。

あかいあかいカサのなか。
あかいせかい。
あかいおひさま。
ひらくと、できあがり。ひとりぶんのへや。

なんの日

傘の日
カサというものが「雨から身を守るもの」と知ったのは、ここのつぐらいの時でした。わたしにとっては、それ以上に、とても、すてきなおもちゃだった、カサ。

梅雨入り（雑節の一つ）
立春から数えて百二十七日目となる、十日ごろから、梅雨に入ります。晴れていても、「もしかしたら」と、傘が手ばなせない季節。

あおい
ツユクサの道を
かささして歩く。

六月十二日　恋

目と目があうと
瞳に花が咲くから　こまる。
わたしが　恋していることが
すぐに　ばれてしまうから。

雨の中
庭のササユリが
ひとり!!でさいて
かなしげ。

なんの日

恋人の日
「恋人の日」（ディア・ドス・ナモラードス）は、ブラジルに伝わる恋人たちの日。
「縁結びの神」聖アントニウスの命日の前日・十二日に、恋人同士や夫婦間で写真を入れたフォトフレームや、プレゼントを交換するそう。

カシワバアジサイも
さいて、庭は
雨のにおい。

六月十三日　梅酒どき

八百屋で、かちんかちんのかたそうな青梅が、山盛り。

甘いにおいにすいよせられて、梅を二キロ買う。

半分は梅酒。あと半分は、ハチミツで漬けて梅シロップに。

梅を洗ってふいて、かわかすと、部屋中が梅のにおいでいっぱいになる。このままでは食べられないのが信じられないほど、良い香りの青梅。かじりたくなる気持ちをがまんして、鼻だけくっつける。（たべたい…）

最後に、梅を楊枝でぷつんと、つついてあなあけ。「いたい、いたい」と、梅の実。

青い梅には、きびしく。数ヶ月後に、しわくちゃばあさんにならないように――。

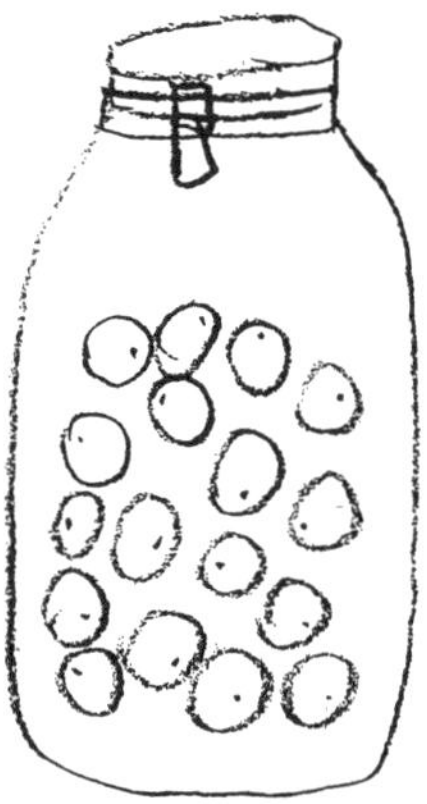

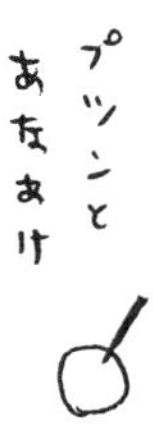
プツンと
あなあけ

梅雨は、梅が熟す頃の長雨の呼び名です。

いろんな梅酒の漬け方があるけれど、わたしは、焼酎に、ハチミツと氷砂糖を半々でつけます。日本酒や、ワイン、ブランデーでつける梅酒もおいしい。友人は、時間はかかるけど、砂糖なしで、みりんでつけるといっていました。

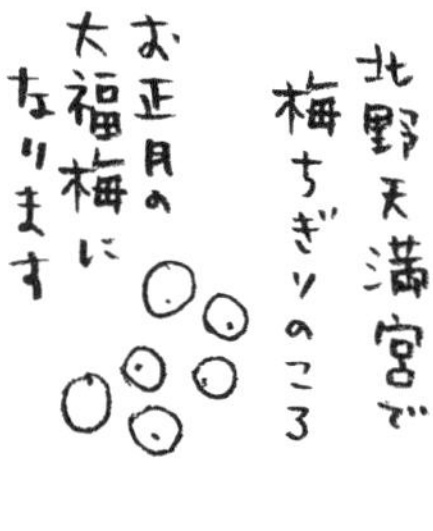
北野天満宮で
梅ちぎりのころ
お正月の
大福梅に
なります

六月十四日　ほたるの言葉

ほうっと、ゆっくり線を引いて——消えて、ひかって、消えて、ひかって。

ホタルが飛ぶと、ちらかった時間が、ためいきのように、しずかになる——。

学生の頃、片想いだった人とホタルを見に行った。すうっと足もとを横切るひかり。近くで見たくて、草に止まったホタルを手のひらでかこってつかまえた。息を止めてふたりでのぞくと、手の中でホタルは呼吸するように光り、逃げようともしないでじっとしている。あんまり安心しきっているので、申し訳ない気持ちになって、指をひらいて、そっと放した。その人はなんにも言わずにそれを見ていた。わたしも言葉を飲み込んで、だまったままの夜。ほんとうは、一緒にいられてうれしかったのに。

ひかりの話し声だけ、川べりの草むらに、てんてんとうかぶ。

しずかな、ひかりの話し声だけが、いつまでも水にうつって——。

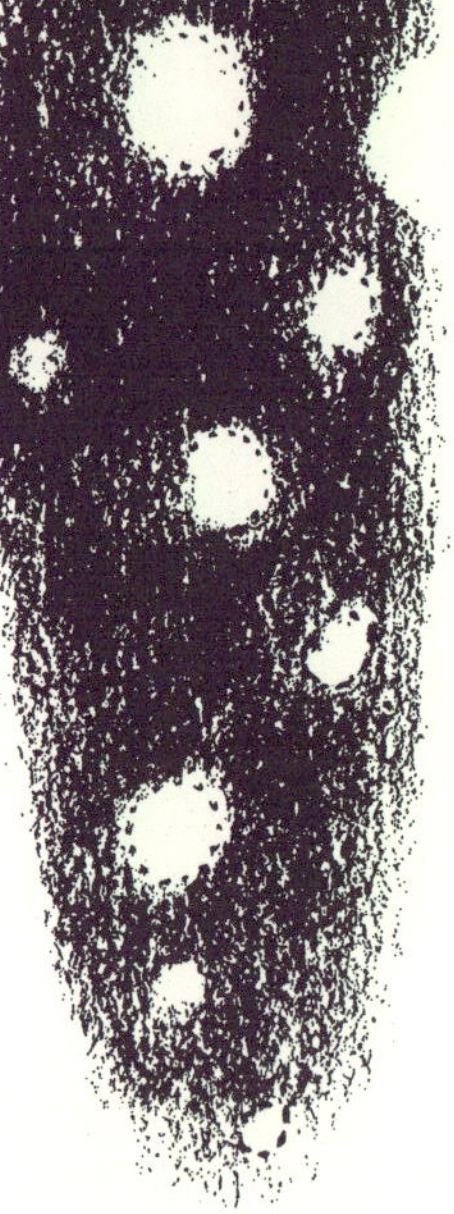

ほたるぶくろに
ホタル

江戸時代、庶民にとって、ほたる狩りは夏のたのしい行事のひとつ。笹の葉や扇子で、蛍をはらって落としてつかまえ、籠に入れて、ながめたりしました。

ほたるは種類によって、ひかりの色も、明滅のパターンもちがう。明滅は、蛍たちが、恋人と出会うためのたいせつな信号。

長野県辰野町、松尾峡で、ほたる祭り。滋賀県米原市の天野川流域では「天の川ほたるまつり」。特別天然記念物のゲンジボタルが、大きくひかります。

ホタルは卵の時から
ひかっている。

六月十五日　初すいか

あの、すてきな赤色に、心うばわれて、初すいか。
（たべたいなあ。だけど、大きなすいかは冷蔵庫に入らないし、どうしようか）
なやんでいたら、八百屋のおじさんが、
「食べるまで、うちの店の冷蔵庫に、冷やしといてやるよ！」
やった。やった。問題解決。
野球好きの主人がいる近所の八百屋は、ナイターが終わる夜十時まで開いている。
レジ横で、ずっとナイターを見ている、しらがあたまの主人に感謝。

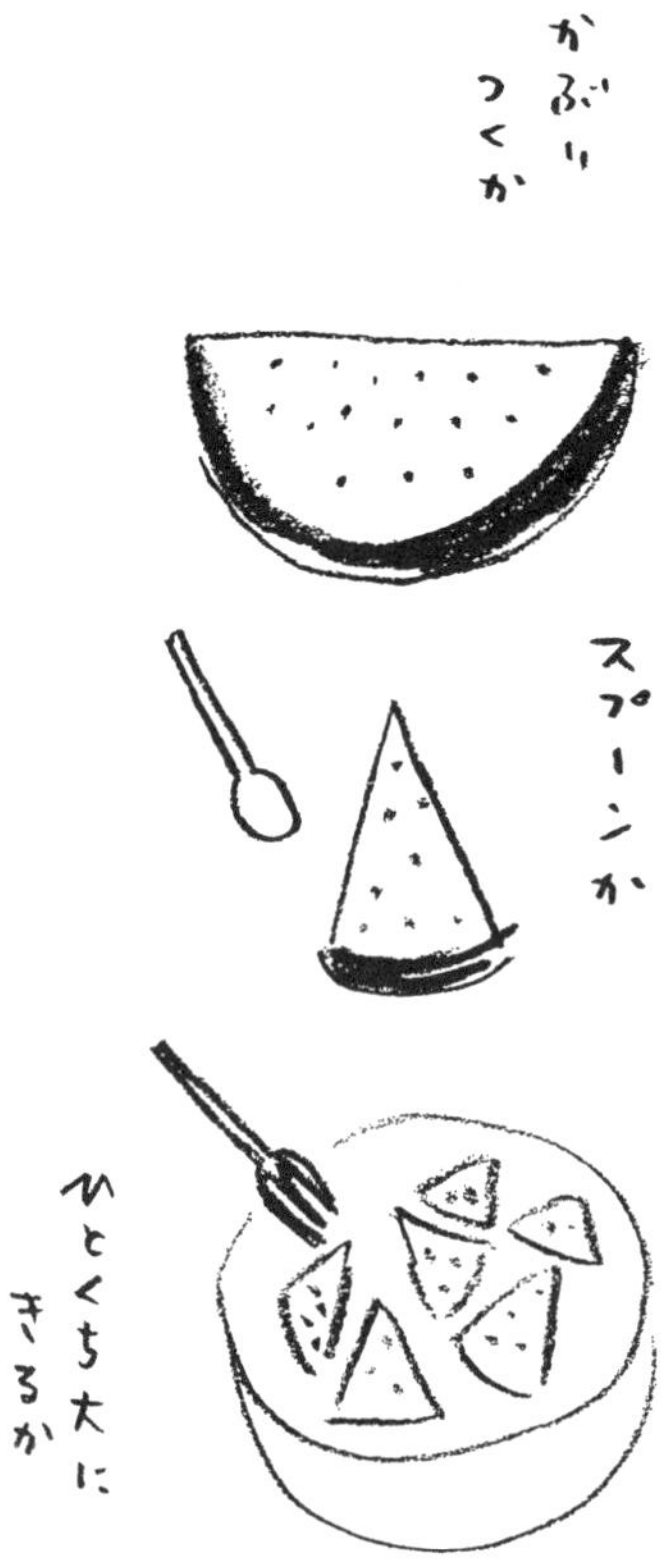
かぶりつくか
スプーンか
ひとくち大にきるか

夕飯のあと取りに行ったら、「阪神負けちゃったねえ」と、うれしそうに、関西人のわたしに言った。延長戦で、巨人、サヨナラ勝ち。

スイカを食べると、もうすっかり真夏の気分。皮と赤い果肉の境目、さて、どこまで食べよう。

高知県で、かわいい楕円のスイカ、マダーボールの出荷が始まっています。ひとつひとつ、たたいて、音をたしかめて。

なんの日

暑中見舞いの日
昭和二十五年に暑中見舞いはがきがはじめて発売されました。そろそろ、暑中見舞いの準備。

夏らしい切手で
50

六月十六日　天気予報記念日

あーした　てんきに　なあれ。
こどもの頃、何度もやった天気予報。
おもては、晴れ。うらは、雨。中途はんぱに、半分寝てるクツは、くもり。
あれはただ、クツをとばすのが、うれしかっただけ。
何度もやるから、雨になったり晴れになったり。結局、最後には
「三回あめで、五回はれやったから、あしたは、はれや」
なんて言って、めちゃくちゃ天気予報。

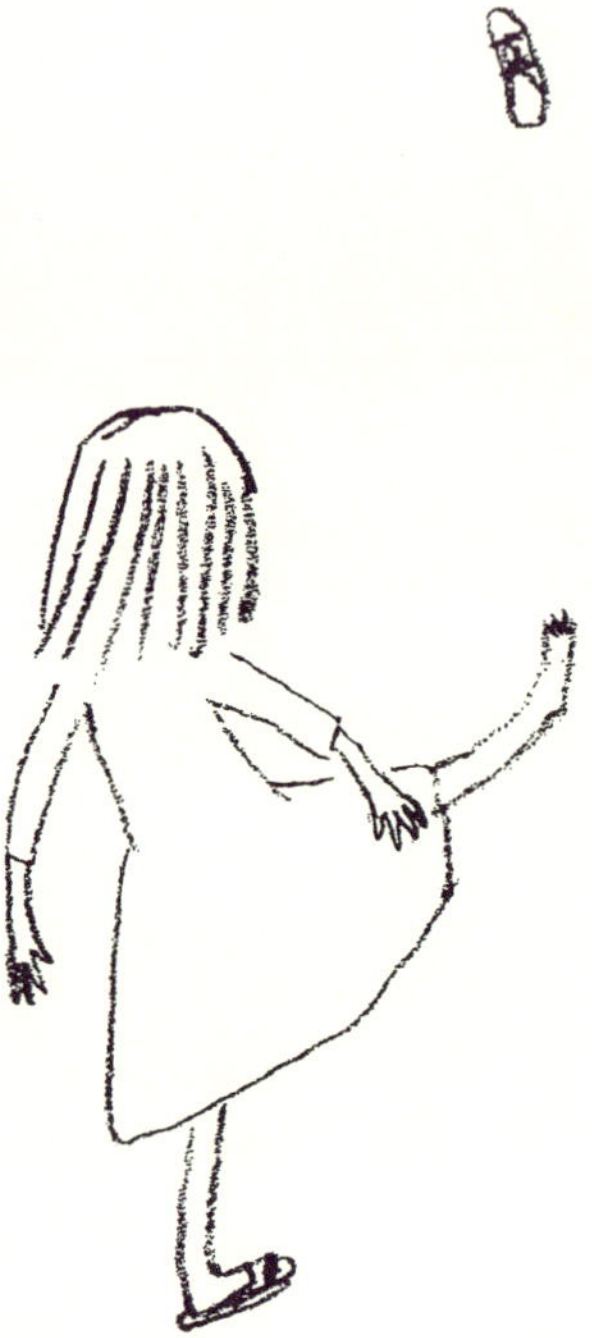

なんの日

天気予報記念日
明治十七（一八八四）年、日本で最初の天気予報が出されました。

「全国一般風ノ向キハ定リナシ天気ハ変リ易シ　但シ雨天勝チ」

――天気予報、第一号。

これ、あたったのかな。

和菓子の日
八四八（嘉祥元）年のこの日、十六個のお菓子を神前にそなえて、疫病退散を祈ったという故事から。
今日のおやつは、手作り和菓子。本わらび粉を鍋で練って、わらび餅。つめたくひやしたら、きな粉たっぷりと黒蜜で。できたてを、つるん。

本わらび粉は
練ると
おいしそうな
こげ茶いろ。

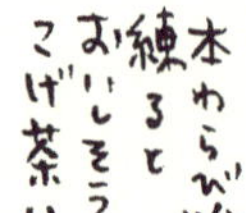

六月十七日　ゆきのしたの花

北の庭。雨のなか。
ゆきのしたの花が、ひっそりと咲く。
くるん、とまるまった贈り物のリボンみたいな花びら。
ならんだちいさい花が、かすかな声で歌いはじめると、
葉っぱは、うすいめろん色の手をさしだす。
「——どうぞ、耳をすませて、きいていってください」。
雨粒を、すずのようにころがしながら。

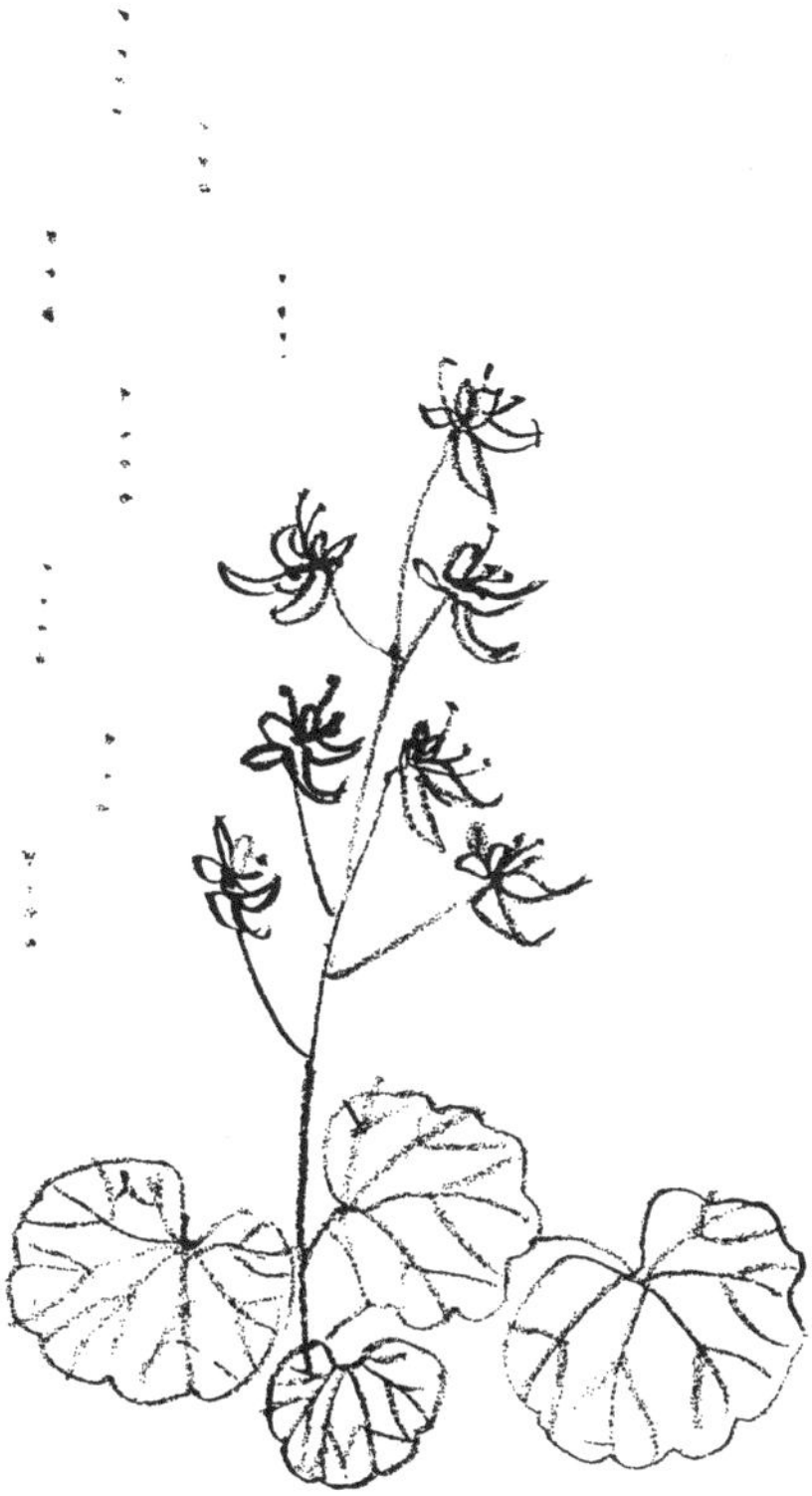

日陰に咲く花は、ひっそりとやさしい。ちいさい花が多く、葉っぱが大きめ。ゆきのしたの葉っぱは、白い筋が入ってメロンみたい。涼しげな緑。植わってると日陰が明るくなります。

アジサイも、ユキノシタ科。大きい花だけど、日陰の花の仲間です。

京都は宇治、三室戸寺（みむろとじ）のアジサイが、咲き始める頃。朱の山門をくぐると、むらさきのグラデーション。

鎌倉のアジサイ寺、明月院でも青いアジサイが鞠のように咲いています。ここのアジサイは、青空のかわりのブルーのアジサイ。土が酸性だと青くなります。

六月十八日　玄米の焼きおにぎり

ぎゅっころ、ぎゅっころ、ぎゅっ。

玄米ごはんがあまったときは、おにぎりをにぎる。

ハケで、しょう油と、黒ごまをたっぷりつけたら、ゴマ油をひいてフライパンで、じゅうう。焼きおにぎり。

焼きおにぎりは、玄米が一番おいしい。しょう油のこげるこうばしいにおい。ぱちんプチンと、ゴマと玄米が油にはじける音。仕上げにもう一度、ささっと、しょう油をぬったらできあがり。

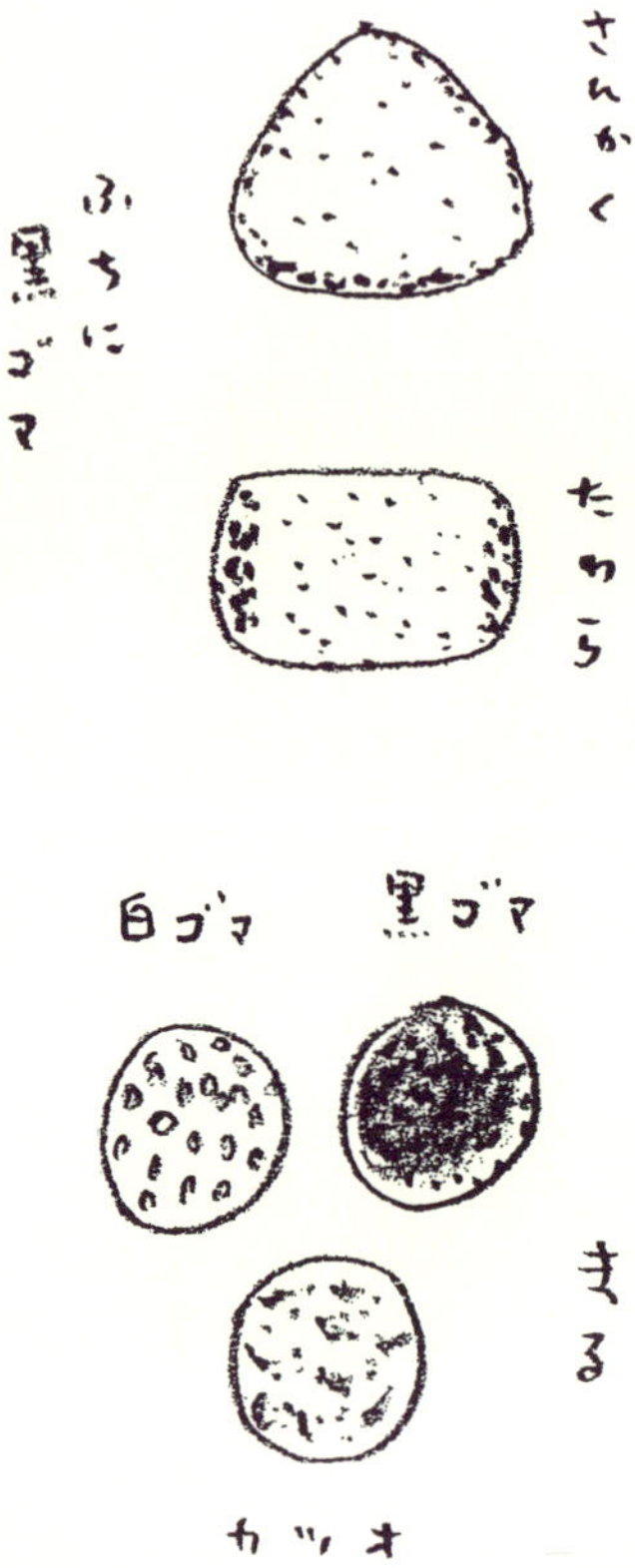

なんの日

米食の日
「米」の字を分解すると「十」と「八」になることから、毎月十八日は、米食の日。
一九八七年、石川県チャノバタケ遺跡の、竪穴式住居から、日本最古の、おにぎりの化石が見つかりました。お米を食べはじめた頃から、おにぎりは、もうあったのです。

六月の第三日曜日は鹿児島の加治木町で、くも合戦。むかし薩摩の殿さまが、兵士たちを元気づけるために、コガネグモを戦わせたのが、はじまり。

父の日〈第三日曜〉
「父の日」は、アメリカでは祝日なのだそう。バラを贈る習慣も。

六月十九日　さくらんぼ

結婚して、東京に暮らすようになったばかりの頃。
昼間、しゃべる人もいなくて、さくらんぼを、ひとパック買ってきた。
からん、からんと、つぎつぎにさくらんぼの種が山になる。
一度やってみたかったこと――。
あこがれのさくらんぼを、思うぞんぶんたべること。
からん、からん、からん。
幸福な、ひとりぼっち。

東京の三鷹市で、桜桃忌。桜桃というのは、さくらんぼのこと。

なんの日

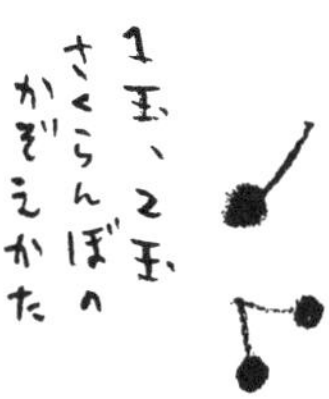
1玉、2玉
さくらんぼの
かぞえかた

桜桃忌
太宰治を偲んで、誕生日の六月十九日、三鷹の禅林寺で桜桃忌の会。
玉川上水に入水心中したのは、六月十三日。
たくさんのさくらんぼを、お供えして。

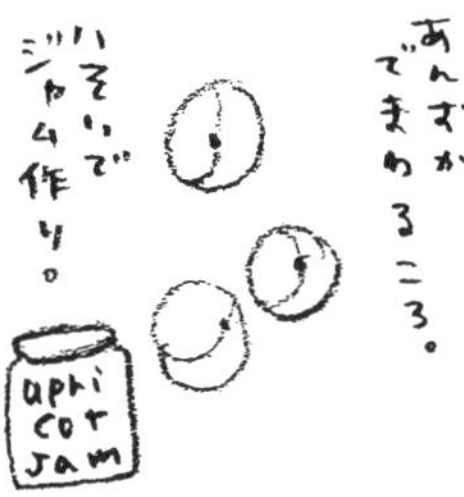
あんずが
でまわるころ。
いそいで
ジャム作り。
apri
cot
jam

六月二十日　ミント水

二十日↓はつか↓ハッカ。
ペパーミントデーです。ハッカシロップで、つめたいミント水。

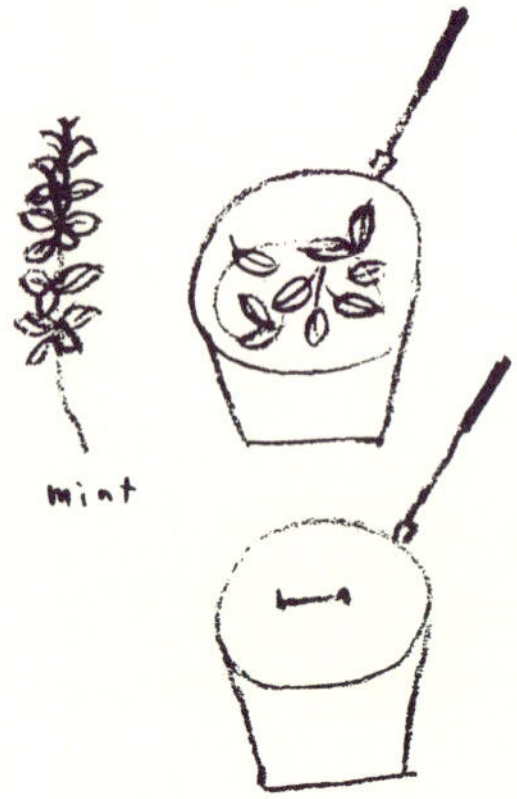

1.
沸騰したお湯に
ミントの葉っぱを
ひとつかみいれて

ふたをして蒸らす。

2.
香りが出たら
葉っぱを漉す。

ハチミツを
好みで入れて、
ひと煮立ちして
とかす。

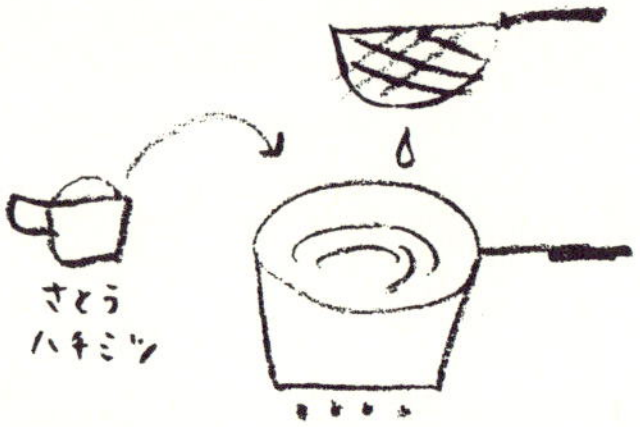

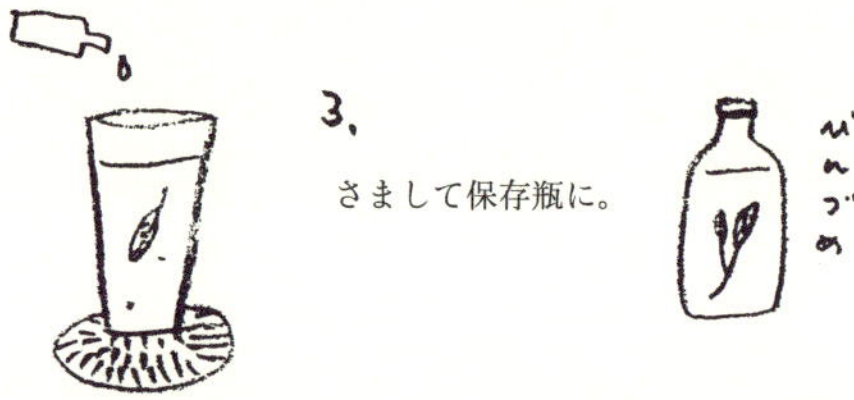

3.
さまして保存瓶に。

水でわってミント水。
好みで
ミントリキュールを一滴。

ハッカ（薄荷）
日本に自生している薄荷も、西洋薄荷もシソ科。北海道の北見ハッカの、ハッカ飴は、氷細工みたいな、半透明の葉っぱのかたち。口の中にいれると、ひんやり。

なんの日

鞍馬山竹伐り会式（たけきりえしき）
むかしむかし。京都の鞍馬山で修行していた峯延上人（ぶえんしょうにん）を邪魔しに来たのは、大きな蛇。けれど大蛇は上人の刀で退治され、バラバラに！　この故事にちなんで鞍馬寺で竹伐り会式。

六月二十一日　夏至《げし》

梅雨の晴れ間は、朝からおおいそがし。
おおいそぎで洗濯機をまわして、庭の見まわり。
土のうえにできた、なつかしいひだまり。
「自分のかげ、ひさびさに見るなあ」と、見とれる。
ああ、さっさと洗たくもの干して、出かけよう。
「いってらっしゃい」と、はためく白い靴下たち。

夏至。――一年中で、いちばん昼が長い日。

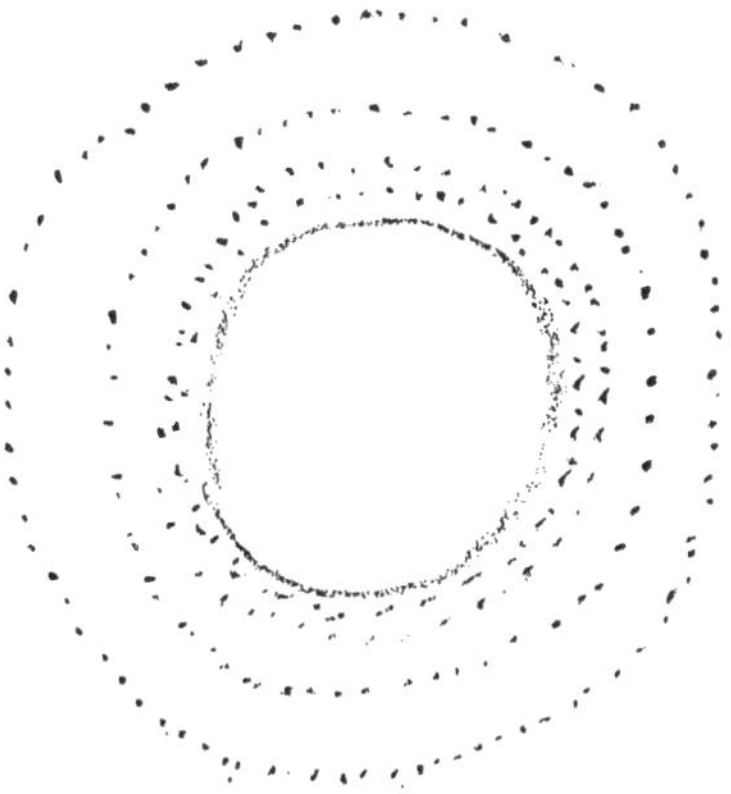

なんの日

夏至（二十四節気の一つ）
陽ねつ至極し、又日の長きのいたりなるをもってなり（天明七年「暦便覧」）
六月二十一、二十二日頃

一年中で一番昼が長く、夜が短い日。
北に行くほど日照時間が長く、北海道の札幌では十五時間以上が明るい昼間。

日本では、梅雨まっただ中だけれど、北ヨーロッパの国々では、毎日お日さま、お日さま。一晩中ほとんど日が沈まない。「夏至祭り」。

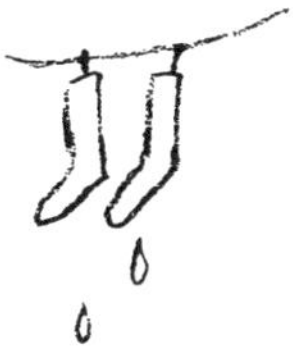

うちの庭、雨の間に、穴だらけになった、バジルにがっかり。

六月二十二日　練習中

梅雨の晴れ間に、ついーっと風を切るツバメ。

「あ」

道をあるく人が、気づいて目で追う。駅舎のツバメは人気者。

すぐそばの電線まで飛んで、ひと休みしたら、すぐにまた、巣にもどる。

まだまだ飛ぶのは、練習中。ぎゅうぎゅうづめの巣では、大きな口をひらいて「ごはん。ごはん」と、こどもツバメ。

「あそこ、あそこ」巣を見つけてうれしそうな、老夫婦。「おおきくなったねえ」

カキツバタは、漢字で書くと「燕子花」。花のすがたが、燕の飛ぶようすに、似ているからだそう。

花菖蒲やカキツバタは、水中や、水辺に。

花あやめは、土の上に。みんな似ていて、むずかしい。

青インクみたいなカキツバタはアイヌ語で、カンピ・ヌイエ・アパッポ。「手紙を書く花」。

あやめまつり
旧暦の端午の節句の六月半ば頃。全国で、菖蒲やあやめ、カキツバタの見頃です。
茨城県潮来市〈五月下旬～六月下旬〉
岩手県・毛越寺〈六月二十日～七月十日〉

六月二十三日　タオルケット

タオルケットを出したら、さらさらとやわらかで気持ちよくて、思わずほおずり。
そのまま、昼寝にさそわれていく。
ねむってるうちに、ぐるぐると、わたしにまきついてくるタオルケット。
あっちに、こっちに、寝返りをうちすぎたときには、
「そっちへいっては、だめ！」と、ぎゅうっと、しめつけてくる。
ねぞうの悪いわたしを、ひきとめるように。
おせっかいなのが、たまにきず。

ふとんも、ころもがえの頃です。夜ねむるには、まださむいけど、昼寝にきもちいい、タオルケット。

お昼寝する窓辺に、風鈴。てろりろりん。富山県で作られる真ちゅうの風鈴は、柔らかい音。耳をすましていると、ねむくなる昼下がり。

小笠原諸島の父島では、アオウミガメが産卵の季節。日が沈んだら、砂にあがって、穴の中に八十個もの卵を産みます。海の音をききながら。

六月二十四日　ドレミの日

ガラスコップを八個用意。
すこしずつ量をふやして、水をそそぐと――
ほら。ドレミファグラスのできあがり。
マドラーで、カリコロン。たたくと、涼しげな夏の音。
すこしずつ飲みながら、音を合わせて。

――今日は、ドレミの日。
基本の音階「ド、レ、ミ…」を発見したのは、イタリアのお坊さま。

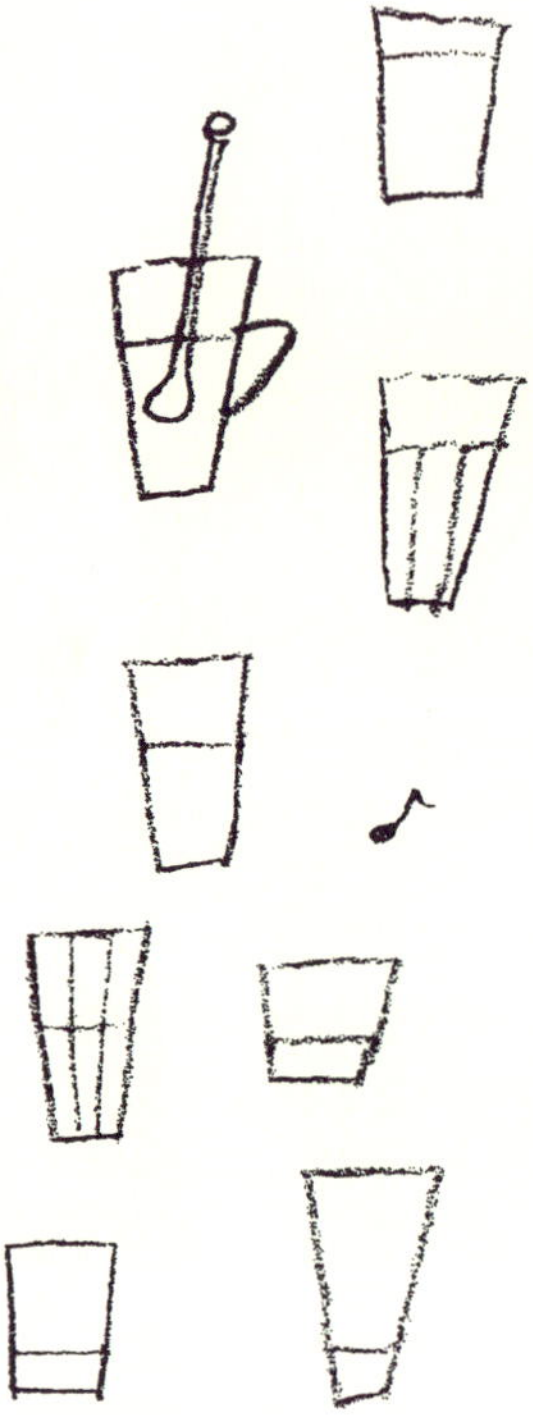

なんの日

ドレミの日
一〇二四年「聖ヨハネ讃歌」の合唱指導をしていたイタリアのお坊さまが、そのうたの頭のところがドレミファソラであることを発見！

あじさい祭り
約七千本のあじさいが咲く太平（たへい）神社で、子供たちが、大きく咲いたあじさいを胸に抱き、ちょっと緊張しながら、奉納。七月二十五日まで。栃木県芳賀郡益子町・太平神社で。

六月二十五日　ミト

童画家、武井武雄のところには、幼い頃「ミト」という「こびと」がやってきたそうです。

「わたしは、よくミトと遊んだ——人でも玩具でも犬でもない。空気みたようなもので、目には見えないものだ——中略——なぜミトという名前なのかは、わからないが、夢の中にでてきた『こびと』の様な男が『ぼくはミトというものだ』と言ったことからはじまった名前らしい。ミトは、お座敷の隅っこや、炬燵の上や寝床の中に、何時でも、来ればいいときには、必ずやって来た」

（——「ペスト博士の夢」より）

数多く残された豆本は、ミトのサイズ。ちいさくて、うつくしい。

今日は、武井武雄の生まれた日。

なんの日

武井武雄の生まれた日
一八九四（明治二十七）年、長野県岡谷市で生まれる。たくさんの美しい豆本は、あこがれでした。布で出来たものや、木で出来たもの、箔押し…ちいさくてきれいで、きっときっと、これらは、「こびとのミト」にも、見せるために。
はじめて作った豆本は「エ兆金（コウチョウキン）」。五歳の頃、半紙を四つ折りして、つくったそうです。

六月の終わり頃、愛媛県で雑巾がけのレース。古い木造校舎を移築した宇和米博物館の日本一ながーい廊下で、よーいどん！　全国から集まって、汗びっしょり。
愛媛県西予市宇和町で。

六月二十六日　アジサイ列車

箱根登山鉄道は、スイッチバックですすむ。

きいいこうう、きいいこう、ごとごとごとごと……

きしむような音をたてながら、ゆっくりと、ジグザグに山を登っていく。

線路ぞいのアジサイは、みんなこっちを見て咲いている。どこまでも、ならんで咲いて「ハロウ、ハロウ、ハロウ」とでも言うように、こちらに声をかけてくる。

「ハロウ、ハロウ、ハロウ」「いらっしゃい、いらっしゃい」

「さようなら、さようなら――」。

青かったり、白かったり、紫だったり。いろんな顔して、ゆれて手をふる。

別れるのも、出会うのも、おんなじように、うれしそうに――。

箱根登山鉄道はアジサイ列車とよばれています。

梅雨、日本で一番雨がふるのは、箱根のあたりなのだそう。

梅雨時期の箱根湿生花園では、ニッコウキスゲ、エゾミソハギが見ごろ。

塔之沢の山寺、阿弥陀寺でも、アジサイがおでむかえ。

なんの日

露天風呂の日
ろてん（六・）ふ（二）ろ（六）の語呂あわせ。
箱根の温泉は、無色透明のと、濁り湯とどちらもあってうれしい。
露天風呂もやっぱり掛け流しでなくてはね。

六月二十七日　オオムラサキ

はじめて切手になった蝶は、オオムラサキ。

かがやくようなむらさきの羽根を持つ、国蝶です。

切手となったオオムラサキは、日本中に、世界中に、どこまでも飛んでいくことが出来ました。

——山梨で、蝶のオオムラサキが、羽化する頃です。

日本のオオムラサキは、イギリスでは「グレート・パープル・エンペラー」（偉大なるむらさきの皇帝）と呼ばれ、有名な蝶。

オオムラサキの全国一の生息地は、山梨県。北杜市オオムラサキセンターで見られます。

ほかに切手になった虫はカブトムシ

梅雨の晴れ間に、ニッコウキスゲが咲いています。宮城県栗駒山の中腹。昼間でも暗いブナの原生林をぬけると、突然あらわれる湿原——
世界谷地湿原に、きいろい、きいろいひかりみたいに、ニッコウキスゲの群落。
（六月下旬から七月頭ごろ）

六月二十八日　雨さんぽ

聴き雨散歩のススメ。
雨の音を聴きながら、ゆっくり歩くと、雨の日もたのしい。
傘にはねかえるパツン、パツン、という音の間に、雨粒が葉っぱの上をはねる音が
プトポト、プトポト、プトトポトトト…。
わたしの足が水を踏む音は、シャッパシャッパシャッパ。プツン。
車が通ると、ガシャアーー、ブアブアアア。
ゴミ置き場のゴミ袋にあたる雨はプツン、パタタタハホン。
下水の奥は、コオアー、コオアー、リロンリランコロン。
——あっ、もう目的地です。

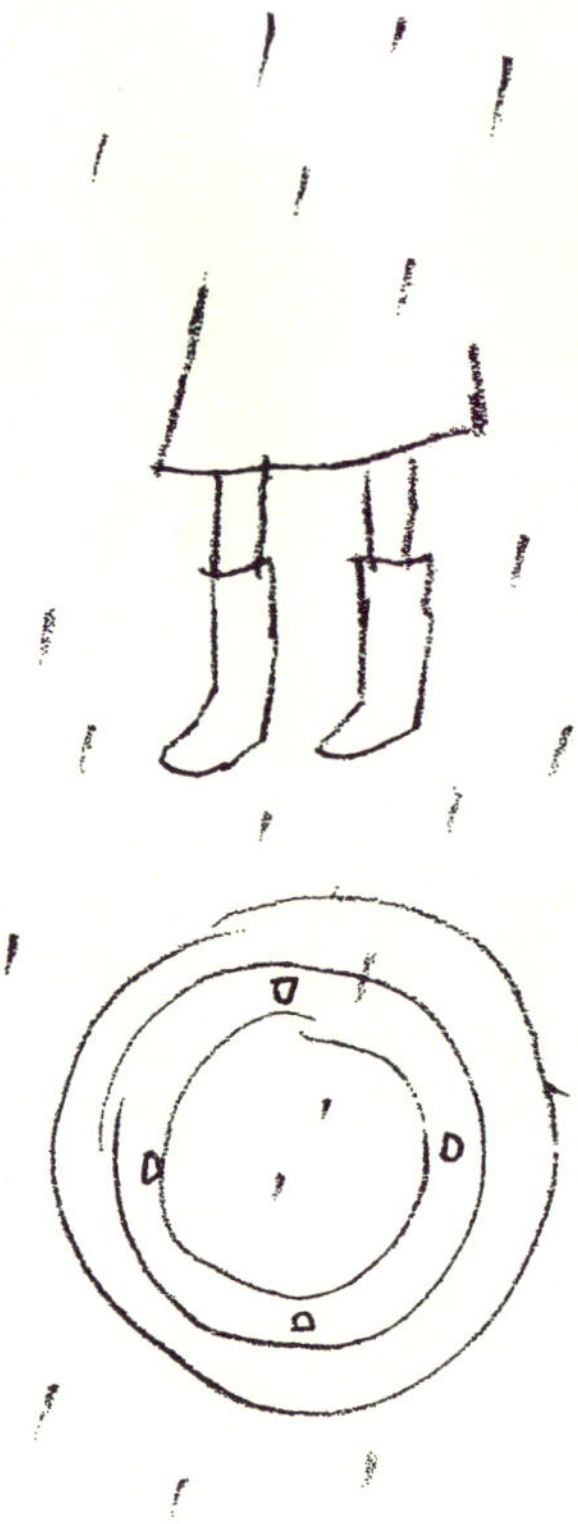

さむいときの雨は、苦手だけれど、あたたかい季節の雨は、好きです。
雨散歩のために、ゴム靴、色々持っているわたし。ゴム靴があれば、こわいものなし。雨もたのし。

雨の中、悲しいおはなし。旧暦の五月二十八日にふる雨は「虎が雨」という名前つき。この日は、曽我兄弟が討たれた日で、兄十郎祐成の恋人の遊女、虎御前の涙が雨になるといわれ、雨になりやすいのだそう。
今年は、旧暦だから六月後半あたり。今年は、ふるかな。

六月二十九日　くちなし

雨があがったとたん、くちなしのにおいがした。
雨にすいこまれて、さっきまで、わからなかったのに。
傘をたたみながら、匂いが立ちのぼるのを、目で追う。
その先に——まだらの青空。

蒸気があがるような、雨上がりの中、曲がりかどに咲いているのは、くちなし。英語名はガーデニア。秋の終わりにふくらむ、オレンジの実は、口がひらかないから、クチナシ。栗きんとんの、色づけに使います。

南の島を巻き込んだ大きな台風のあと。沖縄県宮古島の森の中で、フクロウの仲間の「アオバズク」のヒナを発見。台風を乗り越えて、元気に枝の上。もう巣立ちの頃。松にならんで、ぱちくりと、こっちを見ています。

六月三十日　夏越《なごし》のはらえ

一年の半分もおしまい。
六月の晦日の日には、各地の神社で「夏越の祓《はらえ》」。
茅《かや》を太くよって作った大きな輪「茅《ち》の輪」をくぐって、夏の厄除け、邪神払い。
暑い夏を、無事に過ごせるように。それから、お盆に帰ってくるたましいを、浄めたからだで、おむかえするために。

茅の輪をくぐって七月へ——

この日食べるお菓子
「水無月」。

三角の形は氷で暑気ばらい。上のあずきは悪魔ばらい。

なんの日

各地で夏越のはらえ
京都の上賀茂神社では、茅の輪くぐりの神事の後、神職が何千体もの紙の人形を一体ずつ楢の小川に流して穢れをはらう「人形流し」。北野天満宮では、直径五メートルの茅の輪くぐり。

氷室開き
氷室（ひむろ）とは、天然の雪氷を夏まで貯蔵しておくため特別にこしらえた場所のこと。金沢・湯涌温泉では、一月下旬に雪を詰め、この日「氷室開き」。七月一日の氷室の日、氷室まんじゅうを食べます。

七月　文月

七月の呼び名

ふみづき	文月
ふみひらきづき　ふみひろげづき	文披月
たなばたづき	七夕月
おみなえしづき	女郎花月
らんげつ	蘭月

旧暦の七月は、星のきれいな新暦の八月ごろ。七夕やお盆（盂蘭盆会）のころです。七夕竹につける文をひろげる「文披月」。お盆のお供えに女郎花が咲くころ。ほんの少し秋の気配も感じるころ。新暦の七月は、梅雨が明けて、これからが夏本番。蛙の声と蟬の大合唱のころです。

七月一日　積乱雲

風がつよい日。
自転車をゆっくりこぎながら、遠吠えの犬みたいにワオーンと、空をながめる。
まっすぐなひかりに、うでがひかる。うぶげがひかる。屋根がひかる。
とおく——
入道雲！

空がごろごろ鳴って、午後には夕立の多いころ。
積乱雲は、かみなり雲。

なんの日

釜蓋朔日（かまぶたついたち）
お盆を迎える準備の始まりは、今日から。
あの世の釜のふたが開いて、ご先祖さまの精霊が冥土から家に旅立つ日。あの世からの道のりは、きびしいので、朔日から、出発しないと、まにあわないのです。

七月二日　半夏生《はんげしょう》

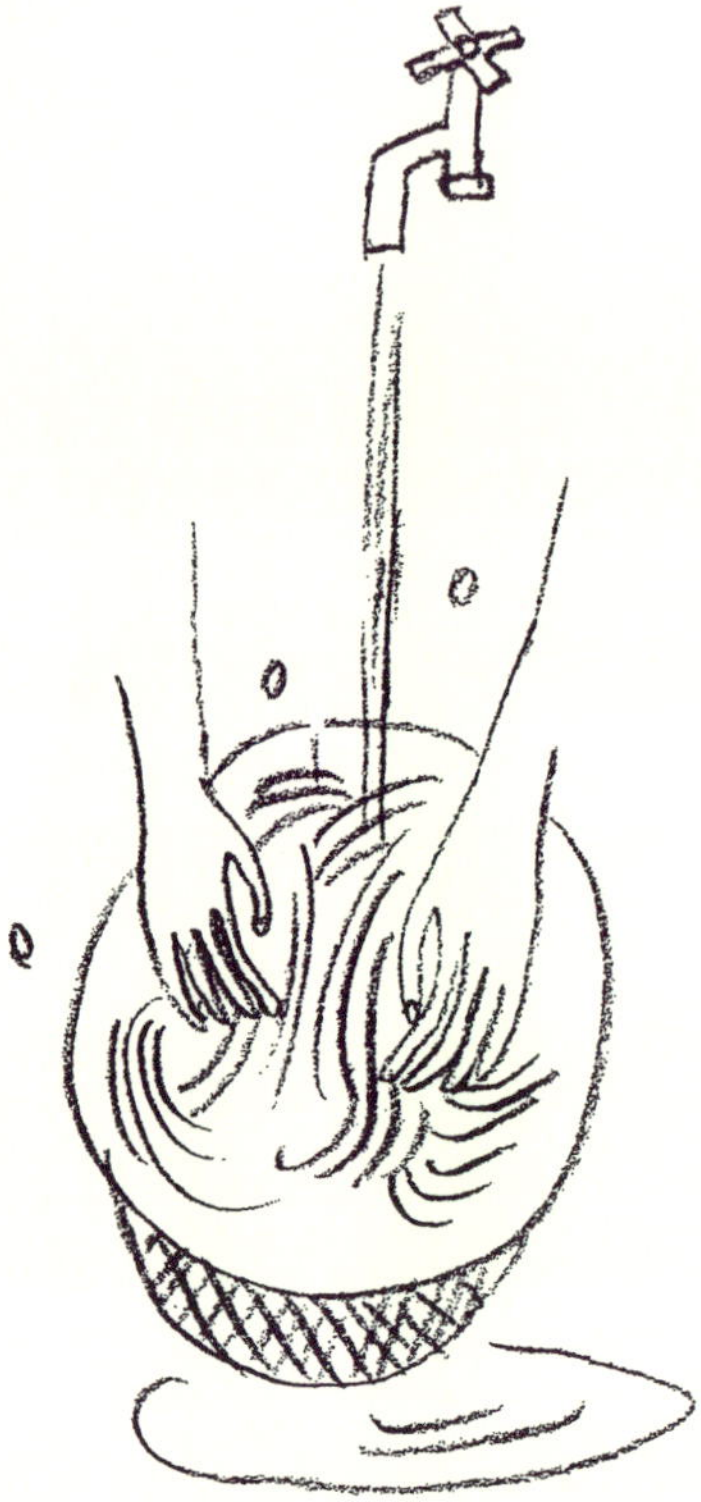

むし暑いひるまは、大根おろしのひやしうどん。
あつあつのゆでたて麺を、つめたい氷水に、がりん。
両手でもむようにこすりながら流水で冷やしたら、大根おろしと、ショウガ、葱、
シソ、茗荷、白ごま、薬味をみんなのせて、かつおぶしをふわり。
しょう油をまわしかけて、一気にざーっと食べる。食べることに集中して、食べる。
おおいそぎで、食べる。
汗をいっぱいかいたら、仕上げは、からん、と麦茶。

なんの日

半夏生（雑節の一つ）
夏至から数えて十一日目が半夏生で、農家は、やっとひと休み。
この日は天から毒気が降るといわれ、井戸に蓋をしたり、この日に採った野菜は食べてはいけなかったそう。
サトイモ科の半夏（ハンゲ、別名カラスビシャク）という薬草が生え、半夏生というドクダミ科の葉っぱが、半分お化粧しているみたいに白くなる頃。（不思議！）

うどんの日
香川では、農繁期が一段落した半夏生の頃にうどんを食べて、労をねぎらう習慣があったそう。

蛸の日
関西では、半夏生の日に蛸を食べるところもあります。

七月三日　波の日

失恋して、波の音を聞きに海に行った。

学校に行くのをやめて、電車に乗って。

ひとりなのに、その人のことばかり思い出していた。

きれいに晴れた午前中のひかり。ずっとずっと、くりかえす波の音。

近所の保育園のお散歩時間にぶつかって「わあっ」と、白いパンツの子らが、いっぱいにかけてきて砂浜を走りまわった。子供らが、水のあぶくみたいにわらう。きゃあっという高い声が、空にひびく。そんなのをきいていると、なんだか気持ちが、波のようにくだけた。白い砂。白い波がしら。

子供らがいなくなった後も、ずっとずっと波の音。

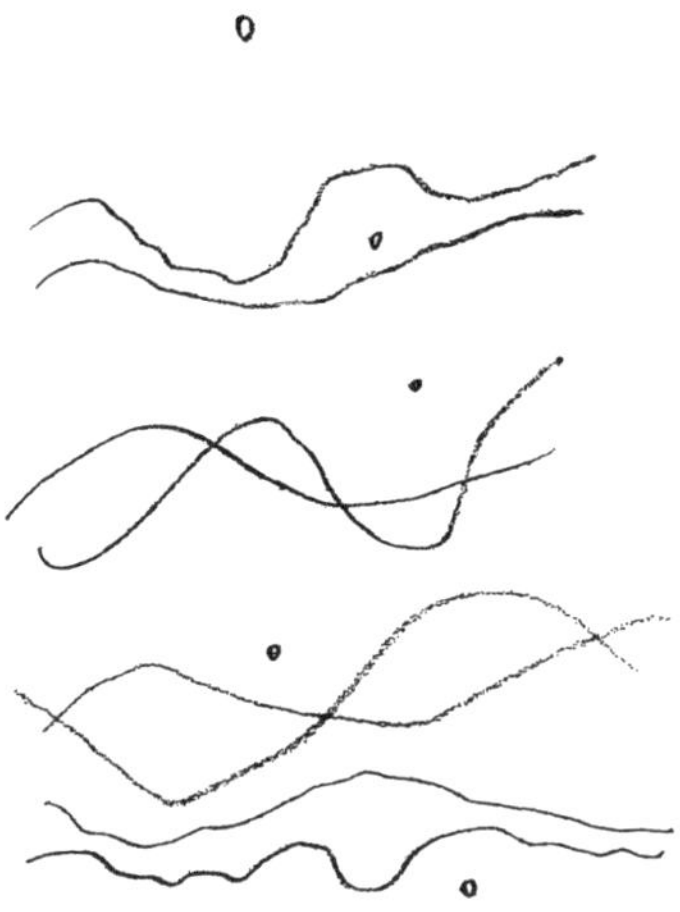

なんの日

波の日
七、三の語呂あわせ。
水平線のむこうから、きりなくやってきて、こわれるときの、あのくちゃくちゃいう泡だった音。

波の音って、きいてもきいても飽きなくて、きもちいい。

七月四日　ジンジャーコンク

夏のはじまりの、ジンジャーコンクのつくりかた。

うすく切ったショウガをぐつぐつと煮込んで、レモンをぎゅっとしぼって、ハチミツを入れる。ショウガシロップのできあがり。できたら、あつあつのを氷水でわって、さっそくあじみ。自分好みの甘さをはかります。

水で割ったら、ジンジャーコンク。

炭酸水で割ると、ジンジャーエール。

ウーロン茶で割ると、ひやしあめ、みたい。

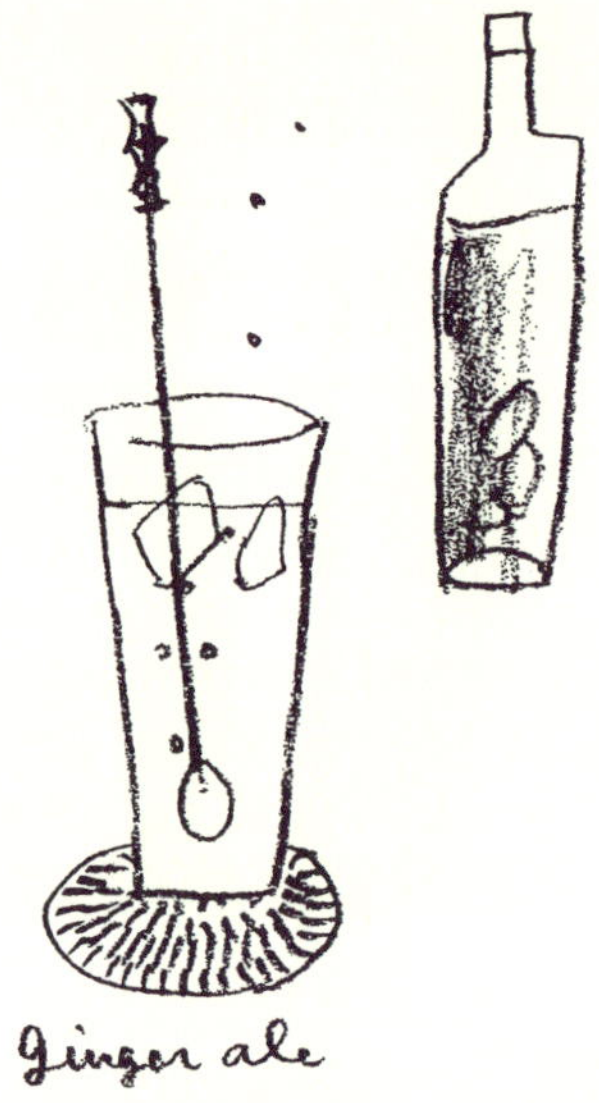

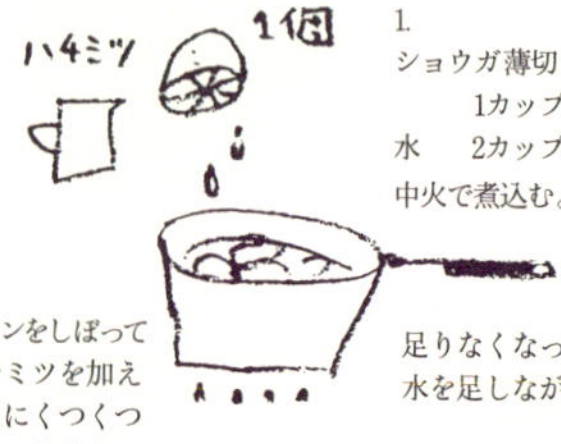

1. ショウガ薄切り　1カップ
水　2カップ
中火で煮込む。

足りなくなったら水を足しながら。

2. レモンをしぼってハチミツを加えさらにくつくつこしてさます。

ショウガのシロップは、冷蔵庫で二、三ヶ月もちます。シロップは、香りの強い土ショウガで作るとおいしい。

夏ばてにも効くから、夏の終わりにも。冬はお湯で割って、ショウガ茶に。

新生姜とも目があう季節。刻んでしょう油をまわしかけて、炊きたてごはんにまぜる。かんたんショウガごはん。夏ばて防止に。

七月五日　朝顔市

はやおきして、朝顔市に行く。

いつもはなんにもない歩道に、朝顔と風鈴が、りんりんりんと、ほほえむように、ならぶ。朝顔たちが、道ゆくひとを、じっと見ている。ひそひそばなしをしたり、わらったりしながら、見ている。実は、見ているつもりのわたしたちは、朝顔に見そめられて、すいよせられて——つい、

「ひとつ、くださいな」。

と、こうして、家につれて帰ってしまうのです。

全国で、朝顔市の頃。ずらりならんだ朝顔たち。いちにちやってるけれど、早起きが鉄則。朝顔は、昼間は咲いてるところが見られないの。

通りには、飴細工や山野草、ほおずきや、八月から咲くワレモコウもならぶ。

日本人は朝顔好き。江戸時代、朝顔はとてもたくさん種類があったそうです。残念なことに、戦争でほとんどの種が失われて種類も少なくなってしまったのだとか。

ルコウソウも
アサガオの仲間

七月六日　笹の葉

しゃらしゃらと、すずしそうな葉っぱの音。

ふりかえると、駅の改札口に、たなばたの笹かざり。

通りがかる人が書けるようにと、ちいさい机に、ペンと短冊用の色紙。

「ピアノがうまくなりますように」

「ウルトラマンになれますように」（今の子らも、知ってるなんて！）

「就職できますように」

駅での待ち合わせの時間、つり下げられた願い事をついつい読んでしまう。券売機の横に風が通るたび、色とりどりの短冊と笹がしゃらしゃらゆれて、川の音みたい。

待ちながら、わたしも願い事。なに書こう。

いざとなると、ひとつに決めるのが、むずかしくて、うでぐみ。

あしたは、七夕。星空が、気になります。わたしの住んでる町には音大が近くにあるから、音楽に関係する願い事がいっぱいだった、駅の笹かざり。

里芋の葉っぱにたまった露で墨をすって、たんざくに願い事。そうしたら字がうまくなるのだそう。

なんの日

今日は、ピアノの日だそうです。

一八二三（文政六）年の、この日、オランダから、はじめて、ピアノを日本に持ってきたのは、シーボルト。

七月七日　たなばた

恋に落ちて、仕事をほうりだしてしまった織り姫と彦星は、神さまの罰で、はなればなれ。年に一度、七月七日にしか逢えません。

夜が降りてくるころ、東の空からたちのぼってくる天の川。天の川をはさんで、こと座のベガが、織り姫の星。わし座のアルタイルが、牽牛（彦星）の星。雨がふれば、川の水があふれて逢うことが出来ないふたり。晴れますようにと願います。どしゃぶりでは、いとしい気持ちも雨にかき消されて。

あいたいあいたい、あいたいふたり。

――小暑《しょうしょ》。梅雨明けは、もうすぐです。

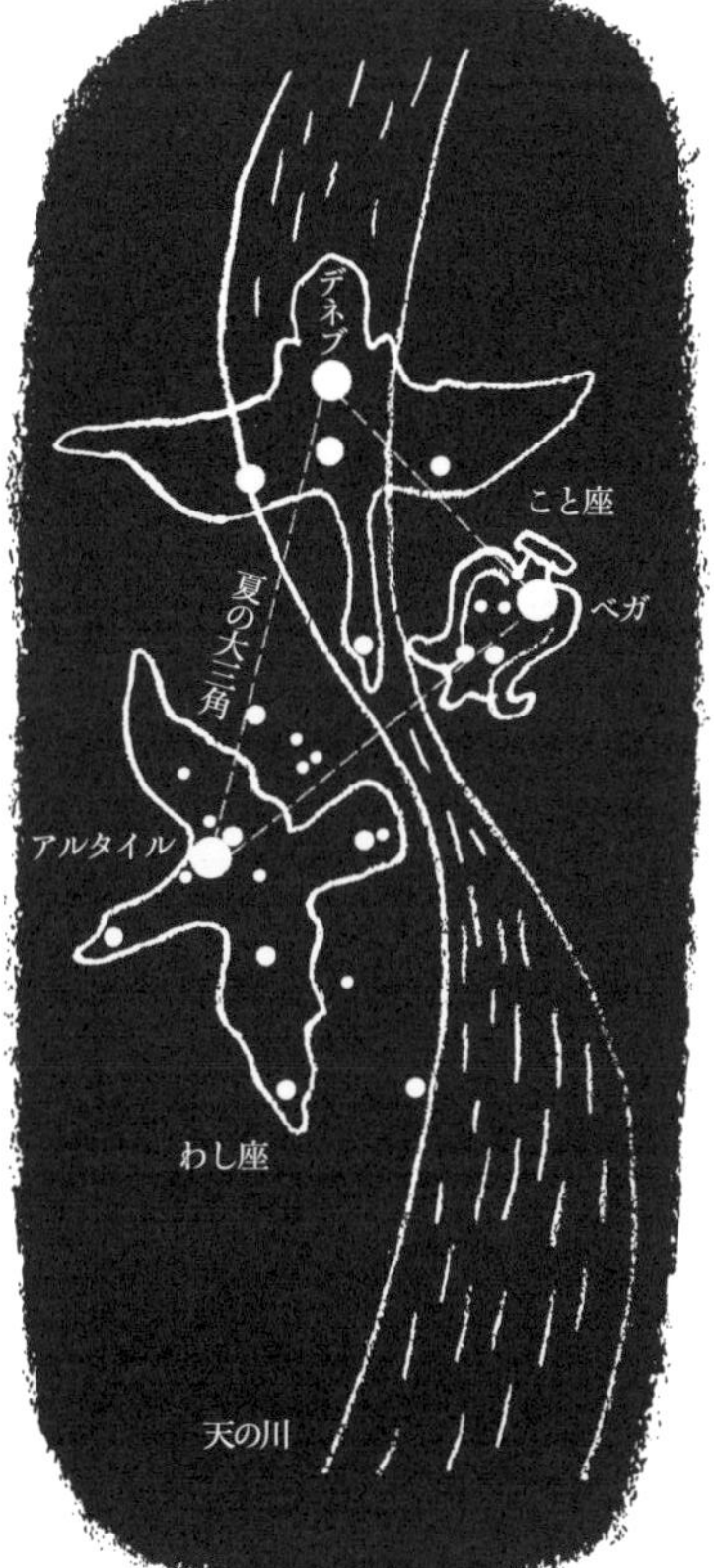

雨で川がわたれないときは、天の川に翼を広げる鵲《かささぎ》に乗って、ふたりは逢います。

なんの日

小暑（二十四節気の一つ）
大暑来れるまへなればなり
（天明七年「暦便覧」）
七月七日頃

梅雨明けまぢか。本格的な暑さがはじまる頃。

七夕
棚機（たなばた）とは機織りのこと。織り姫は、機織娘。中国から伝わった「七夕」（しちせきの節句）と、日本の棚機つ女（め）の伝説が結びついて、七夕を「たなばた」と読むようになったのだそう。

カルピスの日
生まれて初めて、カルピスを作った時、「水をいれただけでジュースになる」と、おどろいた。
大正八年、カルピスが発売。

七月八日　ペネタ雲

（宮沢賢治の童話「蛙のゴム靴」より）

それで日本人ならば、丁度花見とか月見とかいふ処を、蛙どもは雲見をやります。

「どうも実に立派だね。だんだんペネタ形になるね。」

「うん。うすい金色だね。永遠の生命を思はせるね。」

「実に僕たちの理想だね。」

雲のみねはだんだんペネタ形になって参りました。ペネタ形といふのは、蛙どもでは大へん高尚なものになってゐます。平たいことなのです。


――積乱雲の頃です。蛙たちが、雲見しています。

ちいさい蛙たちが、雲見しています――。

うしろすがたの背中や平たい頭が空をみてるのを思い浮かべるだけで、かわいらしい。

ペネタ雲は、たぶん、もうすぐ雨になりそうな積乱雲。

夏の雲の呼び名は、いろいろ。「金床雲」「ラッパ雲」。「仁王雲」「岩雲」「マイタケ雲」。賢治さんの「ペネタ雲」などなど。

わたしがつけた雲の名前も、ひとつ。

夕暮れ間近の――

「絹さや雲」。

ね、わりと、いいでしょう。

七月九日　えだまめ

なにはなくとも、夏はえだまめ。
ゆであがったら、竹ざるにざっとあけて、高いところから、さあああっと塩。
湯気のたった、みどりのえだまめ。ゆでたてを食べるのが好き。
指についた塩をなめつつ、ビール。

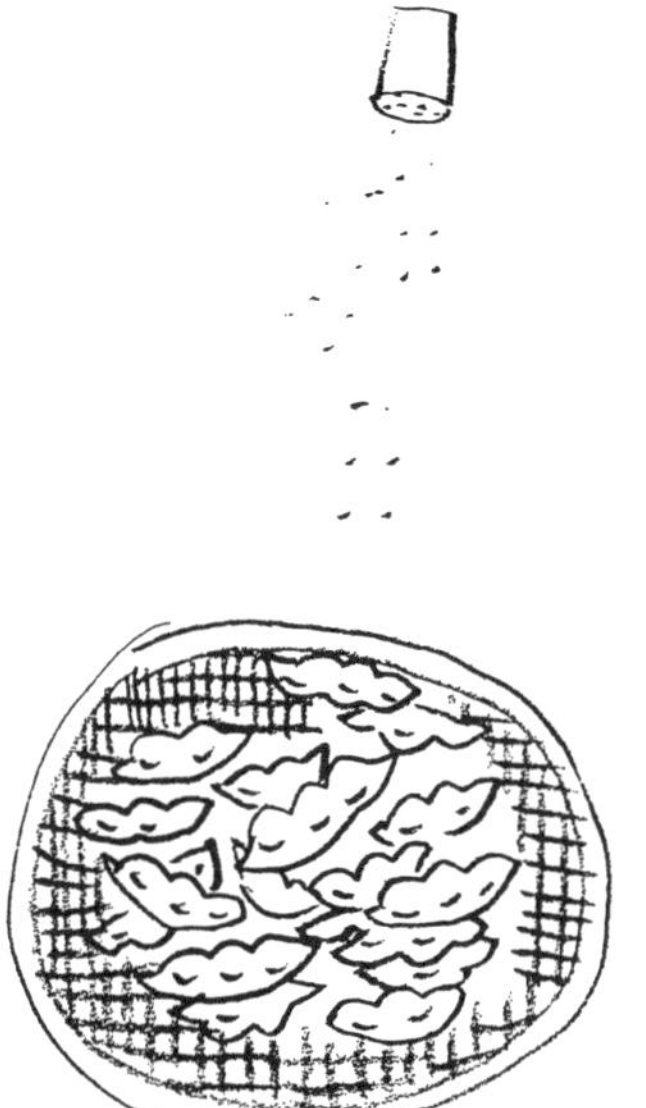

だだちゃまめは、山形県鶴岡市でつくられている品種。
「だだちゃ」というのは、「おやじさん」という意味。おやじさんのまめ。

大豆は花が咲いて三十日で、青いえだまめに。さらにそれから、三十日でりっぱな大豆になります。えだまめのほんとうの旬は九月だけれど、夏から秋にかけて、うちではほとんど毎晩ゆでる。食べだすと、とまらない。おやつにも、えだまめ。

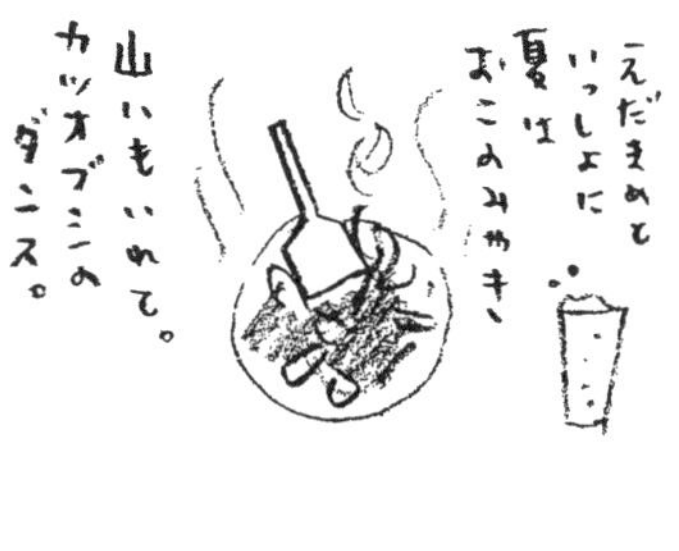
えだまめといっしょに
夏は
おこのみやき、
山いもいれて。
カツオブシのダンス。

七月十日　ポストの音

窓の外で「カポン」と、ポストの音がする。
お昼前。郵便配達で、家の前に止まった車の中から、ラジオの音がもれてきた。
郵便物の、かわいた音で、雨があがっているのがわかる。
かぜがからりとしていて、もう窓をあけはなしても平気。
梅雨も、そろそろおしまいかな。

ポストのそば
テイカカズラが
甘いにおい。
POST

藤原定家が、愛する人の死を悲しんで化身したといわれる「定家葛（テイカカズラ）」。常緑で、夏中咲いています。

なんの日

ほおずき市
梅雨明け間近の九、十日。
東京・浅草寺で。
この日は、百二十七年間も日参したと同じことになる、四万六千日。
金魚すくい、風鈴、ちいさい子の虫封じの青いほおずきも売られます。

七月十一日　真珠ばたけ

ひらひらと、さといもの葉っぱ。
うすみどりがきれい。
朝つゆを、はじいてころがして、じょうずにまるくする。
ずらりとならんだ、さといもばたけ。
どの葉っぱにも、できたての真珠つき。

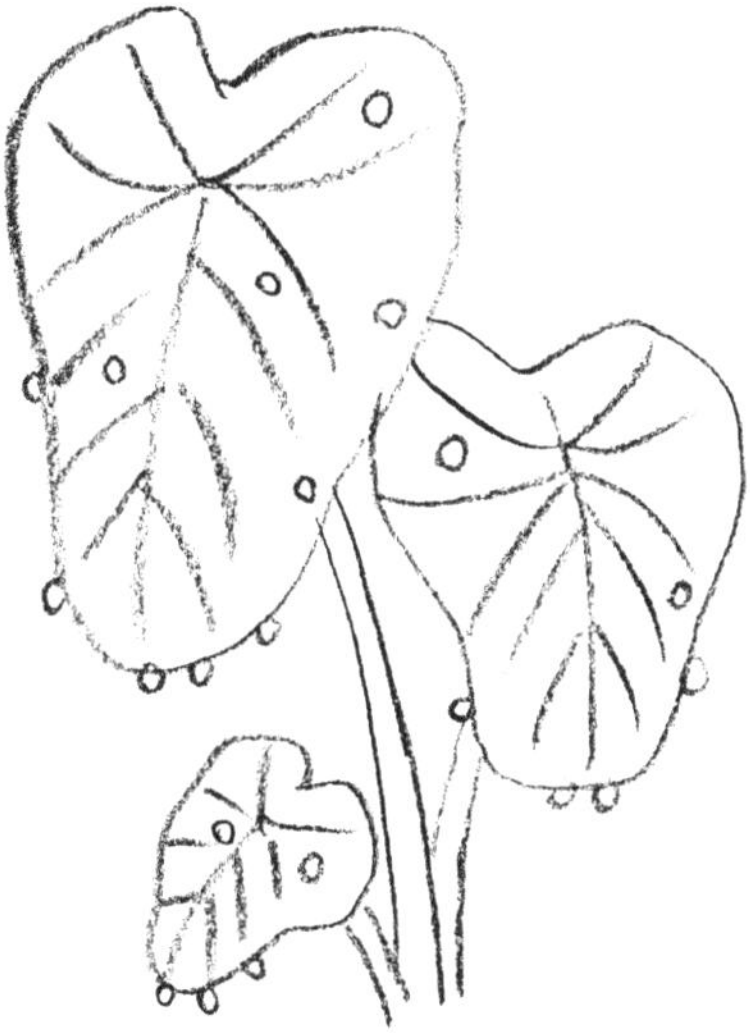

ひとつぶぐらい指でつまみたいわたし。どうしても無理だから、せつない。

ワックスをひいたようなさといもの葉っぱは、雨粒や朝つゆをじょうずにまるくする。
だけど、つくっても、つくっても、昼には空に蒸発していく真珠たち。

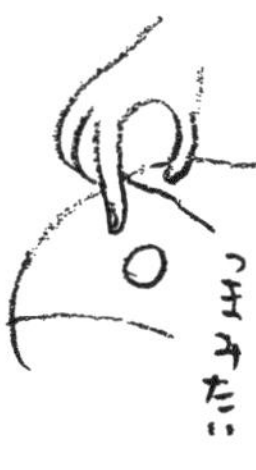
つまみたい

なんの日

真珠記念日
明治二十六（一八九三）年、三重県鳥羽で、はじめて真珠の養殖に成功。

泉州の水ナスが旬です。水ナスは、ぎゅっとしぼると水が滴るから「水ナス」。農家の人は畑のはしに植えて、ノドがかわくと飲んだとか。

おいしい
水なすの
つけもの

七月十二日　キュウリ

キュウリをまるく輪切りにきざむと、ころころころころ——。
庖丁からはずれて、まな板の上を走っていってしまった。
「だめ」と、ひきもどすと、つぎの輪切りも、また、ころころと。
今日は天気がいいからね。どこかに行きたいキュウリたち。

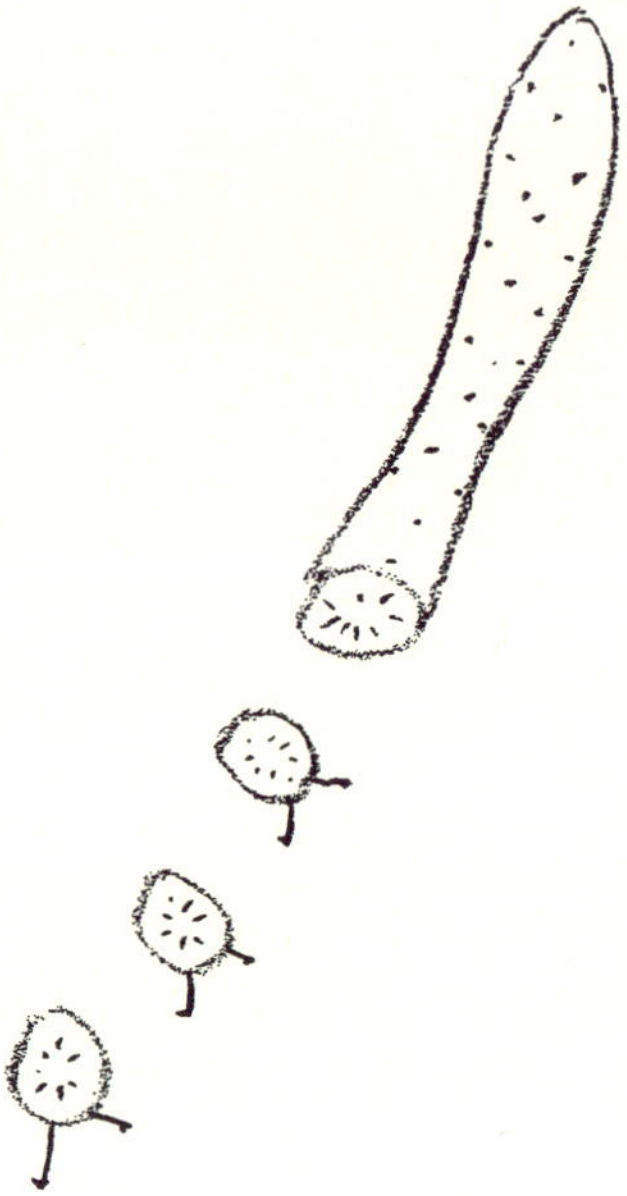

キュウリの季節です。日本は、なまでキュウリを食べる国、世界一なのだそう。イボイボのいたいのが、おいしいきゅうり。

キュウリ好きの河童は、畑を荒らしたり、田植えの手伝いをしたり。いい子になったり悪さをしたり。

長崎県壱岐では、旧暦の六月十五日の今頃、祇園祭を中心とした前後六日は河童が悪さをするので、川や海に入ってはいけないという。

七月十三日「きつねの窓」

桔梗のつぼみが、紙風船のようにふくらんで、やさしいかたち。

夏空を待って、ぷかりと、青くうかびたがっている。

「きつねの窓」という童話が好きだった。道に迷った男が桔梗野原で、きつねに指を青く染めてもらう。染めてもらった指の窓から見えるのは、昔好きだった女の子や、亡くなった妹と過した家——。

どうしても指の間からのぞきたい景色など、子どもの時には思い浮かばなかった。

今もしも、あんなふうに、桔梗野原で指を染めてもらえたら——わたしにも、会いたい人がいるな。もうこの世にはいない人たち。

お盆のはじまり。あおいあおい空のむこう。

あの世から戻ってくる人たちを、桔梗の花束をもって、迎えに行く。

なんの日

盆迎え火
お盆の初日（新暦）
先祖の霊は、灯りを頼りに帰ってくるそうです。精霊たちを迎えるために、盆ちょうちんや灯籠をともしたり、夕方になったら、おがらなどを門口で燃やして、ご先祖さまに、「こっちですよ」と、煙を焚きます。お墓までちょうちんをもってお迎えに行く地域もあるそうです。

「きつねの窓」は
安房直子の
童話

七月十四日　ひまわり

「猫が顔を洗うと雨がふる」というけれど、
わたしも、低気圧が近づくと右目が重くなる。
ふだん二重のまぶたが、まばたきのたび、ぐるんと三重になる。
そうして、これが、天気予報よりあたるのだ。
――雨になるな――って。

一九七七（昭和五十二）年の今日、気象衛星「ひまわり」の第一号が、アメリカのケネディ宇宙センターから打ちあげられました。

なんの日

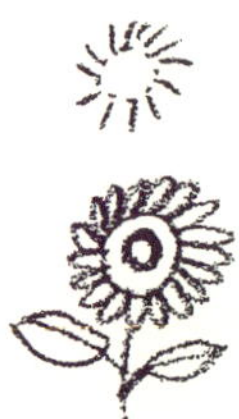

ひまわりの日
天気予報を見るのは、わたしの趣味。天気図と、自分が見あげる雲をくらべて自己流の天気予報。

山口県萩市のひまわりが、きいろく咲き始めました。ひまわりロードに、えんえん続くひまわり畑。きいろいお顔は、みんな太陽を見てる。
（見ごろ七月下旬～八月上旬）

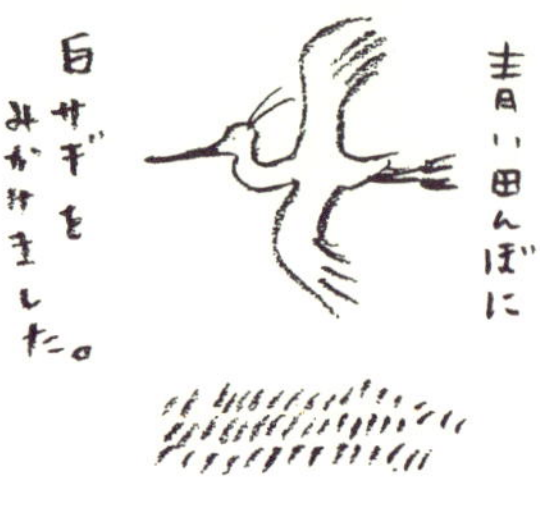
青い田んぼに
白サギを
みかけました。

七月十五日　ガラス

ガラスの器に、そうめん。
ガラスの器に、ひややっこ。
ガラスコップに、麦茶。
ガラスのおわんに、葛氷。(つるんと、白玉いり)
おそくなったけど、テーブルまわりのころもがえ。
暑い日、ガラスでなくちゃ、おいしそうでないものたちのために。

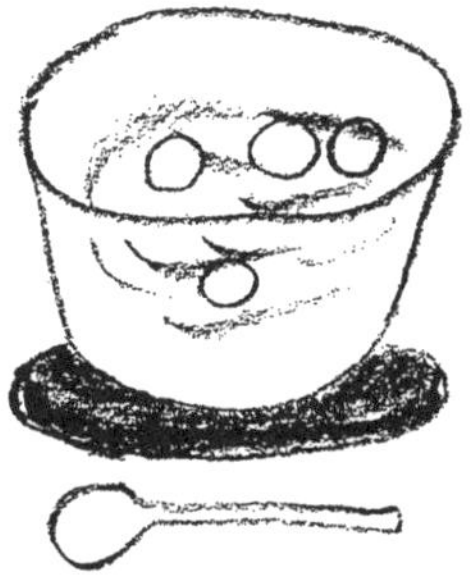

すずしそうに、ひめしゃら（夏椿）が、玄関先に咲いていているのを見つけました。白い夏椿。ガラスにかざります。

なんの日

盆・盂蘭盆会

「うらぼんえ」はサンスクリット語の〝ウランバナ ullambana〟から来ている言葉。ひと月遅れの旧盆で行う地方も。

「すだれ羊羹」は、山形県鶴岡市にある梅津菓子店のお盆のお菓子。白いお砂糖が、氷みたいで、すずしげ。

七月十六日　祇園祭

コンチキチンと、あせだくの京都。
祇園祭の宵山は、いつも、小雨が降っている記憶。
学生時代、京都だったので、祇園祭というと、あの、髪の毛がへばりつくような湿度を思い出す。むっとした、霧雨みたいな雨の中で、ちいさく遠く、コンコンチキチンと、お囃子がひびく。——晴れたことってあったっけ。
祇園祭の時、好きな人が彼女といっしょにバスを降りていくのを見て、あっというまに失恋したのを思いだす。

道路に、鉾たちがならんで、
雨にうたれて。お囃子が、
さびしげで楽しげで。

祇園祭
京都では一日〜三十一日。
十六日は、祇園祭の宵山。
十七日には山鉾巡行。
祇園祭は、疫病や災害を祓うためのお祭。京都から、全国に広がっていきました。

田島祇園祭（福島）
〈二十二〜二十四日〉
佐原祇園祭（千葉）
〈七月中旬金〜日〉
益子祇園祭（栃木）
〈二十三〜二十五日〉
高岡御車山祭（富山）
〈五月一日〉
津和野の鷺舞（島根）
〈二十、二十七日〉
博多祇園山笠（福岡）
〈一〜十五日〉
それぞれの、祇園祭。

なんの日
盆送り火（新暦）

七月十七日　漫画の日

もともと、漫画家になったぐらいだから、漫画好きのわたし。

と、いってもほんとうの漫画好きな人に言わせれば、たぶんすごく偏っていて、読む量もすくないから、あんまり「好き」とも、おおきな声では言えない。

でも、一度好きになった漫画は、ずうっと好きで、くり返し、同じ本を何年も読む。

ストーリーを楽しむというよりは、シーンを楽しむのが好き。忘れられないシーンにもう一度会いたくて、古い漫画をひっぱりだす。

読み始めると、本棚の前で、さんかく座りしたままはいりこみ——

ああ。気がついたら、夕暮れ。

なんの日

漫画の日
一八四一年、イギリスの風刺漫画の週刊誌「パンチ」発刊。

西から梅雨明けがはじまるころ。

早朝散歩してたら、みどりのイチョウのねもとにキノコたちの行進。

しめった土のにおいふりまいて。

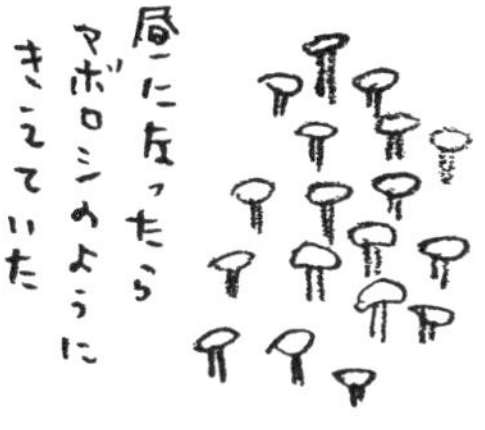
昼になったら
マボロシのように
きえていた

七月十八日　古代蓮《こだいはす》

埼玉県行田の古代蓮は、めずらしい蓮の花。

昭和四十六年、工事で地中を掘り返していたら、三千年ほど地中深く眠っていた種がでてきて、自然に息を吹き返したという。芽を出し、目のさめるようなぴんく色の花を咲かせました。

おおきな花は、空にむかって、三時間かけて、ゆっくりと咲く。

行田の古代蓮の里で、蓮の花が見ごろ。

よいにおいと、うつくしい色で、天国のような景色です。

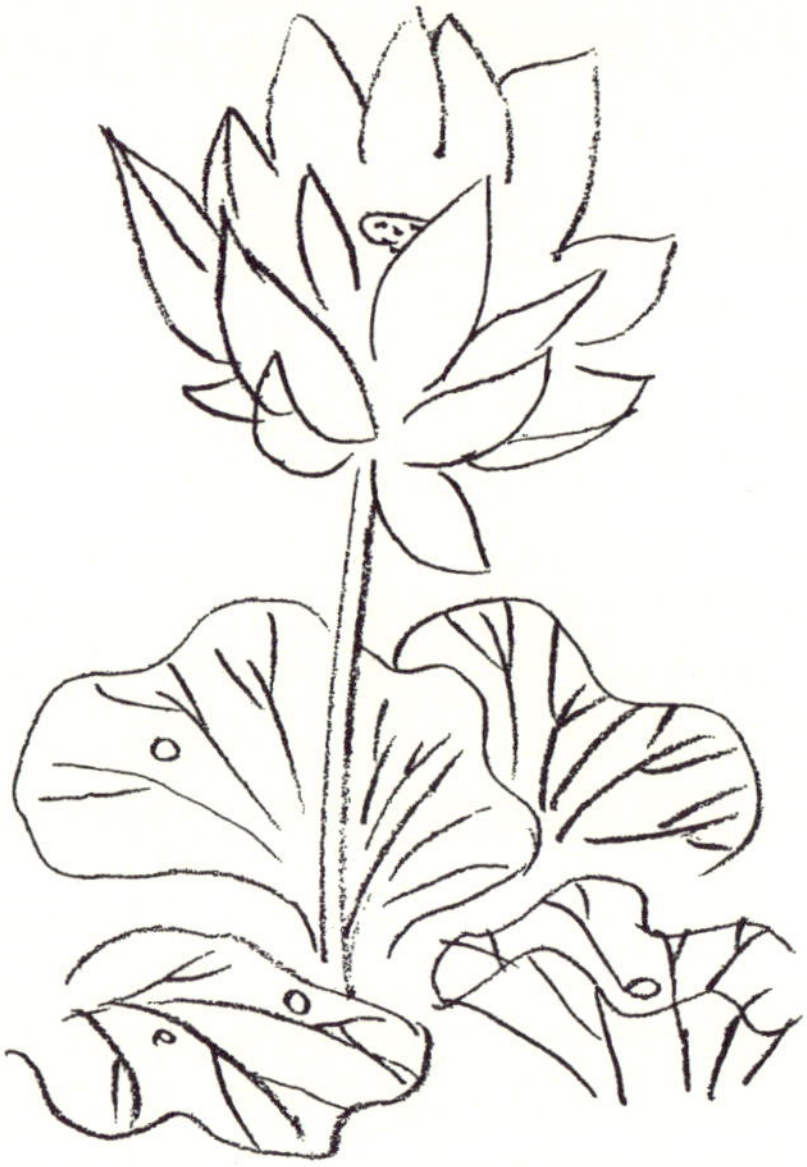

なんの日

蓮まつり〈第三日曜〉

濃いピンクの古代蓮は、早朝に開き、昼頃には閉じてしまうので、午前中が見頃。市の天然記念物。行田市・古代蓮の里で。

滋賀県守山市の近江妙蓮公園でも、めずらしい蓮の花、近江妙蓮が見ごろです。ひとつの花に、なんと数千枚の花びら！

うちの近くのお寺の蓮の花もつぼみがふくらんで、もうすぐ咲きそう。自転車で通るたび「まだかな、まだかな」。

七月十九日　夏土用入り

夏土用の頃は、風もやんで、こめかみに玉のようにころがる汗。
自転車のハンドルを持つ腕と、うしろ頭が、じりじりと焦げてゆく。
暑さにへこたれないように、今晩は、鰻ごはん。
陽炎のゆれるアスファルトの道を買いに行く。
夏の丑の日は「う」のつくものなら、なんでもいいのだそう。

うなぎ
うり
うどん
うめ
うし

なんの日

夏土用入り（雑節の一つ）

酷暑の時期。「土用丑の日」とはこの夏の土用期間中の「丑の日」のこと。

売れない鰻やさんのために、「土用に鰻を食べましょう」と、はじめに言ったのは、平賀源内という説。もうひとつは、神田の老舗鰻屋伝来の夏の蒲焼きの保存法。「丑の日に焼いた鰻が色も香りもよかったから」ということからはじまったという説。丑の日に焼いたものが悪くならなかったから、という説も。

土用に入ったら、そろそろ、梅干しの梅を干す頃。

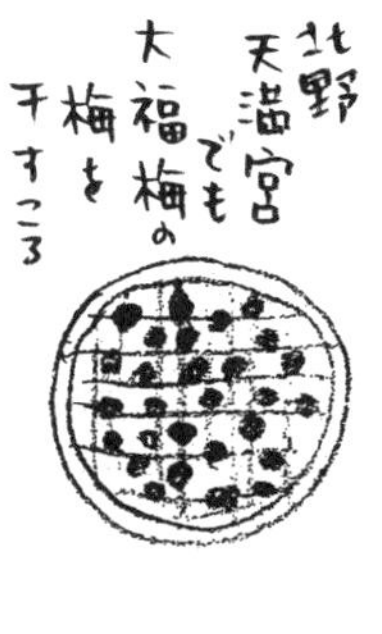
北野天満宮でも
大福梅の梅を
干すころ

七月二十日　すももまつり

大石早生、メスレー、サンタローザ、ソルダム、ビュウティ、太陽、ケルシー……。
これはみんな、すももの名前。
あか、きいろ、みどり、むらさき……。灯りみたいに、露店に、実がならぶ。
「あまいよ、あまいよ！」
ナイフでそいでは、はいっと、ひときれ、すももをつきだすおばさん。
あじみの時が一番あまくて、おいしい。
東京・府中の大國魂神社で、すももまつり。

参拝した人が、みんな持ってるのは、病気や、災いをあおいで追いやる「からすのうちわ」。

なんの日

すもも祭

すももって、こんなに種類があるって知らなかった。そして、どこか、女子プロレスのアイドルみたいな名前。わたしが好きなのは、まっ赤な「太陽」。皮ごとかぷり。あまいのにあたると幸せ。

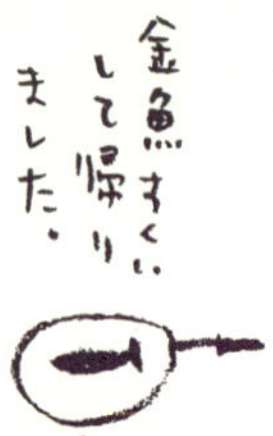
金魚すくいして帰りました。

海の日（祝日）〈第三月曜〉

アポロ11号が、月面着陸

一九六九年、アームストロングが、月でウサギとびをした日。

七月二十一日　夏やすみ

夏休みのはじまりは、いつもうれしかった。

時間がたっぷりあって、こわいぐらいで。

ほんとうの夏がはじまったようで、うれしかった。

そうして、七月はゆっくり時間が過ぎるのに、八月はあっという間。

あれは、どうしてだったんだろう。

夏休みのはじまりの日――。学校は、もうとっくに卒業してしまったけれど、夏の時間がたっぷりあることを思い出させてくれるから、今でもこの日は、わたしにとって特別な日。

なんの日

夏休みはじまりの日
学校を卒業して、夏休みなんてなくなったけれど、この日は、いつも、夏休みを思う。
心待ちにしていた夏休みがはじまる日だったから「あ、二十一日。今日から、学校は夏休みだ」と、思う。
そうして、昼間、子供らが道ばたや公園の日陰に暇そうに寝ころんだり、すわりこんだり、はしりまわっているのを見かけると、にやにやしてしまう。

七月二十二日　夕立の花

みるみると、空がくらくなって、大きいたらいをひっくりかえしたような、どしゃぶり。雨樋から、雨がはみでるように、びしゃばしゃと、あふれて流れ落ちる。あついあつい昼間の熱をうばいながら、地上は水だらけ。

アスファルトにたたきつけられる雨は、一瞬、花になる。

かたい地面に、ぴしゃん！　花のかたちに、はねかえる。

ぱっと咲いては、消える、雨の花。

黒いアスファルトの道が、にぎやかな花の道になって。

なんの日

うわじま牛鬼まつり〈二十二〜二十四日〉梅雨が明ける頃、愛媛県宇和島市・和霊（われい）神社の夏祭に合わせて。ご存じ、大怪獣のまっかな牛鬼の出番です。

七月二十三日　大暑《たいしょ》

梅雨明けをねらって、蝉がいっせいに羽化。
じーー、じーー、じーーいと、ニイニイゼミの初鳴き。
むくむくと青くそびえる雲の峰。入道雲が、暑さにけむる。
夏が、からあげされていく。

蝉の幼虫たちは、羽根がぬれてしまうと羽化できないから、じっと土の中で雨の気配が終わるのを待っている。

なんの日

大暑（二十四節気の一つ）
暑気いたりつまりたる時節なればなり（天明七年「暦便覧」）
七月二十二、二十三日頃
最も暑い頃という意味だけれど実際はもう少し後。蝉の鳴き声が聞こえたら、梅雨明け。

ふみの日
暑中見舞いの届くころです。おおきな全紙をハガキ大に切って、暑中見舞いのハガキの絵を、たくさん、たくさん書く。一番いいのを、大好きな人にあげた、中学の頃。

七月二十四日　白南風《しらはえ》

はなやかなぴんく色の百日紅《さるすべり》が、青空に手を振ると——
おおきな、おおきな風がふく。
わたしのひたいの汗をなでていく、白い風のてのひら。

梅雨が明けた頃ふく南風を「白南風」と、いいます。つゆの頃吹く南風は「黒南風（くろはえ）」。青い夏空と白い風。

百日紅は暑い夏でも元気な花。冬は、サルもすべりそうなつるつるの樹木。

なんの日

大阪天満宮の天神祭〈二十四、二十五日〉
夏のはじまりです。
大阪の夏を彩る天神祭。にぎやかなお囃子、と、水にゆらめく灯り。堂島川を、百隻の舟が渡っていきます。
秋田の横手では、しみじみと、かわいらしい線香花火大会。

七月二十五日　なつごおり

夏氷《なつごおり》の日。

かきごおり。おいしいのは、ひとくちめ。
冷たさに、キーンとこめかみが痛くなって、ぎゅうっと目をつぶる。

けずりたてのかきごおりって、さくさくと、軽い羽根のようできれい。

氷イチゴもいいけれど、欲ばって、本日は白玉ミルク金時。

なんの日

夏氷の日
夏氷というのは、かき氷のこと。7・2・5でナツゴの語呂あわせ。昭和八（一九三三）年のこの日に、日本最高気温の四〇・八度が山形市で記録されたことから、かき氷を食べるのにふさわしい日として。

動物園の、シロクマにも、大きな氷のプレゼント。氷とあそぶ、暑い日本のひるさがり。なめたり抱きかかえたり、いっしょに泳いだり。

七月二十六日　せみしぐれ

梅雨が明けたと思ったら、毎日、毎日、蟬しぐれ。

ヤマボウシのそば。

傘もささずに、じゃあじゃあという蟬の声にぬれてあるきます。

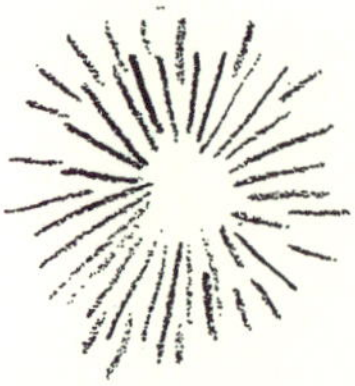

なんの日

暑さしのぎに、怪談はいかが。背筋がひやっとするような、こわーいはなし。文政八（一八二五）年、江戸の中村座で「東海道四谷怪談」が、初演された日にちなんで——。

今日は、幽霊の日。


さて。京都東山、松原通にある飴屋さんに伝わる幽霊の話。むかしむかし、身ごもったまま亡くなった母親が、幽霊になっても、子どもを育てるために、夜な夜な店に飴を買いに来たという——。

「幽霊子育飴」は、あまくておいしい麦芽糖の飴。今もみなとや幽霊子育飴本舗で作られています。

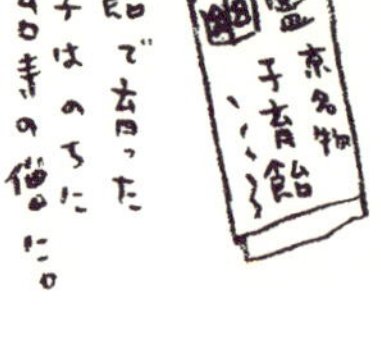

七月二十七日　鉄カブト

むかしの日本のスイカには、黒いシマもようは、なかったそう。

昭和のはじめまで、スイカといえば、黒皮、黒無地のつるっつる。「鉄カブト」なんてよばれて、手強そうな名前とかたち。さくっと切ったら、中から、おおきく笑った口みたいな赤い果実。

夏の江戸の町ではスイカ売りがいたそうです。アイスキャンデーやジュースがなかった時代の、夏の赤いおやつ。

ぽたぽたと、甘いしずくを指につたわせて、道っぱたで、がぶり。

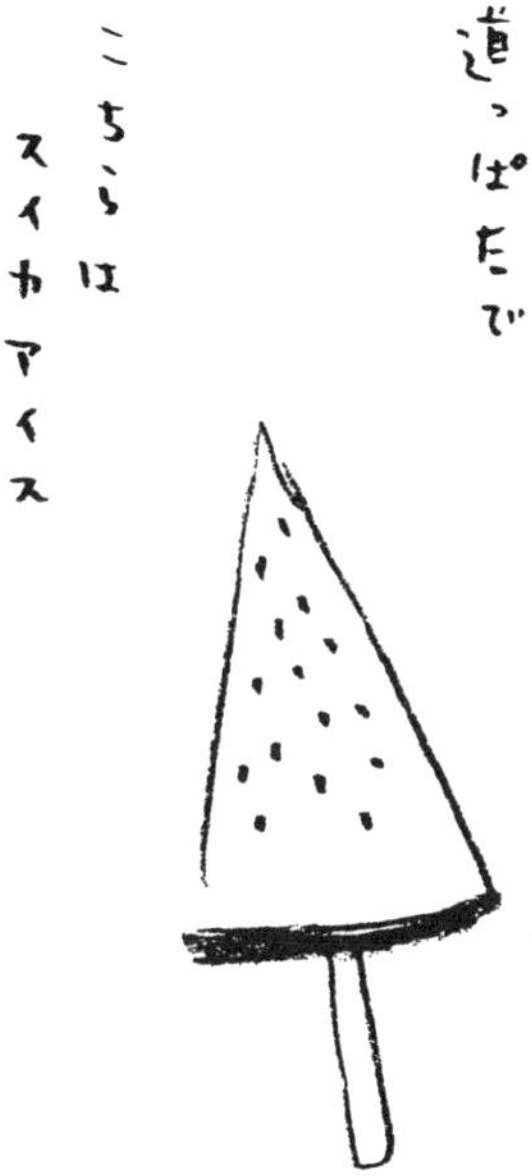

スイカの日
スイカのシマ模様を綱にみたてて「つ（2）な（7）」と、語呂あわせ。
スイカが中国から日本にやってきたのは十七世紀頃。種なしスイカなんか、やっぱり邪道。種がある方が、おいしそうなスイカ。だいすきな、スイカアイスは、種がチョコレート。こちらも種が、なくっちゃ。

津和野祇園祭（鷺舞神事）〈二十、二十七日〉
七夕の日に牽牛と織女を逢わせるためカササギが羽を合わせ、天の川に橋を渡したという中国の伝説から。雄と雌二羽の白鷺がしずかに舞い踊ります。島根県津和野町・弥栄（やさか）神社で。

七月二十八日　ヤマホロシ

坂道ぞいの古い家の玄関先に、ヤマホロシがすずしそうにゆれている。

「ああ、うちのとおなじ。ここのは、いっぱいさいてるな」

自分んちの庭にうわっている花たちは、えこひいきしているから、かわいく見える。

よその庭でおなじ種類を見つけると、友達を見つけたみたいで、うれしくなる。じょうぶな蔓性の、星のかたちの花。

もうひとつの名前は、ツルハナナス。

そういえば、なすびの花にも似てる。

ヤマホロシ
ナス科の多年草。ツル性で切り花にしても、持ちがいい。咲きはじめは紫がかっていて、だんだん白になってかわいい。暖かい年は、十月でもまだ咲いています。

おなじツル性の時計草も満開
うでにまいて今なんじ？

梅雨につけた、はちみつ漬けの梅シロップ。じゅわっと梅エキスが出てきて、もう飲み頃。細長い蜜じゃくしで、そうっとすくって、味見。すっきりおいしくて、キッチンでひとり、にっこり。

七月二十九日　花火大会

どん！　どん！　ばらららああ。

おなかにひびく、音。音。ひかり。火薬の燃える匂い。

真っ黒な夜空に金色の菊の花が、柳のようにながれ、白い煙が尾を引く。

いつも行く花火大会は、野原に寝ころんで見あげる花火。大きいひかりの花は、真下で見るのが好き。あおむけになって、からだぜんたいで、どんと受ける。日本の花火はすてき。どこから見ても、まんまるだもの。

もともと花火は、すこしでも天のかみさまの近くに願いを届けよう、という気持ちが込められている。ていねいにつくられた、まるい花火玉には、ひとつずつ、名前が書かれていて、思いを込めて空へ。

「のぼりきょくつき、……」

空に散り、華やかに踊る火の粉で、病気や災いも、はらいます。

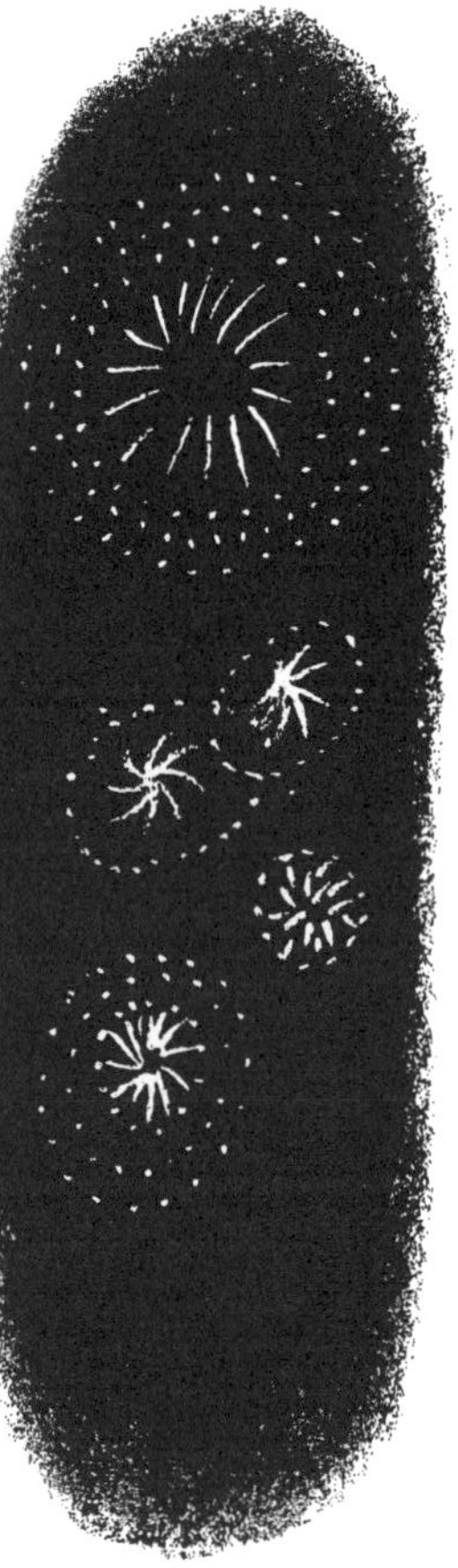

全国で、花火大会のシーズンです。人ごみは苦手だけれど、花火大会だけは別。おおきな、おおきな空の花は、音をおなかに感じながら、絶対に間近で見なくては。

連続花火は「スターマイン」。菊花が尾をひく花火は「かむろ菊」。三尺玉は、重さ三百キロもあるんだそう。

七月三十日　しその塩づけ

八月がくる前に、庭のシソの葉を摘んで、塩漬け。

庭で育てたシソは、てのひらみたいに大きい。ばさばさと摘んで、じゃーっと冷たい水で洗ってかわかす。流し台が、シソの葉の青いにおいで、いっぱい。

たのしみは——塩漬けの青じそで、くるんと包んだ、うめぼしおにぎり。

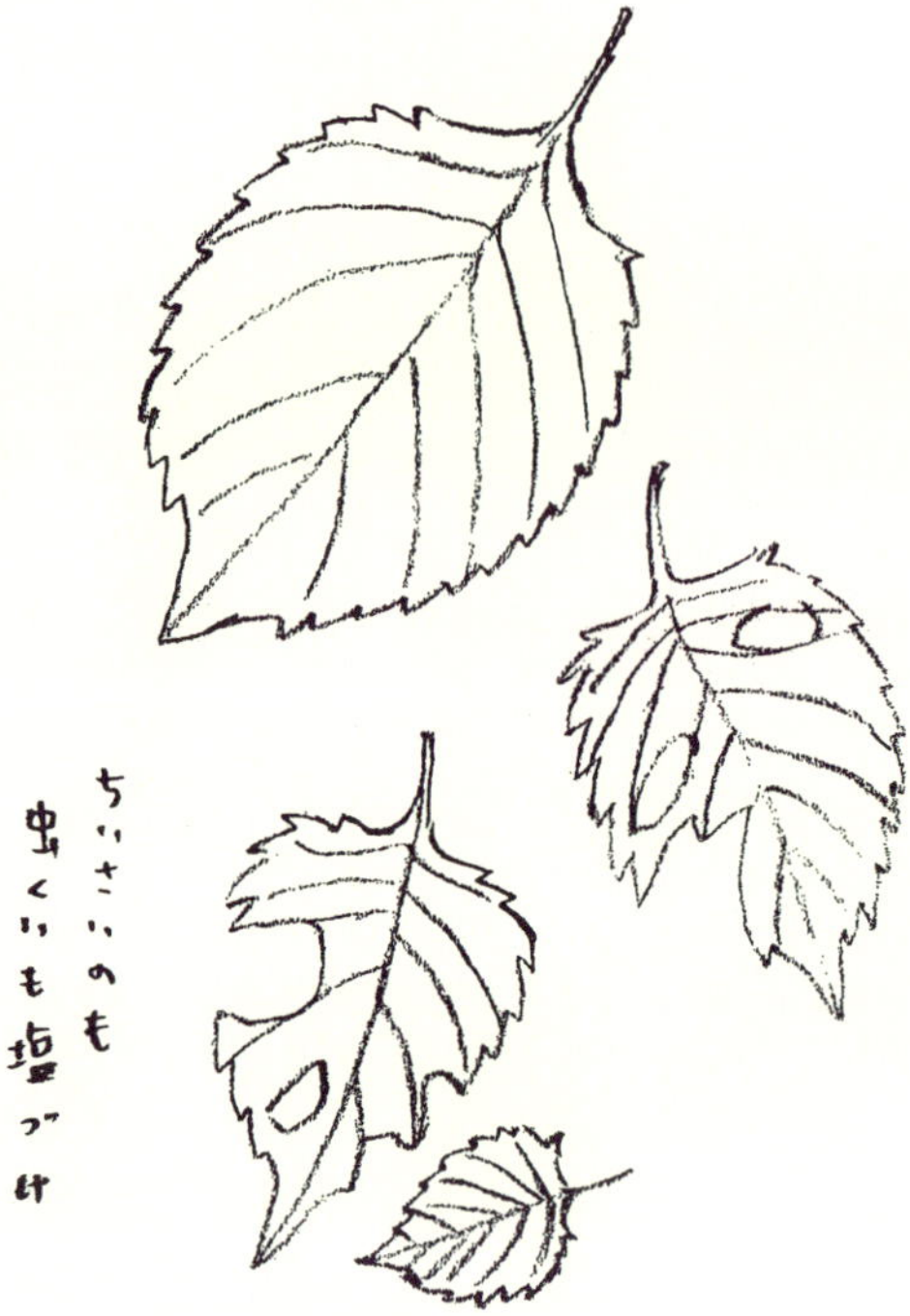
ちいさいのも
虫くいも
塩づけ

しそを一晩塩水につけてあく抜き。次の日に葉と塩を交互におき、ラップして冷蔵。一年くらいはもつ。めんどうなときは、アクぬきなしでもOK。

梅おにぎり

なんの日

黒石ねぷた祭り〈七月三十日～八月五日〉一番乗りではじまる、ねぷた。人形ねぷた、と扇ねぷた。東北の夏祭り。

七月の終わり、東京は隅田川の花火大会。江戸時代の両国の花火大会から続く夏のお楽しみ。「たーまーやー」屋形船から見る、空の花。もともとは、疫病払い。

七月三十一日　星の王子さま

「ぼくは大昔、もしかしたら、鳥だったのかもしれない」

　空から見た世界は、あまりにも、うつくしく――「星の王子さま」の作者、サン＝テグジュペリは、二十六歳の時、郵便飛行機のパイロットとなった。

「飛ぶことと書くことと、どちらが大切ですか？」

　作家になったサン＝テグジュペリに、記者がたずねると、

「――わたしにとって、飛ぶことと書くことは別々のことではないのです。鳥が飛び、そして歌うように、それは同じひとつのことなのです」。

　一九四四年七月の終わり。コルシカ島から、戦場にむけて偵察に飛び立った、サン＝テグジュペリの飛行機は、空のまんなかで、ひとり、星になりました。

なんの日

サン＝テグジュペリの亡くなった日
四十四歳、空を飛ぶことが好きでしかたなかった「星の王子さま」の作者は、空の彼方で消息を絶ちました。

八月　葉月

八月の呼び名

はづき　　葉月
べにそめづき　紅染月
こぞめづき　きそめづき　木染月
つばめさりづき　燕去月
がんらいげつ　かりくづき　雁来月
つきみづき　月見月

旧暦の八月は新暦の九月ごろにあたるので、そろそろ秋の気配。木の葉が色づき始めるころ。燕は南に去り、雁や鴨、白鳥たちが渡ってきます。空気が澄んできて、月がきれいなころです。新暦の八月は、お盆のころ。まだまだ残暑が厳しいころです。

八月一日　天の川

蠍座の尾のはずれ。透明な夜空に、よこたわるひかりの河。
見あげていると、砂金のような星の水しぶきが、
顔ぜんたいに、きりなくふってきて、ふってきて、ふってきて——
なんべんも、なんべんも、まばたき。

天の川は、中国では「銀漢」。古代エジプトでは、ばらまかれた麦の穂。
死者の魂が星空に運ばれるときの「魂の道」と呼ぶところも。

なんの日

スターウィーク（星空週間）

〈一～七日〉

星のきれいな頃です。

旅先で見た、天の川は、やわらかな銀色のしぶきのようでした。からだじゅうを洗っていくような、透明な時間をあびて。

ひかりのすくない場所に行くと、天の川も、星もたくさん見えます。天文台に星のアップを見に行くのもいいかもしれません。

八朔（新暦）
八月一日は「八朔」と呼ばれ、その年の新しい穀物を取入れたり、お世話になっている人に贈り物をしたりします。京都では舞妓さんが、芸事の師匠やお茶屋を「おたのもうします」「おきばりやす」と、あいさつまわり。

八月二日　ハーブいため

庭のタイムとローズマリーを摘んでくると、台所は森のような香りでいっぱい。まな板の上におくだけで、いいにおいで殺菌されるようでうれしい。

タイム、ローズマリーをこまかくきざむ。オリーブオイルでニンニクを炒めたら、海老をからごといれて、ハーブといっしょに塩・コショウで炒める。

こうばしく、からが、焼けるにおい。

和風が好きなわたしは、最後にちょろっとお醤油で風味づけ。

じゅん、といい音。ぎゅっとレモンをしぼって食べる。

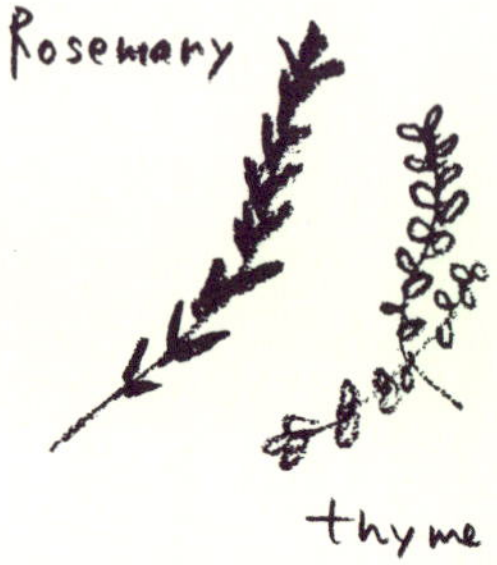

なんの日

ハーブの日（語呂あわせ）

わたしがよく使うハーブは、ローズマリー、バジル、ルッコラ、ミント。これだけあったら、じゅうぶん。日本のハーブで、欠かせないのは、しそ、茗荷、ねぎ、ミツバ。当然、庭にみんなせいぞろい。いいかげんに育てても、じょうぶで役に立つ、いい子たち。

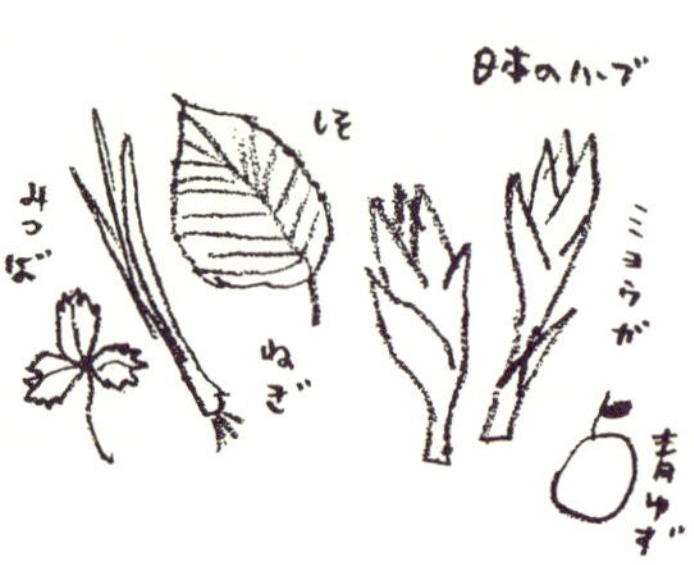

八月三日　ロックミシン

使い古したリネンクロスやタオルを、たばねて、じょきん。はさみをいれたら、ロックミシンで、はじっこを、だだだだだーっとかがって、台ふきとダストクロスを山ほどつくる。

しるしもつけずに、折り目でじょきじょき切っていって、いきなり縫っていく。ロックミシンのオートバイは止まらない。だだだだだだーっと一気に縫い上げたら、気持ちのいい達成感。一日でできる、ストレス解消法。

ロックミシンの糸は、元気の出るきれいな赤で。

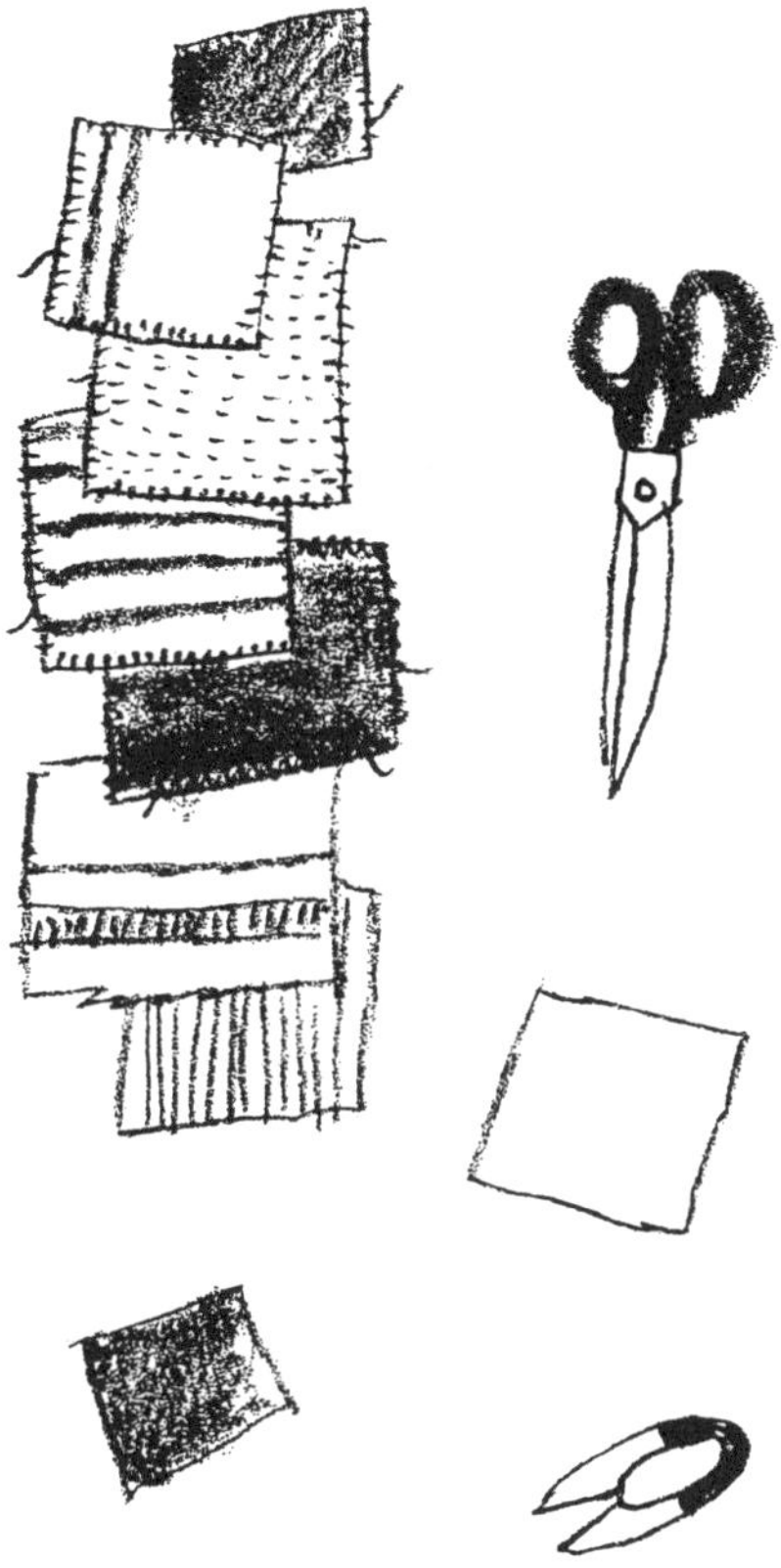

なんの日

はさみの日（語呂あわせ）
はさみでなにかをきざむのって、気持ちいい。布を束ねて、じょきん、とやるのは、快感。
東京芝の増上寺で、使えなくなったはさみの供養が行われます。

ハチミツの日（語呂あわせ）
食欲のない朝でも、これなら食べられるハチミツトースト。
スプーンで、ハチミツを上から落としたら、とろとろと、トーストの上で、透明に渦をまいて、きれい。

八月四日　箸の日

割り箸を、じょうずに割れないわたし。
いつも片方が割れてとんがって、もう片方が倍の大きさになってしまう。
大きい方のお箸は、なんだか、ちいさい方のお箸に片想いしてるみたい。
すこし、かなしげ。

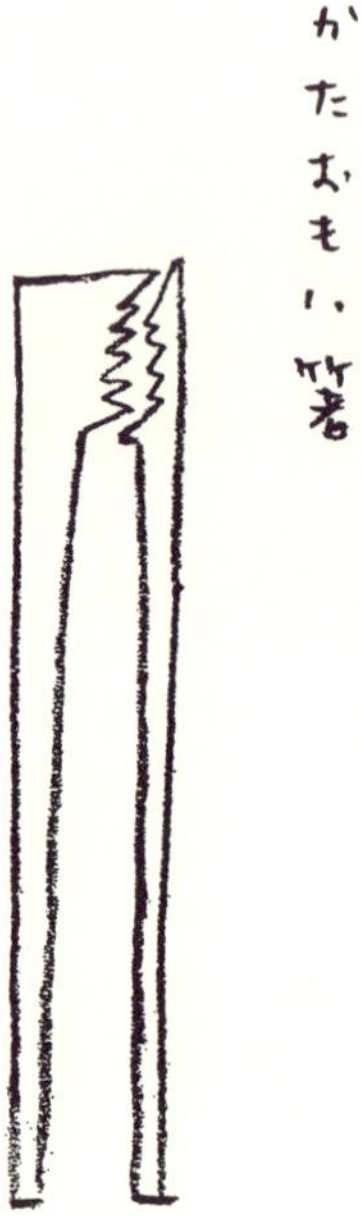

日本に、今のような二本の箸のかたちがはいってきたのは、飛鳥時代。
それまではピンセット型のお箸だったそう。

なんの日

箸の日（語呂あわせ）
わりばし組合が制定。東京の日枝神社では、神前に長さ一メートルの大きな箸を供え、古い箸を焼いて供養する箸感謝祭が行われます。

ビアホールの日
明治三十二年、東京・銀座に、日本で最も古いビヤホール「ヱビスビヤホール」が開店。

秋田竿燈まつり〈三～六日〉
竿燈まつりの提灯は、たわわに実るひかりの稲穂。「生（お）えたさあ」「生えたさあ」竿が空にむかってしなってゆれて五穀豊穣を祈ります。

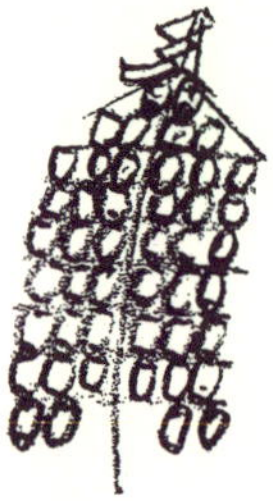

八月五日　ねぶた

ひるさがり。扇風機の音をききながら、睡魔。まぶたが重くなる——。
そんな暑い夏日、「眠たさ、追い出せ！」と、津軽地方では、ねぶたまつり。
ねぶたは、昔、農民が夏の忙しい時期に襲ってくる眠気を追い払うために、睡魔を、
船や灯籠にのせて川に流した「ねむり流し」という行事からはじまったという。
「やーやーど！　やーやーど！」
弘前ねぷたは、扇灯籠の武者絵たちが光をはなち、誰も寝てなんかいられない。
青森ねぶたは「ラッセラー！　ラッセラー！」
こちらは、目がさめるような、色とりどりの組ねぶた。
みじかい津軽の夏を、幻想的なひかりの行列がすすみます。

ラッセラー
ラッセラー
青森のは
人形の
大灯籠
「組ねぶた」

ねぶた祭り
津軽弁で「眠い」ことを「ねぷてぇ」と言い、これがなまって「ねぷた」になったといわれています。夏の睡魔をはらう「ねむり流し」と七夕祭りの松明流しや、盂蘭盆会（うらぼんえ）の精霊流しの「灯籠流し」が、結びついてできたお祭り。坂上田村麻呂が、ねぶた（竹と木を組んで紙を貼った人形の大灯籠）をつくって、蝦夷を討った伝説からという説も。

弘前ねぷたは一～七日。青森ねぶたは二～七日。ねぷたと、ねぶた。

弘前のは
扇灯籠

八月六日　ゆかた

夏祭りの夜、駅ビルで、中学生ぐらいのゆかた姿の女の子が、制服姿のクラスメート達と、ばったり出会っている瞬間を見かけた。ゆかたの女の子の方は髪をきゅっとまとめて、ぴんどめいっぱい。首すじが涼しげ。

「かわいいねえ」

うらやましそうな、クラスメートの女の子の声。クラスメートの中には男の子もいる。ゆかた姿で、いつもとちがう子になったみたいな、うきうきとした女の子。すこしはずかしそうで、でも、見てもらいたそうで。

夜店の金魚たち
ゆらゆら

なんの日

ゆかたの日〈第一土曜〉
ゆかたを着ると、女らしいきもちになって、うれしい。

南の島の星まつり〈旧暦七夕頃の土日〉
土曜日の夜は、島全体の灯りを消して、みんなで天の川をながめます。沖縄県石垣島で。

八月七日　乞巧節《きっこうせつ》

旧暦の七月七日は、新暦の八月ごろにあたるので、空も晴れて、星がきれいな頃。

さらさらとやさしくひかる天の川のそばで、旧暦なら、織り姫も彦星に、かならず逢えるはず。

各地で華やかな星まつりが行われる中、松本ではしずかな、七夕。

家の軒に、平べったい七夕人形をつるします。おひなさまみたいな男女対の七夕人形。きれいな着物を着せて、お針仕事がじょうずになるようにと、願って。

──立秋。一年で一番暑い頃。暦のうえでは、今日から秋のはじまり。

七夕は、中国では「乞巧節」。もともと、機織り上手だった織り姫にあやかって、お針仕事が上手になることをお願いする日。

なんの日

立秋（二十四節気の一つ）
はじめて秋の気たつがゆへなればなり（天明七年「暦便覧」）
八月七、八日頃

立秋から立冬の前日までが秋。この日を過ぎたら、残暑見舞いです。


旧暦の七月七日頃、全国で七夕まつり。

仙台七夕は、七つのお飾りを笹につけて。

山口では、七夕ちょうちんまつり。

松本の七夕まつりは六日の夕方から、家々の軒に、七夕雛をつるします。自分で縫った着物なら裁縫の腕が上がり、着物の数が増えるのだそう。

八月八日　桃

冷蔵庫をあけると、桃がつめたくひえて、ころがっている。
夏風邪をひいて、熱くなったひたいを冷蔵庫につっこむと——
あまくやさしい桃のにおい。
いっこ、とりだして、自分用に皮をむく。
——うぶげも、つめたい。

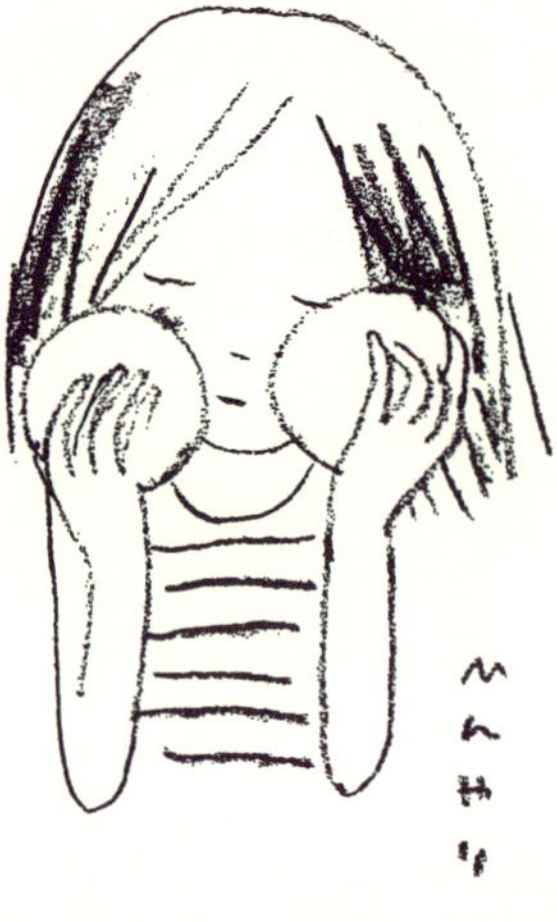

桃のにおいって、くちなしのにおいに似てる気がするのですが、わたしだけでしょうか。

なんの日

白桃の日
八月の八〜十日は、白桃の日。ハ（八）、ク（九）、トウ（十）の語呂あわせ。桃がおいしい季節です。冷蔵庫に、桃がはいってる、っていうだけで、うれしい。

八がふたつ重なるこの日は、語呂あわせがたくさん。

笑いの日
ハッハッハ（八、八）の語呂あわせから。

そろばんの日
これは、そろばんの音。パチパチ。

蛸の日
蛸の足の数にちなんで。

八月九日　ムーミンたち

ムーミン谷の住人たちは、みんな一風変わっているけれど、自分が「変わりもの」だなんていうことは知らない。「自分は、自分」と思っているから、自分の生きている世界に、なんにも疑問を持たない。だから、しらないうちにおかしな事件にまきこまれていく。

ムーミンは童話だけれど、あの、日常が少しずつずれていくおかしさと、疑問を持たない呑気さは、自分たちにも思い当たるから、とてもリアル。わたしたちの生きている場所は、この不思議な童話のようなものだけれど、自覚することは少ない。それをこんなにも愛すべき主人公たちで描いて見せてくれたトーベ・ヤンソンという人は、きっと、この世にどこか違和感を感じている変わり者。だけど――すごく、あたたかい人だったんじゃないかと思う。

「――ムーミンは最初、おこった顔をしていました」

トーベ・ヤンソンは、書き始めのムーミンを、思い出して話します。

今日は、ムーミン谷シリーズの作者、トーベ・ヤンソンの生まれた日。

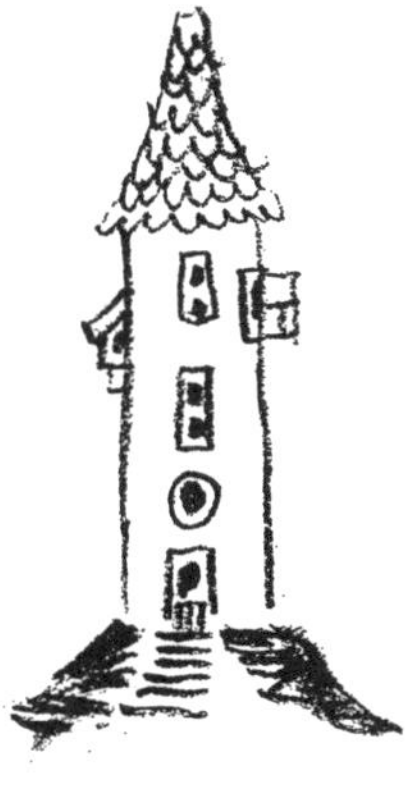

なんの日

トーベ・ヤンソンの生まれた日

フィンランドのヘルシンキに生まれる。少女時代の夏を海がひろがるペッリンゲの島ですごす。三十四歳で「楽しいムーミン一家」出版。

好きなように生きているムーミン谷の住人たち。不器用でも、自分以外のものにはなれないから、無理しない。正直でいるうちに、いろんな難題も、いつのまにか、のりこえているところが、すてき。

八月十日　ベネッセハウス

香川県直島《なおしま》の「ベネッセハウス」は、美術館に泊まるようなホテル。

館内のそこらじゅうに現代美術の作品たち。上の方にある別館に行くために、ちいさい緑のトロッコに乗る。きい、きいいい。がたがた……ちいさな箱をきしませながら、のぼっていくと、窓から、海が、わっと、ひかるようにひろがって見えてくる。

絵の具で塗りつぶしたような青の夏空と、紺色の海。緑に波うつ葉っぱ。

別館の空は、まるく切り取られて、水にも青く映っている。

美術作品と、海や山を見ながら思うのは、心をうごかすものの本質は、みんな同じだということ。空や木や山がうつくしいのは、自然現象だから。人によってつくられたものも、その人のたましいの自然現象なら、うつくしいと、こころ動かされる。たとえば、それが、おそろしいものでも、たとえ、かなしいものだとしても。

なんの日

宿の日（語呂あわせ）

直島のベネッセハウスは、建築家、安藤忠雄設計の、美術館のようなホテル。めずらしい宿です。

食事するとき、レストランにも、絵がたくさん。もちろん本物。

バスキアの絵の前で、お鍋をつついたりするのが、彼の生涯を思うと、なんか、ちょっともうしわけない気持ち。

海も山も、夏の自然がきれいでした。

帽子の日（ハットの語呂あわせ）

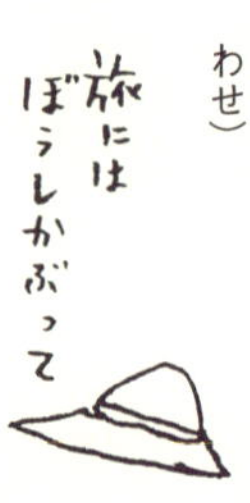

八月十一日　キョウチクトウ

ぬれた水着でプールサイドにすわると、コンクリートにおしりの形のしみができる。だえんがふたつ。わたしのおしり。その自前の、おしり型ハンコがおもしろくて、プールサイドのコンクリートに、ぺたぺたぺたぺたぺた、どこまでも、押していって遊んだ。ももの上に落ちてくるのは、前髪のしずく。

水に顔をつけるのがきらいだった。小学二年生。

カンカンでりのプールの柵の向こうに、キョウチクトウの花。

キョウチクトウ（夾竹桃）
キョウチクトウ科。六月中旬〜十月まで長く花を咲かせます。暑いときに、元気な夾竹桃は、インド原産。やさしげな花だけど、毒があるそうです。

なら燈花会（とうかえ）
〈上〜中旬の十日間〉
ひろびろとした奈良公園に、たくさんのろうそくがならべられ、七時になると、灯がともります。いちめんの、ひかりの原。ひかりの花。鹿も見にやってきます。

八月十二日　ムクゲ

路地を歩くと、あちこちの庭先から白くすずしげなムクゲの花がこっちを見る。
首をのばして、つば広のしろい帽子を、ひらりとかぶった、赤い顔。
赤い芯のあるムクゲは、日の丸ムクゲ。
赤いところが、日焼けした丸い顔みたい。
ひるさがりの熱風にふかれても、すずしげにわらって、
「いい風よねえ」
なんて、さやさやと、ささやきあってる。

シオカラトンボとすれちがう

ムクゲ（木槿）
アオイ科。インド・中国原産の落葉樹。秋がやってくるまで、ひらひらとすずしげに咲きます。ムクゲは、一日花。ハイビスカスの仲間です。

北海道の西興部（にしおこっぺ）のフラワーガーデンで、花のたいまつ、まっ赤なベルガモットが、燃えています。北アメリカ原産のハーブ。
こっちは、暑そうな、まっかっか。

八月十三日　お盆

死者たちが、家に帰ってくる季節。

夏に亡くなったわたしの父の口癖は、

「なにが、どうっちゅうことない」

うそもほんとうも、正しいことも正しくないことも、なにかにつけ、

「――なにが、どうっちゅうことない」

と、ひとことで片づけた。自分に都合いいようにまわりを煙に巻いて、好き放題に生きて、あっけなく死んでいった。お盆に帰ってきたら、訊きたいことがいっぱい。だけどやっぱり、「なにが、どうっちゅうことない――」

と、うまいことごまかされて、あまりにぬけぬけとごまかすその言葉に、わたしはつい、あほらしくなって、わらってしまうのかもしれない。

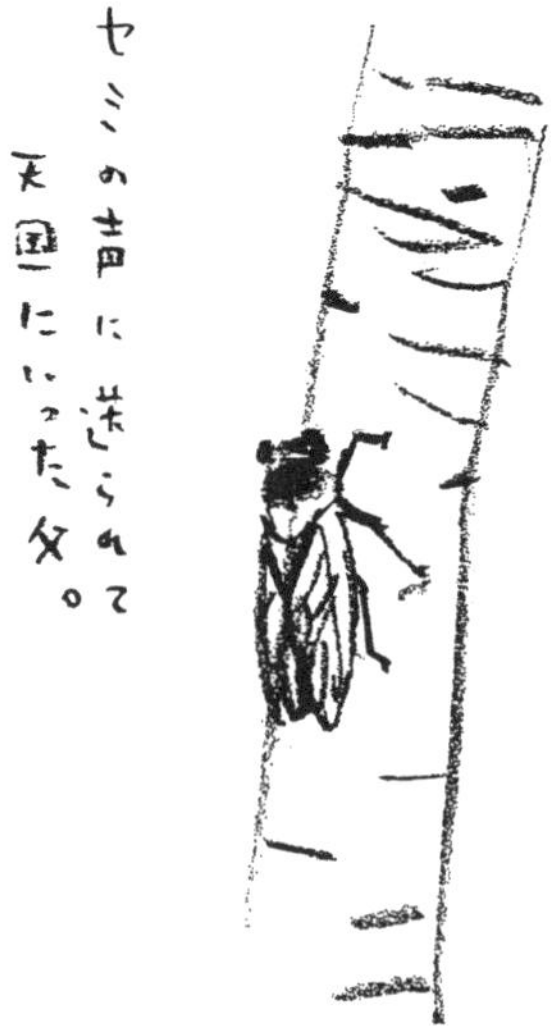
セミの声に送られて
天国にいった父。

なにがどうっちゅうことない、というのは、「別に、なんにも、たいした問題でない」という感じ。「元気に生きてんねんから、さわぐようなことはなんもない」という感じ。

なんの日

旧盆
祖先の霊を家に迎え入れて、しばらくすごしたのち、浄土に送る行事。
お盆のお供えの、茄子や胡瓜でつくった牛や馬。これは、やってくる祖先の霊や精霊達のための乗り物。

くるっとまるまったナスでつくりました
ヒョウタンはぞうみたい。

八月十四日　熱帯夜

ふとんが熱くなって、目がさめる。
網戸のそとは、風ひとつなくて、体温と同じようなぬるさ。
こんな夜は、遅くまでおきていると、見てはいけないものを見てしまいそうで。
あの世から帰ってきたものたちが、道ばたでスキップしてる真夜中。
のどがかわいて、おそるおそる、台所の電気をつける。
白い壁に、ちゅるっと、うごくもの。思わず声！
ヤモリです。——おどろいたのは、むこうの方。

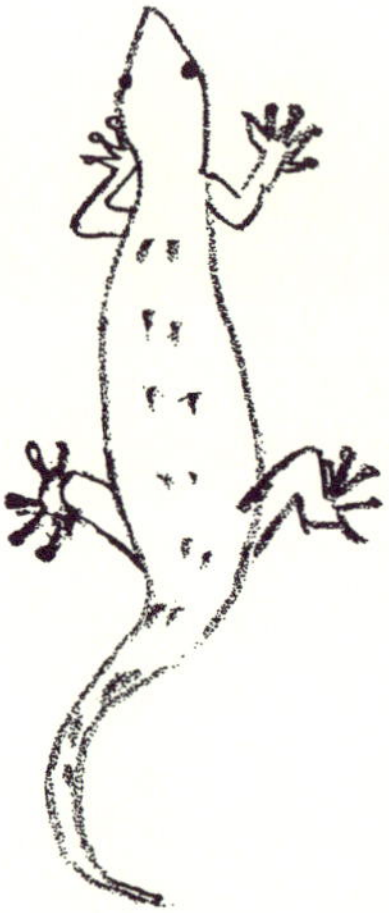

熱帯夜に、ぐっすりねむる方法

・昼間から、寝室の風通しを良くして、部屋の温度を上げない。
・観葉植物をおいたりして、気温が上がりにくくする。
・ねむる前には、ぬるめのお風呂。

色々やっても、ねむれないときは、もうあきらめて、夜の散歩。アイスキャンデーでも、なめながらね。

八月十五日　いのちの灯

旧盆の中、それぞれの灯籠流し。

「チャンコ、チャンコ、ドーイ、ドーイ」

初盆の精霊たちを舟に乗せて極楽浄土に見送るのは、長崎の精霊《しょうろう》流し。

松島では、星たちが、いっせいに海におりてきたような、灯籠流し。
浅草では、終戦記念日のこの日、戦争で亡くなった人たちのための万霊灯籠供《ばんれいとうろうく》養会《ようえ》。
隅田川に舟を出し、平和を祈ってしずかな灯りが、水をながれていきます。

各地で、盆送りの火や灯籠流しが行われます。お盆のお供えや死者の魂を舟に乗せて、水にながします。平和を祈って。

なんの日

終戦記念日
好きな仕事をしたり、旅に出かけたりできるのも、日本に戦争がないからこそ。日常よりも大切なものなんか、日常よりも、守らなければならないものなんか、地球上に、ないと思う。

諏訪湖祭湖上花火大会（信州・諏訪）

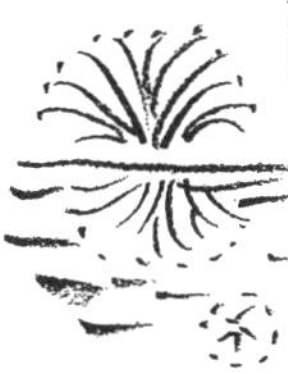

八月十六日　五山の送り火

午後八時。とおく、東山如意ヶ嶽に浮かぶ「大」の文字。
続いて、次々に五つのかたちの火がともされる。
まっくろな山の形。てんてんとあかるくゆれる火。
とおくからでは、とてもしずかにちいさい。火の音はきこえない。
京都で、大文字五山送り火。お盆も、今日でおしまい。
精霊達が、赤い火に送られて、しずかに帰っていきます。

なんの日

五山の送り火
まず東山如意ヶ嶽に大の字。続いて、松ヶ崎の西山に妙・東山に法、西賀茂明見山に船形、衣笠大北山に左大文字、最後に嵯峨曼荼羅山に鳥居形がともります。その間、三十分ほど。
京都の大文字焼きが終わると、もう夏も真ん中を過ぎた気がして、さびしい。

嵯峨の広沢池では
五色の灯籠流し。
鳥居形をあおいで。

八月十七日　花火のにおい

ひみつで会った男の人と、夜、花火をした。

じりじりとまるく赤い、線香花火が消えるまで、なんにもいわずにじっとそれを見ていた。

完璧なひみつのはずだったけど、まっ赤なわたしの顔と、髪の毛についてきた火薬のにおいが、

「ハナビ　シテキタヨ」

「ハナビ　シテキタヨ」

と、家族にばらしてしまった。

出かけるとき、ひるさがりの電車の窓から見えたのは、暑そうにゆれている、栗の木の葉っぱ。スローモーション。まだみどりのイガイガが、ちくちくとみえかくれ。

八月十八日　ひでり星

ひでり続きの夜空に輝くまっ赤な星は、蠍座のアンタレス。
夏の夜空で、こうこうと燃えてよこたわる蠍座の心臓。
色が赤いほど、その年は豊作になるという。
お酒を飲んで、酔っぱらってるみたいに赤い。
「酒酔星」という名前も、もっています。

雲のない晴れわたったひでりの夜空で、強い光で見える星のことを「ひでり星」。アンタレスは、まっかっか。

なんの日

高校野球の子らが、いつの間にか年下になって、何年たつだろう。今日は高校野球記念日。大正四（一九一五）年、第一回目の全国中等学校優勝野球大会が豊中球場でひらかれました。甲子園球場になったのは十回目から。

米の日
米の字をばらすと八十八になることから。おにぎりもって、野球観戦。

八月十九日　スカート

まだ学生の、かわいい女の子に会った。
あの子のいいところは、なまいきなところ。
「かろやかに生きたい」
ということばが、かろやかに、わたしの胸のなかにも、
ぷかりとただよう。
かろやかに、ということばが、
スカートをひるがえして、かぜにひらめいていた。

ひとより、おくれて、もう一度大学に通う、女の子。悩み多き女の子。悩みながらも、たくましそうで、颯爽と見えて、うらやましいほどだった。

ほこりっぽいカンカン照りのフェンスで、すずしそうにゆれているのは昼顔。たくましい少女みたいな、ピンクいろ。

八月二十日　蚊よけのつくりかた

庭に出るときは、蚊との戦い。

帽子、長袖シャツ、長ズボン、手袋。あせだくの完全武装。あついあつい。あついけど、これもみんな、蚊よけのため。

蚊に刺されたら、その近くに生えている葉っぱの汁で、もむと早く治るんだとか。

そして予防の仕上げには、ハーブオイルで作った蚊よけを——。肌にも服にも帽子にも、シュシュッとふりかけて、甘いにおいにつつまれながら、庭仕事。

長時間持たないけど、ハーブのスキンガードの作り方はこちら。
①スプレー容器にアルコール（焼酎でも）五cc、エッセンシャルオイル、レモングラス五滴、シトロネラ五滴、ユーカリ二滴、ゼラニウム三滴、ラベンダー一滴ずつを混ぜる。
②精製水五十ccを加え、よく振って、できあがり。
（一ヶ月ぐらいで使い切ること）

なんの日

蚊の日
一八九七年、イギリスの細菌学者ロナルド・ロスが、蚊の胃の中からマラリアの原虫を発見。

大覚寺の宵弘法
弘法大師の月命日の前夜、京都・大覚寺の大沢池「嵯峨の送り火」の祭壇に、火がいれられます。万灯籠のひかりが、幻想的に水に映って。

八月二十一日　噴水

やけつくような、まっ黒なアスファルト。

まっ白な、横断歩道を渡って、美術館のおおきな噴水に会いに行く。

ぽつんとひとり、空に噴きあげて咲く、水の花。

わたしは、ふちに手をかけてのりだし、噴水の水のつぶつぶを顔にうける。

水滴は、白い粉のように、顔に手足にひととき止まり、あっという間に空へと蒸発。

この蒸発が、きもちいい。

泣きたくなるようなとき、わたしは、噴水に会いに行く。噴水は、わたしのかわりに泣いてくれるから、わたしは顔を近づけるだけでいい。

じりじりと、えんてんか。

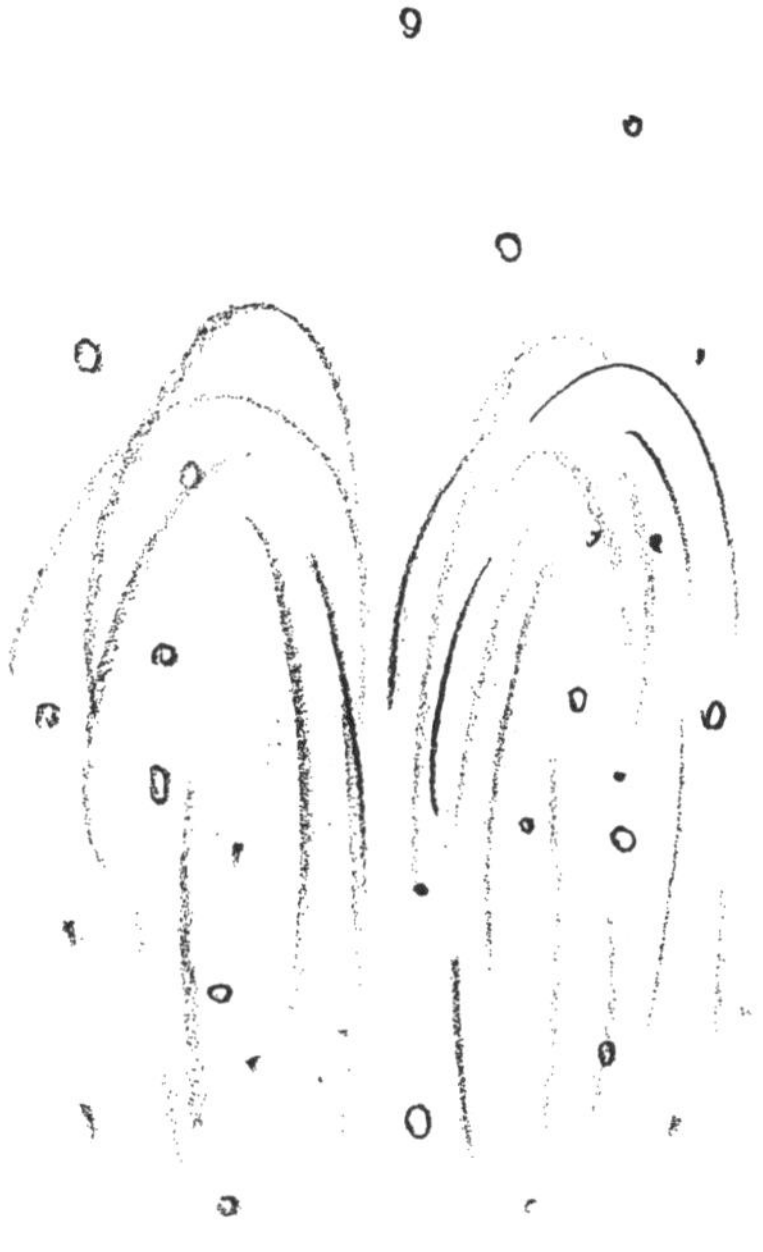

なんの日

噴水の日
一八七七（明治十）年、東京・上野公園に、日本ではじめての西洋式噴水ができました。

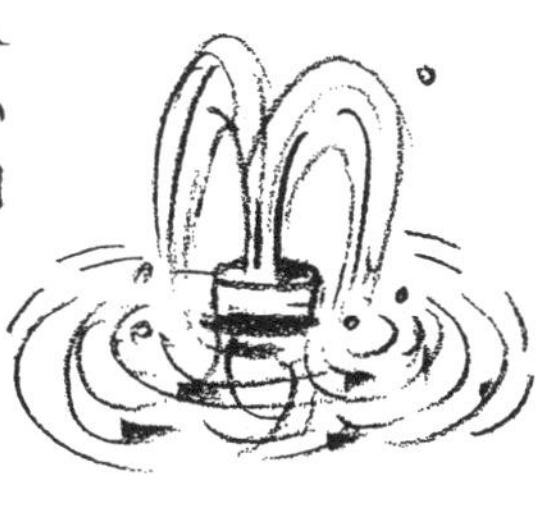

噴水の横で、ノウゼンカズラの花が、真っ赤っか。夏の色。濃い緑の葉っぱとのコントラストで、さらに赤く見えて、暑そう。

八月二十二日　おしろいばな

電車のフェンス沿いを歩いていると——

とびこんできたのは、おしろい花のにおい。

夫が、ひとつちぎって、
頭のうえから、くるくると地面に落とした。

「——らっかさん」。


サンダルのうえ、おっこちて、ゆうがたのかげ。

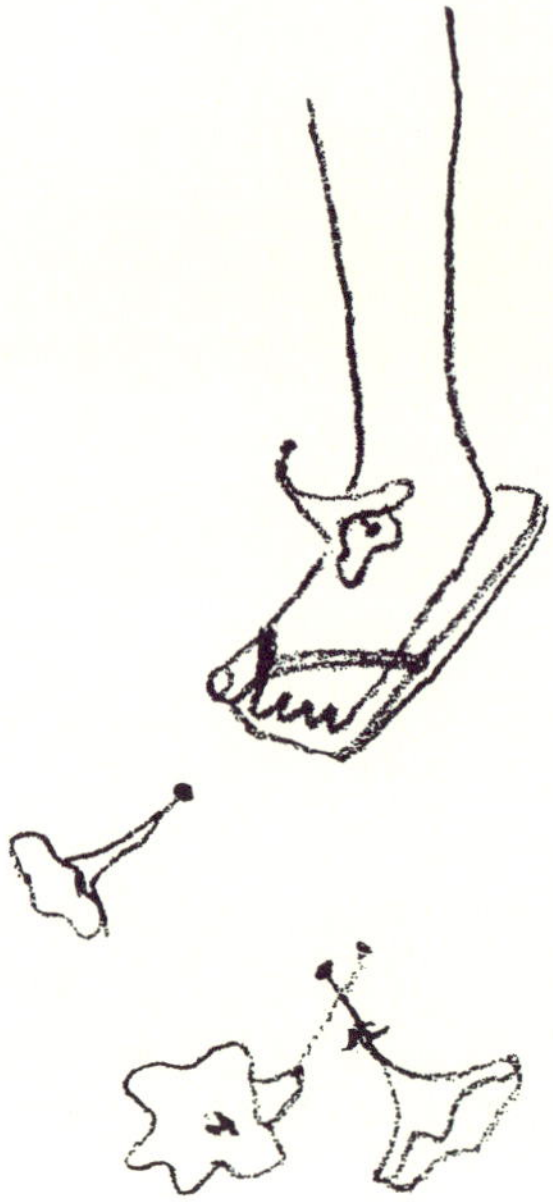

おしろいばな（白粉花）の
もうひとつの名前は、ユウ
ゲショウ。
花は午後の四時をすぎて
から咲くので、英名では
Four-o'clock。

夏の盛りから、秋まで、そ
ばを通るたび、ほのかに
おい。ゆうがたのにおい。

あちこちから顔出す薄緑の
エノコログサ。エノコロは
子犬で犬のしっぽ。でもね、
ネコジャラシという名も。

八月二十三日　処暑《しょしょ》

夕立のあとの透明な午後四時。ほんのすこしだけ、秋のにおいがする。

葉っぱの裏側や、アスファルトの地面、枝のあいだの蜘蛛の巣のはしっこから、ちらりちらりと、すずしげな秋がのぞく。

――とはいっても、ほんの一瞬。あくる朝には、またたくまに、黄色い強い陽ざしに占領されて、かき消えてしまうのだけれど。

処暑。

暑さがすこしやわらぐ頃。台風の季節が近づいています。

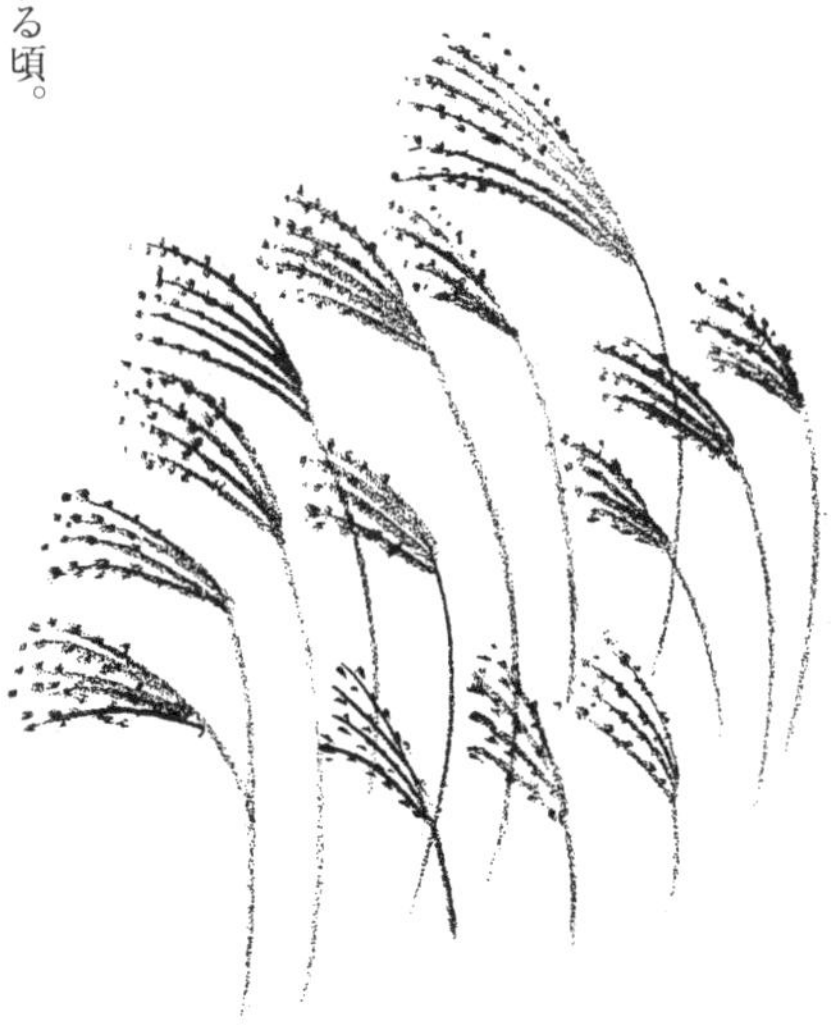

東北の各地で、そろそろススキが開花する頃。

なんの日

処暑（二十四節気の一つ）陽気とゞまりて初てしりぞき処（やすまん）とすればなり（天明七年「暦便覧」）
八月二十三日頃
まだまだ残暑は続くけど、夕方に、少し、秋のにおい。

地蔵盆のころ〈二十二〜二十四日〉
京都では、あちこちで、子供祭り。お地蔵さまに、お化粧してあげたり、ごちそうしたり。夏休み最後のお楽しみ。
京都嵯峨野の化野（あだしの）念仏寺では、千灯供養。ちいさな灯りが、たくさんともります。

八月二十四日　トマトの日

毎日、毎日、トマト、トマト、トマト、トマト。

トマトさえあれば、夏はしあわせ。

ずっしり重くて、赤く熟れた実は、太陽の子供。

パツンと張った皮は、うぶげもなくて、元気のいいはだかのようだ。

トマトの国スペインのちいさな街、ブニョーレで「La Tomatina」。

百四十トンのトマトを、いっせいに投げ合い、人も建物もまっかっか。めっちゃくちゃ。ぐっちゃぐちゃ。年に一度、八月最後の水曜日の「トマト祭り」。

桃太郎
ミニトマト
ファーストトマト
ローマ

なんの日

トマトの日
せっかくだから今晩は、トマトづくし。
トマトとバジル、モツァレラのカプレーゼ。
トマトとセロリのサラダ。
トマトソースとあさりのパスタ。
トマトとアンチョビのピザ。
メインはトマトチキン、ローズマリーの香りつきで。

セロリのドレッシングで。

伊奈の綱火（小張松下流、おばりまつしたりゅう）
空中に綱を張り、その上で、からくり人形や舟を操って人形芝居をし、最後に仕掛け花火が点火されると、飾り人形がうかぶ。
茨城県・小張愛宕神社で。前日二十三日には、もう一つの流派である高岡流の綱火が行われる。

八月二十五日　インスタントラーメン

チキンラーメンをはじめて食べたとき、
「ベビースターラーメンや！」
と、思ったことがあるのは、わたしだけだろうか。わたしは、チキンラーメンより、おやつのベビースターラーメンを食べたのが先だった。

　子どもの時、台所で母がインスタントラーメンをつくりながら、袋の底に残ったクズクズのラーメンを大きな口をあけて袋からざらざらと食べていた。お行儀悪いと自覚していたからか、わたしに見られないように、こっそり。乾燥したあのこまかい麺は、ラーメンとはまた別物の「おやつ」みたいでわたしにも魅力的だった。めざとく見つけて「わたしも、ほしい」というと、ほんのすこしだけ、しぶしぶくれた。

　まるで、子どものような顔になって、うれしそうに袋のラーメンを食べていた母の顔を、わたしは忘れられない。

　――クズラーメン。母といえどもアレが好きで、ほんとうは自分で全部、食べたかったんだろうなあ。

なんの日

インスタントラーメン記念日

一九五八（昭和三十三）年、世界初の即席ラーメン「チキンラーメン」が発売。ときどき、たまらなく食べたくなる、インスタントラーメン。すきなのは、チャルメラとワンタンメン。本格派ラーメンとは、もう別の食べ物だと思う、インスタントラーメン。

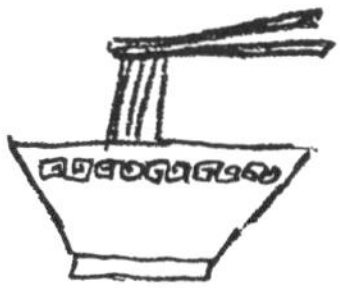

八月二十六日　冒険の日

はじめてのことをしてみよう。

行ったことのない場所に行ってみる。
髪の毛に、かけたことがないほどのちりちりパーマをかけてみる。
食べたことのない異国のくだものを食べてみる。
つくったことのない料理をしてみる。
ずっと話したかった人に、話しかけてみる。

あまりにも、ちいさなスケールだけど、はじめてのことにむかうとき、こわさといっしょに、心があたらしくひかるような気がする。生きていることが、なにかうれしくなるのは、どうしてだろう。

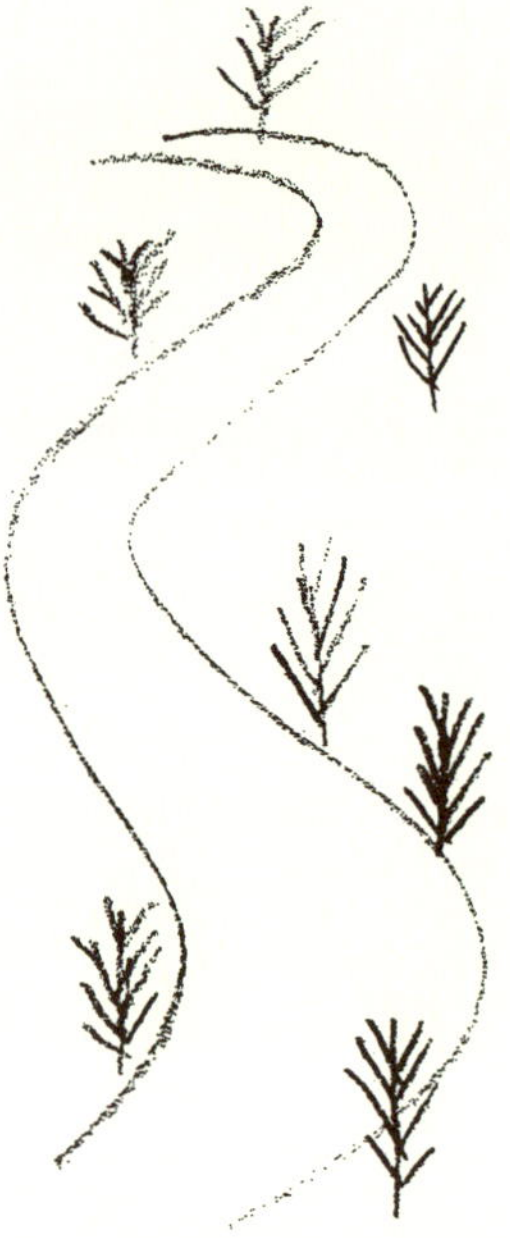

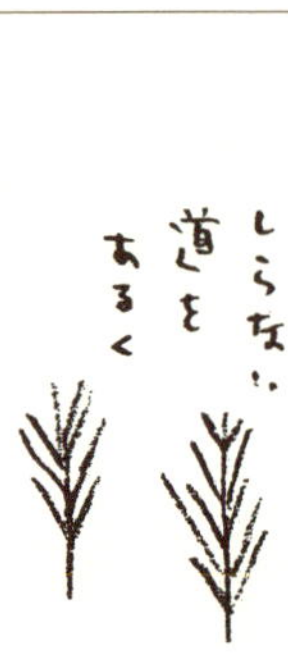

なんの日

一九七〇年のこの日、冒険家、植村直己が、北米大陸最高峰のマッキンリーに単独登頂。世界初の五大陸最高峰登頂者です。冒険家と呼ばれる人たちは、死ぬことと隣り合わせの挑戦をするときに、魂が、光り輝く。命を抱きしめる。

八月二十七日　寅さんの日

寅さんは、大人の顔をした小学生みたい。

もしも、あの人が身内だったら、と考えると、はらはらして、ほんとうに見ていられないけれど、遠い映画の人だから、何度も会いたくなる。

最後の方は、どんどんいい人になって年老いていったけれど、あの、大人なのに子供のような自分勝手さとひとなつっこさが、寅さんの魅力。

わたしは、かしこまった席やおべんちゃらばかりの場所が大嫌いで、いつも逃げ出したくなるのだけれど、そういうとき、寅さんの顔がうかぶ。

「寅さんだったら、こう言うな」

なんて、考えながら、心のなかで、ちょっと笑ったりしてしまうのだ。

一九六九年の夏、映画の「寅さん」は、みんなの前にふらりとあらわれました。

なんの日

寅さんの日
一九六九年「男はつらいよ」第一作公開。以来四十八作の、世界最長シリーズとなりました。

吉田の火祭り
富士山の登山道に、松明がいっせいに、点火。この祭りとともに、富士山登頂の季節もおしまい。「さようなら、また次の夏まで」と、手をふるように、ゆらゆらと、火につつまれる道。二十六日が鎮火祭、二十七日が富士山神輿。

八月二十八日　空の花

外国の花火は、たくさんの花火をコンビネーションで、音楽のように楽しむのだそう。それにくらべて、日本の花火は、一発ずつにこまやかな仕掛けがあって、おおきなおおきな、大輪の花を、一発ずつ楽しむ。

だから、どん、とあがった、胸がすくような、うつくしい一発に、思わず拍手したくなるのだ。（一発、という潔さに、わたしは、いつもちょっと泣いてしまう）

今日は年に一度、全国の花火師たちが集まって、そんな空の花を競う日。

秋田の大曲で、全国花火競技大会。

雄物《おもの》川の河原は、人であふれて、人口はふだんの十倍以上。

なんの日

大曲の全国花火競技大会
〈八月最後の土曜〉

全国から集まってきた花火師たちが、自分の手で、自分の技で打ちあげるという、緊張感あふれるすばらしい花火大会。

そんな奇跡のような花火を見たい人たちであふれて、ふだん四万人の人口が、七十万人にもなるのだそう。

一瞬で消え去る、潔くて、うつくしい、ひかりと炎の芸術。


とうもろこしが旬です。

ヒゲの数だけ粒の数。

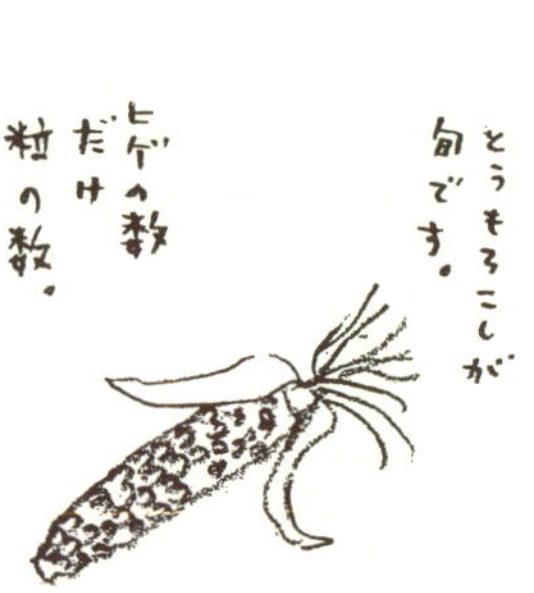

八月二十九日　葉水

庭のヤマボウシの木が、残暑に葉っぱを、ちぢこめている。

まだあかるいゆうがた、枝を見あげてホースを上にむけ、葉水をやる。ばらばらと水しぶきが葉っぱにあたる音。そうして、こまかい水滴がわたしの顔におちてくる。はねかえって雨みたいに降ってくる。気持ちよさそうなヤマボウシに見とれる。

わたしも気持ちよくて、いつまでも上をむいたまま、じっとあびていると、

「――なに、やってんのーー」

うしろから、近所の子供の声。

夏休みも、もう、あと少し。

ヤマボウシのてっぺんまでのぼっていったのはヘクソカズラ。

ヒドイ名だけど
かわいい花

夕方窓をあけていると、庭からコオロギの声――。

八月の終わり、東京墨田区の向島百花園で「虫ききの会」。日が暮れた園内でぼんぼりの灯りのもと、虫の音色で夕涼み。お茶会や草笛教室もあります。〈八月末の木～日曜の四日間〉

リリリリリ

八月三十日　稲妻

朝から秋のにおいがすると思ったら――かみなり。

窓をあけると、雲のとおくで、だれかが、おおきな足ぶみ。

がらがらがら、ゴーン！

世界が、大きな太鼓のなかに、閉じこめられてしまったかのよう。空が鳴るたんび、音に噴きあげられて、からだが天井にぶつかるような気持ちになって、目をつむる。

すると――ぱたぱたぱたぱたぱたぱたたたた……と、屋根を打つ小太鼓。

一瞬で、外は、けむるような白い雨の世界。

ぴかっと稲妻、地響き。

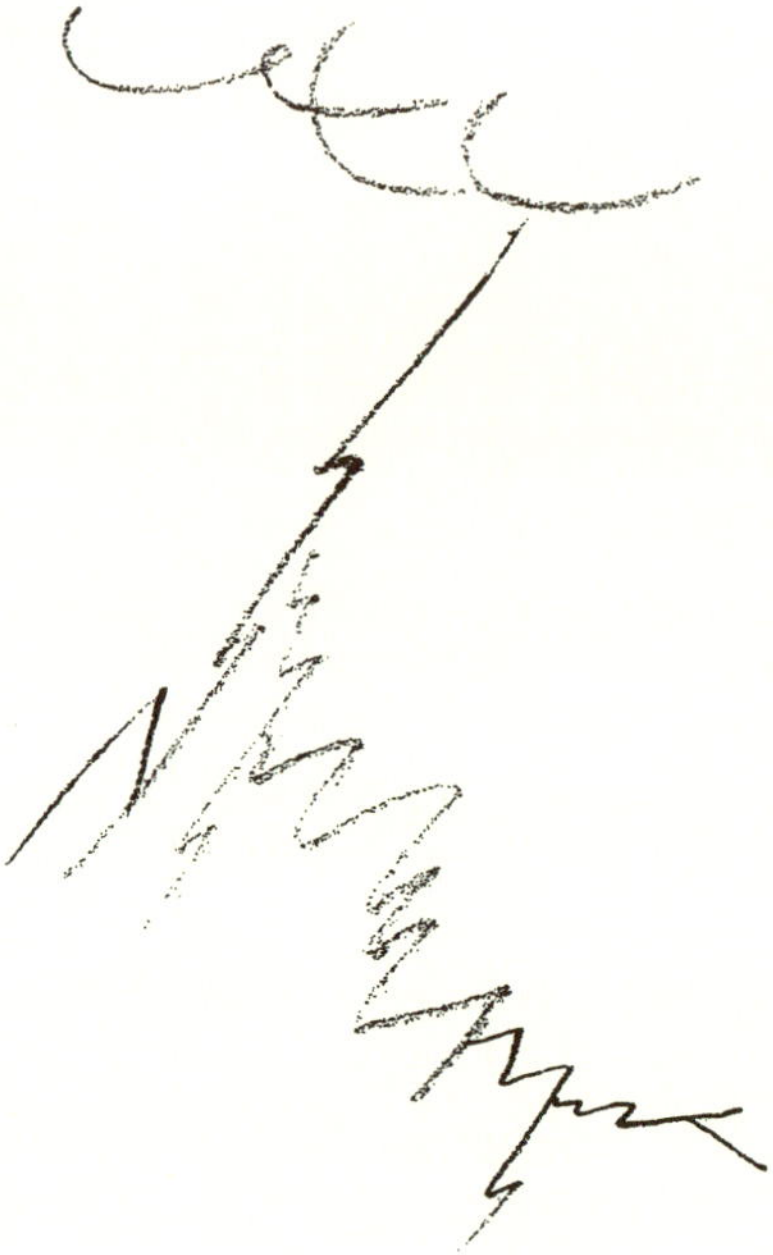

めぐみの雨をもたらす雷。この雷が、稲を実らせると考えられて「稲妻」という字。

雷の頃は、全国にある雷電神社で、厄除け、雷除け、豊作祈願。群馬県板倉町の雷電神社には、三人の神様と「なまずさん」。なまずさんをなでると、地震除けも。雷電大祭は、五月一～五日。

八月三十一日　蝉の鳴き声リレー

夏のはじまりはニイニイゼミ。八月にはいると、かんかんでりの深い影の中で、じゃーじゃー、おおさわぎのアブラゼミ。高い木の上で、しゃーんしゃーんしゃーん、と鳴くのはクマゼミ。同じ頃、ミーンミーンと、ミンミンゼミも大合唱。夕方や早朝に、涼しい林の中で鳴くのは、かなかなかなかな、と、せつないヒグラシ。そして、最後、お盆の頃から鳴きはじめるのは、ツクツクボウシ。

オーシー、ツクツク、オーシー、ツクツクツクツク……。

「――宿題、しいや」

と、これは、夏休みの終わりの、母の声。

一番最初になく蝉は、ハルゼミ。五月に出てきてすぐにいなくなります。

梅雨が明けてからは、ニイニイゼミにはじまる夏の蝉たちのリレー。

ツクツクボウシが終わったら、八月の終わりから、十月のはじめまで「ちっちっ」と鳴く、チッチゼミ。

街の街路樹のうえからは、「りーんりーん」と虫の声。スズムシに似ているけれど、はるかに、大きい歌声は「アオマツムシ」という名前の、ぜんぜん違う虫。

帰化した虫
アオマツムシ。

九月　長月

九月の呼び名

ながつき	長月
きくづき	菊月
もみじづき	紅葉月
げんげつ	玄月
きしゅう	季秋

旧暦の九月は、新暦の十月ごろにあたります。秋もまんなかをすぎて、紅葉が見ごろです。「長月」は夜が長くなるので「夜長月」からという説と、穂が長くなるので「穂長月」の略という説。重陽の節句で、菊がきれいなころなので「菊月」。「季秋」は秋も末で、晩秋の意味。新暦九月は、台風が来て空気が透明になり、月のきれいなころ。虫の声の季節です。

九月一日　幸福

かなしみに　びんかんな　わたしたち
幸福には　どんかんな　わたしたち
幸福のたやすさを
わすれないように　一杯のあついお茶を　いれる

草木を吹き分ける野分（のわき）は台風のこと。

なんの日

二百十日（雑節の一つ）
立春から数えて二百十日目。台風がやってくる頃。作物が無事であることを祈って、全国的に「風鎮め」のお祭り。

おわら風の盆〈一〜三日〉
二百十日目は、「風の盆」。終夜「越中おわらの町流し」のうたが、聞こえます。富山県八尾（やつお）町で。

九月二日　風の盆

台風一過。雲がきれて、青空。

家じゅうの窓をあけはなす。


風が、からりとかわいていて、床に折りたたんだ新聞紙がぱたぱたと鳴る。

新聞紙は、ぺらりと、いちまいめくれあがって舞いあがり、うれしそうに、隣の部屋まで飛んでいった。

姿は見えないけれど、きのうの台風は、あの神さまのしわざに違いない——。

雲のむこうがゆれて、どっどっどどどう、と鳴った。

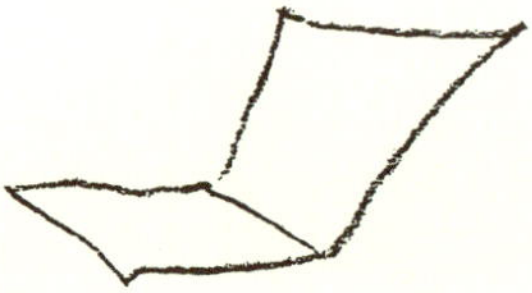

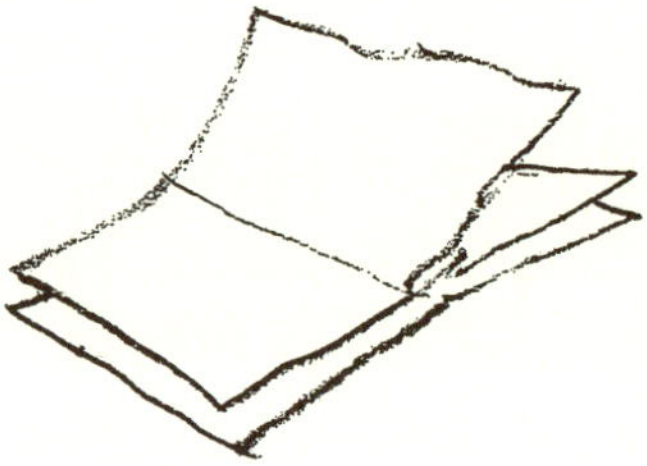

二百十日のきのう、やってきたのは、「風の三郎」。

お店に、いちばんのりのりんご、「つがる」がならぶ頃。うすいみどりがかった、すっぱくてちいさいりんご。皮ごとカシュッと、食べ歩きします。
これから、りんごや梨の収穫の季節。台風に、おとされませんように。

フウセンカズラがゆれています。パンとわったら中からハートの種。

九月三日　少年野球場

少年野球場の近くに、住んでいた。

休みの日にはいっぱいになる球場も、ふだんはひろびろとした野原みたいだった。

わたしにとってそこは、見慣れた近所。犬をつれて歩く散歩コースのひとつ。

大学生の頃、近所の小学生の子といっしょに出かけては、スコアボードの裏をたたいたり、グラウンドにおりて走ったり、バットで打つまねをしたりした。球場の空はまるくひろびろと透きとおって、風がよく吹きあがった。

何をするでもないけれど、近所の子供らとしゃべるのが好きだった。学校の生活とはぜんぜん違う、この夕方の野球場の時間が好きだった。

なんというか――とても、わたし自身でいる気がして。

草の中を歩くたび
キチッキチッと
とびはねるのは
ショウリョウバッタ

なんの日

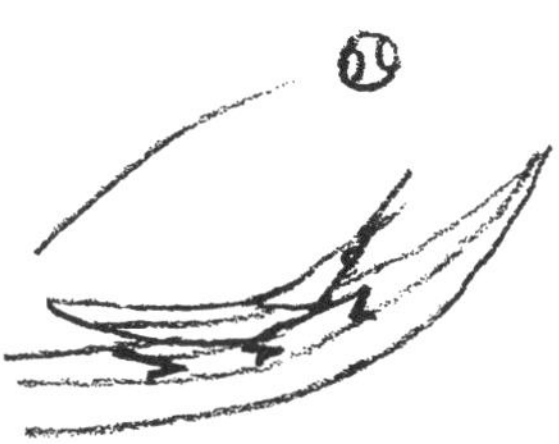

草野球の日（九、三の語呂あわせ）

ホームラン記念日
一九七七年、王貞治選手が七五六号ホームランで世界記録を達成。カキーン！ホームランって気持いい。

ドラえもんの誕生日
未来の猫、ドラえもんは、二一一二年九月三日生まれ。タケコプターって、ほんとうにつけたら、頭と首が痛くならないのかな。と、思うのはわたしだけだろうか。

九月四日　髪がた

五歳のみらんちゃんは、髪の毛をさわるのがとても好き。
うちに遊びに来ているあいだじゅう、お母さんに髪型を変えてもらう。
前髪あげておだんご。みつあみ。ぴんどめいっぱいにひっつめ。
みんなおろして、ぱっちんどめ。
おおきな髪留めのかざり。
気に入らないと、ものすごい、むっつりがお。
にこりとも笑わないで、すぐにはずす。
なんかいもなんかいも、かがみを見にいく。
そのたびに、うしろがみが、ぴょんぴょんぴょんぴょんぴょん。

なんの日

くしの日（語呂あわせ）
女の子は、髪の毛をさわるのがとても好き。ちいさいときも、大人になっても。鏡の前で、あたらしい髪型考えるのって、わたしも、いまだに大好き。
今日は、櫛の日。

信州の黒姫高原で、コスモスが見頃です。十月中旬までゆらゆらとおどる、ピンクのコスモス娘たち。

九月五日　いちじく

残暑の中で、とろんと、あまくあまくなっていく、いちじく。

よく熟れたいちじくをむくと、包丁でひっぱるだけでするするっとむけていく。

あの、うすきみどりの、やわらかな綿のような不思議なくだもの。

中をひらくと、意地悪そうな赤い実をびっしりとかくしている。

いちじくは、漢字で書くと無花果。誰にも見せないように、内側にむかって花を咲かせて。そうして、ひとり、甘い実をむすびます。

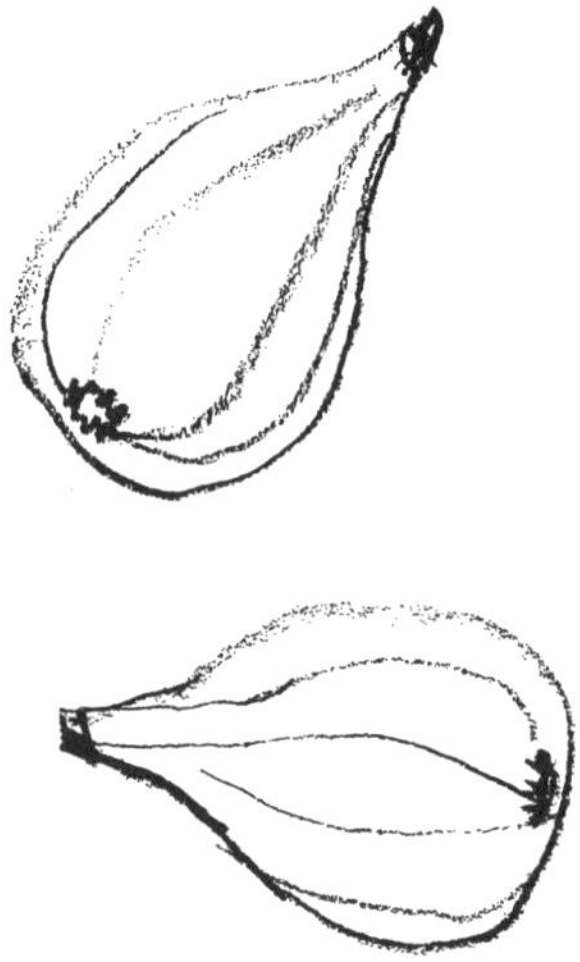

無花果のあの、とろんとやわらかい食感とプチプチとした舌ざわりが、だいすき。薄い黄緑がかった果肉と赤が、意地悪な女の子のようで、かわいくて。

巨峰、ピオーネ…ブドウも、出揃いました。

山梨県、勝沼のぶどう園で、甲斐路の収穫がそろそろはじまります。

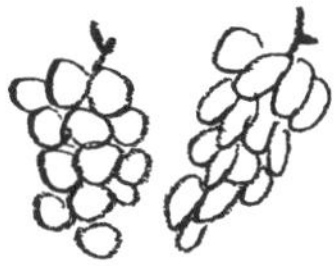

九月六日　虫聞き

秋の虫たちのうたごえは、恋人をよぶ求愛のうた。むかし、平安時代の貴族たちは、野山から捕ってきた虫を庭にはなって、虫の音を楽しんだとか。源氏物語の中にも「光源氏が、虫の声で女三宮をなぐさめた――」というお話。

江戸時代には「虫屋」という虫を売るものがあらわれて、虫を飼うことが流行したそう。きれいなかごに虫をいれて、その歌声を聞きながら、秋の月をながめてお酒をくみかわす、すずしげな夕暮れ。――まるで、虫のオルゴオル。

うちの庭からも、夕方、窓をあけて耳をすますと、きこえてくる。
夜露のおりた、しめった草のあいだから、やさしい恋のうた。
テレビ消して、音楽消して――ほら。

月がきれいな夜がつづきます。

九月上旬の夕方、東京八王子の高尾山薬王院、その周辺で「カンタンの声を聞く会」。

鳴く虫の王様といわれている邯鄲は、コオロギの仲間。

りーんりーん。京都の華厳寺は「鈴虫寺」。なんと、ここでは、一年じゅう鈴虫の声。

なんの日

黒豆の日（九、六の語呂あわせ）

秋のおやつは、黒豆大福。あつーい、こうばしい玄米茶を入れて。

黒豆の枝豆もぷっくりと、大きくて、かおりゆたか。ぜいたく枝豆。

まだまだ旬の枝豆ですが、涼しい日は、なんだか寒そうで、さびしい、枝豆。

九月七日　秋の七種《くさ》

秋の野に咲きたる花を指《および》折りかき数ふれば七種の花
萩の花　尾花《おばな》　葛花《くずばな》　なでしこの花　また女郎花《おみなえし》　藤袴《ふじばかま》　朝貌《あさがお》の花

詠んだのは、山上憶良《やまのうえのおくら》（万葉集）。秋の野花を、指を折ってかぞえてみたら七種類もあったよ、と。朝貌の花は、アサガオではなくて桔梗との説が有力。

尾花はススキのこと。そういえば、穂先にずらりとならんだ、ちいさな銀色の花たち。だれかの尾っぽに、似てる——。

白露《はくろ》。野山にススキの穂が顔を出して、秋らしくなってくる頃。

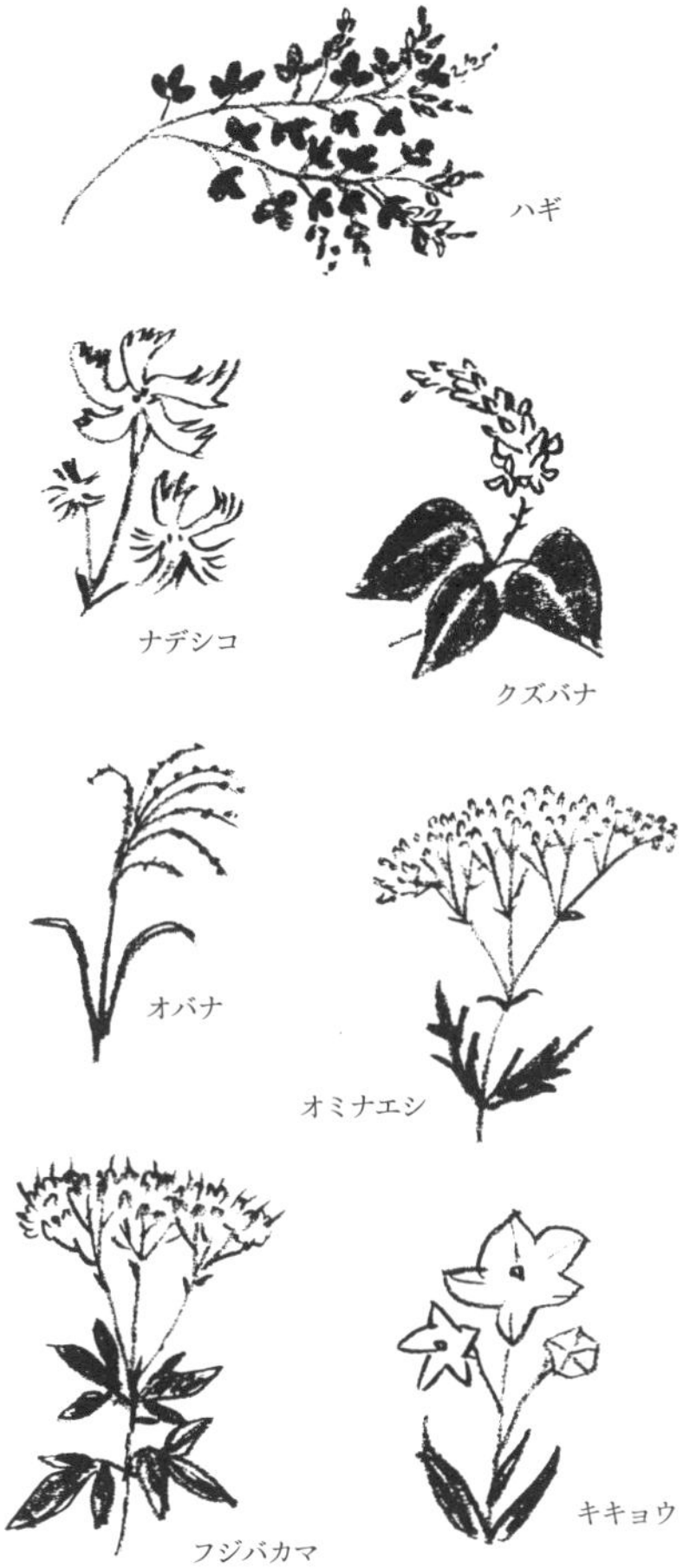
ハギ
ナデシコ
クズバナ
オバナ
オミナエシ
フジバカマ
キキョウ

秋の七種、いえるかな。ススキの花穂は、馬のしっぽみたい。春の七草は食べられるけど、こちらは食べられません。

なんの日

白露（二十四節気の一つ）陰気やうやくかさなりて露こごりて白色となればなり（天明七年「暦便覧」）九月七、八日頃

昼は、たまらない暑さでも、夕方の風は、ひんやり。少し涼しくなってきました。草木の葉に白い露が宿る頃。

駅までの道は、つゆくさの青い水玉もようが、てんてんてん。

箱根の仙石原のススキ野原は、もうすっかり銀色。ゆうぐれにひかって、波うっています。

九月八日　初さんま

てらてらとひかって魚屋にならぶ銀色の刀。

手に刺さりそうなほど、するどく口をとんがらして、初サンマ。

新鮮なやつは、ワタごと食べるのが楽しみ。

きれいに掃除なんかしちゃだめ。

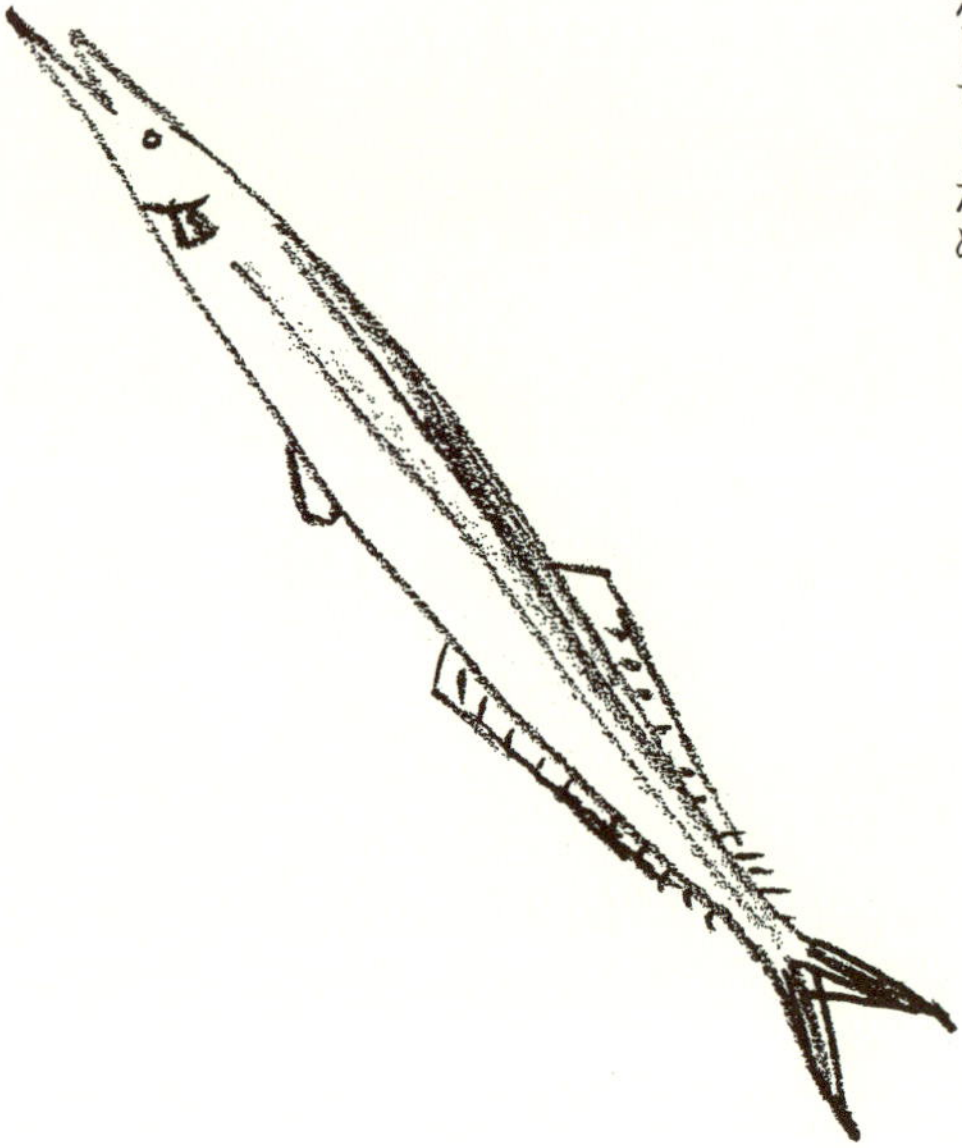

あはれ
秋風よ
情（こころ）あらば伝へてよ
――男ありて
今日の夕餉（ゆふげ）に
ひとり
さんまを食（くら）ひて
思ひにふける　と。

これは佐藤春夫の「秋刀魚の歌」。恋の歌。ひとりぼっちで秋刀魚を食べる春夫さん。

早々と、秋刀魚の季節。みつけたら、がまんできずにいそいそと、塩焼き。あぶらものってます。ひとりでたべても、おいしいけれど。

落鮎

「落鮎」といって、水温が二十度ほどに下がると川を下りはじめる鮎。ぷくぷくとふとって鮎もおいしい頃。

「落鰻」もあぶらがのって、食べ頃です。

九月九日　重陽《ちょうよう》の節句

お蕎麦やさんで日本酒を頼んだら、きいろい菊の花びらが、ゆらり。

ああ、そうか。今日は、菊の節句。

つめたい盃の底に、花びらのちいさな影がゆらぐ。

窓のそとにも、菊の花みたいなきいろい月が、ゆらゆら。

花びらのしずかな影を、しばらくじっと見てから、お酒をそっと口にふくむ。

胸のなかをつうっと、通るとき、金色にひかった。

なんの日

重陽の節句

菊の節句、お九日（くんち）ともいう。

中国では、月と日が重なる日はおめでたい日。奇数は陽の数といわれ、その、陽数の最上級の九が重なることから九月九日は「重陽」と呼ばれ、おめでたい日とされました。平安の頃から、宮中では、盃に菊の花をうかべて酒を飲み、詩歌を詠んで楽しんだそう。

烏相撲

重陽の節句のおめでたい日、京都の上賀茂神社で、子どもたちの烏相撲。

弓矢をもった刀禰（とね）が、「飛び踊る烏のように、カーア、カーア。そのあと子ども相撲で厄払い。

九月十日　二百二十日《はつか》

真夜中に、おおきな音がして目がさめた。

空が、ごおごおと、うなっている。窓をあけると、ぶあつい毛布のような、しめったぬくいかぜ。空が、夜なのにきいろっぽくて、へんにあかるい。

窓ガラスに、よこむきに降るまばらな雨が、ぱらぱらぱらっと、豆をぶつけたように鳴る。胸がどきどきしてきて、ねむれなくなる。

ぱらぱらぱらららっ。ぱらっ。ぱらららっ。

とぎれたり、早くなったり。

二百二十日の真夜中。あけがたには、どしゃぶり。台風の渦の中。

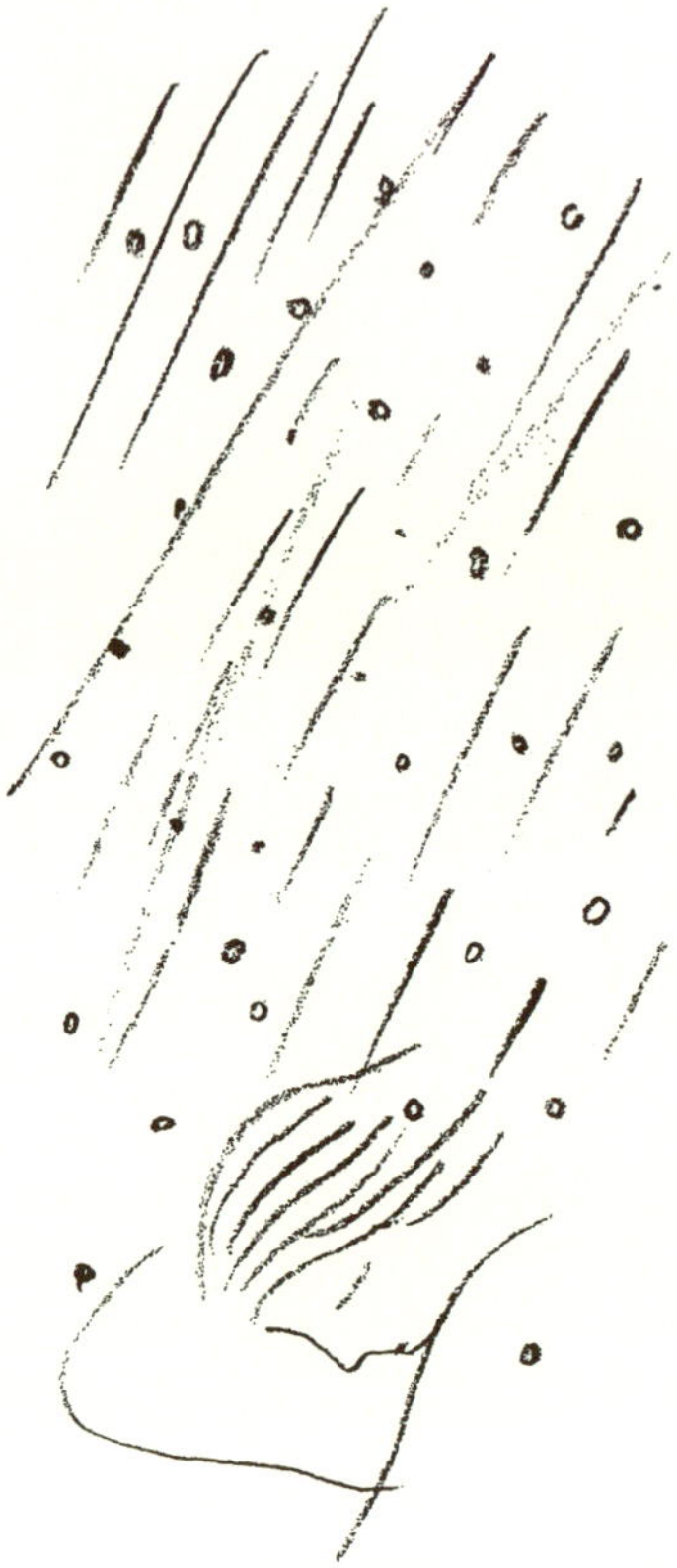

なんの日

二百二十日（雑節の一つ）立春から数えて二百二十日目は、二百十日同様に、嵐がやってくる日として恐れられていた。台風の風の音に、胸がどきどき。

一九六〇年のこの日、カラーテレビ放送開始。台風情報は、カラーで見たんだろうか。

むかしはリモコンなんてなかった
チャンネルカチャカチャ

九月十一日　カマキリとバッタ

台風のあと。なぎたおされてしまった、庭の植物たち。だめになってしまったのは、切り取り、間引く。たおれてしまったけど、まだ大丈夫なやつは、麻ヒモでゆわえて、ひっぱりあげた。

ふと見ると、バジルの葉っぱのうえで、バッタが交尾中。このごろは、バジルの葉っぱが、バッタによく食べられていた。また新しいバッタを生むのか、と、横を見たら、おおきなカマキリがバッタをにらんで今にも飛びかかろうとしているところ。

——緊張した光景が、そこに。

脱皮をくり返し、九月のカマキリは、大きい。
カマもりっぱ。

今にも飛びかかろうとしているカマキリ。どちらもぴくりとも動かない。食べるところを見ようと、しばらく待っていたけど、三分ぐらい、じいっとしたまんま。

——と、思ったら、かぱっとカマキリがバッタにおおいかぶさり、おおきなカマで、首のあたりをとらえ、やわらかいところから、すこしずつ食べてしまった。

なんの日

公衆電話の日
明治三十三（一九〇〇）年、東京・新橋駅と上野駅にはじめての公衆電話。
草むらから、りーんりーん。電話ではなくて、鈴虫の声。

九月十二日　なべみがき

うっかり鍋を、こげつかせてしまった。

ああ。ずっときれいにつかっていたミルクパンだったのに。

やかんに火をつけるつもりで、コンロにのっけたままになっていた、からっぽのミルクパンの方に火をつけて、気がつかないでいた。

しばらく、自分のどんくささに落ち込む。

そのあと、がっかりしても、なべはもとに戻らないと思い、なべをみがく。

がががががっと、おこったように、みがく。

重曹、洗剤、細めの水ヤスリ、金だわし。ありとあらゆるものを使って。必死。

もとに戻るようなことはなかったけれど、みがいているうちに、なんだか元気になってきたのが、ふしぎ。

きれいになったミルクパンでチャイづくり
紅茶にシナモンスティックカルダモンそしてミルク

野原に蝶々みたいな秋の花、あかむらさきの萩が、ぽっちりと咲いています。マメ科の萩は秋の七種のひとつ。ミソハギは種類の違う名前だけのハギ。

神奈川県鎌倉市の宝戒寺の萩が見ごろ。

九月十三日　放生会《ほうじょうや》

ぽっぺん！　ぽっぴん！

ぽつんと一滴落ちた水が、はじけるような音。

ぱりんとわれそうで、こわごわふいた、うすいガラスのびいどろの笛。

博多では、その音のひびきから「ちゃんぽん」。

筥崎《はこざき》八幡宮の「放生会」は、博多に秋をつげるお祭り。放生会は、生きているものたちすべての命をいつくしみ、殺生を戒める神事。秋の実りに感謝するお祭り。

おはじき、見せ物小屋、ずらりならんだ新ショウガ、梅ヶ枝餅……。透明な陽射しの中、「ちゃんぽん」の笛は、ところせましとならぶ露店で売られています。

なんの日

筥崎八幡宮の放生会大祭
〈十二〜十八日〉
地元の人は、「ほうじょうや」というそう。
筥崎宮の「ちゃんぽん」。ガラスについた絵は巫女さんが描いているそうです。

こどもの頃買ってもらった「ぽっぺん」は、「ちゃんぽん」と同じびいどろの笛。ずっと宝物。強く吹くと割れそうで、そっとふいた。兵庫県の長田神社にも「長田さんのぽっぺん」。こちらは、お正月の三が日に売っています。

九月十四日　だんじり

岸和田に知人がいたので、だんじりの日に遊びに行ったことがある。

祭の日、地元の人はみんな、年寄りから子供まで、かっこいいはっぴ姿。女の子も胸にさらしを巻いて、かっこいい。はっぴ姿で男の子と待ち合わせをしている光景なんて、いいなあと、うらやましくなった。

弟の通っていた高校では、だんじりの日が近くなって岸和田の子が休むのは当たり前だったそうだ。出席をとる時、先生に「○○は、休みか？」ときかれて「あいつ、もうすぐ祭りやからです」で納得してくれるというのが、すごい。祭りのたびに、だんじりに家を壊されている人が、笑って得意げにそれを話すというのも、すばらしい。

秋。だんじりの日。岸和田じゅうが、祭り熱におかされて、おおさわぎ。

ちっちゃい子も
いっちょまえの
じかたびと
はっぴ
竜の
ししゅう入り

なんの日

大阪・岸和田のだんじり祭
〈第三土日〉
死者も、壊れる家も出るという、けんか祭り。だんじりの上ではねる大工方は、いのちがけ。

セプテンバー・バレンタイン
ホワイトデーから半年たった九月十四日。女性から別れ話をしてもいいとされる日。祭りの晩に別れ話なんかされたら、かなしい。

九月十五日　祖父のやけど

祖父の背中には、やけどのあとが、背中の半分ぐらいあって、さわるとぼこぼこだった。ちいさい時わたしは、そのぼこぼこをさわるのが好きで、祖父の家に行くたんび、「さわらして、さわらして」とせがんでは、母親に「あかん！」としかられた。大人にとっては、ふびんな「やけどあと」も、わたしには、おじいちゃんならではの、すてきな背中だった。祖父は昔、自分の工場が大火事になって火だるまになり、命からがら助かったのだそうだ。わたしは、燃えさかる赤い火を思いうかべ、その中で助かったおじいちゃんを、かっこいいなあ、と思っていた。

祖父は、いつも「ええがな」と、シャツを脱いでくれて、わたしに背中をなでさせてくれた。わたしは喜んで「ぼこぼこやあ」と、しつこく背中をなでた。大きくてかたい、豆の皮みたいにぴんとはった、つるんつるんの背中。祖父はもう、この世にはいなくなってしまったけれど、わたしのてのひらには、あの、大好きだった背中の感触が、今ものこっている。

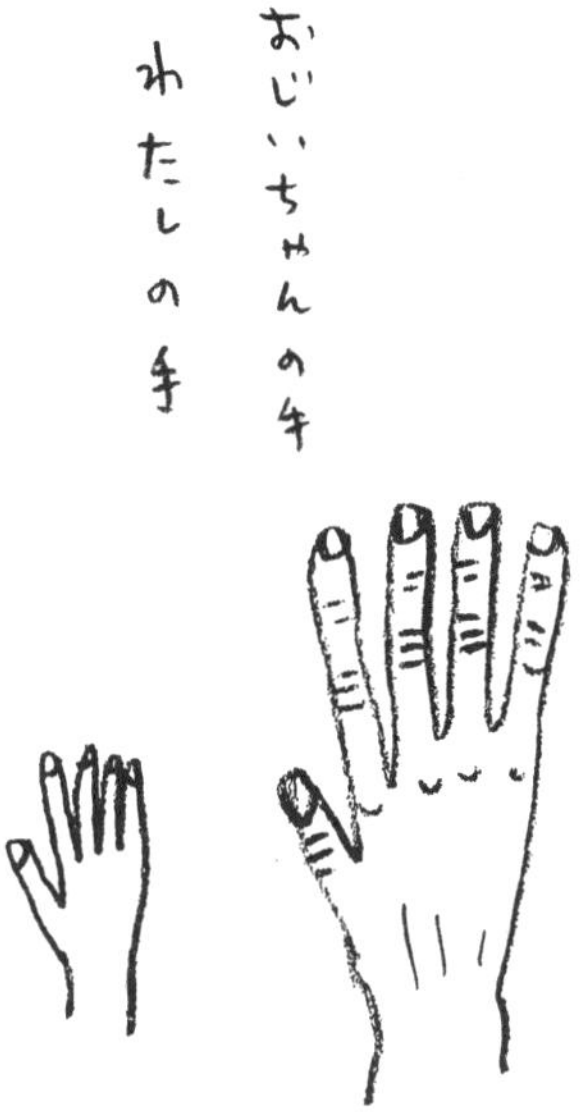
おじいちゃんの手
わたしの手

なんの日

敬老の日（祝日）〈第三月曜〉

九月の真ん中、あちこちで舞い踊る秋の祭り。

京都・八幡市の石清水八幡宮で「石清水祭」。平安時代を再現する行列や、胡蝶の舞。きらびやかな行事。

福井県丸岡町の長畝（のうね）八幡神社で、「日向神楽」。勇壮な「大蛇退治の舞い」が見もの。〈第三土日〉

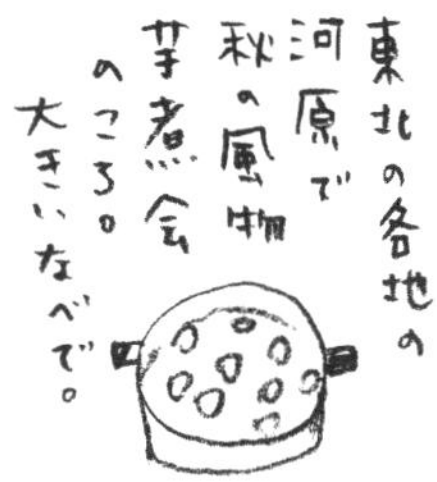
東北の各地の
河原で
秋の風物
芋煮会
のころ。
大きいなべで。

九月十六日　いわし雲

玄関を出ると、空にいわしの大群。

夕刊を取りに出た、むかいの人と目があって、思わず言ってしまう。

「すごいですねえ」。

うろこ雲と呼ばれるいわし雲は、空の上層五千メートル〜一万三千メートルの高度にある水晶雲。この雲が出ると、いわしが大漁になると信じられていたらしい。

もしも、ここが海の底だったら――あおいだ水面は、こんな風かな。

あかるく空が透けていて、雲みたいに、さかながわたっていくのが、見えるのかな。

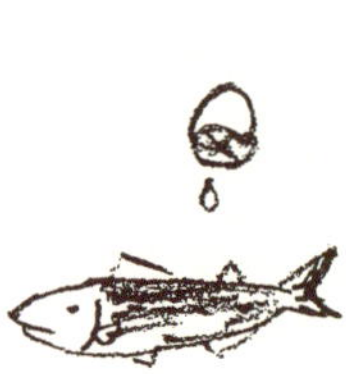

いわしも食べ頃。このごろは、値段が高くなってしまった、いわし。タタキにしたり、塩焼きにしたり。いろいろ迷うけど、やっぱりいつも、まず出始めは、塩焼き。レモンをぎゅっと絞って、だいこんおろしで。

なんの日

大杉神社神幸祭〈敬老の日〉
海に、神輿が入ります。海の男たちによる豊漁祈願のお祭り。いわしも、いっぱいとれるように。岩手県山田町で。

九月十七日　モドリガツオ

九月のおたのしみは、もどりガツオ。

鰹といえば、あの有名な句のせいで、初夏の食べ物という印象があるけれど、ほんとうにおいしいのは秋。

東北から南下してくるもどりガツオは、ひとまわり形も大きくて、あぶらものっている。カツオの刺身を生姜醤油で食べるほかに、うちの定番は、ニンニク入りのあつあつオリーブオイルをジャーッとかけて、タタキ風にして、野菜といっしょにポン酢で食べるもの。

あぶらの乗ったトロガツオに、こうばしいニンニクの香りが立ちのぼります。

1　レタス、キュウリ、ニンジン、パプリカ、ミョウガ、シソ全部せん切り。カツオは薄切り。ポン酢をまわしかける。

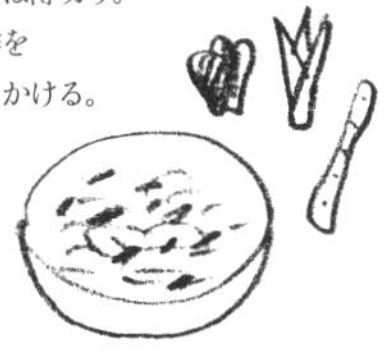

2　オリーブオイルでニンニクをいためて出す。熱いオイルを1に、ジャーッとかける。ニンニクをのせて、できあがり。

埼玉県日高市の高麗川（こまがわ）の巾着田（きんちゃくだ）では、まっ赤な曼珠沙華が、川に沿って、どこまでも満開。九月上旬から見頃です。

九月十八日　中秋の名月

友人が、三歳の男の子と月を見ていたときのこと。

「ほら、あそこにうさぎがおるやろ」と、いうと、

「うん、でも、たぬきもおるで」

「えっ。どこ?」

「ほら、あれ、たぬきやん」

――きれいなまるい月です。

月のもようは、世界中でいろいろに見えるのだそう。

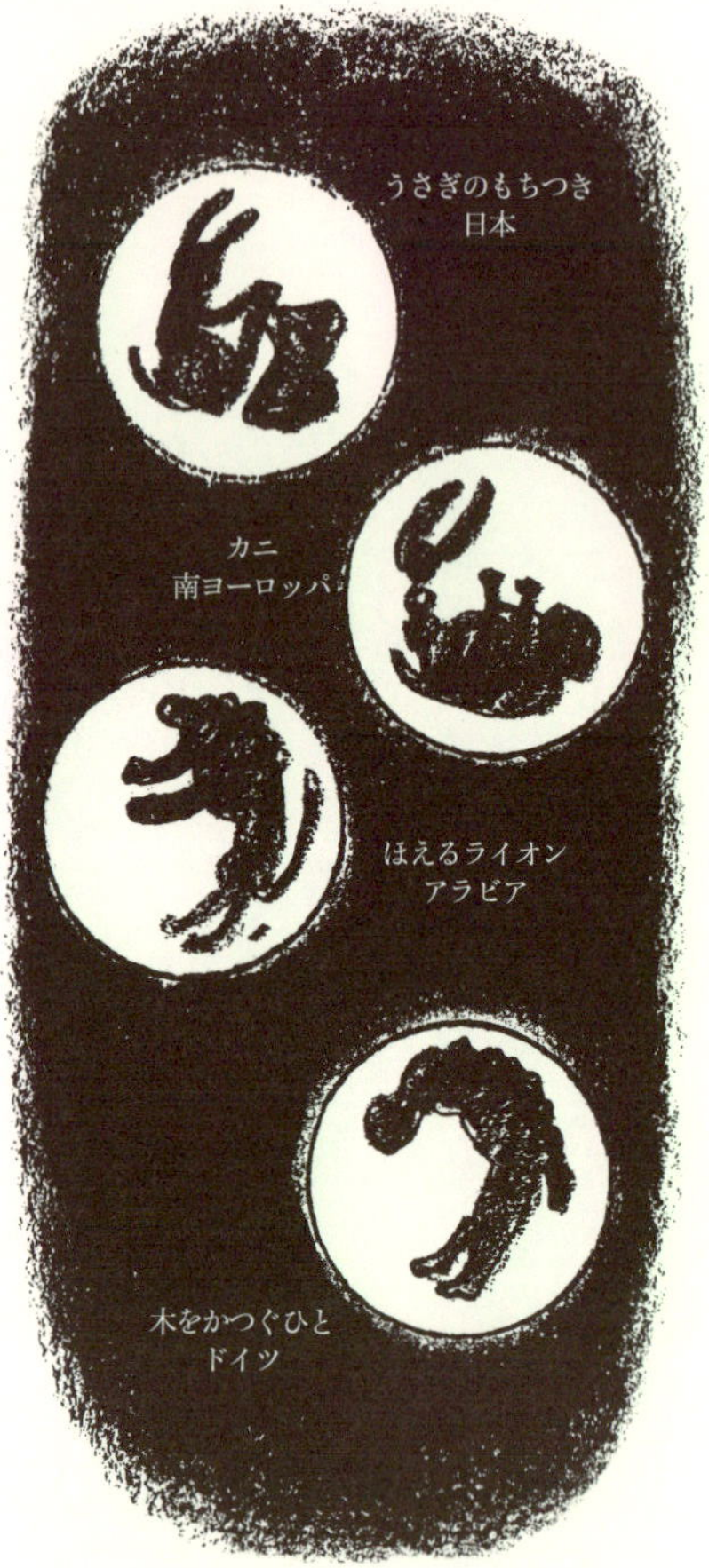

うさぎのもちつき
日本
カニ
南ヨーロッパ
ほえるライオン
アラビア
木をかつぐひと
ドイツ

なんの日

中秋の名月
毎年、旧暦の八月十五日にあたる日は、「中秋の名月」。「芋名月」ともいわれます。月の裏側は見られないから、世界中の人がおんなじ月を見ている――。

月うさぎ

中国では、十五夜の夜に「月餅」を食べて、厄払い。

ヤマボウシの実も、台風ですっかりおちました。秋雨が、すこしずつ空気を冷やしていって、秋らしい月夜。

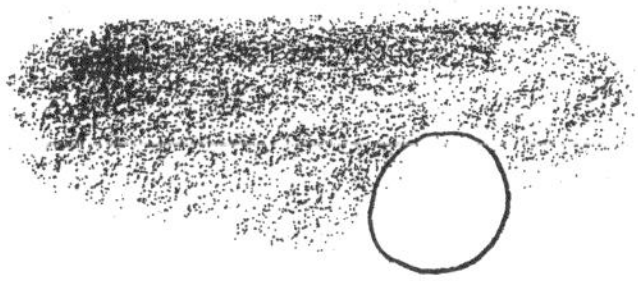

九月十九日　月のなまえ

中秋の名月の翌晩の十六番目の月は「十六夜《いざよい》」。

その次の夜は「立待月《たちまちづき》」。

その次の夜は「居待月《いまちづき》」。

次の夜は「臥待月《ふしまちづき》」。

そして、「更待月《ふけまちづき》」。と、ずっと「待つ」の文字がつく月の名前が続く。

毎晩待ち続けて、想いがつのって、やせほそっていく月。

月の夜、待っているのは、——いとしい恋人。


満月をすぎると、毎夜、月の出る時間が遅くなっていきます。

はじめは立って待つことができた月の出も、だんだんと寝ころんで待つほど遅く。

ついに、夜更けに。

月があかるくでてきた夕方の空に、コウモリ——。

月夜を迎えるようにして、黒いちいさな影が公園の空を旋回。

「あー!」

電線にぶつかって、感電して、落下。

ヨーロッパで嫌われ者のコウモリは、中国では、福をよぶおめでたい、いきもの。

九月二十日　空の日

リビングルームの窓から見える、西側の白い壁の家。
ゆうがた、そこに陽があたると、あかるくひかって、壁がオレンジに染まる。
時間を追うごとに、その壁の色が少しずつ、ばら色になっていったら、
「――ああ、今日の空にはゆうやけが、来ているな」
と思う。そして、外にとびだす。
ゆうやけ空を見に行く。
雲の色を見に行く。
とっておきの坂道まで――。

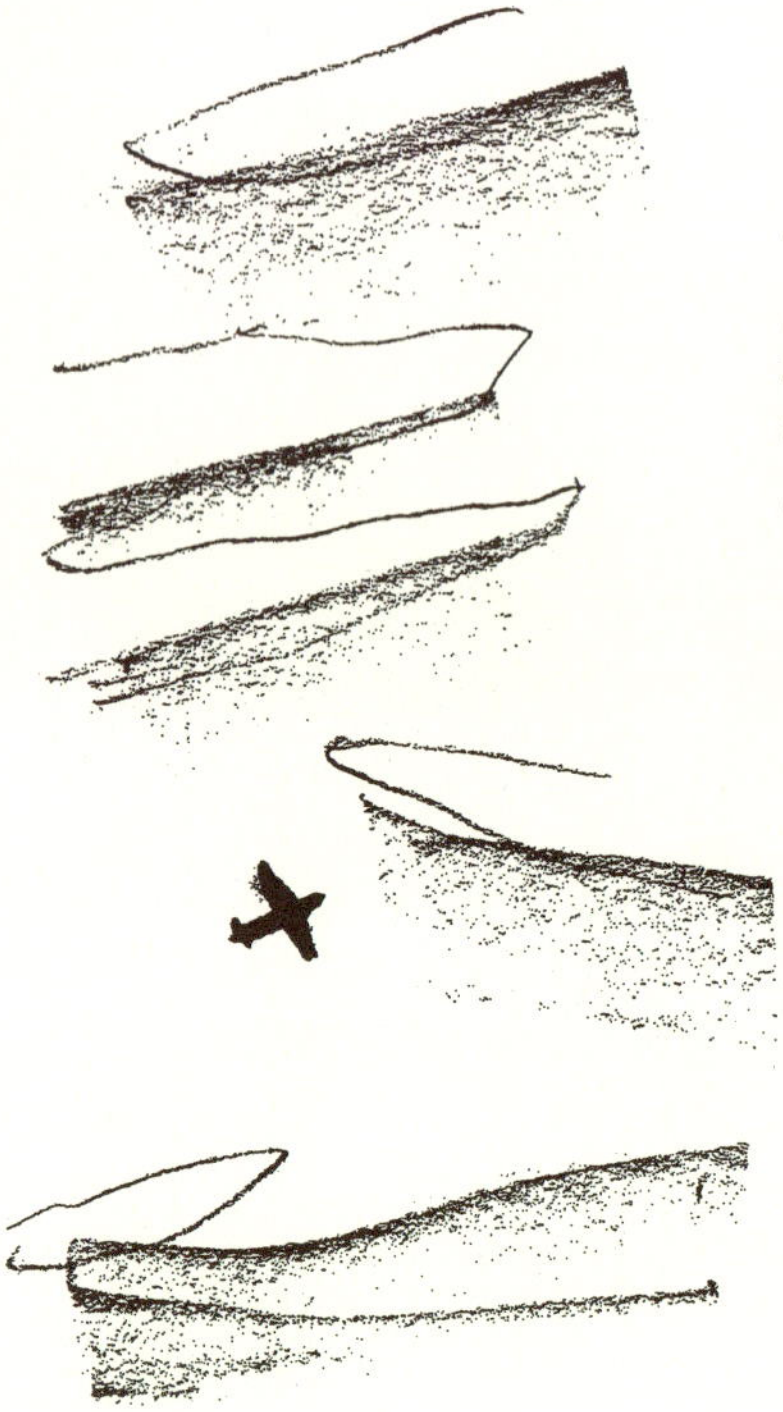

なんの日

空の日
ゆうやけや雲のかたちを見るのが、楽しみな季節になってきました。
みあげると、ひかる飛行機。ゆうがたに飛ぶ飛行機は、つよい西日にひかって白く見えることを、このあいだ発見しました。
今日は、空の日。明治四十四（一九一一）年、山田式飛行船が、東京の空を一周したのを記念して。

秋の彼岸入り（雑節の一つ）
今日から七日間がお彼岸。

動物愛護週間のはじまり。

九月二十一日　梨

金色にぶらさがる梨の実。
あんなにきれいにひかって、おいしいのに、
「無し」では、かわいそうだから、昔の人は「有りの実」といいました。

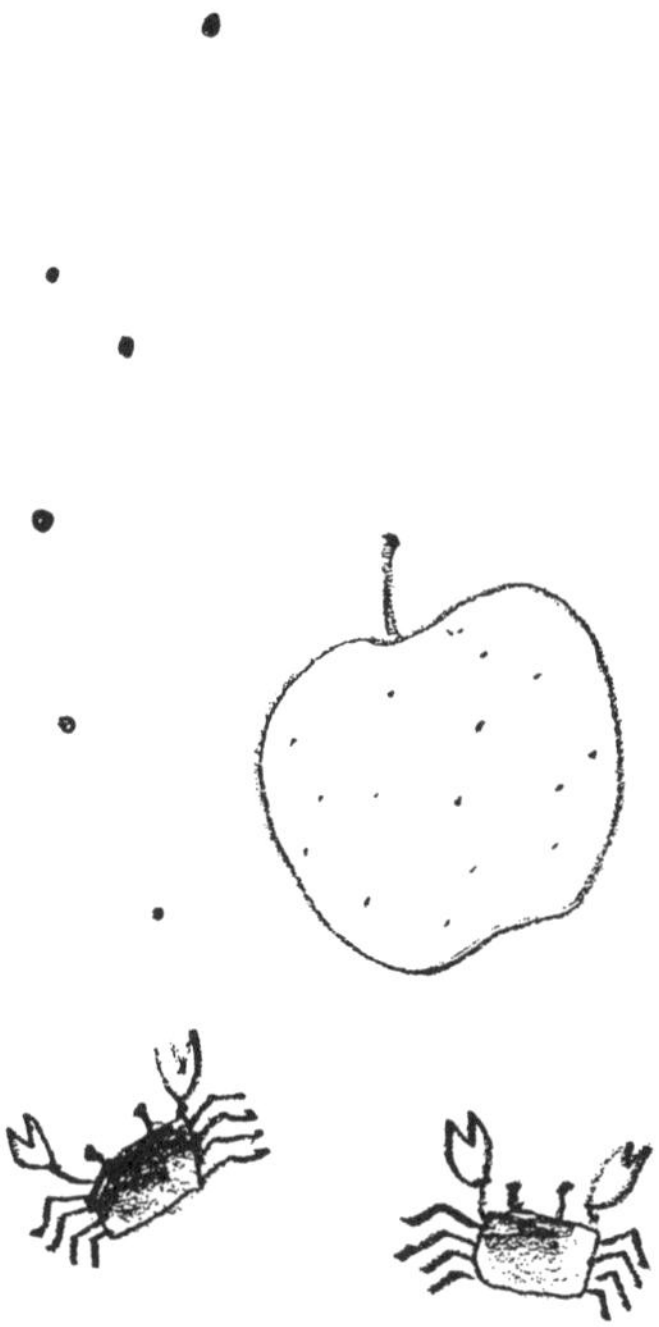

宮沢賢治の「やまなし」は、梨のにおいの童話。

なんの日

「クラムボンはかぷかぷわらったよ——」カニの子供たちの川は梨の匂いでいっぱい。今日は「やまなし」の作者、宮沢賢治の亡くなった日。

梨のおいしい季節です。豊水、幸水、——なんともきれいな金の実のなまえ。ざらざらした皮をなでながら、だいじにむく。ごくごくと、甘い水を飲んでるような梨にあたると、ほんとうにしあわせ。幸せの水。そろそろ、みずみずしい二十世紀梨も出回る頃。

九月二十二日　秋なす

黒紫に、ぴかぴかひかる茄子。

丸ごと焼いて、あつあつのところを皮むき。

「あつい、あつい、あつーい」

我慢が足りないわたしは、もんくいいながら、つーっと紫の皮をむいていく。冷蔵庫にいれて、つめたくひえたら、なんでか、こんなにとろんとろん。スポンジみたいだった茄子が、大変身。口の中で、ひすい色にとろける。茄子の不思議。

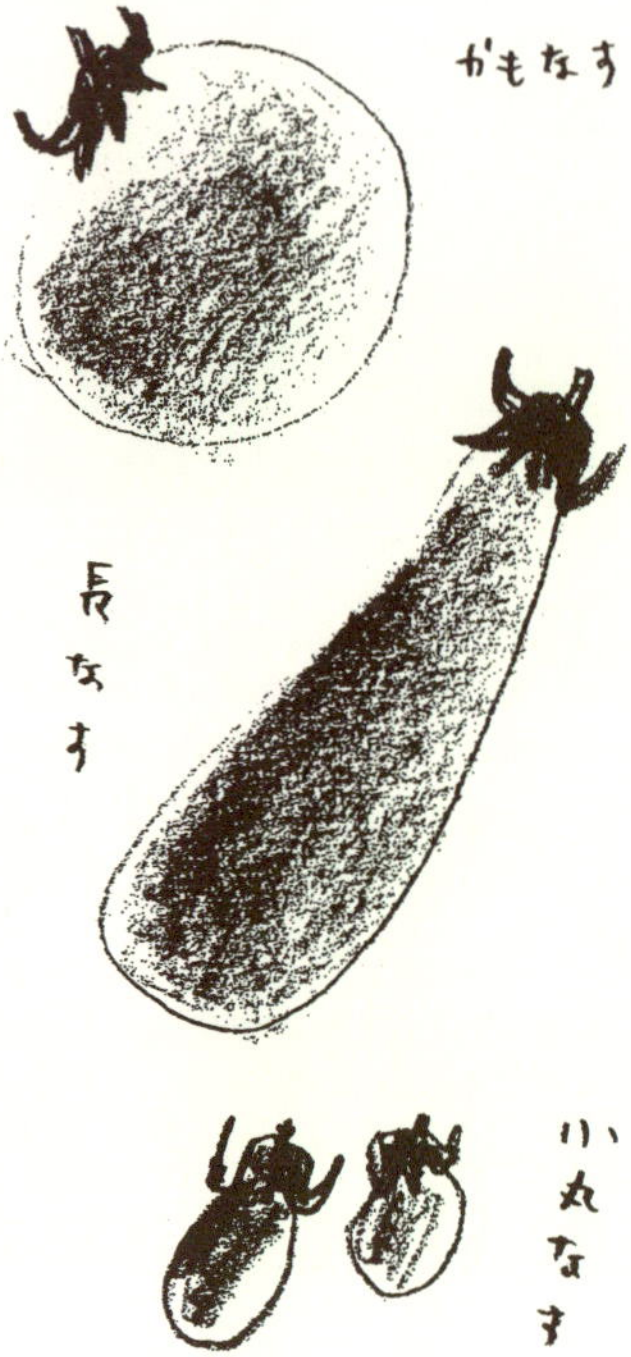

みしっと実の詰まったなすびの季節。
「秋なすは嫁に食わすな」の言葉は、「おいしいものは、食わすな」ではなくて、なすびが、からだを冷やす食べ物だから、お嫁さんに気を使って、
「食べちゃだめ」
と、言った言葉なんだそう。

気仙沼では、サンマが豊漁の知らせ。

地元の人たちは、おさしみ、タタキ、皮焼き、塩焼き、みりんぼし。と、さんまづくし。

九月二十三日　われも恋う

吾亦《われも》紅《こう》が、庭であかくなると秋がそこにすわっているみたい。実のような花は、

「吾も亦《また》紅いのよ」

と、ちいさな声でつぶやく。そして、

「吾も亦、恋う」

と、告白して赤くなっているような感じもする。誰に恋してるのか。

——糸トンボが、羽根をぴんとさせて、とまる。

秋分の日。秋彼岸の中日。

咲きそろった秋の七草を持って。

なんの日

秋分（二十四節気の一つ）陰陽の中分なればなり（天明七年「暦便覧」）
九月二十二、二十三日頃

ひんやりとした空気が、うれしい頃。昼と夜とが、おなじ長さの一日。この日から、夜が長くなっていきます。

北海道の摩周湖ではそろそろ紅葉がはじまります。神奈川の箱根湿生花園では、フジバカマ、リンドウがさいています。

どの糸トンボに
恋してるのか

九月二十四日　ざくろ

雨あがり、駅にむかう道に、ザクロの実がおちていた。
ころがって、あおむけ。
かなわない恋をするように、かなしそうに青空をじっと見ている。
なみだみたいな赤いルビーを、ちらして。

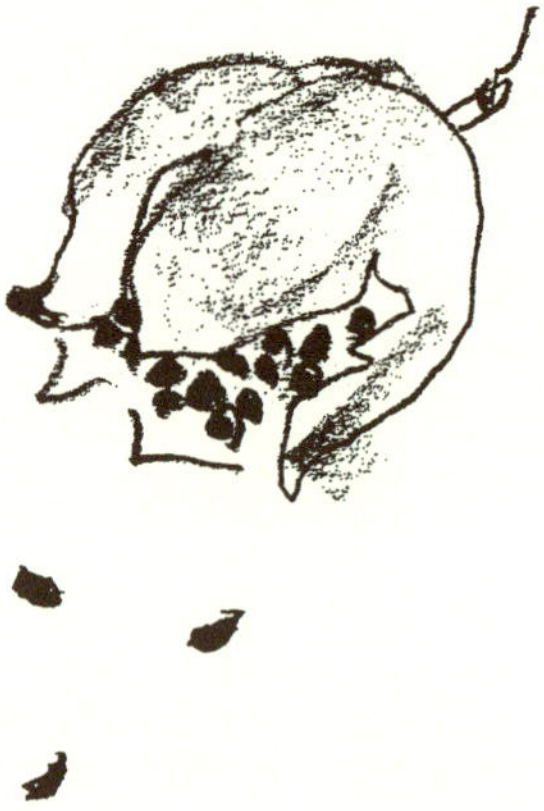

ザクロの実が、あちこちの庭先にぶらさがるころ。あまり食べられることなく、おっこちて、ぱっくりわれて、はみだした透明な赤い実。なんとなくかなしそうで。ポツンポツンと泣いてるようで。

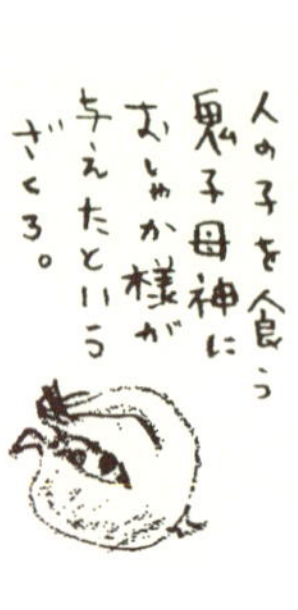
人の子を食う
鬼子母神に
おしゃか様が
与えたという
ざくろ。

泣き相撲〈十九日以降の日曜〉栃木県鹿沼市の生子（いきこ）神社で、まわし姿の氏子が、小さい子どもをかかえて「見合って、見合って！」先に泣いた方が勝ち。

だっこ
されて
エーン。

九月二十五日　シュウカイドウ

犬がいなくなった犬小屋のあとに、母親が植えた秋海棠。

「今年な、おおきなってな、ものすごい、きれいに咲いてるねんで」

電話のむこうで、

「見に帰っておいで」

というように、何度も何度もいう。

犬の背中よりも大きくなって、まるく生いしげった秋海棠に、赤い花。

シュウカイドウ（秋海棠）
シュウカイドウ科、落葉多年草。
越冬できる唯一のベゴニアで、日陰にも強くて、じょうぶ。九月十月に花が咲きます。開花後は珠芽（むかご）ができます。

そろそろ
収穫。
きんいろの稲穂。

九月二十六日　赤いかんむり

十歳の頃、母の田舎に行ったとき、あぜ道に赤い彼岸花が咲いているのをはじめて見て、おどろいた。

「こんなすてきな、かんむりのような花が、ふつうに咲いてるなんて！」

わたしは、おかっぱ頭の髪に、そのかんむりをピンでとめてもらった。あっというまに、おひめさまだ。なんて、いいんだろうと、うっとりして、ばかみたいに、その気で、秋の中をスキップした。指まで染まりそうなまっ赤な花を、たくさん摘んで、束ねた。とても幸福だった。

あの赤さは、ある時、とても毒々しく思えて、もう髪にはかざれなくなってしまったけれど、彼岸花を見るたび、わたしは、赤いかんむりをつけて、ひとりで、秋のおひめさまになれた日を思う。

なんの日

彼岸明け
お彼岸の頃に咲くから、彼岸花。もうひとつの名前は曼珠沙華。天上の花という意味。おしゃかさまがお経を読んだとき、空から降ってきた花。キツネノカンザシという名前もあります。今日で、彼岸明け。

秋の山には、野菊や、野かんぞうも、咲いています。

九月二十七日　とうめい

ごどん！　という音にふりかえる。
なんと、窓に鳥がぶつかってきたのだった。
ガラスが透明だから、中にはいろうとしたのかな。
「あほやなあ。いたかったやろなあ」
鳥でもこんなにどんくさいこと、あるのか。
まるで、自分でもやりそうなことなので、なんだかおかしくなって、わらう。
なんにもなかったような顔して、枝に止まって首をうごかしてるのは——
ああ。やっぱりヒヨドリ。

ギイ、ギイ、ギイイ…
空のどこかから、モズの声。
秋の鳥が、もう近くにやってきました。

ほかの鳥の声を
まねるから
百舌鳥《もず》。

昼の青空が透明になってきます。
晴れ間から聞こえてくるのは、運動会の練習の、にぎやかな音楽。
ひるさがり。

ツバメはもう
帰っていく。

九月二十八日　キンモクセイ

キンモクセイの花びらは、運動会のにおい。

入場行進の練習の時、体操すわりで待っていたところに、キンモクセイの花がさいていた。あまいにおいで、口に入れたくなった。背の順で次のみゆきちゃんが、散った花びらを手のひらにのせてころがす。たくさん集めてみせるので、わたしも、と、音楽がかかるまで、あつめられるだけ、花びらをひろった。黒い頭、ふたつ。くっつけあって、しゃがんで。砂まみれのひざとおしり。

キンモクセイの花びらは、音楽が鳴っても捨てられず、てのひらの中、ひみつでにぎったまま、行進。

透明な水晶のような九月のひざし。

キンモクセイのにおいをかぐと、運動会を思い出す。

金木犀（きんもくせい）モクセイ科。九月下旬〜十月上旬に開花。

窓をあけると、そこらじゅうから、キンモクセイの薫る頃。少し遅れて、白い花のギンモクセイ（銀木犀）も、咲きはじめます。

原産地の中国では木犀は「桂」。ほんのりあまい、キンモクセイのお酒は、桂花陳酒。

九月二十九日　無限

「無限なるおどろきのよろこびの必要・子供のために――」

これは、わたしの持っている画集に書かれている、茂田井《もたい》武さんの言葉。

「セロ弾きのゴーシュ」の挿絵で有名な絵本画家、茂田井武さんは、東京日本橋の大きな旅館の息子として生まれました。

残された、たくさんの挿絵たちは、ゆっくりとやわらかい線の中に、ひとりぼっちの時間が、とどまって息をしている。

一瞬を閉じこめたみたいに、見つめて見つめて、生まれる線たち。

一瞬の中に、どこまでもふくらんでいく無限を描きとめて。

なんの日

童画家、茂田井武の生まれた日

昭和の初期、童画家として、たくさんの作品を残す。四十八歳で亡くなられました。復刻版「三百六十五日の珍旅行」は、不思議でへんてこなお話。わたしのだいじな宝物の本。

九月三十日　くるみのお菓子

うすい和紙の包みをほどいたら、木の実がころん。

会津の駄菓子屋さん、本家長門屋《ながとや》の「香木実《かぐのきのみ》」は、ざらっとしたプラタナスの実にそっくりの、まん丸の和菓子。かしこまらずに、ぽんと丸ごと口にほうりこむと、中には鬼ぐるみがまるっと一殻。甘すぎない素朴なあんこが口の中でくずれて、奥のクルミをカシッと噛んだら、ほんのり苦いクルミの皮。

かおりの良いそば茶をまぜた、あつあつのほうじ茶をたっぷり入れる――

こうばしい、こうばしい、秋の昼下がりのできあがり。

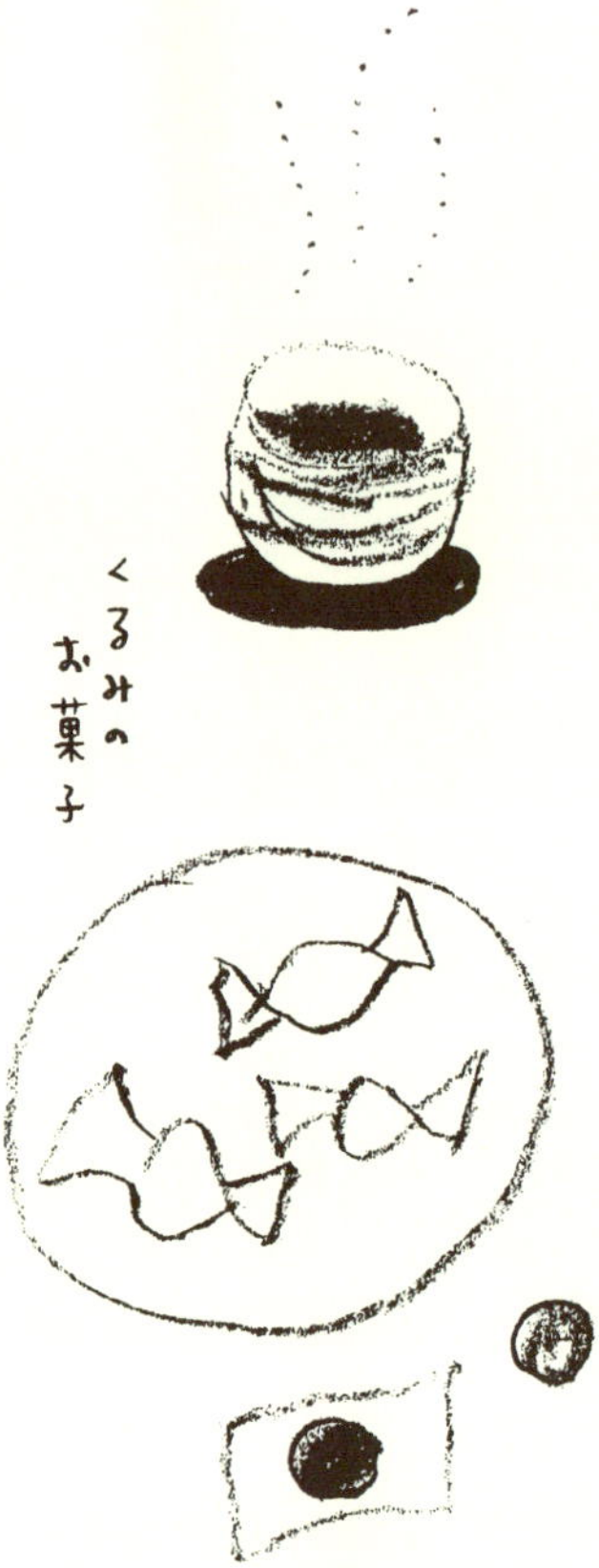

なんの日

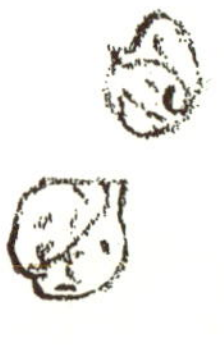

くるみの日
「く（九）るみ（三）はまるい（〇）」の語呂あわせ。木の実のおいしい頃です。くるみは「久留美」とも書いて、「幾久しく美しさを留める」という縁起のいい意味のある実なのだそう。

岡山から栗がどっさり届きました。半分はゆでて、半分は栗ごはん。

岐阜・中津川のおいしいお菓子、「すや」の栗きんとんも、秋の楽しみ。（九月～二月）

十月　神無月

十月の呼び名

かんなづき　神無月
かみさりづき　神去月
かみありづき　神在月
しぐれづき　時雨月
はつしもづき　初霜月

旧暦の十月は新暦の十一月ごろ。出雲大社に日本全国の神さまたちが集まって、出雲は「神在月」、出雲以外は「神無月」「神去月」です。時雨が降ったり、冷え込む朝には初霜もおりるころ。新暦十月は、秋晴れの続く運動会のころ。紅葉もはじまり、秋の木の実も実って、新米も出回るころです。

十月一日　カーテン

風がつよい日。
カーテンがまるくふくらんで、オイデ、オイデしている。
カーテンにくるまってかくれてみる。
ドレスみたいにまきつけて。
目だけ、のぞかせる。
誰かに見つけられるのを待っていた、こどものときみたいに。

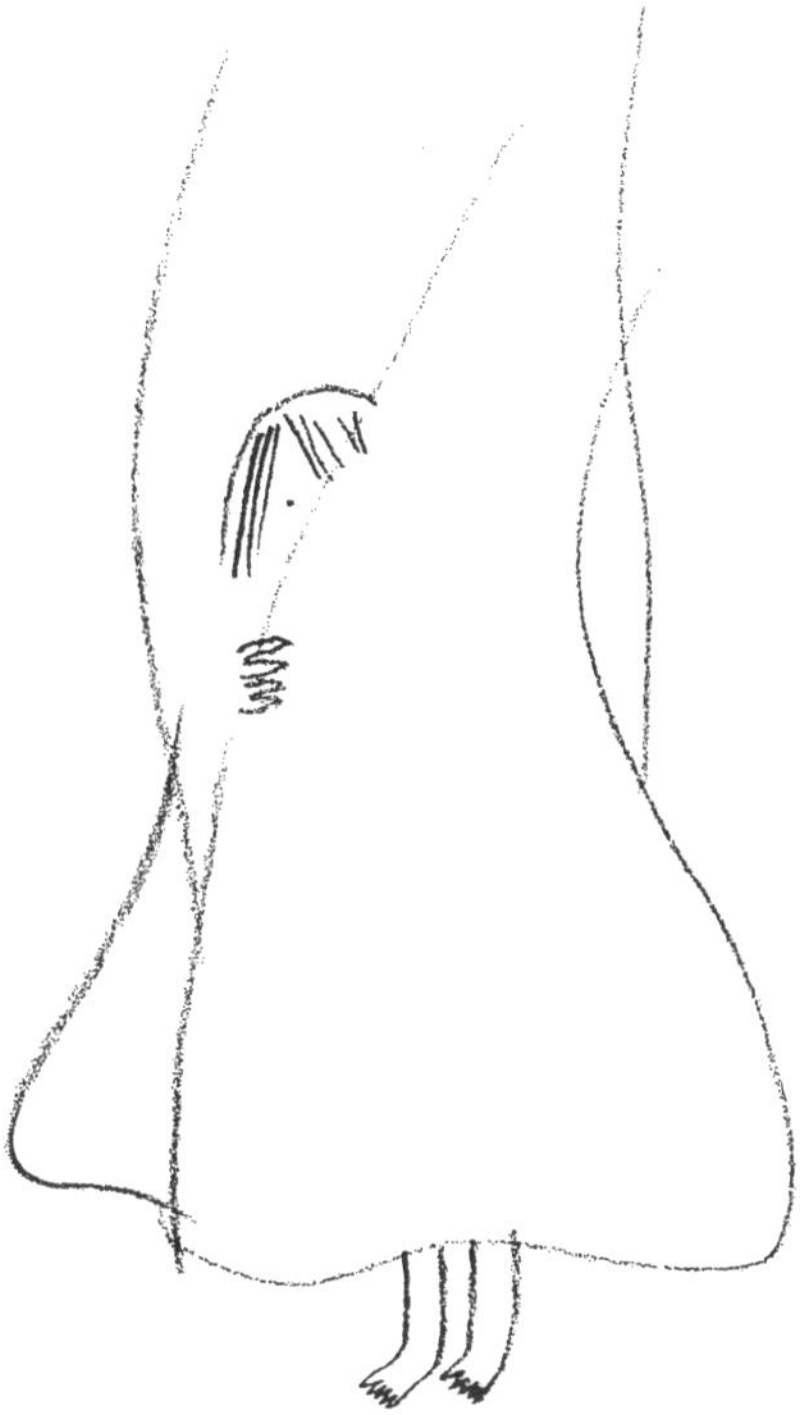

衣更え
ウールを出したら、まずは、ほおずり。早くセーターが着たいな。

なんの日

ずいき祭〈一〜五日〉
「ずいき」は、里芋の茎のこと。ずいきみこしは、なんと、野菜や乾物で作られています。五穀豊穣を祈って、食べ物で出来たおみこし。京都・北野天満宮で。

千葉県富津（ふっつ）市のマザー牧場に、五十万本のコスモスとサルビアが咲いています。

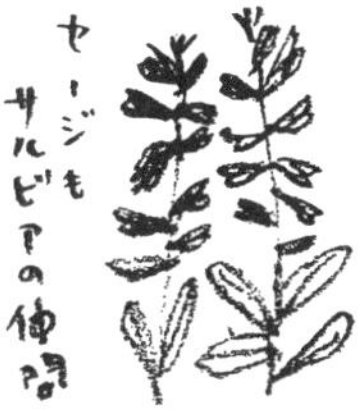
セージもサルビアの仲間

十月二日　豆腐

できたて。ふわふわ豆腐のつくりかた。

濃いめの豆乳に、にがりをいれて、茶碗蒸しみたいに蒸す——。おしまい。

あまりにも、簡単だけど、つくってみたらおどろくほどおいしい。できたての、あったかい豆腐は、それだけでごちそう。豆乳が濃いと、大豆の香りがしっかりしていて市販のよりぜんぜん上等。

——ゆるゆるの豆腐を、すうっとおたまですくって、うつわに落とす。

大きな鰹ぶしをふわりとかけて、お醤油すこしとわさびで。

豆の色したやさしい白が、口の中でとろんと、とける。

簡単な豆腐は、食べ方も簡単に——。

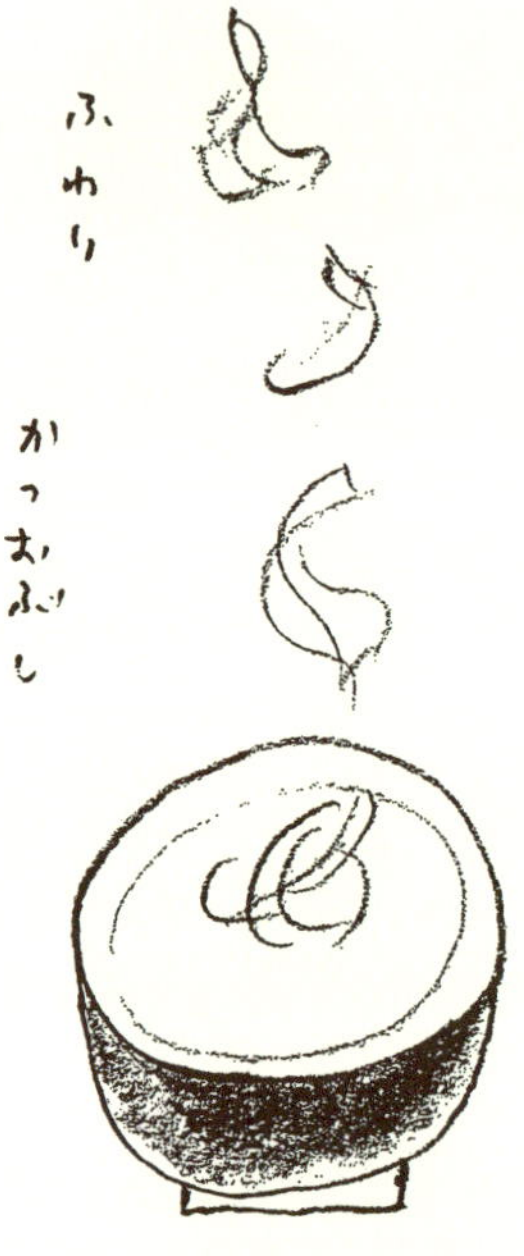

なんの日

豆腐の日（語呂あわせ）
豆腐はもっぱらこのやり方で作っては食べるわたし。レンジでチンする方法もあり。

チャーリー・ブラウンの誕生日
一九五〇年、チャールズ・M・シュルツ作の「ピーナッツ」がアメリカの新聞で連載を開始。はじめのチャーリー・ブラウンは、すんごい頭でっかち。まるい風船みたいで、今とはぜんぜん違う人。
スヌーピーが登場するのは二日後から。スヌーピーの誕生日はあさって。

望遠鏡の日
一六〇八年、オランダの眼鏡技師が望遠鏡を発明。

十月三日　秋明菊

北むきの庭に白い秋明菊が咲いたので、カメラでパチリ。記念撮影。

一年前、秋祭りの出店で買ったやつだ。肥料もあげず、水もきまぐれで、あまりにもほったらかしていたから、もうだめかと思っていたけど、一年たってかわいく咲いてくれた。透けるような白い花びらは、よそいきのワンピースを着た女の子みたい。

花言葉は何かな。調べてみた。

――忍耐。

ああ。ほったらかしだったのに、がんばって咲いてくれて感謝。

秋明菊
キンポウゲ科の菊に似た花。日陰に強く、北の庭を明るくして。白もピンクもかわいい。
「キブネギク」という名もある秋明菊。京都の貴船神社で見ごろ。
関東では鎌倉、瑞泉寺。本堂前は白。裏庭には赤。十一月まで咲いてます。

なんの日

花馬祭
三頭の木曽馬に、細長い竹に五色の色紙をつけた「花」をかざり、笛、太鼓と一緒に神社までをねり歩く。境内を三周したあと、みんなして、飾りの花をうばいあい。
長野県南木曽（なぎそ）町・五宮（いつみや）神社で。

十月四日　ライカ犬

今日は、人類初の人工衛星スプートニク一号が打ちあげられた日。

映画「マイライフ・アズ・ア・ドッグ」で、イングマルという男の子は、悲しい時に空を見て想像する——ソビエトの人工衛星スプートニクが打ちあげられた時、その宇宙船に乗せられたライカ犬のことを。広い宇宙のまんなかで、たったひとりで、まばたきしている犬。「あの犬より、ぼくはずっと幸せだ。あの犬より孤独じゃない」と——。大好きな母親を喜ばせたいのに、愛されたいのに、うっかり、おこらせてしまうことばかりしてしまうイングマル。怒られてる時、耳に指をつっこんでふさいで、わわわわさけんで、聞こえないようにする場面が、せつなかった。

生きるのがへたくそだと、誰かを喜ばせようとしても、むくわれないことはたくさん。だけど、それでもどうにか生きていくことが、自分を愛するということ。

なんの日

宇宙開発記念日
一九五七（昭和三十二）年にソ連が人類初の人工衛星「スプートニク一号」の打ち上げに成功したことから。

天使の日
「てん（10）し（4）」の語呂あわせ。

女の子
サガが
かわいかった

十月五日　レモン湯

ずいぶん前のはちみつレモン（レモンの皮入り、はちみつ漬け）がのこっていたので、ふと、思いついて、お風呂に入れてみた。

はちみつの糖は、保湿効果があるというし、よさそう。

とろり、大さじ三杯。はちみつ色は、すぐにとけて透明になり、お湯がまるくなった。うれしくなって、香りもつけようと、ライムのエッセンシャルオイルもたらす。

お風呂が、甘ずっぱいにおいの湯気につつまれる。

「いいこと思いついたなあ。わたし」

にやにやと、ゆぶねでひとり満足のお風呂時間。

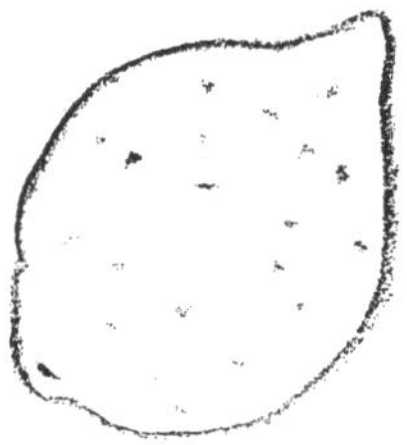

なんの日

レモンの日

昭和十三（一九三八）年、高村光太郎の妻・智恵子さんが、死の直前にレモンを噛んだといわれる日。

身近なものたちを描いた智恵子さんの「ちぎり絵」は、とてもきれいで無垢で、チャーミング。

時刻表記念日

明治二十七（一八九四）年、日本ではじめての本格的な時刻表「汽車汽船旅行案内」が出版されました。

時刻表を見てるだけで旅の気分。

十月六日　オーロラ

日本中が、秋の空気につつまれるころ、南極は、もうすぐ夏をむかえます。

春分をすぎて、日に日に短くなる夜の空では、オーロラが最後の見ごろ――。

極寒の夜空で、オーロラは、あざやかな緑のひかりのカーテンを、あかるくはためかせて、

「さようなら、さようなら、またつぎの季節まで――」

と、手をふる。

「おいで、おいで、にぎやかな夏の白夜よ――」

と、手をふる。

南極では、十一月になると夏。沈まない太陽の季節がやってきます。

南極の昭和基地では、毎日十分ずつ昼間が長くなってきます。
オーロラが見られるのも十月半ばまで。

さて、日本では、宮城、岩手、秋田と三県にまたがる栗駒山で、ドウダンやナナカマドが、色づいています。深まる秋に、まっ赤なじゅうたんを敷き詰めたような紅葉。

見ごろは十月下旬頃まで。

十月七日　シャツの白

秋のはじまりに、コットンの白いシャツやブラウスを着るのが好き。

ぱりっとアイロンのかかったやつを、ごわごわと、てきとうに着る。

秋のはじまりは、色でいうと、白。台風で夏がリセットされて、透明なあたらしい空気に変わり、季節がまっさらになったように感じるから——白。

だから、秋の初めは、白シャツ。まっ白い長袖シャツが、ぴったりくる。気持ちが色づいて深い色が着たくなるのは、季節が、もう少し深まってから。


ひさしぶりに着る長袖は新鮮。腕にあたる布が、さらさらとして、うれしい。

秋の最初のころもがえは、シャツから。

なんの日

シャツの日〈第一日曜〉
一八七七（明治十）年、十月に横浜で国産のシャツが製造されるようになったことから。

ミステリー記念日
一八四九年、小説家のエドガー・アラン・ポーが亡くなった日にちなんで。

長崎のおくんち祭り
「もってこ〜い」と、アンコールの声。鯨の潮吹きや川舟、龍（じゃ）踊り。重陽の節句、旧暦九月九日のめでたい「御九日（おくんち）」の祭りは、諏訪神社で七〜九日。

十月八日　寒露《かんろ》

明け方。
眠りが浅くなって、そのまま目がさめてしまった。まだ、白い月が出ている。
ひとりで庭にでると、ひんやりと足首がぬれて、そこらじゅうが青い。
枝にぶらさがった、ゆうれいが、すうっときえていく。
――寒露。
朝、草木に、つめたい露のむすぶ頃。山では紅葉が始まります。

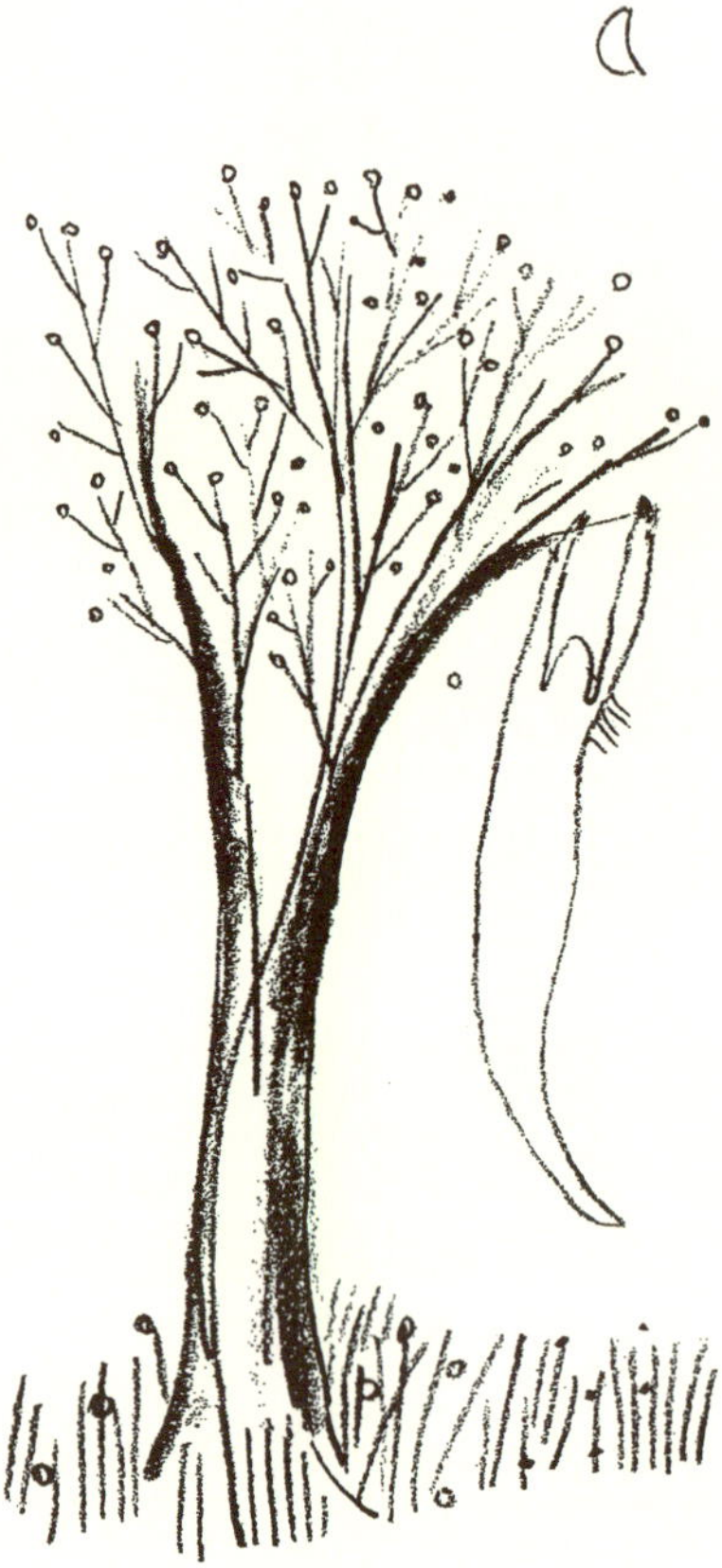

なんの日

寒露（二十四節気の一つ）陰寒の気にあふて露むすびこらんとすればなり（天明七年「暦便覧」）
十月八、九日頃

空気がひんやりとして、秋まっただなか。霜と露と、太陽の光で、すこしずつ、色がついていく山々。稲刈りもそろそろおしまい。

鹿児島の出水（いずみ）平野に、親子のマナヅルがやってきました。越冬するため、シベリアから北風に乗って。
冬の渡り鳥たちがやってくる頃。

十月九日　エアメイル

フィンランドに暮らす友人から、日本語の文字がぎっしりつまった手紙が届いた。むこうに暮らすようになって一年。たくさんたくさん書いてある、楽しそうな話。だけど、手紙の字は、誰かと日本語でしゃべりたそう。

さびしそうで人なつっこい、その人の文字は、いつもよりちいさくて、ぎゅうぎゅうづめ——。

気に入りそうな、日本語の本やお菓子をいれて、郵便小包を出します。喜びそうな、ばかばかしいビデオもいっしょに。

今日は、世界郵便の日。

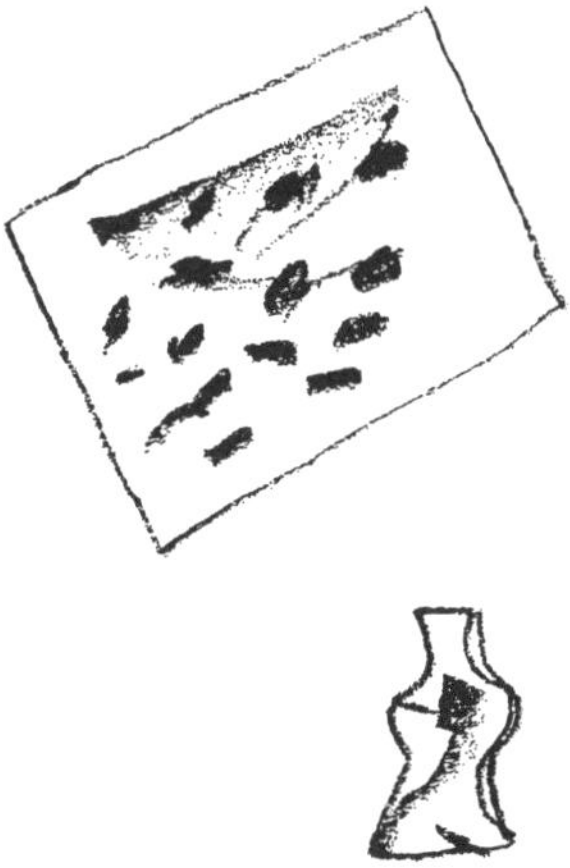

なんの日

世界郵便の日
一八七四年、世界中で自由に郵便が出し合えるように万国郵便連合が結成されました。

和歌山の生石（おいし）高原のススキが見ごろです。ゆうやけに染まると、銀色のススキは金色の、うつくしい海原となって——。

奈良公園では、鹿たちの角切りの季節。

十月十日　空のとびかた

十歳の頃。学校に忘れ物を取りにいくために、走っていた時。突然、走ること自体が、うれしくてしょうがなくなった。それで、気持ちが止まらなくなって、ぐんぐんと、加速してみた。

景色は飛び去り、わたしはおどろきながら、さらにぐんぐん加速。

からだが軽すぎて、気をゆるすと手足がどこかにふっとんでいきそうだった。

足の速さがからだに追いつかなくて、宙に浮いてしまうようで、こわかった。

どこかにはじけ飛ぶような気がして、一瞬ぞっとして、足をおそくゆるめたら、もう一度、あんなふうに走ろうと思っても、走れなくなった。

もしかして——あのまま走っていたら、空を飛べたかもしれない——

今でも時々、あの時の感覚をふっと思い出しては、空を飛ぶ方法を考えるのです。

なんの日

スポーツの日（祝日）〈第二月曜〉

運動オンチのわたしの唯一好きだったことは、走ること。短距離はまるでだめだったけど、マラソンは得意。ひとりでたんたんとやるということが、自己完結型の自分に合ってたからかもしれない。

どんくさいわたしが、前の方を走ってるので、親は運動会でおどろいていた。

運動ができる人には、いつもとても憧れる。

スポーツ選手って、すごくすぐれた芸術家とおんなじと思う。

集中力がひかってる一瞬は、魂が、まるごとそこにあるように、美しく感じて、ひきつけられる。

十月十一日　みかん指

ひだまりのうごく床で
はらばいになって
しかめっつらの　ひとりの時間
まどのそとで　犬のほえるこえ
とおく　くぎをうつおと
じっとしていたら
みかんをむく指が　すっぱくなってきた

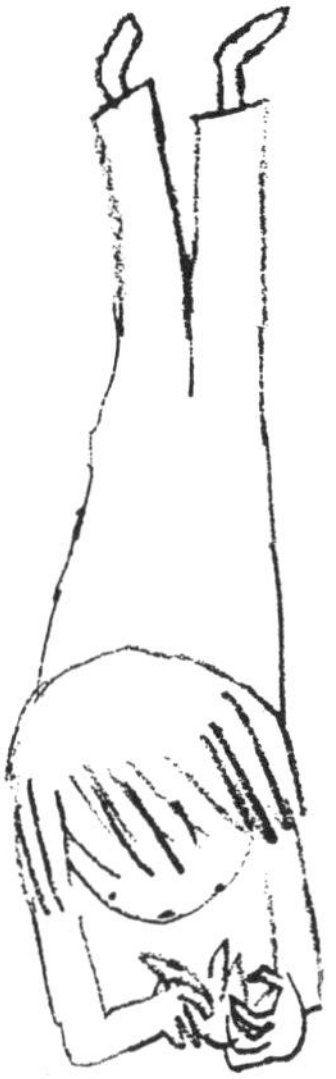

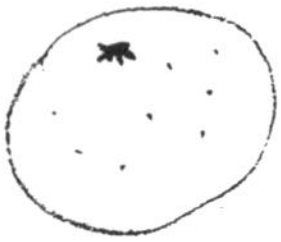

青いみかん

果物屋さんの前を通ると、すっぱいみかんの匂いがする頃。青い早生みかんは、秋のにおい。

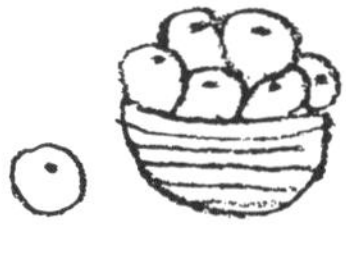

なんの日

ウィンクの日
一〇と一一を並べて見ると、ウィンクをしているように見えることから、オクトーバーウィンクの日。この日だけのおまじない。目がさめたら片思いの相手の名前の文字数だけウィンク。そうしたら、想いが伝わるのだとか。

十月十二日　ハクセキレイのねぐら

駅ビルの前の街路樹には、ゆうがたになると、ハクセキレイが、たわわに実る。

街のなか。おおきな一本のけやきの木が、ハクセキレイたちのねぐらです。

夜が来るたんび、あちこちから、たくさんあつまってきて、花がさいたようにねむり、朝にはさあっと、散ってゆく。

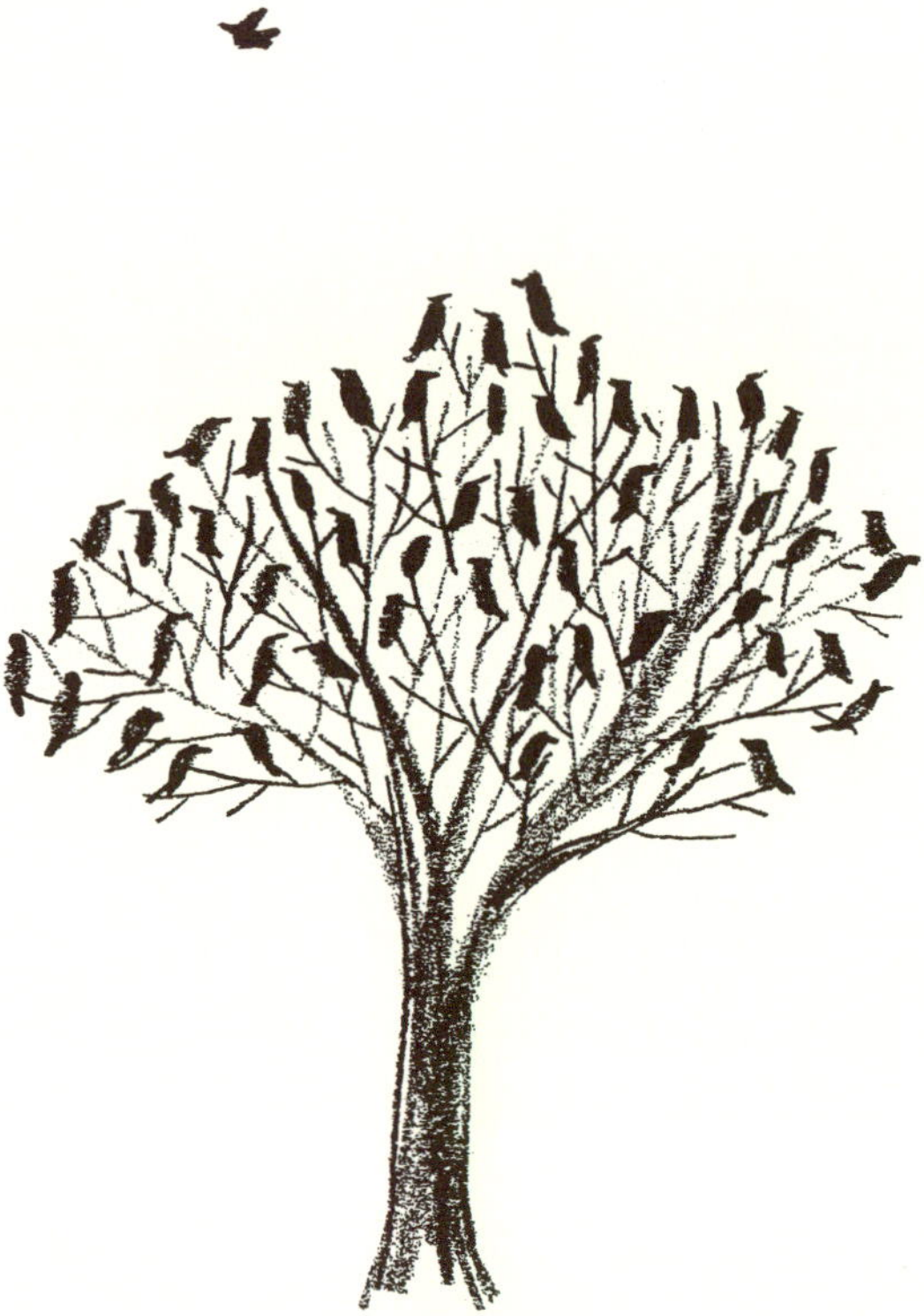

繁殖しない秋になると、ハクセキレイたちの、集団ねぐらが、街路樹や、橋の下に見られます。モノトーンの、きれいな鳥。

あまりの多さにびっくり

なんの日

大陸発見記念日
(Columbus Day)
一四九二年、クリストファー・コロンブスが乗ったスペイン船が新大陸アメリカに到達。ほんとうに行くつもりだったのは、日本とインド。コロンブスは亡くなるまで最初の到達地がインドだったと、信じていました。

十月十三日　ココア日和

冬が近いくもった日。ココアが飲みたくなるのは、どうしてだろう。

気温があがらず、空が重たい昼に、ココアをつくる。ミルクをすこし沸かして、ココアの粉をいれて、泡立て器でとろとろと練る。うんと濃いめ。うまくなじんできたら、すこしずつミルクを足していく。縁からぷつぷつと泡立つミルク。沸騰させないように、なめらかなココアにかきまぜていく。表面がふわっと全体に泡だってきたら、吹きこぼれる直前に止めて。マグカップに、そそぐ。

こまかな、あわごと。

両手をカップでぬくめながら、くもり空を見て、すする――

今日は、ココア日和。

マシマロを
うかべて

なんの日

サツマイモの日
江戸時代のさつまいもの売り文句は「栗（九里）より（四里）うまい十三里」。「十三里」にちなんでこの日になりました。

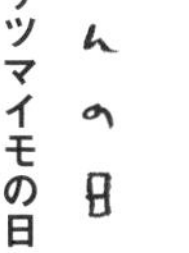

ココアのおやつに、自家製のスイートポテト。甘さはひかえめにして、芋きんとんみたいにカンタンに作ります。

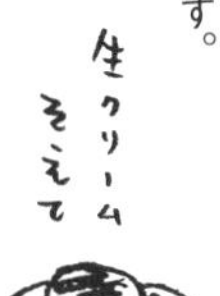
生クリーム
そえて

①蒸かしたさつまいも（四百グラム）をマッシュ。
②バター（大さじ二）、卵黄（一個）、砂糖・ハチミツ（大さじ一ずつ）、好みでシナモンひとふり、ラム酒小さじ一杯ぐらい入れて混ぜる。
③たわら型にまるめて、卵黄を塗り、オーブントースターで五、六分。こげ目が付いたらできあがり。

十月十四日　柿のなまえ

柿の名前、いえるかな。みんな言えたら相当の柿マニア。
とんがったのや、ひらべったいの。あまさも堅さもちがいます。

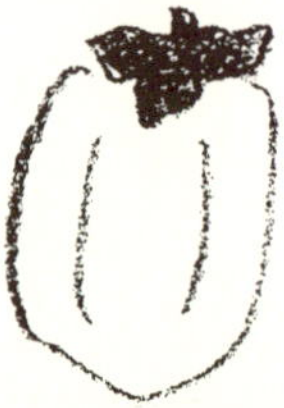

西条柿
渋抜きでとろんと甘い渋柿

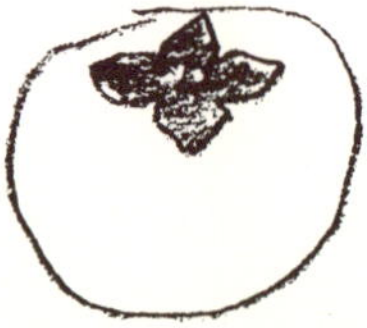

富有柿
やわらかい甘柿

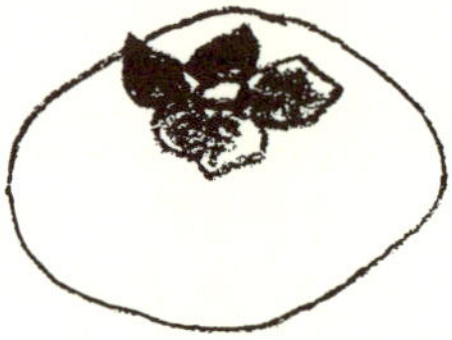

次郎柿
コリコリかためのの甘柿

筆柿
おしりが筆みたいな早生柿

甲州百目
あんぽ柿やころ柿になる渋柿

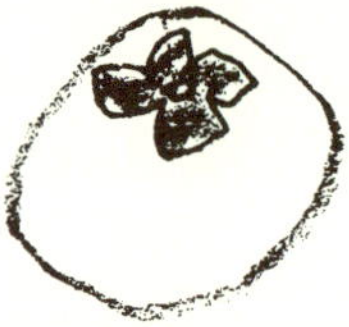

たねなし
干し柿にするとねっとりおいしい

秋晴れが続く十月のなかば。深まる秋のお祭り。
大分では、火祭りの「ケベス祭り」
長崎では狐さまの「竹ん芸」
埼玉は「川越まつり」
兵庫では、神輿をぶつけ合う「灘のけんか祭り」
愛媛では豪華な「西条まつり」

なんの日

鉄道の日
一八七二（明治五）年の九月十二日（新暦では十月十四日）日本ではじめての鉄道開業。蒸気機関車が新橋〜横浜間をはしりました。

十月十五日　十三夜の月

真夜中。部屋の電気をみんな消して、ねころがって窓から月を見た。

見えそうで見えない、クレーターのでこぼこ。微妙なまだらもようを、目を凝らして見つめる。部屋の電気を消しても、床は月あかりで、こんなにあかるい。窓のかたちの白いひかりが、セーターの上――。

あの月が太陽の光を反射させてるだけなんて、ほんとうだろうか。

どうしたって、発光してるように見えてしかたがない！

ぱちぱちと、まばたき。

月がまっくらな星だなんて、誰かがついた大嘘かもしれない――と思う、あかるい月夜。

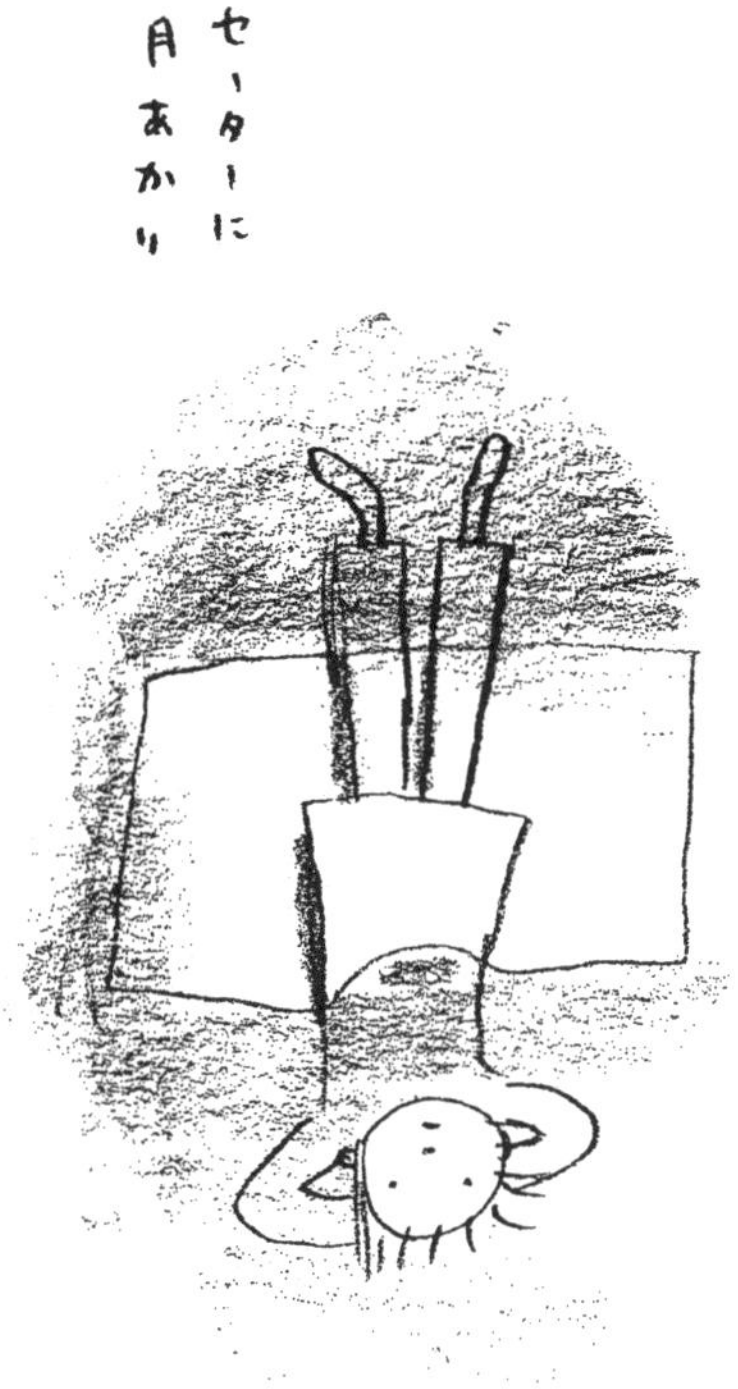
セーターに
月あかり

十三夜の月
旧暦九月十三日の頃には、十三夜のお月見。大豆や栗をお供えするので、「豆名月・栗名月とも呼ばれます。中秋の名月が中国から伝わった行事であるのに対して、こちらは日本の行事。中秋の名月と、十三夜の月の両方を同じ場所で眺めるのがよいとする言い伝えも。片方しか見ないことを「片見月」。

お月様におそなえ、お月見団子。関東はまんまる。関西は里芋のかたちの餡。

まんまる
あんこつき

十月十六日　菊まくら

「重陽の節句」は、「菊の節句」。
旧暦だと、菊の花が盛りの今ぐらいの季節。
重陽の日に摘んだ菊の花びらを、かわかして、袋につめて、菊枕をつくります。
顔を寄せると、ひかるような金色の香り。
菊枕でねむると、いとしい人の夢が見られるという――
女性から男性に贈った菊枕の、むかしむかしの、いい伝え。

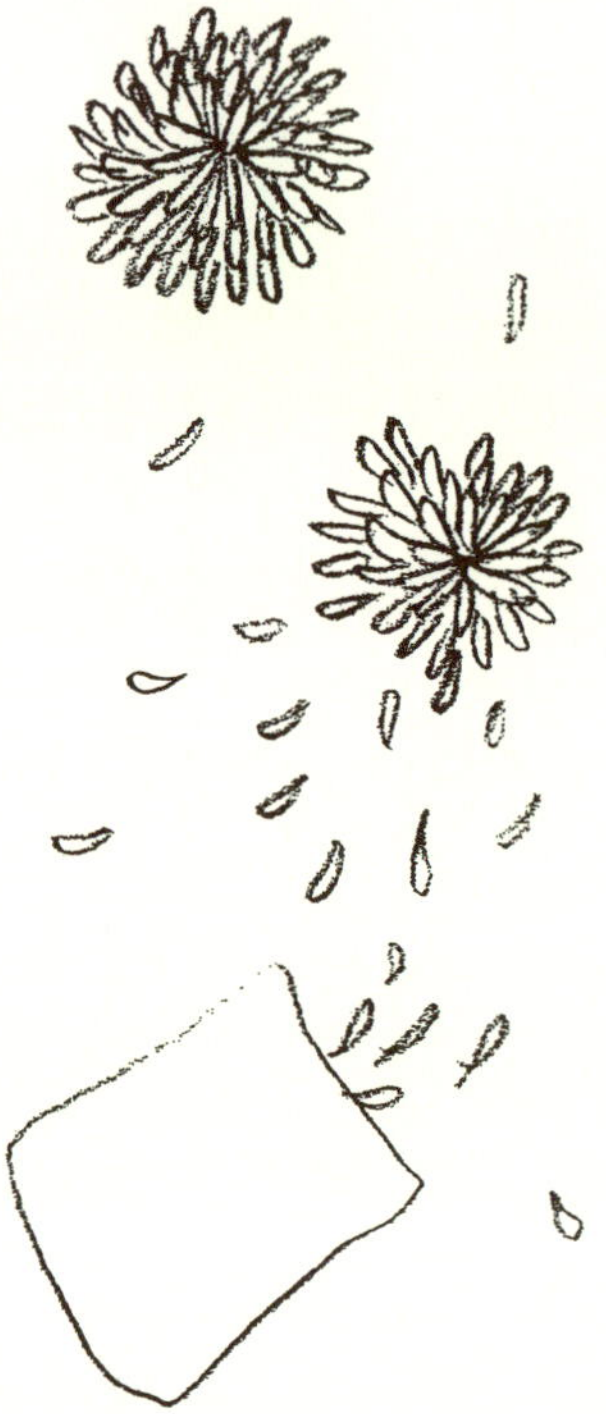

十月中旬から下旬の頃は、旧暦だと重陽の節句（九月九日）の頃。（毎年日にちが変わる）
菊の花には、解熱、頭痛、耳鳴り、めまい、傷口の腫れを抑えるという、効能があるのだそう。
菊の花盛りの頃の青空は、「菊晴れ」。
青と黄色のコントラストが、ぱきっと、かっこいい空。
福島県二本松で、菊人形祭りの頃。〈十月一日～十一月二十三日〉
こちらは中国の花茶「錦上添花（きんじょうてんか）」。白い菊の花がつらなってうかびます。

十月十七日　新米

白くひかるような新米を、土鍋でたく。
すぐにぶくぶくと、白い湯気が、鍋のふちからはみ出しては立ちのぼる。
ふたをあけて、顔中にたきたてごはんの匂いをあびる幸福。
しゃもじでさっくりかきまぜたついでに、あつあつをほおばる。
あつ。あつ。あっつつ。
ゆびでつまんで。
湯気で、ふかふかになる、口の中。
——ああ。おかずなんて、いらないぐらい。

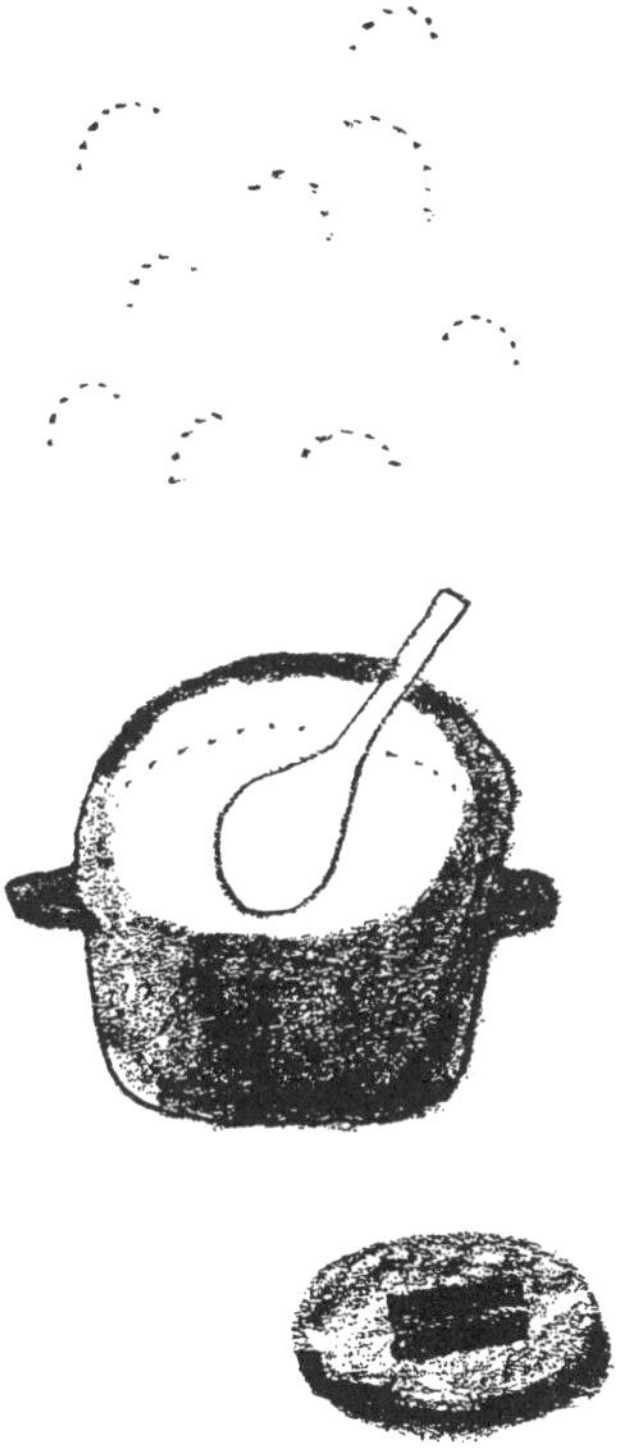

炊きたてごはんをほおばるたび思うのは、幸福ってこういうこと。これで、じゅうぶん。

なんの日

神嘗祭（かんなめさい）
〈十五〜十七日〉
今年、収穫したお米を天皇が天照大御神に奉るお祭り。川曳きで、その年にとれた初穂を舟に乗せて、伊勢神宮に奉納します。

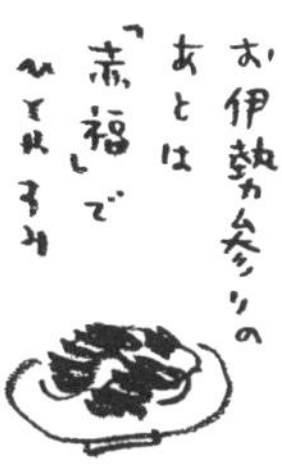
お伊勢参りの
あとは
「赤福」で
ひとやすみ

十月十八日　湯の音

夜の露天風呂。湯気が夜の色にかさなって白くゆれている。

ぼんやりとしたあかりのそばを流れるお湯の音を聞いていたら、女の人がはいってきた。うちの母親と同じくらいの年かな、と思っていたら

「天気、あしたもいいみたいですよ」

と、話しかけられた。

「星、いっぱいでてますもんね」

と、お湯の中からいっしょに夜の空を見あげる。わたしのことを、お嫁にいった娘と同じくらいだと言い、住んでるところを聞いてみると、実家のそばだったので、じゃあ、あそこで、買い物？　などと、話に花がさく。

声のすきまを流れていくお湯の音。頭に巻いたタオルの先から、しずくがこぼれて、夜がふかくなっていきました。

山の旅館に
あけびの実
ぱかっと
むらさきの歯

旅先の露天風呂で、かんじのいい年上の知らない人に話しかけられるのって好き。

なんの日

ミニスカートの日
昭和四十二（一九六七）年、イギリスから「ミニの女王」ツィギーが来日。ミニスカートブーム。

母親の昔の写真を見ると、超ミニスカートで赤ちゃんのわたしをだっこしてます。

十月十九日　ウールたち

セーターを出すと、いっぺんに秋が深まった。

カシミア、ネル、ウールに頬ずりしながら、ぎゅっとだきかかえるようにして、引き出しにうつす。あ、でてきた、でてきた。大好きな、ファーのマフラー。

ほっぺたで、さらさらさわる。

脱線して、かがみの前。——ちょっと首にまいてみたりして。

カシミアは、インドのカシミール地方の山羊の毛。やわらかくて大好き。高いものなので、毎年少しずつ買いたして、大事に着ます。何年も使っている、チェックのマフラー。さわってるだけで、しあわせ。

なんの日

海外旅行の日
「遠（10）くへ行く（19）」の語呂あわせ。季節が変わると、旅の気持ちが、むくむくとわいてくる。地図をめくって憧れの寒い国へ行く計画。カシミアマフラーも連れていこう。

十月二十日　みかん月

ひとふさのみかんみたいな月が出ている夜。

昼間に出かけた友達のうちは海の近く。ものすごい風で髪はぐしゃぐしゃ。目の中に砂がはいって痛かった。

「なにー、このかぜぇ」

と、文句言い言い、大笑いした。

あの風のおかげで、見よ。この透き通ったゼラチンのような夜空。

ちょこんと食べかけのみかんのような、上弦の月をしずかにのっけて。

半月は、弓張り月。上弦の月と下弦の月は、月が沈むときに弦がはってる側が、上か下かで決まります。

なんの日

秋土用入り（雑節の一つ）
この日から次の立冬の直前までが「土用」の期間。

リサイクルの日
「10」「20」を「ひとまわり」「ふたまわり」とかけて。

頭髪の日
「10」「20」を「頭（トウ）」「髪（ハツ）」とかけて。毎月「18」日も頭髪の日。
髪の毛、のばしっぱなし。いつも、切りに行かなきゃあ。いつも、つぶやいてるわたし。

十月二十一日　電車の旅

電車の中から、ひとり、ながれる景色を見ていると、だんだんわたしのこころが、わたしに近づいてくる――ぎゅっと、ひとつに重なったら、タン、と両足が跳ねて、気がつくと窓のむこうがわ。電車とおなじスピードでとんでいく。

こころは、とおく。とおくへ。
ほら。あそこに赤や黄色の葉っぱのグラデーション。
川。橋。雲。柿の木。大きなダンゴムシみたいなビニールハウス――
電車の旅。こころは、秋をひろいながら、簡単にどこまでもとぶ。

秋の紅葉を見に、山登り。根性のないわたしは、上の方までロープウェーで行って、途中から、てっぺんまでのぼる。
見おろす景色が、ゴブラン織りのじゅうたんみたい。色とりどりで、息をのむ。

栃木県那須の茶臼岳にのぼった帰り、立ち寄った「大丸（おおまる）温泉」。
ここは、あつあつの川をせき止めた川の湯。川なのに温泉。顔と肩は山の空気で、ひんやり。

十月二十二日　鞍馬の火祭

「サイレーヤ、サイリョウ」「サイレーヤ、サイリョウ」かけ声が大きくひびきわたる頃、鞍馬の坂道は、かがり火、松明、大松明で火の川に。

てらてら踊る、半透明の生き物みたいな炎が立ちあがり、息苦しいほどの煙といぶした匂い。星になる火の粉。太鼓の音が風をあおると、火の指先が夜空をなでていく。あかあかと、人の顔も木も石段も、湿った土も、みなてらす。

「サイレーヤ、サイリョウ！」

火の影が、ゆうらりゆらり波のようにゆれ、鞍馬の里は火の海に――。

京都は鞍馬山、由岐神社で、夜空をこがす火祭り。

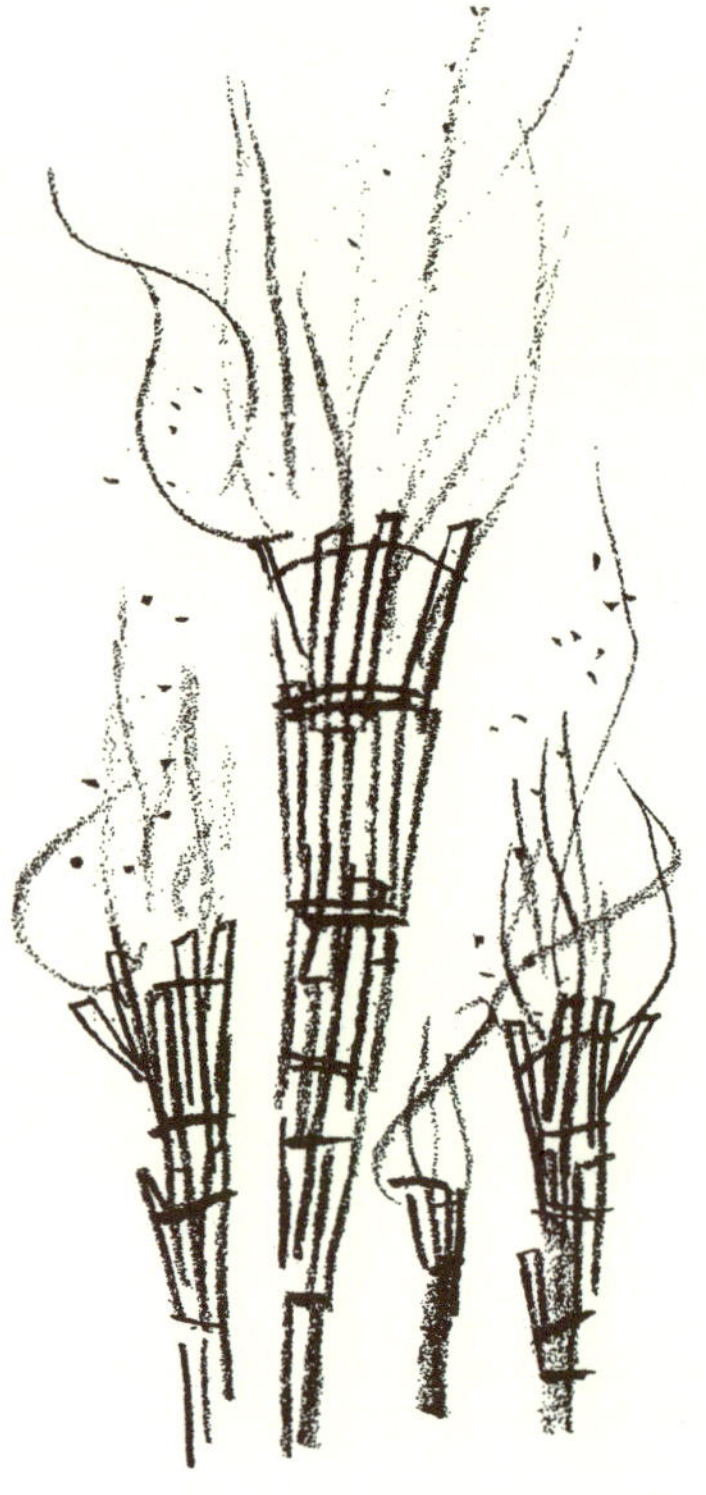

なんの日

鞍馬の火祭

「京都三大奇祭」のひとつ。平安時代、由岐神社が京都御所から鞍馬に移された時、かがり火をたいて迎えたという故事にちなんだ伝統行事。「サイレヤ、サイリョ」の掛け声は、「祭礼、祭礼」の意味だそう。

時代祭

七九四（延暦十三）年、桓武天皇によって、都が、長岡京から平安京に。その日を記念して明治維新から平安時代へさかのぼって、一大時代絵巻の行列。京都御所建礼門から平安神宮まで。

十月二十三日　霜降《そうこう》

お風呂が楽しみな季節。

腰湯用のひのきの椅子を買ったら、ますます長湯になってしまった。

腰湯用の椅子って、ステンレスのおもりが足についていて、お風呂にほうりこむと、ぶおおん、と、にぶい音でゆっくりお湯の底に落ちていく。木なのに沈んでくれるのがおもしろくて、ほうりこむ瞬間が、毎回すごい楽しみ。

霜降。——山の方では、葉っぱが、うっすら霜のお化粧。

なんの日

霜降（二十四節気の一つ）
つゆが陰気にむすぼれて霜となりてふるゆへなり（天明七年「暦便覧」）
十月二十三、二十四日頃

秋も最後。寒い地方では、霜がおりて、朝になると葉っぱが白く砂糖菓子のように。紅葉が山を彩る頃。

空気がつめたくなると、お風呂が長くなってくる。腰湯のコツは、上半身にタオルをかけること。あっという間に、汗がでてきて、ほかほか。

十月二十四日　金の鳥

鳥のかたちの　いちょうの葉っぱが　とびたっていく。
スーパーマーケットの屋根のうえをこえて――
きんいろ。きんいろ。きんいろ。きんいろ。
その色が　いちょうの　うたごえのようで。
その色が　いちょうの　さようならのようで。
自転車のかげが
ねむそうに　ほそながくねそべって　見あげている。

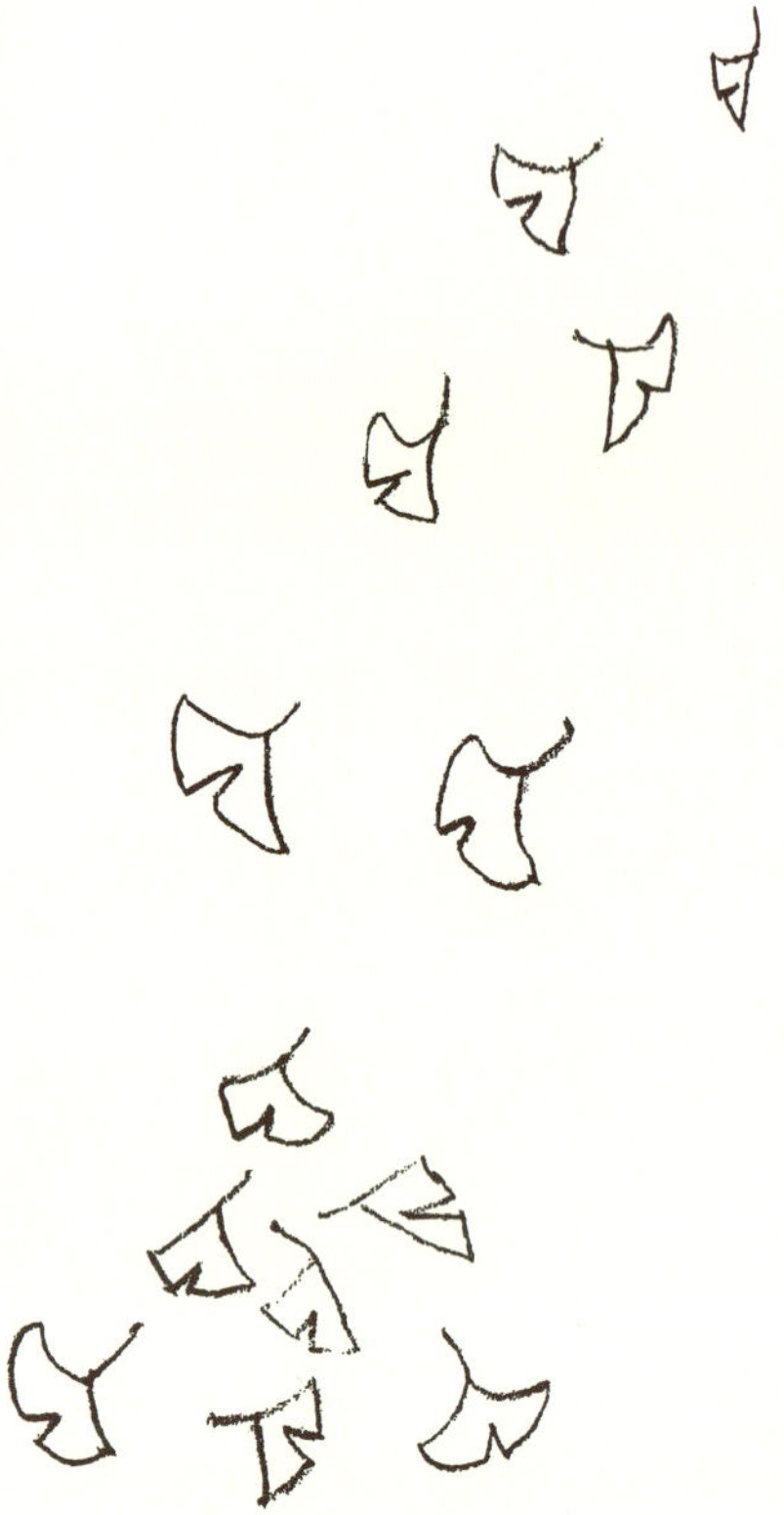

オスの木とメスの木があるイチョウの木。地球にイチョウの木が見られるようになったのは一億五千万年前。恐竜たちの横で、当時も同じように金色の葉っぱを散らして、踏まれて、飛び立ってたのかな。

毛布をだしました
あったかい

十月二十五日　きのこのパスタ

しめじ、ヒラタケ、マイタケ、しいたけ、えのきだけ。

秋のきのこたちが、わさわさと、うちの台所にやってきました。しめった山の土のいいにおい。手で裂くと、ふかっとわれて、やわらかい。

ニンニクと鷹の爪とベーコンをじゃっと炒めたら、キノコを投入。まとめて、白ワイン蒸し。仕上げにバターとしょう油を少し落として、きのこのパスタ。

あつあつの、ゆであがった麺にからめたら、三つ葉をちらして、できあがり。

好みで、スダチも、ぎゅっとしぼって。

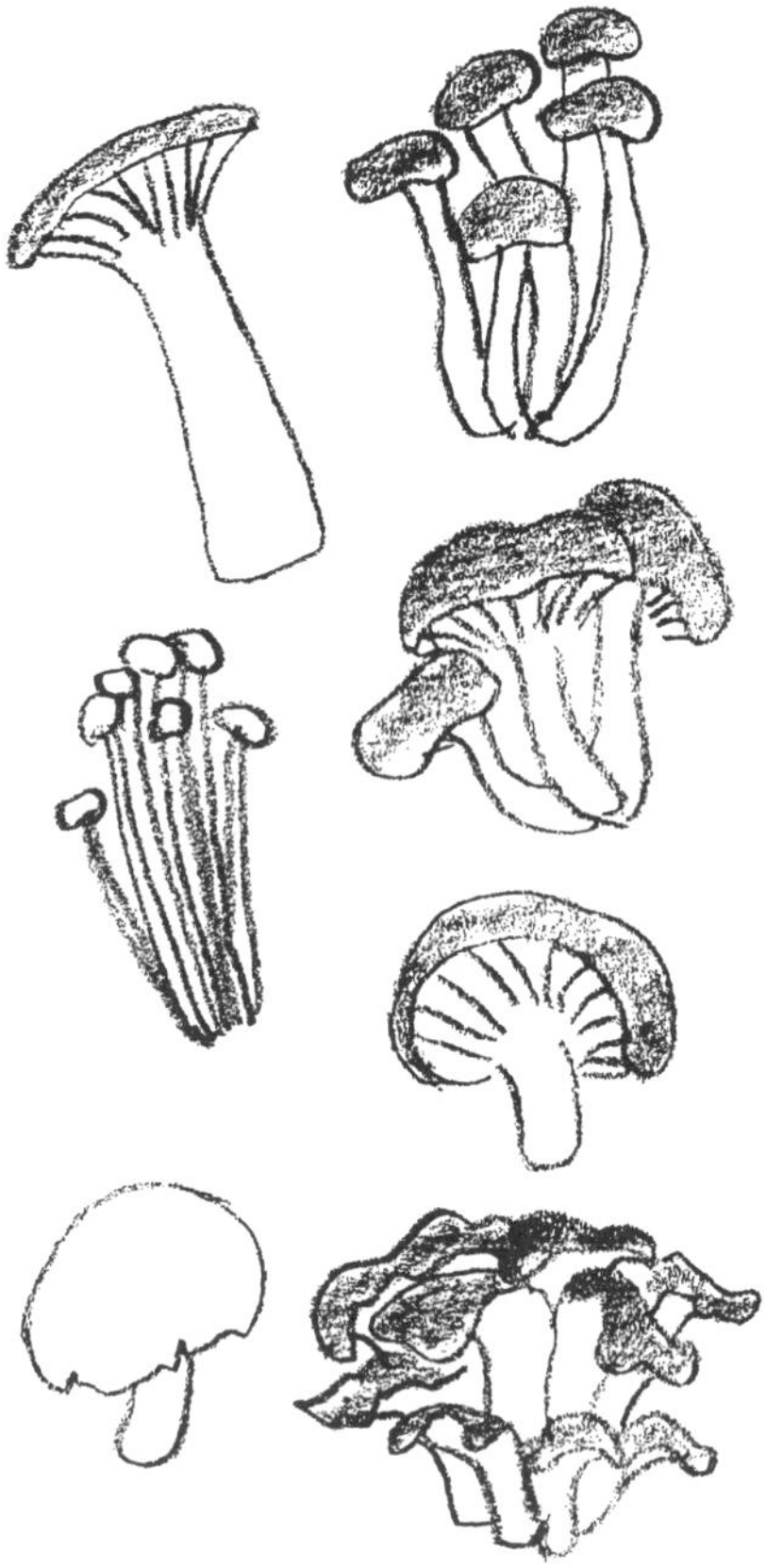

なんの日

世界パスタデー

麺類は、なんでも来いなわたし。パスタは週に一回は食べたい。旬のものでも残り物でも、なんでもおいしくなってしまうパスタ。

朝から、スープ仕立てのショートパスタを食べるのも好き。

十月二十六日　ピノッキオ

「ああ、また、だまされて」

「だめ、だめ、ついていっちゃあ」

うっかりだまされてばかりの男の子。ウソついてばかりの男の子。

見てられないけど、ほうっておけない――まるで人ごとではない弱さと、情けなさ。

弱い心の男の子、人間になりたい、木の人形ピノッキオ。

人間だって、ピノッキオと同じように、弱い心と格闘しながら、「いつかは」と、強いやさしい人間になりたくて、生きてるのかもしれない。

ピノッキオの生みの親、カルロ・コッローディの亡くなった日。

なんの日

ピノキオの作者、カルロ・ロレンツィーニは、イタリアの母親の生まれた村の名コッローディをペンネームにしました。

行ってみたかったのは、海の中。くじらのおなかの中の部屋。ディズニーのピノキオでは、海底を歩くシーンが好きでした。

サーカスの日
明治四年、東京・九段でフランスの「スリエサーカス」が、日本初のサーカス。

どこか
かなしげな
音楽
サーカスに
売られたピノキオ

十月二十七日　ラムネ菓子

びん入りのラムネ菓子を買う。

十円玉ぐらいの白いラムネが、たくさんはいって透けている、青いガラスびん。

てのひらに出して、口の中にほうりこむと、しゅわしゅわと、はかなくとけていく。

つめたいような、さびしいような、甘さで。

ラムネは、落雁のように、ほろほろしていて、だけど、伝統的な和菓子のような風格はなく、洋菓子ほどはなやかでもなく、どのお菓子の仲間にもはいれない不思議な食べ物だと思う。こんなにも、親しまれているのに、ぜんぜん威張ったところもないし、やさしい「くちぶえ」みたいなお菓子。

十月の青い空を見ながら、しゅわしゅわしゅわ。

時々、かりかりと噛んで、またしゅわしゅわしゅわしゅわ。——昼下がり。

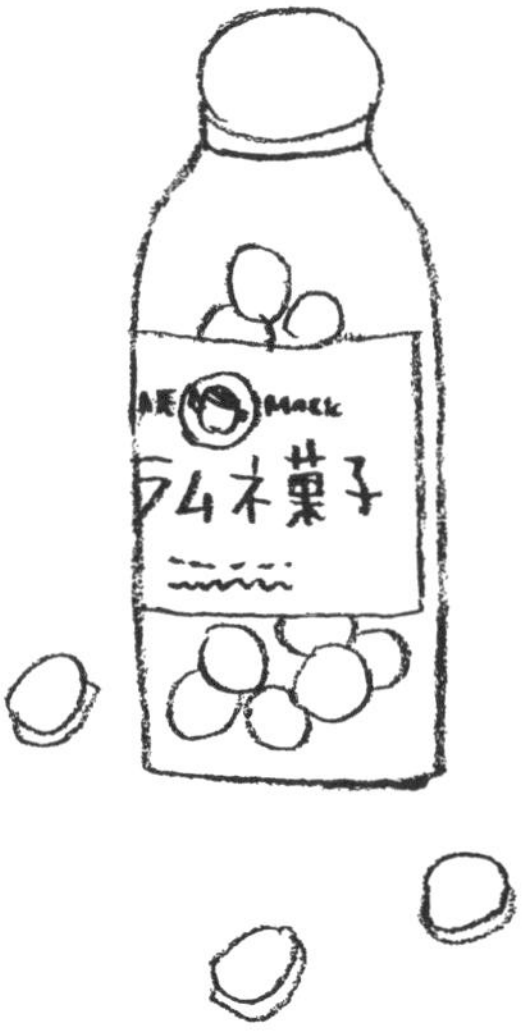

ラムネ菓子がとても好き。ラムネ菓子みたいな作品を書きたいと思うぐらいに。フルーツ味の付いてるものも好きだけど、プレーンな白の、島田製菓のびんいりのラムネが、いちばん。すこし青い瓶もいいし、味も、大きさも、かたちも、いちばんすき。

なんの日

テディベアズ・デー
テディベアの名前の由来となったアメリカの大統領セオドア・ルーズベルトの誕生日にちなんで。

十月二十八日　紅玉

おきぬけにりんご。

半分に切って、皮ごとカシュッと、かじりつく。

りんごの中で一番好きなのは紅玉。

紅玉のいいところは、赤いところ。すっぱくて、ちいさいところ。ちいさいから、ひとりでまるごと一個、食べられるところ。——ちいさいりんごって、どうしてあんまり売ってないんだろう。どこにでも、持っていけるし、むいたり切ったりしない、原始的な食べ方ができるのにな。

皮に歯が、かりっとはいっていく時のこの音。うれしい。いい音。

皮と実の境目についた自分の歯形をじっとながめる。

空気がりんごのにおいでいっぱいになる、りんご時間。

きれいな赤い色なので、お菓子に使うことが多い紅玉。丸ごと、皮ごとたべたいわたしは、だんぜん生食用をさがす。

紅玉は、あまり品種改良されていない、原種のようなリンゴ。十月半ば頃から店にならびます。

なんの日

宇和津彦神社秋祭り〈二十八、二十九日〉

「ヨイサヨイサ、しずまりあれい」

大きな長い首の牛鬼が、ぞくぞくと境内にあつまって、神社の祭壇に首をつっこむ。街をねりあるく。時々家の玄関にも首をつっこんでは悪魔ばらいの「かどづけ」。まっ赤な首をふって祭りのあいだじゅうおおあばれ。牛鬼は、地元では「うしょうに」「うしょうにん」とよばれています。愛媛県宇和島市で。

十月二十九日　ペガススの四角

透明な炭酸水みたいな夜をみあげて、双眼鏡をのぞく。
さがしているのは、秋の星空のめあて、ペガススの大四辺形——。
十月終わりの夜はつめたく、ぐるぐるとマフラーを巻いて、あしもとはブーツ。
「あった、あった」
頭上高い、ましかくは、空を飛びまわるペガススのからだ。
その四角の星のひとつは、アンドロメダ姫の頭。
左下には、姫をひとのみにしようとした、くじら座が、ざぶん。

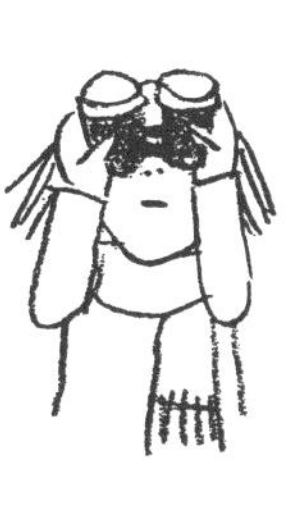

秋の星空は、ギリシャ神話の絵本。海岸の岩に鎖でつながれたアンドロメダ姫は、海獣くじらに、ひとのみにされそうになったところを、ペガススに乗って空からおりてきた勇士ペルセウスによって救われる——。ペガススのそば、物語の星座たちが順番にならんでいます。

十月三十日　初恋のきた道

金色に色づいた秋の白樺林。赤いマフラーの女の子が、恋をするために、一本道を子供みたいに駆けていく。林を渡っていく透明な風が、女の子の髪一本ずつをやわらかくゆらしながら、いとしい人に想いをはこぶ。

「初恋のきた道」は、中国のうつくしい映画。見ているだけで、その恋をさわることができるような、心の奥が鮮やかに色づくような——まっすぐな恋。かけひきだのテクニックだのと言う人がいるけれど、恋に落ちるのは、あっという間。おなじ人間どうしなのだから、必要なことなんて、きっと、ほんのすこし。魔法のようなまなざしと、すこしのことば。そして、沈黙に耳をすますこと——。

——今日は初恋の日。

「初恋のきた道」
チャン・イーモウ監督の、絵のような風景が、とてもうつくしい恋の映画。うっすらと光のはいる台所に湯気が立ちのぼる。青花の器で蒸しあがるのは、いとしい人が大好きな、きのこの餃子。もらった赤い髪留めをなくして、道を何回もさがして歩くシーンがせつなかった。

なんの日

初恋の日
まだあげ初めし前髪の　林檎のもとに見えしとき——
有名な、島崎藤村の詩「初恋」。この詩が、明治二十九年「こひぐさ」の一編として発表された日にちなんで。

十月三十一日　かぼちゃ大王

「Trick or treat！（いたずらか、おごりか?·）」

今日は、ハロウィン。欧米では、魔女やおばけに変装した子供たちが、キャンディやチョコレートをもらいに袋を持って家々をまわる。

ハロウィンで思い出すのは、ピーナッツ・ブックスのライナス。ほかの子供たちが町を歩いている時、たったひとり、朝までかぼちゃ畑でうずくまる。

「今晩こそ、カボチャ大王がやってくる！」

と、毎年ひとり畑の中。カボチャ大王を信じて待っている。

チャーリー・ブラウンにばかにされても、ライナスは、くじけない。

「君が例の赤い服で白いヒゲの〝ホーホーホー〟って言うやつを信じるの止めたらボクだって〝カボチャ大王〟信じるの止めるよ！」

ライナスは、カボチャ大王派、チャーリー・ブラウンは、サンタクロース派。おたがい、信じているものをけなしあい。どちらも、孤独な変わり者。

なんの日

ハロウィン

十一月一日の「万聖節」の前夜祭。古代ケルトでは、もともとこの日を一年の最後として、魔女たちがやってくる日でした。「万聖節」は今では、キリスト教のお盆のようなもの。

あしたは、死者の魂が、この世に帰ってくる日。死者の霊を鎮めて遠ざけるために、子供たちが、変装して、家々をまわります。

魔よけのオレンジ色のランプ、ジャコランタンは、かぼちゃをくりぬいて。こわーいかおで、わらってます。

十一月　霜月

十一月の呼び名

しもつき　霜月
しもふりづき　霜降月
つゆごもりづき　露隠月
しんきづき　神帰月
ゆきまちづき　雪待月

旧暦十一月は、新暦の十二月ごろ。朝の露も霜にかわる、冬のはじまりです。「露隠」「霜降」などということばがぴったりです。「神無月」でいなくなっていた神様が帰ってきています。寒い場所では初雪。新暦十一月は、晩秋。酒蔵では新しい杉の葉の酒林（さかばやし）を軒につるして、新米から作った新酒のできあがるころです。

十一月一日　犬のべろ

「いぬのべろって、ぬくいで」

近所の五歳の男の子と、犬の散歩をしていたときのこと。

あたまをなでようとしたら、犬がつめたくなったその子の指をなめた。

おどろいて、うれしそうにおしえてくれる。

——いぬのべろがあったかい。


すみれいろの夕ぐれ。

空気や手足が、どんどんつめたくなっていきます。

なんの日

犬の日
一がみっつならんで、いい犬の日。
ワン（1）ワン、ワン。

紅茶の日
一七九一年、大黒屋光太夫がロシアから紅茶を贈られたことから。

ていねいに、紅茶を入れてみよう。ポットもカップもあたためて、空気の泡つぶがおどる、わかしたてのお湯をいきおいよくそそぐ。茶葉がひらいて、とびはねるのを、のぞいてから、ふたをして待つ。

ていねいにいれたら、香りも、きちんとたちあがる。

待つことって、大事。

万聖節（諸聖人の日）
キリスト教の聖人と殉教者たちのための祝祭日。

十一月二日　小春日和

バス停から見る、十一月の空。

風もあるから、雲はみんな吹き飛ばされて、ぺったんこの青空。

天気がいいと、バスを待つのもうれしい。背中から陽がそそぐ。

バス停のむかいに止まっている、ヒマそうなタクシー。

そのドアのところにゆれてる木の影や、道路の隅っこにかたまっている枯れ葉を見ていると、背中が暑いぐらいぬくもってきた。

十一月の、すこしねむい小春日和。

わたしのカゲの
首のところに
落葉のマフラー

ヒマそう

十月末から十二月中ごろが旧暦の小春にあたり、この頃のあたたかい日は、小春日和。
小春日和のことを英米ではインディアンサマー。欧州では「老婦人の夏」「翡翠（かわせみ）の日」など、いろいろな呼び名があるようです。
十一月の、きれいなひすい色の晴れた空。

なんの日

万霊節
キリスト教で、この世を去ったすべての信徒を記念する日。十一月一日の万聖節が「諸聖人の祝日」なのに対して、万霊節は「諸死者の祝日」。先祖の霊に祈りをささげる日。

十一月三日　弥五郎どんまつり

でっかい　わらじ。

でっかい　げた。

ふといマユに、金色の目玉が、ぎょろり。

「おーい、弥五郎どんが、おきっど」

真夜中の午前二時、伝説の巨人「弥五郎どん」が目をさます。

ゆっさゆっさと肩をふって村をすすむ巨人、弥五郎どんは、四メートル八十五センチ。むかしこの地をおさめていた首領なんだとか。

鹿児島県大隅町で、収穫がおわったあとの秋祭り。

弥五郎どんの
着物は
梅染めの
赤茶いろ。

なんの日

文化の日（祝日）
全国で秋のお祭り。

弥五郎どんまつり
巨人伝説。弥五郎どんの着物は四年ごとに新調されて。そのおさがりの布で、祭りのはっぴがつくられます。

稲穂祭り
山口県下松（くだまつ）市法静寺の福徳稲荷では、豊作を祝うキツネの嫁入り。キツネの花嫁と花婿が人力車にのって、お供をつれて町をめぐる。神社で三三九度の杯をとりかわしたら、町も繁栄。行列に参加すると良縁に恵まれるそう。キツネノヨメイリ、天気雨がふりませんように。

手塚治虫の誕生日
中学生の頃、「ブラック・ジャック」は、何度読んだことか。今でも恐ろしい奇病のエピソードをときどき思い出してしまうわたし。

十一月四日　シャリシャリ

日が暮れて、洗濯物を取りこもうと思い、外に出ようとしたら、庭靴のなかに、枯れ葉がはいっていた。足を入れたら、シャリシャリシャリシャリ、音が鳴る。物干し竿の前をいったりきたりするたびに、シャリシャリシャリシャリ。ちょっとたのしい、かわいた葉っぱの音。

こなごなになった枯葉だらけの靴下を、あーあ、と言って、はらう。とりこんだ洗濯物が、つめたい夕方。

冬が、近づいている。

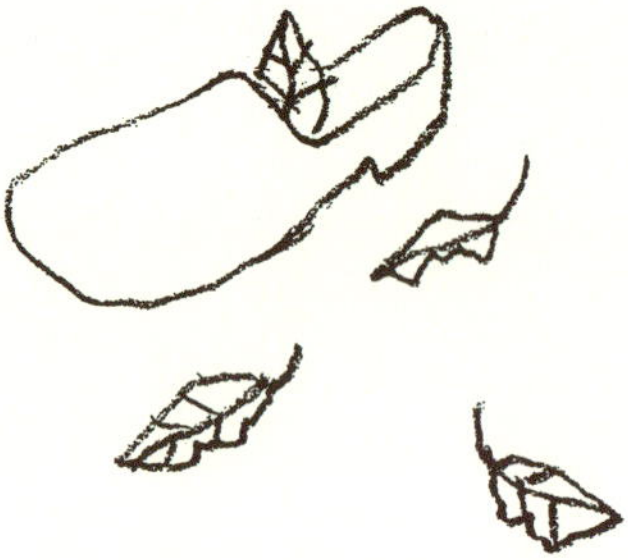

冬の気配がしています。北海道のはじっこ。根室の風蓮湖に、シベリアからオオハクチョウがやって来ます。北の果ての、白鳥の湖。

なんの日

西都（さいと）**古墳まつり**
〈第一土日〉
古墳群を舞台に、古代人に扮した若者達が舞い踊る。下水流臼太鼓（しもずるうすだいこ）踊りや神代神楽などの伝承芸能も披露されます。宮崎県西都市で。

十一月五日　サイダーハウス・ルール

「おやすみ、メイン州の王子、そしてニューイングランドの王――」

りんごの季節がくるたびに、思い出すのは「サイダーハウス・ルール」という映画。

大好きな冒頭のシーン。

孤児院の子供たちに、院長が毎晩くりかえし言う言葉。くすくす笑う子供たち。愛されているとき、子供たちは、そのあたたかさに、ちゃんと、わらう。

Ciderというのは、りんごジュースのこと。サイダーハウスはりんご園の小屋。

ひかるような季節がうつっていく。ワイエスの絵のような、静かでうつくしい景色のなか。人間の作った規則より、もっとだいじな、愛を知っていく物語。

ジョン・アーヴィングの小説「サイダーハウス・ルール」の映画化。ラッセ・ハルストレム監督の映像が、みずみずしくて、あたたかい。リンゴの実を搾って、ジュースにするところ、おいしそうだったな。

なんの日

いいりんごの日
「いい（11）りんご（5）」の語呂あわせ。

電報の日
電報を電話で申し込む時の番号「一一五」にちなんで。

十一月六日　かなりや

日本ではじめての木造アパートが建った日。
そのアパートで、童謡「かなりや」をつくったのは、詩人の西條八十でした。

『かなりや』

唄を忘れた金糸雀《かなりや》は、後の山に棄てましょか
いえ、いえ、それはなりませぬ
唄を忘れた金糸雀《かなりや》は、背戸の小藪に埋《い》けましょか
いえ、いえ、それはなりませぬ
唄を忘れた金糸雀《かなりや》は、柳の鞭でぶちましょか
いえ、いえ、それはかわいそう

唄を忘れた金糸雀《かなりや》は
象牙の船に、銀の櫂
月夜の海に浮べれば
忘れた唄をおもいだす

なんの日

アパート記念日
明治四十三（一九一〇）年、はじめての木造アパートが、東京・上野に完成。木造五階建てで、七十余室。

ハート形の山芋（ジネンジョ）の葉っぱの付け根に、ころんとちいさい山芋の子供。「むかご」。塩とお酒で、さっぱりたいたら、むかごごはん。晩秋の、しみじみごはん。

こんぶだしで
たく。
ギンナンも
いれても

十一月七日　立冬《りっとう》

「ふゆ」という言葉は、声に出して言う時、くちびるがふれあわないところが好き。
「ふ、ゆ、」と、さむそうに、ちいさくつぶやいた言葉みたいで。
「ふゅぅ」と、つめたい風がふいたみたいで。
やわらかくて、空気がしんとする音。

立冬。
冬のはじまりです。今日から、立春の前日までが冬。
日だまりにも冬の気配。北の国からは初雪の知らせ。
大陸から、冬の渡り鳥たちもやってくる頃。

なんの日

立冬（二十四節気の一つ）
冬の気たちそめていよ〳〵ひゆればなり（天明七年「暦便覧」）
十一月七、八日頃

朝夕もすっかり寒くなり、時雨が降ったり北風がふいたり。山茶花が咲きはじめます。落葉を掃くと、指先がつめたい。

ウェルカム・ウィンター・デー、あられ・おせんべいの日
お菓子屋さんが考えた日。新米でつくられたあられやおせんべいを、こたつに入って食べてもらおうと、冬のはじまりの立冬の日に。

鍋の日
ナベもおいしい季節。

かものうどんすき
ゆずこしょういれて。

十一月八日　神在月《かみありづき》

旧暦の十月は神無月。神様がいなくなる月。

じゃあ、神様は、どこにいったのかというと、全国から出雲にあつまって話し合い。人間たちの運命について。誰と誰を結婚させるか。誰と誰を出会わそうか。あのふたり、もう別れたほうがいいかもね。なんて、どきどきすることを相談するのだそう。

だから出雲では、旧暦十月は神在月。

旧暦の十日から十七日の八日間、八《や》百万《およろず》の神様たちが集まって滞在。出雲の人たちは、神様たちの会議や宿泊に失礼があってはいけないので、祭の間は、ひっそりと暮らす。うっかり好きな人の悪口なんか言ってると、どこかで神様が聞いていたりして。

神様が旅立つ日には
大きな風が
ふくという。

出雲大社の神在祭
旧暦の十月十日から十七日まで、出雲大社では、神迎え、神在祭、神送りを行う。（新暦では、毎年日付が変わる）最後の神を送る日は神等去出祭（からさでさい）。この日の夜トイレに行くと神様がいたずらしてお尻をなでる、という言い伝えがあるそう。

るすばんは
えびすさま

大風に
おちてきた
大きい葉は
プラタナス。

十一月九日　常夜鍋

窓ガラスをさわると、つめたい夜。

テーブルの真ん中に、鍋をおいて、とにかく火をかこむ。

毎晩でも飽きないという名の「常夜鍋」は、かんたんなので「部屋の暖房」も兼ねての夜ごはん。お酒入りの昆布だしに、ショウガ一片、ニンニク一個をつぶして入れたら、材料は、冬のほうれん草をどっさりと豚バラの薄切りだけ。しゃぶしゃぶと湯がいては、熱々をポン酢で——。「あつ、あつ、あっつつつ…」

こんなにも、やけどするくらい熱いものを口に入れるのが好きな動物って、人間くらいなもの。（犬も猫も、ほかの動物はみんな、ぬるいものが好き）

ふうふういいながら、ポン酢にむせて笑う。ほうれん草をほおばって窓を見ると、水滴。しずかな霜の夜。

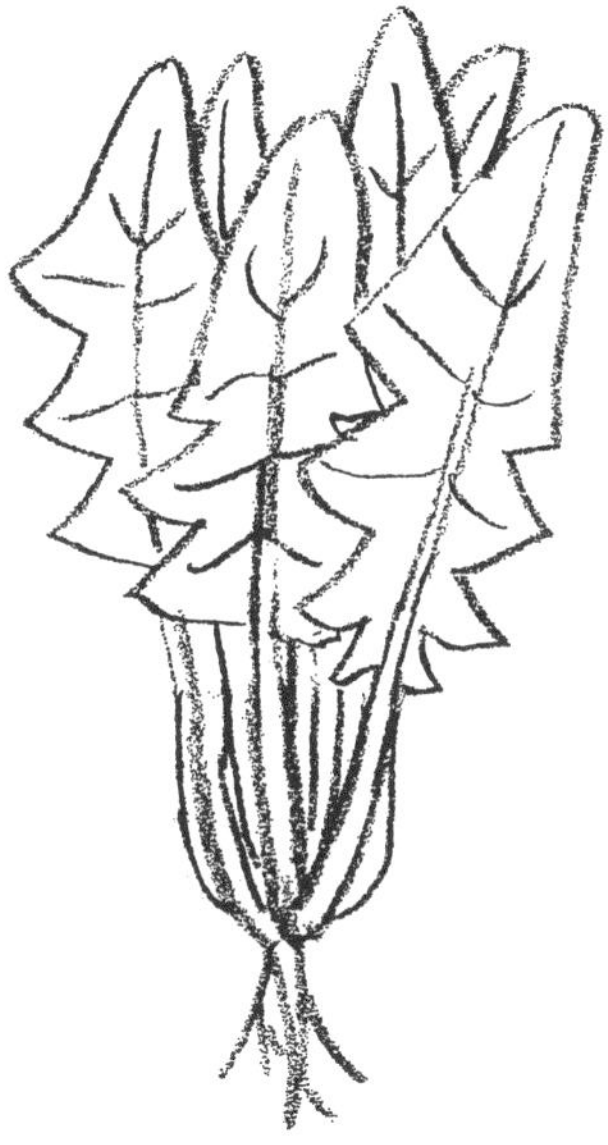

ほうれん草がおいしい季節になってきました。霜にあたると甘味が増すといわれる、ほうれん草。栄養価も冬の方が高く、体を温める冬野菜。常夜鍋なら、どっさり食べられます。手足もぽかぽか。

なんの日

換気の日
いい（11）空（9）気の語呂あわせ。さむくても、新しい空気を入れて深呼吸。お鍋の時にも換気は忘れずに。

119番の日
これは、日付のまんま。消防署の番号です。

太陽暦採用記念日
明治五（一八七二）年、明治政府が太陽暦採用を決めました。

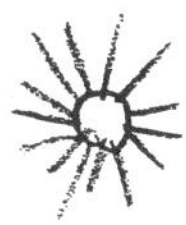

十一月十日　冬じたく

そろそろ本格的な「冬じたく」をしなくては。

「冬じたく」は、なんだか動物の「冬ごもり」に似てる。

ストーブを出したり、ウールのクッションカバーに変えたり、ふとんカバーもあたたかいネルのものに、ころもがえ。こたつぶとんや、ぶあついタイツや、カーディガン。それから、湯たんぽ代わりのホットパック。あたたかいことをいろいろ考えて家の中を準備していくのはたのしい。それだけでぬくもってくるもの。

せっせと、冬の巣をつくるわたし。

そうだ、ふわふわのルームシューズも出さなくては。

はいてみる

なんの日

中はボア
ニット
レザー
Room shoes

冬じたくには、ハンドクリームも欠かせません。ねむる前には、ハンドクリーム。ごくろうさま、と、手に、言います。

ハンドクリームの日
「いい（11）手（ten）」の、語呂あわせ。

Hand
Cream

エレベーターの日
一八九〇（明治二十三）年、東京・浅草の十二階建ての凌雲閣で、日本ではじめての電動エレベーター。

十一月十一日　おりがみの日

折り鶴のしっぽを、ぴんと、とんがらせて折るの、むずかしかったな。

顔のところも、なんかぐにゃぐにゃになってしまって。

きれいな三角、折ってみたかったけど、どうしてもずれて、白いところが見えてしまった。きりなくきりなく、折ったおりがみ。金色はたいせつだから、ずっと残したまんま、いつのまにか折らなくなりました。

今日は、一が四つならぶ日。四角くつなげたら、ほら、おりがみの日。

なんの日

一が四つならぶこの日は、いろんなふうに見えるから、記念日がたくさん。

—もやしの日
もやしを四本並べたように見えることから

—煙突の日
煙突が四本立っているように見えることから

—きりたんぽの日
きりたんぽを囲炉裏に立てて焼いているみたいに見えるから

—靴下の日
1がふたつペアになってるのが、靴下みたいだから

—ピーナツの日
1がかさなって、落花生の中の二粒の豆みたいだから
ピーナツのおいしい季節になりました。

十一月十二日　落ち葉の乗りもの

買い物のあと、外にでたら、自転車のかごの中に葉っぱ。

となりの自転車のかごにも。

そのとなりの自転車のかごにも。

落ち葉たちは、かごに乗りこんで、見たことない場所へいってみようと、胸をふくらましているところ。

自転車で
みつけたあき地に
からすうりたち。
夕日いろに
なって。

石川県志賀（しか）町では、あまーい干し柿「ころ柿」づくり。夕焼けに、だいだい色の柿すだれ。

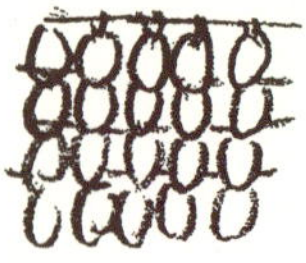

十一月十三日　渡月橋

大学を卒業した頃、京都の嵐山のちいさい集会所で、友人と「こどもアトリエ」という絵の教室をやっていた。紅葉の頃はすごい人だったけど、シーズンが終わると、夜はしんと墨絵のようにしずんで、だれもいない。

帰り道、広々とした渡月橋を渡るとき、嵯峨野の山がこわいぐらいにまっくろでまっくら。見あげると、あかるい月。足もとは月影。月だけが、うかびあがっていた。（――ああ、そうか。だから渡月橋やねんな）と、その名前のきれいなことに、やっと気がついて、おどろきながら月を渡って帰った。

週二回、渡っていく渡月橋は、いつ見てもきれいだった。大きい布をひろげたようなゆるやかな空は、晴れてても、くもってても、胸がせいせいした。さっと通るのがもったいないので、途中で止まって、橋にもたれかかって、空を見たり、広い川をのぞいたりした。恋人は、遠くに行ってしまい、未来なんて、なんにも見えなかったのだけど、うつくしい月を渡るとき、わたしは、誰になんと言われようと、ほんとうに幸福、とおもったのでした。

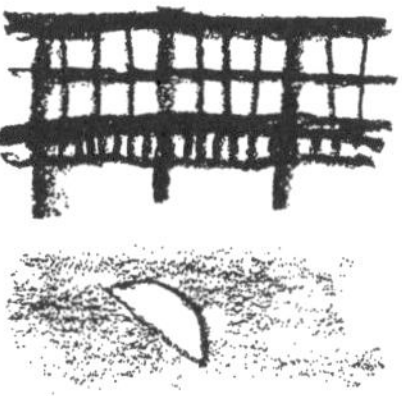

なんの日

嵐山もみじ祭〈第二日曜〉
京都・嵯峨野の山々はこの頃から色づいて、もみじ祭。渡月橋上流で平安時代の衣装をまとった人たちの、優雅な船遊び絵巻が繰り広げられます。

わたしにとって、嵐山はそんなにきらびやかな場所ではなくて、どちらかといえば、しみじみした場所。今は修学旅行向けの店や芸能人の店が増えてさわがしくなったけど、あんな月のきれいに見えるところはないなあ、と思う。紅葉は、とてもあざやかでした。

十一月十四日　リンドグレーン

「わたしのこと、しんぱいしないで！　わたしは、ちゃんとやっていけるから！」

空にむかって話すのは、世界一強い女の子。がぼんがぼんのでっかい靴に、左右色の違う靴下。ぴょんとはねたミツアミ。ママは天国でパパは海の上。スーツケースにはこぼれるほどの金貨。お猿のニルソン氏と馬と一軒家に暮らしてる。「長くつ下のピッピ」の作者、アストリッド・リンドグレーンは、この日に生まれました。

ほかにも映画になった「ロッタちゃん」シリーズや「やかまし村の子どもたち」。出てくるのはみんな、楽天家で不良で正しい子供たち。わたしは、その周辺に描かれる、不器用で安心感がある大人の姿も、とても好き。

「ピッピも、ほかの本にも何のメッセージもない。わたしはただ、わたしのなかの子供を楽しませたかっただけ」——これは、リンドグレーンの言葉です。

なんの日

童話作家、アストリッド・リンドグレーンのうまれた日

二〇〇二年、九十四歳でこの世を去りました。

高校生のリンドグレーンは、級友たちに「将来きっと作家になるだろう」と噂されて「絶対書かない」と決心。ピッピは、三十六歳の時、自分の娘のために、はじめて書いたお話なんだそう。だから、リンドグレーンは結婚後の名前。

ひねくれ者で、いつもただしい、ロッタちゃんみたいな、愛すべきアストリッド。

十一月十五日　ちとせあめ

むかしむかし。

浅草で、紅白に染めた棒状の飴が「千年」という名で売られて、人気となりました。

それが袋に入れられて「千年飴」となり、「千歳飴」になったそう。

ここまで元気で大きくなって、よかったねえと、お祝いする七五三。もっと長く生きられますように、と長い紅白の飴。

すごくおいしそうで、ほしいほしい、とお願いして買ってもらったのに、ちいさいわたしには途中で飽きて食べきれなかった。魅力的な、きれいな長い飴。

大阪で水あめを発明したという平野甚左衛門が、浅草寺の境内で売ったのが、はじまりとか。江戸時代の飴屋さんの、ヒットお菓子。

なんの日

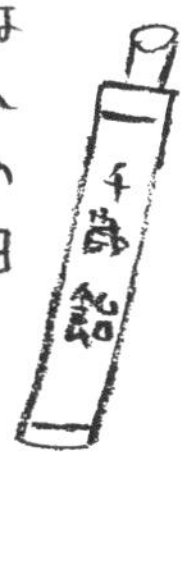

七五三
数え年で男の子は三歳と五歳、女の子は三歳と七歳のとき、成長を祝って神社にお参りします。

かまぼこの日
平安時代、一一一五年の文献に「祝宴の膳にかまぼこが出された」と記されていることから。

十一月十六日　靴のむき

三歳ぐらいのころ、靴の右と左がなかなかおぼえられなかった。

幼稚園で、お泊まり保育というのがあって、親と離れて泊まりがけで遠足に行くことになった時、心配した母親が、前日に玄関に靴をならべてゆびさした。

「こっちが右。こっちが左」

それから、左右の靴を入れ替えてならべ、

「ほら。逆やったら、外むいて、へんなかたちやろ。こっちがまちがい」

ちゃんと靴がひとりではけるように、何回も練習させられた。

「こっちが右。こっちが左」

泊まった次の日、わたしは、母のまねをしておまじないみたいにそう言って、靴をゆびさした。注意深くたしかめたけど、やっぱりわからなくなってしまって、どっちだったか不安なまま足をいれた。

「こっちがみぎ。こっちがひだり」

——おまじないは、きかない。集合写真のなか、前に足を投げ出してすわって写ってるわたしの靴は、きっちりと、外むきでした。

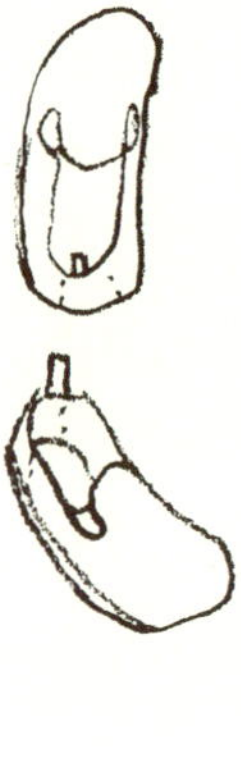

なんの日

幼稚園記念日
明治九（一八七六）年、日本で最初の幼稚園、東京女子師範学校付属幼稚園が東京・お茶の水に開園しました。

十六団子の日
三月に山から下りてきた、田んぼの神さまが山へ帰る日。農家では、お団子を十六個お供えします。

十一月十七日　蓮根療法

背中にスーッと寒気が走るときは、ご用心。

風邪のウイルスが、何匹か、ぴゅっと、からだにはいった可能性あり。

ああ。風邪ひきませんように——。

ウイルスたちが、からだじゅうをめぐる前に、追い出さなくちゃ。

こわくなって、すぐにお風呂。お風呂からあがったら、しょうが紅茶で、さらに、からだのあたため追加。芯から冷えを追い出す。のどが変なら、こちらも追加。キンカン、葱焼き、はちみつ大根のお湯わり。きわめつけ、本命は、蓮根——。

蓮根湯や絞り汁。中でも効果があったのは、節蓮根の粉「コーレン」のスープ。あんまりおいしくないけど、蓮根好きのわたしには、それほどまずくもない。鍋に溶いて、お醤油少々、葛でとろみをつけて、できあがり。熱いのをふうふうして飲んでいると、すぐに、汗。風邪の追い出し大作戦。

なんの日

蓮根の日
蓮根は喉のお薬。咳止めや風邪の予防に。「コーレン」は特に体をあたためる蓮根の「節」の部分を粉にしたもの。自然食品屋さんで売っています。

からだに効こうが、効くまいが、だいすきな蓮根。天ぷらでいちばん好きなのは、断然蓮根。しゃりっと糸ひいて、湯気。あんな食べ物、ほかにないもんね。

今日は、蓮根の日。これから冬にかけて蓮根の季節。穴が小さくて、節がすくないのが上質の蓮根。

十一月十八日　紅葉図鑑

目の前に、ひらひらと落ちてくる、色たち。
ひろってばかりだと、ちっとも前にすすめない。

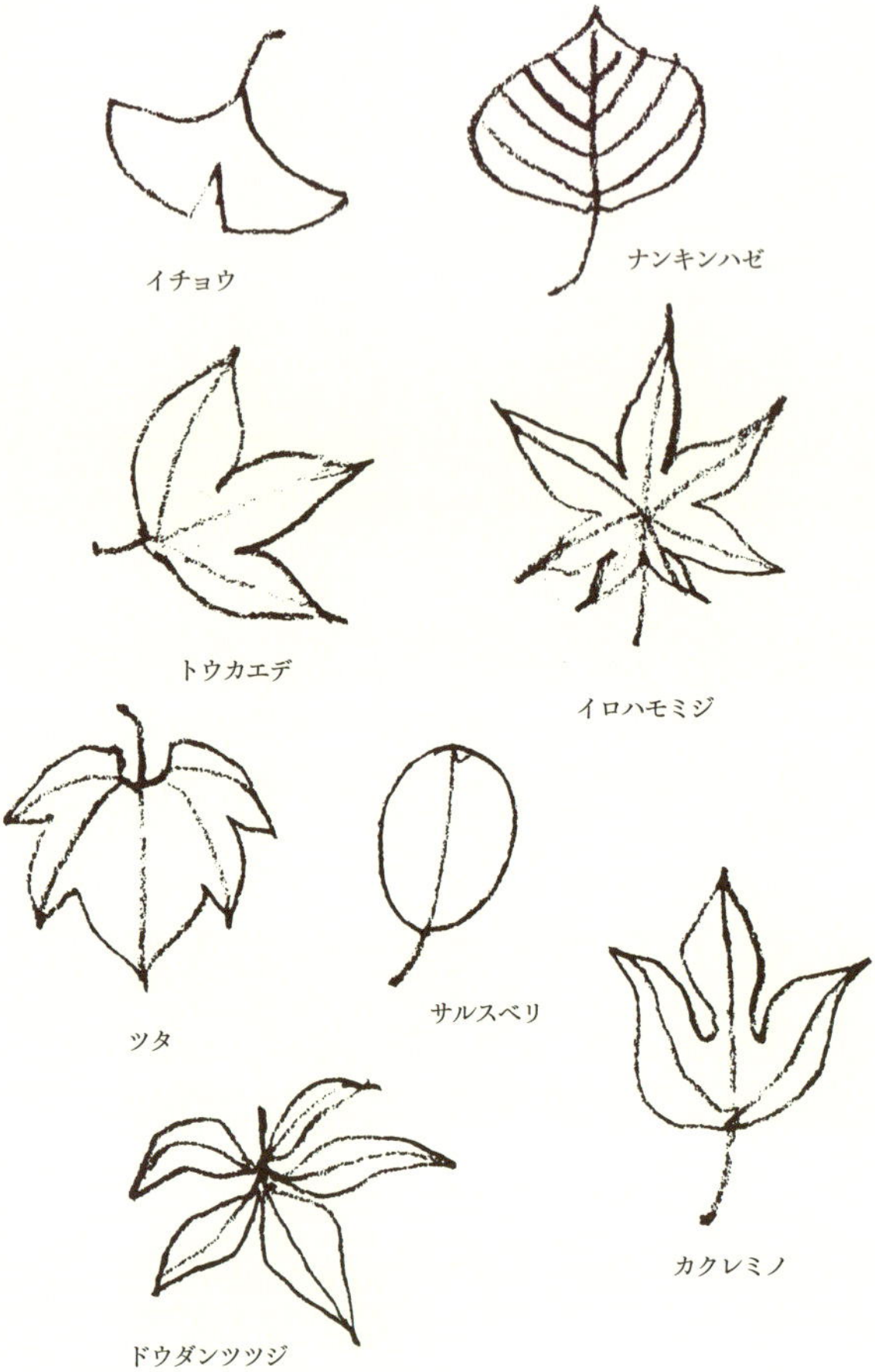
イチョウ
ナンキンハゼ
トウカエデ
イロハモミジ
ツタ
サルスベリ
カクレミノ
ドウダンツツジ

大阪の箕面（みのお）の大滝のモミジは、まだあかあかと、紅葉中です。十一月いっぱいまでもみじまつり。箕面に行ったら、つい食べてしまう、モミジの天ぷら。猿に気をつけて。

なんの日

ミッキーマウスの生まれた日

ミッキーマウスが生まれたのはウォルト・ディズニーの手の中から。今日はミッキーの映画「蒸気船ウィリー」（世界初のトーキーアニメーション）が、ニューヨークの映画館で、はじめて公開された日。

十一月十九日　ふくら雀

冬の雀は、まんまるにふとって、電線にとまると、ゆわん、と線がたわむほど。

つめたい風に、胸をますますふくらまして、まるくふるえている。

雀が畑のうえに降りていくときは、まるで落下してるみたい。

からだの重さのバランスをとりながら、じょうずにじめんのうえに着地。

「ごちそうないかな」

小枝みたいな足で、さがしてあるきます。

まるまる
ふとってくる

春から秋にかけて、巣をかけ、たまごを産み、雛を育てた鳥たちは、餌の少ない冬にむかって、体力を温存して春に備えて蓄えます。まるまる太った、冬の雀は「寒雀」。

もっとさむくなって、羽毛をふわふわにふくらました雀は「ふくら雀」。

鳥たちの冬じたく。

冬は
人間も
ころころ

十一月二十日　こたつ

こたつを出す。

こたつで、半分ねむりながらおはなしをかんがえたり、絵を描いたりする、なまけた、わたし。こたつ無しでは生きていけない。寒いと、なにをする気もなくなる。こたつにすいよせられて、冬、わたしは、仕事をする。

まるで、こたつにはいりたいために、仕事しているみたい。

つめたい北風「木枯らし一号」が吹くころ。外では、つめたい風の中でも、半ズボンの子供。かさかさ粉ふいたようなひざこぞうで、走る。走る。「木枯らし一号」がふくのは、十月半ば頃から十一月の終わり頃。本格的な冬のしらせ。

なんの日

世界のこどもの日
Universal Children's Day
国連の勧告で各国で適当な日を当てています。日本では「児童権利宣言」が出されたこの日に。

十一月二十一日　ひなたのほこり

ひなたのほこりが、
テーブルのうえのガラスびんのまわりを
そろりそろりとあがっていく。
これは、冬がすっかりやってきている、しるし。
部屋の中が、外よりあったかいってこと。

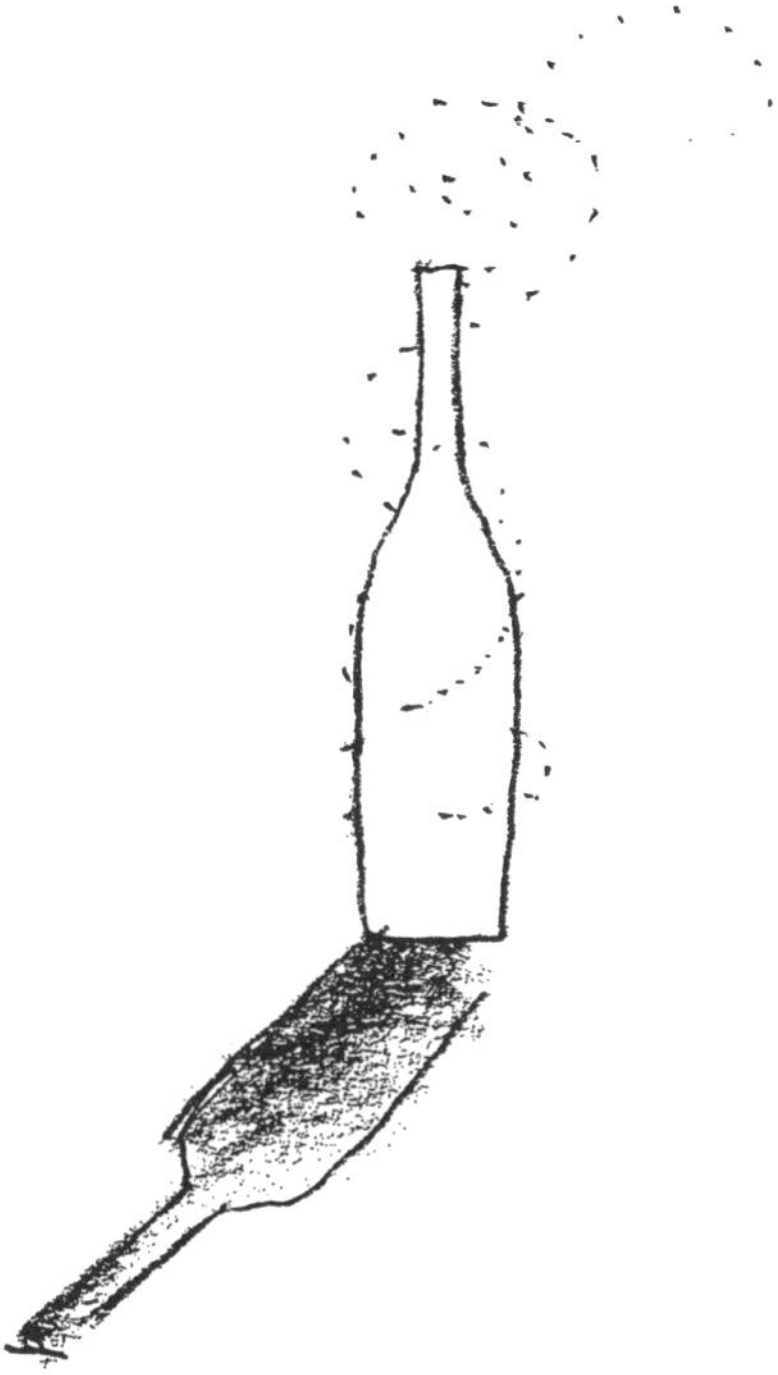

壁にうつった、ほこりの影に見とれる午後。ほこりがうごいているのをみてると、時間が、しずかになる。机の上には、セーターの毛羽だったちくちくの影もおちて、ひなたと、影がうれしい季節。

十一月の半ば頃、東京は日野市の百草園（もぐさえん）で落ち葉焚き。山のように積もった落ち葉を焚いて、朝から、ぱちぱち。サツマイモを持って行くと、じょうずに焼いてくれます。

十一月二十二日　雪虫

ゆうぐれの交差点で、信号待ちしていたら、ふわふわとよこぎるもの。

――雪虫です。秋から冬にかけて、樹液を吸うために、トドマツからヤチダモの木に渡って、移動していくところ。

つかまえたい気持ちをグッとおさえて目で追うと、羽衣みたいなおしりが、ひかりにすけて、空にあがっていく。つめたい空気をはこぶ羽根。

ニットの帽子を耳までひっぱって、ぎゅっとかぶる。

――小雪の頃。

雪虫を見かけると、いっぺんに寒くなって、雪がふる日が近いという。

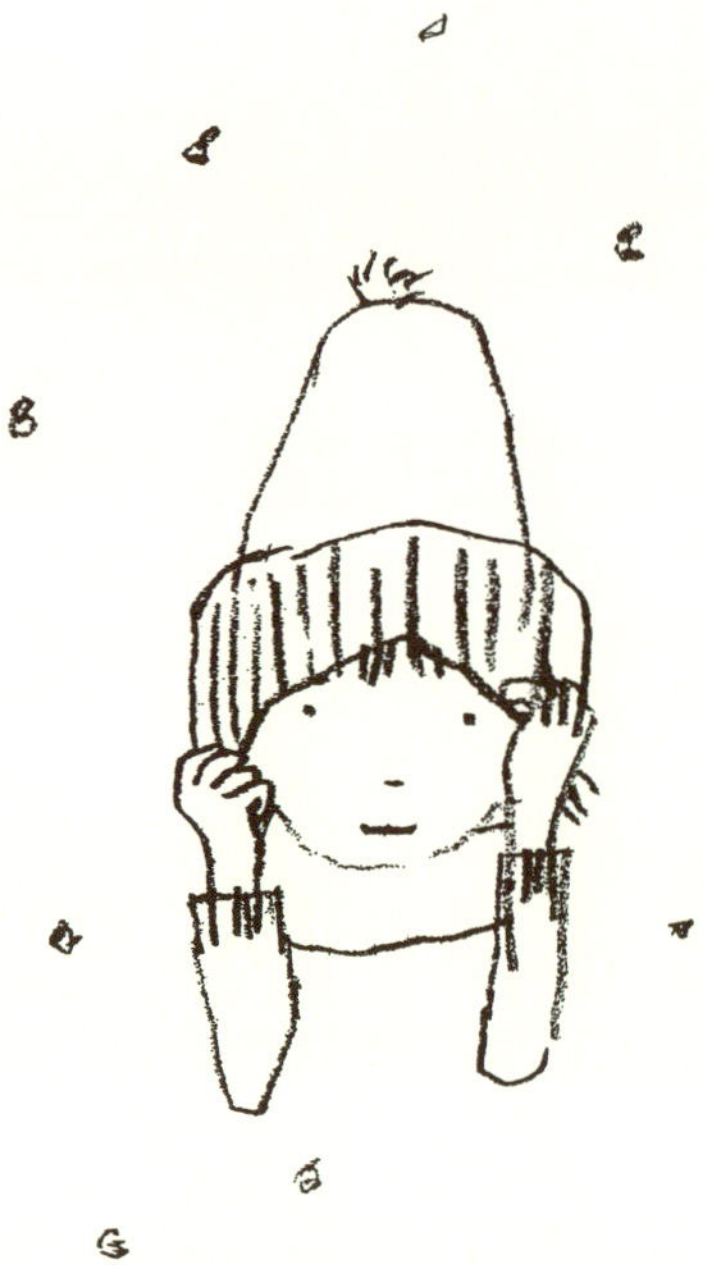

見かけた雪虫は「トドノネオオワタムシ」と言って、アブラムシの一種。一年を五、六世代かけて終えます。世代によってぜんぜん違う姿の虫になる不思議な生き物。雪虫と呼ばれるふわふわした姿は、その一つの世代に当たるかたち。雪虫を生んだお母さんや、そのまたおばあちゃんは、ぜんぜん自分と違うかたちの虫なのです。

なんの日

小雪（二十四節気の一つ）
ひゆるがゆへに雨もゆきとなりてくだるがゆへなり
（天明七年「暦便覧」）
十一月二十二、二十三日頃
平地にも初雪の頃。冷え込みがきびしくなってきます。寒いところでは、もう、冬将軍。

十一月二十三日　てぶくろ

「てぶくろの反対なーんだ?」
こたえてはいけない、その答え。学校帰りに、ばしばし六回たたかれるだけ。
公園の前にちいさいてぶくろ一個、わすれもの。
取りに来るかもしれないから、誰かが木の枝の先に目立つようにはかせてある。
その木が、おいでおいでしているみたいで、思わず公園にはいってしまった。
今日は、てぶくろの日。

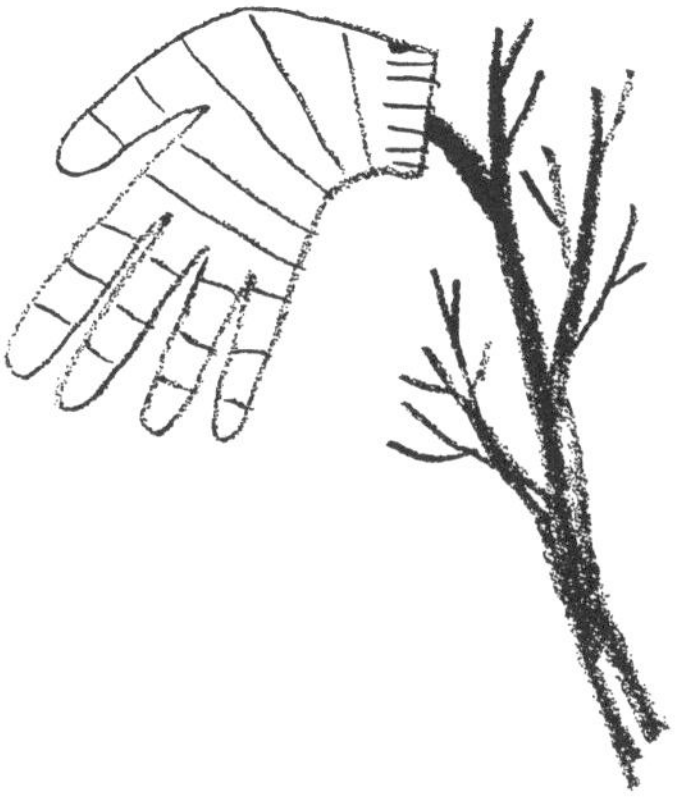

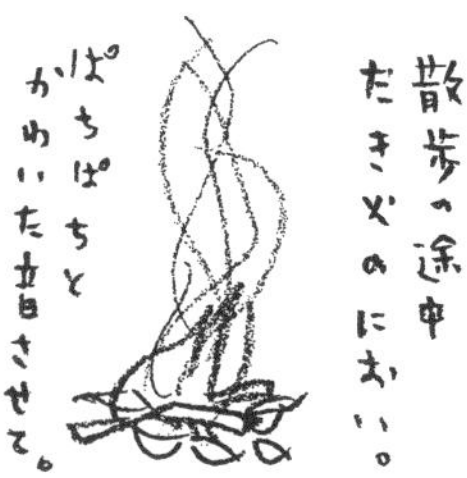
散歩の途中
たき火のにおい。
ぱちぱちと
かわいた音させて。

なんの日

てぶくろの日
さむくなって、てぶくろが恋しくなる頃。おでかけのおともに、てぶくろがいてくれれば安心。

勤労感謝の日（祝日）
宮中ではこの日、新嘗祭(にいなめさい)。天皇が、その年の新穀や新酒を、アマテラスオオミカミや天地の神々に供えて感謝し、自らも食す儀式がおこなわれます。

十一月二十四日　ゾウムシの家

歩いていて、どんぐりをけっとばす。

もう、秋もおわりだけれど、よく見ると、道路わきのすみっこにかたまって、たくさんおちている、どんぐり。あっちむいたり。こっちむいたり。

ひとつひろって、てのひらにのせると、穴あき。黒い丸窓の奥に住んでいるのは、シギゾウムシの幼虫だ。卵からかえって、もそもそ、やわらかいところを食べている。どんぐりは、ゾウムシたちのたべものハウス。のぞきこんで、たずねる——ねえ、あんた。時々は、あなから顔出して、青い空を見たりもするの？

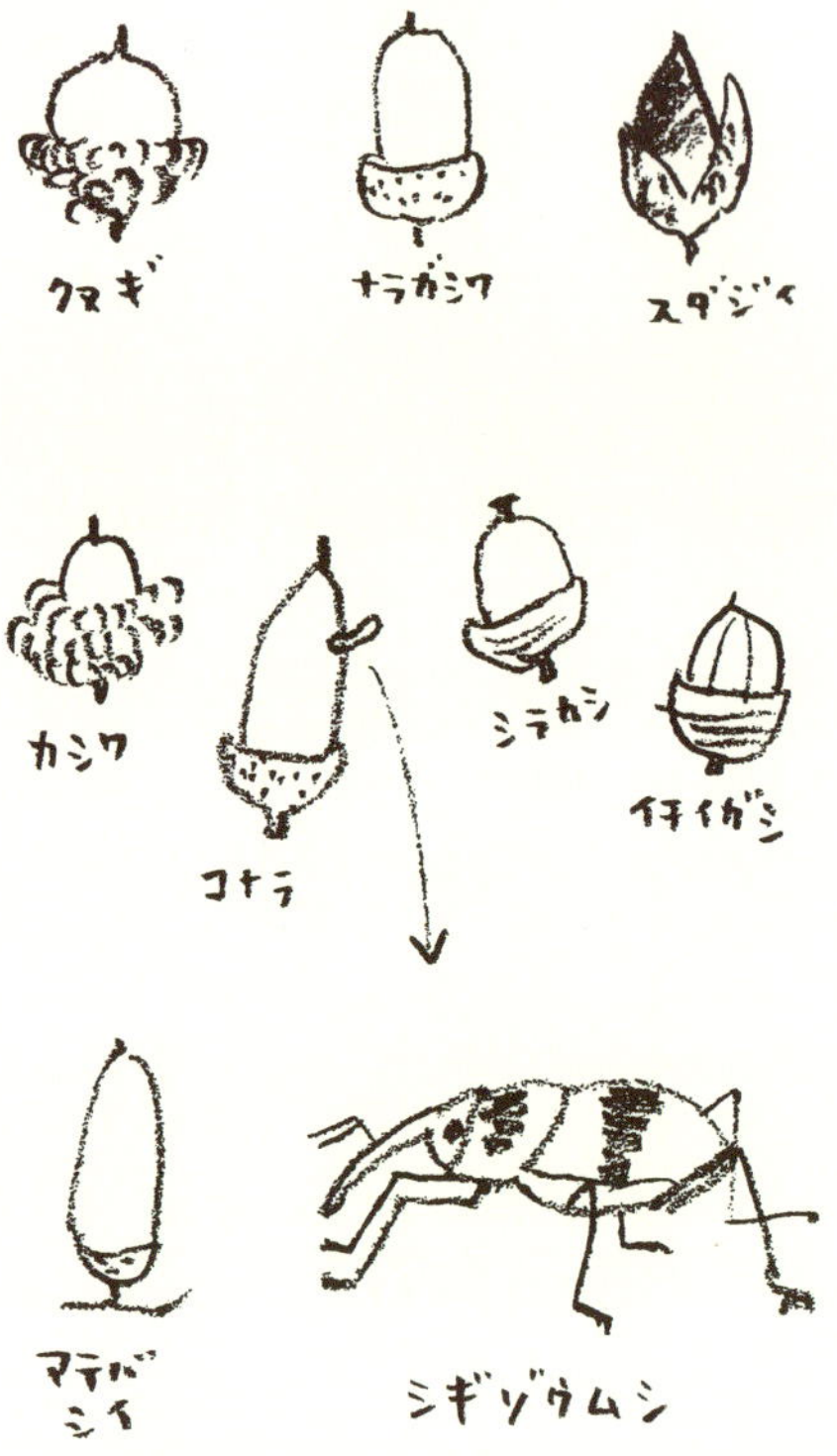
クヌギ
ナラガシワ
スダジイ
カシワ
コナラ
シラカシ
イチイガシ
マテバシイ
シギゾウムシ

本来は、クヌギの実のことをどんぐりというそう。だけど、一般的には、カシ、コナラ、ナラ、カシワなど、みんなドングリ。ゾウムシたちは、あの細長い口で、固い皮に穴あけて、たまごを産みます。

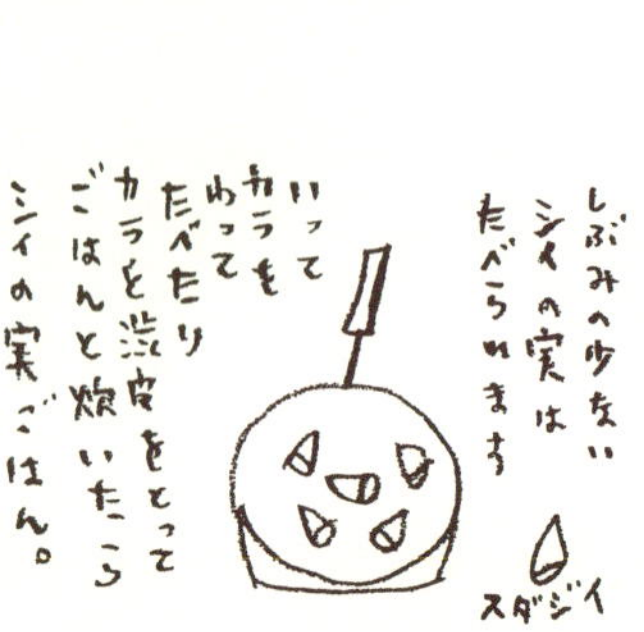
しぶみの少ない
シイの実は
たべられます
いって
カラを
わって
たべたり
カラと渋皮をとって
ごはんと炊いたら
シイの実ごはん。
スダジイ

なんの日

感謝祭〈第四木曜〉

かつおぶしの日
「いい（一一）ふ（二）し（四）」の語呂あわせ。

十一月二十五日　ゆげガラス

すじ肉を煮込む。

たっぷりのお水とお酒少々で。たっぷりと三時間は煮込む。

透明な、ゼラチンが、とろんとろんになるまで。

すじ肉を煮込みながらその横で仕事をしているとき、なんだかわからないけど、とても、幸福な気持ち。家の中に、てんてんと、こまかい水蒸気が満ちてくる。そうして、部屋がぬくもってくる。白く曇る窓ガラス。

何の味もついていないすじ肉を、時々あつあつ、とつまんで味見。

とろんとした、あまいあじ。あついものは、それだけでおいしい冬。

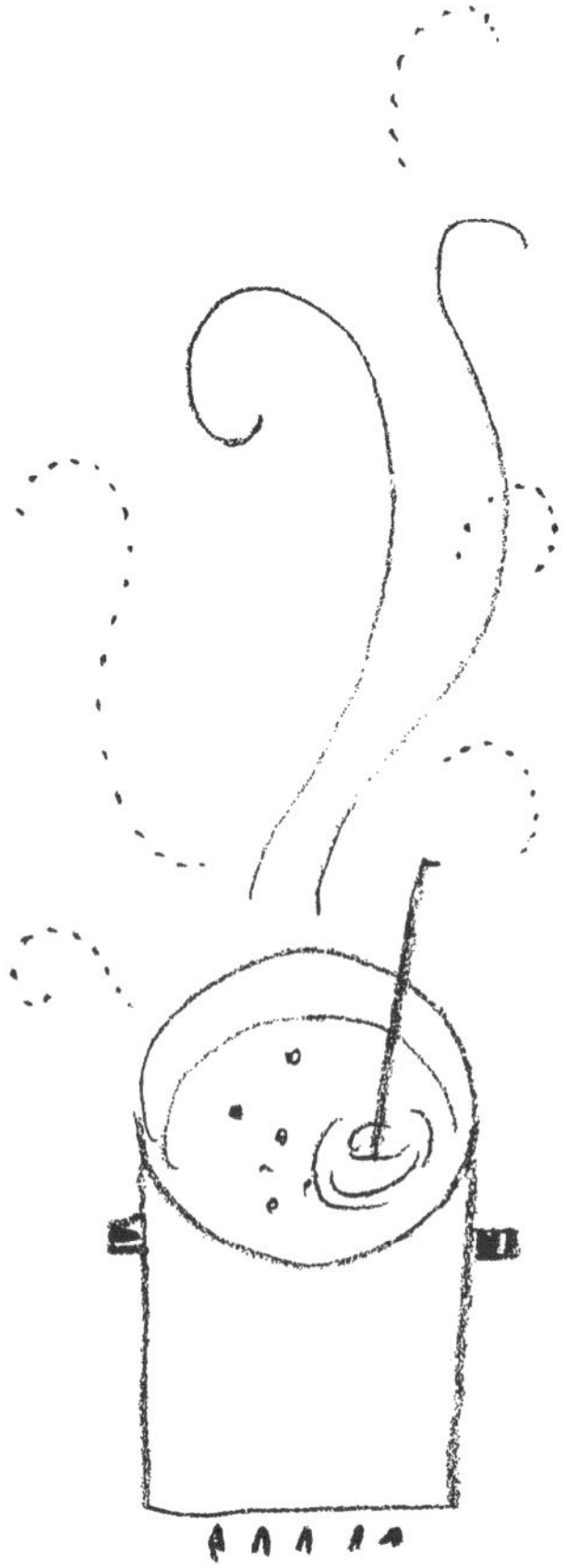

ゆげの
窓に絵を
かくと
なみだ

得意料理は？　ときかれたら、すじ肉をつかったもの。すじ肉さえあれば、なんだっておいしくなる。すじ肉の肉じゃが、すじ肉のカレー。すじ肉のトマトシチュー。そして、おだしたっぷりの、すじ大根。残って、冷蔵庫に入れたら、次の日には、にこごりになって、ぷるぷるのおだし。

乱切りの
大根と
すじ肉
すじ
大根。

十一月二十六日　ピーナツブックス

チャーリー・ブラウンは、嫌われ者で、ひとりぼっち。赤毛の子に片想いばかりしている。ルーシーも意地悪で、ひとりぼっち。シュレーダーに片想い。シュレーダーは、ひとりぼっちが好きなオタクで、ベートーベンに恋。ライナスは、理屈屋で、やっぱりひとりぼっちで、毛布に恋。スヌーピーはイカれていて、自分をヒーローだと思いこんで、自分に恋している。

ピーナツブックスの主人公たちは、しょっちゅうひとりでため息をつく。孤独なんか当然のようで、たくましく、片想いをする。「sigh」（タメイキ）という言葉や「Good grief」（ヤレヤレ）という言葉。わたしは、この本で知りました。

作者、チャールズ・M・シュルツの生まれた日。

なんの日

チャールズ・M・シュルツの生まれた日

アメリカのミネソタ州の生まれ。漫画家。どこかせつなくてまぬけな、愛すべきスヌーピーやチャーリー・ブラウンの生みの親。私が読んでたのは、ツルコミックの（谷川俊太郎訳）ピーナツブックス。

造り酒屋の軒先に、青い杉玉。新しい酒林（さかばやし）は、新酒のしらせ。

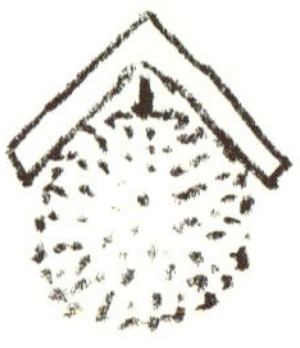

十一月二十七日　ナスタチウムの水玉

「ちょっと、アンタ――」

声をかけてきたのは、庭のナスタチウムの葉っぱ。こんなにさむいのに――おばけのようにでっかくなって、まだ生きている。

ちょきん、と切ってガラスの器にさしてみた。みどりのまるい葉っぱは、白い壁に描いた水玉もようみたいで、きれい。くるんくるんと、みどりのしゃぼん。好き勝手にのびた、ぐにゃんぐにゃんの茎と、その先についてる葉っぱは

「ちょっと、アンタ――」

と、声かけてる手に似て、だれかとしゃべりたそうなナスタチウム。前を通りかかるたんび、なんだか呼び止められてるようで、ふりかえってしまうな。

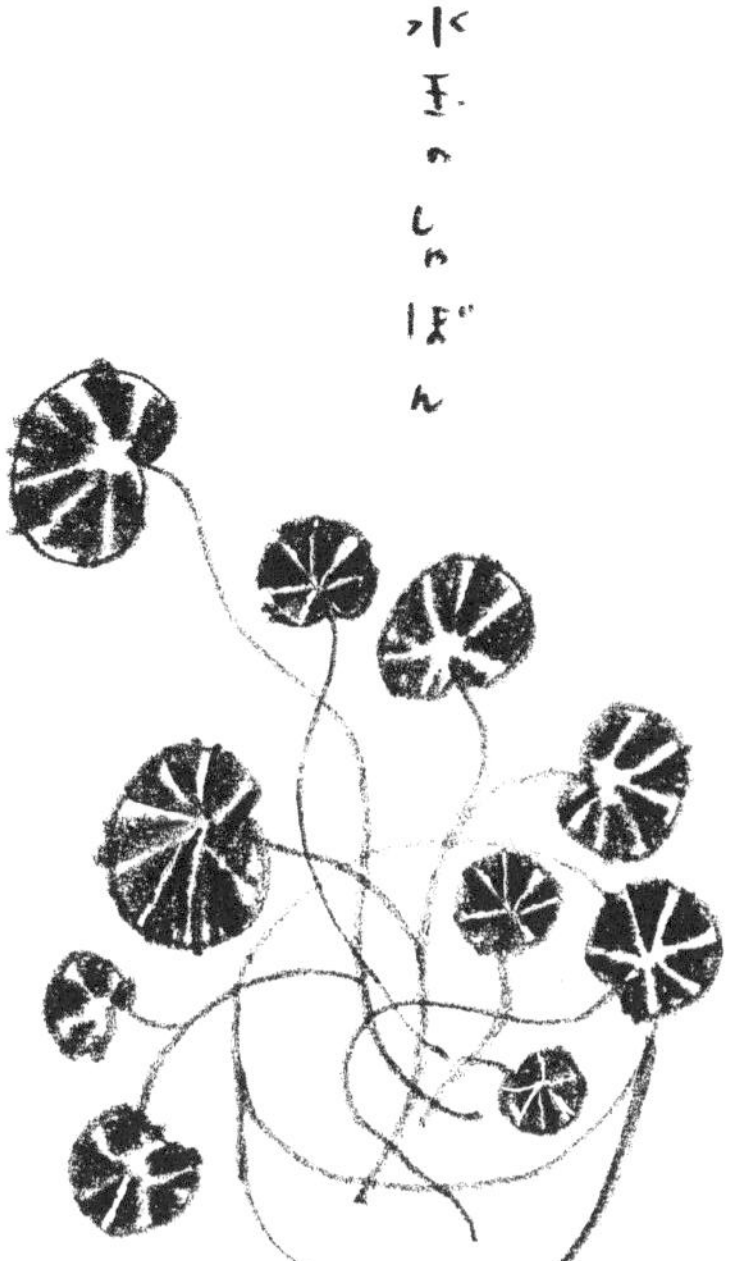
水玉のしゃぼん

ナスタチウム（金蓮花）ノウゼンハレン科、多年草。春から初冬まで、ずいぶん長く花を咲かせるナスタチウム。日本ではあたたかいと、冬を越すことも。

丸い葉っぱの中には、きらりと星。クレソンのような香りで、サラダに使ったりして食べられる葉っぱです。春と秋に種まき。発芽しやすいように、大きな種は一晩水につけてから。

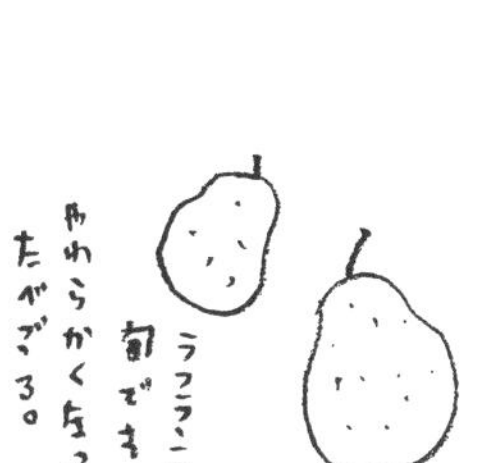
ラフランスの
旬です。
やわらかくなったら
たべごろ。

十二月二十八日　冬の花

やつでの葉っぱは、天狗の葉うちわ。魔法のうちわ。

冬の庭で、ひっそり花をさかせています。あたらしい葉うちわを取りに来た天狗さまは、ついでに花も、ちぎって空にとばす。ひとりぼっちの天狗さま。ぱたぱたぱたぱた、葉うちわであおいで、まいあがらせる。

そんな日は——はなびらみたいな、ぼたん雪が降ってくるかも。

——やつでは、白い雪だまみたいな、冬の花です。

やつでの葉っぱをちぎって、天狗みたいにあおごうとしたら、おもっていたよりふにゃふにゃ。ちっとも、風が起こせやしない。やっぱり、人間じゃだめなのかな。天狗さましか使えない。

なんの日

太平洋記念日

一五二〇年、ポルトガルの航海者マゼランが、後に「マゼラン海峡」と名づけられる海峡を通って太平洋に出た日。平和で穏やかな大洋——Pacific Oceanと名づけたのはマゼラン。

明治十六（一八八三）年のこの日、麴町区内山下町に鹿鳴館がオープン。ワルツにあわせて、くるくるまわるドレスの裾。明治の頃、毎晩、舞踏会がありました。

十一月二十九日　冬のおと

同居人の、鼻をすする音――。
…スースルッ…。スースルッ…。
テレビの音の間に。
お風呂の戸をあける音の間に。
まるで、あいの手のように、きこえてくる。
夫は小学生の頃から、冬になると鼻を詰まらせる。
――これは、わが家の、冬のおと。

部屋のむこうからきこえる

冬の河原で、殺人事件!? これは、モズの「はやにえ」。モズは冬がちかづくと、バッタやトカゲといった自分の食べ物を、枝に刺す習性があります。食べ物のない冬の蓄えのため――といわれていますが、刺したのをわすれて、食べないことも。さむそうな、冬の葦原にからからと、ひからびた、かなしいバッタ。

十一月三十日　メープルミルク

ねむれない夜の、メープルミルクのつくりかた。
ホットミルクにメープルシロップとラム酒をすこし。
からだのなかがあたたまってるうちに、ふとんにはいって、おやすみなさい。

しんしん冷える夜。おふろからあがったら、パジャマの上からたっぷりとした長めのカーディガン。メープルミルクをのんだら、ほかほかのほっぺたで、すぐにふとんの中へ。あしたの朝は、バケツに氷が張るかも。

関東では、はつごおりの頃。

十二月　師走

十二月の呼び名

しわす　師走
くかん　苦寒
くれこづき　暮古月
ゆきづき　雪月
はるまちづき　春待月

旧暦の十二月は、新暦の一月ごろ。寒さもきびしく、冬まっただ中で「苦寒」。次に来る新春を待って「暮古月」。「師走」は十二月にお経を上げてもらう風習があったことから「法師がいとまなく馳せありく」が語源という説がありますが、他にもいくつもの説があります。新暦の十二月は、ようやく冬らしくなってきたころ。オーバーコートも、やっと出番です。

十二月一日　山茶花《さざんか》

山茶花が、塀のむこうがわから、こぼれるように咲いて、声をかけてきた。

「――それ、わたしのいろとおんなじね」

あたらしいマフラーをおろした日。

なんの日

桜山まつり
北風が吹くような青空の下、群馬県藤岡市の桜山公園では、冬の桜が満開。さむそうに、あたたかそうに――。

十月中旬から十二月下旬にかけて天然記念物の冬桜七千本が見ごろ。名物「とっちゃなげ汁」「祝酒」などがふるまわれます。

十二月二日　きつねの電話

電話ボックスで、狐が電話をかけているのを、見かけました。

——これは、谷内六郎さんの絵のことです。

十代の頃、この絵を見たわたしは、この景色を見たことがあるような気がしました。

一瞬の強い想像は、現実で見たことと変わらない、リアルなもの。ほんとうに目で見ていることと、おなじなのです。

今日は、画家、谷内六郎さんの生まれた日。

なんの日

谷内六郎の生まれた日
高校生の頃、大好きだった、「谷内六郎の絵本歳時記」。今思えば、あれは、ちょうど亡くなられたばかりの頃だったのでしょう。谷内さんの本がたくさん本屋にならんでいて、わたしは、たっぷり出会うことができたのでした。

おしろい祭り
福岡県朝倉市杷木の大山祇（おおやまづみ）神社の奇祭。
新米の粉を水に溶いておしろいにし、参拝者の顔にベタベタとぬりつけて、おしろいの付き加減で来年の豊作を占う。顔のおしろいは、ぬったまま家に——。顔を洗った水を牛馬に飲ませると丈夫に育つそう。

十二月三日　冬の電車

座席にすわると、ひざの下からぬくい空気がでてきて、うれしい冬の電車。

子供の頃、電車に乗ると、母親が、

「この電車、あしもとがぬくくて、きもちいいなあ」

うれしそうに、ほんとうにうれしそうに言った。

となりにすわっていたわたしは、ぱっと前にかがんで、吹き出し口を見つけ、

「あっ。こっからでてるんや」

と、得意になって言った。ふくらはぎがぬくもって、うとうとする母。

わたしは、母ゆずりの寒がり。電車のべっちんの椅子は、あたたかくて冬仕様だからうれしい。あたたかくゆられていると、ねむくなる、冬の電車。

なんの日

奇術の日

さあて、種もしかけもありません。この手の中から、ハトがあらわれます――ワン・ツー・スリー！

「12」月と「3」日が「ワン・ツー・スリー」となるところから。

秩父夜祭（よまつり）〈二、三日〉

埼玉の秩父夜祭は、曳山祭。武甲山に住む男神さまと秩父神社の女神さまが、年に一度、亀の小石の前で会える日。

秩父夜祭の屋台は屋台芝居を行うために全てが回り舞台。毎年当番の屋台町が芝居を上演。夜が更けて、冬空にきらびやかな花火があがります。

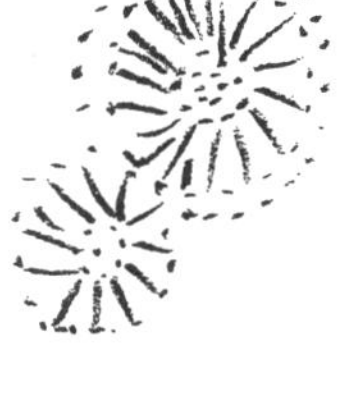

十二月四日　湯気と里芋

急にやってきた友達に、おやつがなんにもなくて、里芋を蒸し器で蒸して出してみた。そうしたら、ふたを開けたとき、立ちのぼる湯気にうれしそうな顔。

熱いほうじ茶をたっぷり入れて、バターと塩でほくほくと食べる。

湯気ごと。

湯気って、ごちそうだったんだ。

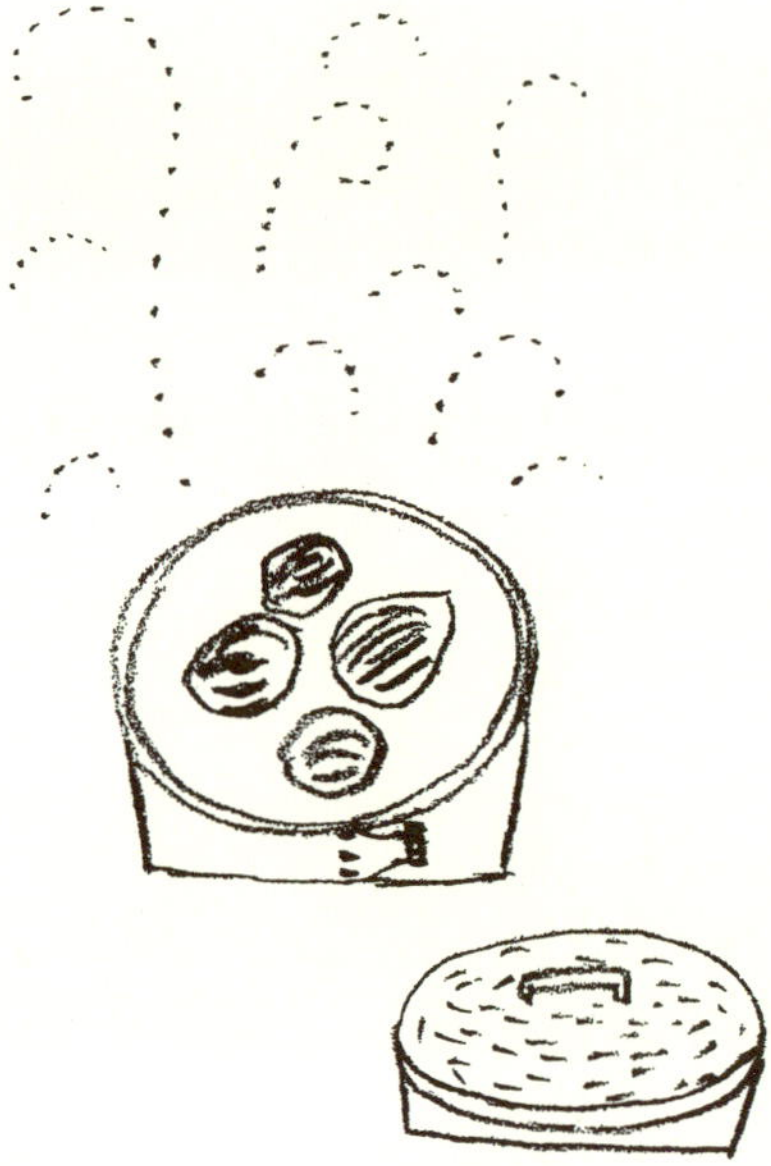

なんの日

ひょうたん祭り〈第一日曜〉
真っ赤な衣装に大わらじの「ひょうたん様」が、腰にひょうたんぶらさげ、沿道の人にお酒をふるまう。「ヨイショ、ヨイショ」のかけ声に、よろよろ歩くひょうたん様。
大分県千歳町・柴山八幡社で。

保呂羽堂の年越し祭
男たちが唄いながらはだか餅つき。長い杵で天井高く餅をあげ、天井のススが付いたものほど御利益があるという。湯気でかすむ、お堂のなか。熱気と歓声に包まれて。
山形県米沢市・千眼寺で。

十二月五日　アエノコト

奥能登の「アエノコト」は、見えない「田の神さま」を迎える神事。

この日は神さまを家に迎えいれ、ごちそうやお風呂のおもてなし。この神さまは片目が見えない夫婦の神さま。だから、ていねいに、お迎えをします。

「男神さま、女神さま、おむかえにあがりんした。

そこは水たまりがありんすから、気をつけてくなんしょ」

そうっと、神さまの手を取って、家の中へと案内します。

「おかげさまの豊作でありがとうごじんした。

田んぼはお寒うごじんしたろう。おあたりくだんせ。

お風呂がわきみんしたから、おはいりくだんせ。

御膳でごじんす。ごゆっくりお召し上がりくだんせ」

田の神さまは、冬のあいだこのまま家にとどまって、二月九日の神送りの「アエノコト」まで、ゆっくりくつろぎます。

なんの日

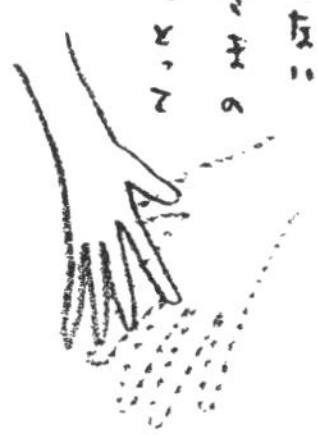
みえない
かみさまの
手をとって

アエノコト

「アエノコト」の「アエ」は「ごちそうのおもてなし」で「コト」は祭りのこと。

田んぼの神様をおもてなしして、今年の豊作を感謝する神事。奥能登の農家で行われています。

正装した主人が、田を守るとき稲の穂先で目をついて失明したといわれる夫婦神を、ごちそうとお風呂で、ゆっくりおもてなし。

そして、十一日の朝に田んぼへ案内して「田打ち神事」。来年の豊作もお願いします。

二月九日に「雪の中をお出かけでやんす」と、送り出す時まで、神さまには家でゆっくりしてもらうのです。

十二月六日　朝うどん

あたたかいのがうれしい、冬のあさごはん。

今朝は、とても簡単な、かま揚げうどん。

まず、つけ汁をつくったら、うどんを沸騰したお湯でゆでて、さっとあげる。ゆで汁ごと、大きい鉢に入れて柚子の皮をおとす。これだけ。おしまい。

湯気の立った白いうどんに、ちょん、と、柚子の黄色。柚子のつんとしたかおりが、ふわりと、眼鏡をくもらせる。あつあつのつけ汁にカツオブシと、ゴマ、ネギ、おろし生姜を入れてずるずるっと食べる。ふうふう。

半分寝ぼけてる冬の朝は、かんたんな、こんな味がちょうどいい。

あとは、おいしい、お漬け物があれば、いうことなし。

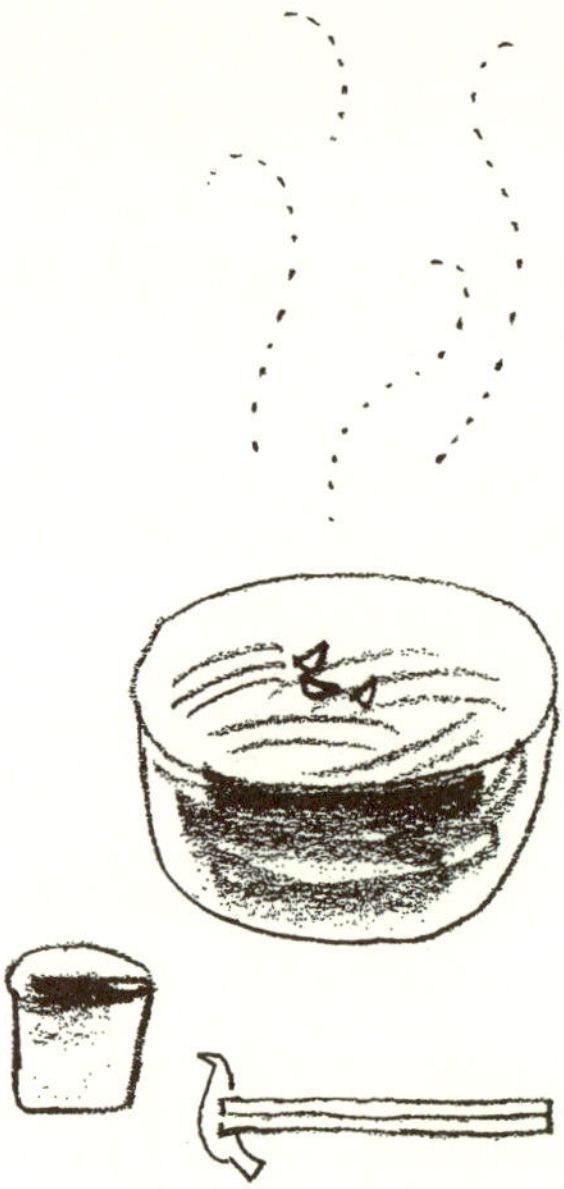

なんの日

こしのある冷凍うどんがべんり

秋葉山権現火防（ひぶせ）祭
密教の修験者が山伏問答を行なった後、信者が火の上を裸足で渡る。最後に神楽殿よりまかれる紅白の餅。神奈川県小田原市・秋葉山量覚院で。

聖ニコラウスの日
聖ニコラウスは子供や若い女性・旅人などを守るロシアの聖人。サンタクロースのモデル。
オーストリア・オランダ・ベルギー・スイスでは、この日の前夜に子供たちにプレゼントを贈ります。

十二月七日　大雪《たいせつ》

「もう、まっしろにつもったよ」

さむいところにすむ友達から、雪のしらせです。

北の雪は、ひらひらと静かにふらないで、かたまってふるのだそう。しんしんとしずかな夜に、雪どうしがくっついて、ぽそん、ぽそん、とふりつもる音が聞こえる。

一晩あけたら、植木鉢も自転車もバケツも、まっしろけ。

どこにいったか見つからないものは、来年、雪がとけるまでおあずけ。

——大雪の頃。雪ふり積もる、本格的な冬のはじまり。

なんの日

大雪（二十四節気の一つ）
雪いよ〳〵ふりかさねる折からなればなり（天明七年「暦便覧」）
十二月七日頃

日本海側で大雪が降ったり、しける日が続いたり、朝晩、氷がはって、息も白い。冬らしくなってきました。

クリスマスツリーの日
明治十九年、横浜で、日本初のクリスマスツリー。

笑い講〈第一日曜〉
珍しい笑いの神事。二人の講員が、向かい合って大声で三度笑い合う。このとき、笑い声が小さかったり、不真面目なときは、やり直し。今年の豊作を感謝し、苦しかったことを笑い飛ばすために。山口県防府市で。

十二月八日　針供養

むかしむかしの、いいつたえ。

あるところに、縫い物のじょうずなお嫁さんが、おりました。お嫁さんはお姑さんと、折り合いが悪く、ある日、針山の針を盗んだと、ひどく責められ、つめたい海に身を投げたそうな。すると、海は荒れてハリセンボンが打ちあげられ、それが、お姑さんの顔に刺さったという――。それ以来、日本海沿岸では、この針供養の日になると、海岸にふぐのハリセンボンが吹きよせられてくるのだそう。

富山では、仕立屋も畳屋も、今日はお休み。針を休ませます。

ハリセンボンを軒につるして、「お針がじょうずになりますように」と願う日。

冬は
夜も長いし
アイロンもあったかいし
針仕事むき

なんの日

ハリセンボン

各地で針供養
こんにゃくや豆腐に古い針を刺してまつり、ごくろうさまと、供養します。
（地方によっては二月八日にするところもある）

お火焚大祭〈第一日曜〉
滋賀県東近江市・太郎坊宮で、三十数万本の御神木を焚く大護摩の神事。新たな気持ちで新年を迎えるため、護摩木を焚きあげて、奉納者のけがれを祓い清める。火の勢いが弱まると修験者による火渡りの神事も。

火のにおい

十二月九日　大根だき

京都の了徳寺の大根だきの日。

大根は関西では「だいこ」というので、「だいこだき」と呼ぶ。「ああ、おいしそうな、おだいこ」なんて、「お」をつけてかわいらしく呼ぶことも。

さむくなってくると、だしがたぷたぷにしみた大根の炊いたのが食べたくなる。それはきっと、大根が、体を温めるたべものだから。

今日は、おいしいだしをとって、おでんにしよう。

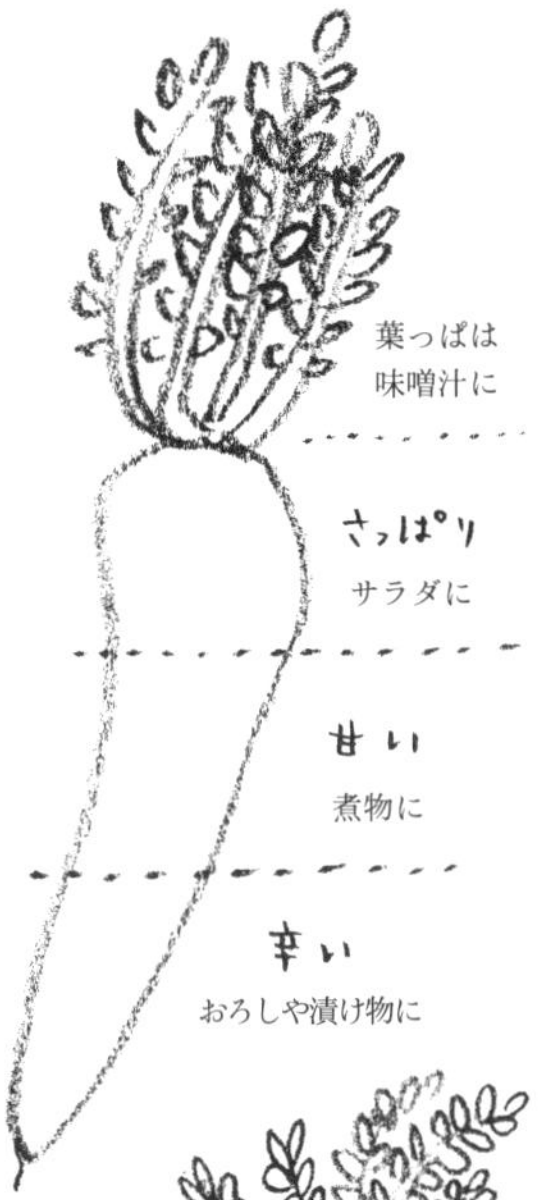
葉っぱは
味噌汁に
さっぱり
サラダに
甘い
煮物に
辛い
おろしや漬け物に

聖護院大根も
煮物においしい。

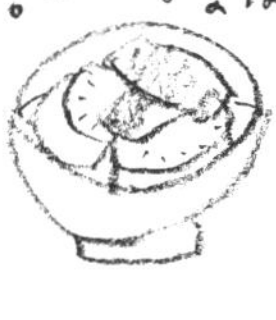
了徳寺はまぼろしの篠大根。
油あげとたいて。

なんの日

鳴滝の大根焚〈九、十日〉
親鸞聖人がこの地を訪れたとき、里人が大根を炊いてもてなしたという故事にもとづく。
参詣者に「病封じ」の大根がふるまわれます。
とろんと煮えた鳴滝大根。
京都市鳴滝本町・了徳寺で。

のどにきく
大根湯の作り方
大根おろしに
生姜おろし少々と
しょうゆ少々。
番茶か
熱湯を
そそぐ。

十二月十日　氷づめの風景

庭のバケツに氷！

厚さ一センチ。赤くなった、ヤマボウシの葉っぱ入り。

おそるおそる取り出して、陽に透かす。透明で、がたがたの氷越しに、遠くの景色を見ると、色が、ぼけぼけと、まざってにじんで、きれい。うっとりしてると、朝の光が氷をとかして、ぽたぽたと手首につたたって流れてきた――

「つめたーーい！」

氷は、ほうり投げられ、こっぱみじん。

きらきらと、一瞬のうちに消えた、まぼろしの氷づめの風景たち。

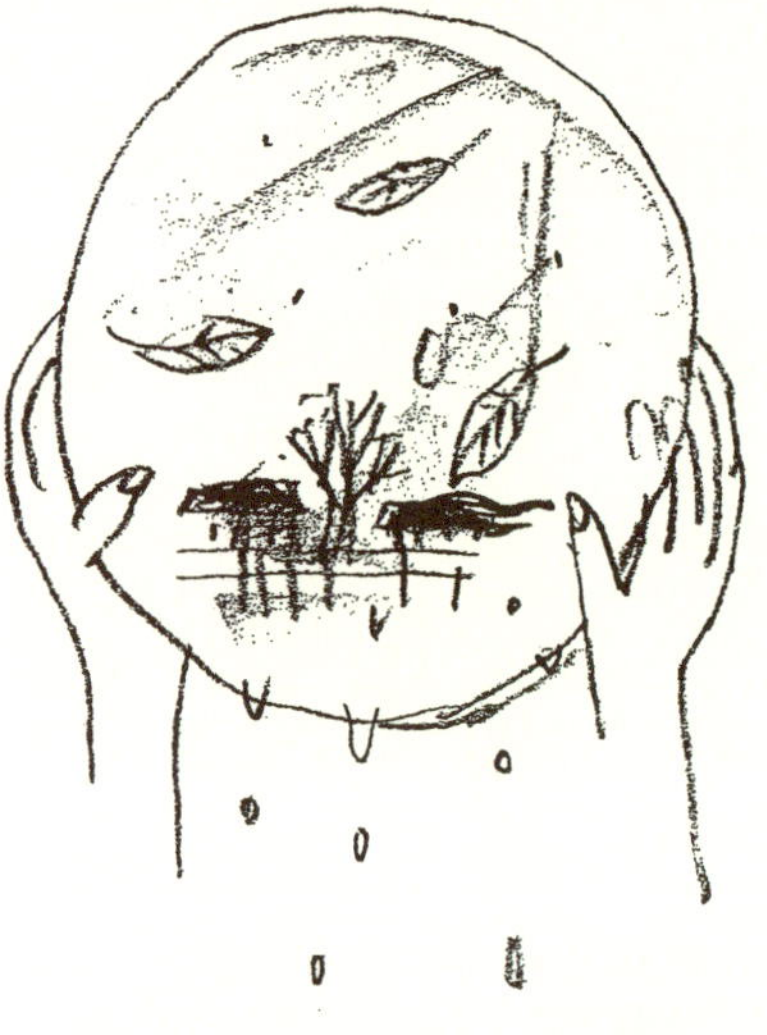

なんの日

ノーベル賞授賞式
ノーベルの亡くなった十二月十日。スウェーデンのストックホルムでおこなわれる。平和賞はノルウェー・オスロで。

大湯祭（だいとうさい）
さいたま市の氷川神社で師走恒例の「大湯祭」。十日市（とおかまち）の名でも親しまれている。てろてろひかる電球のもとで、参道には、お正月のお飾りや縁起物、熊手がならぶ。ひっきりなしの人人。境内には前祭から毎夜かがり火がたかれ、この火にあたると無病息災・火防に効果。

十二月十一日　ねずみ女

びゅんびゅんと駅までかけおりる、自転車の坂道。

冬は完全武装。

てぶくろにマフラー、耳のかくれる帽子、ダウン、コーデュロイのパンツにハイソックスとブーツ。

うっかり、てぶくろをわすれたら、袖口をひっぱってのばして、手をちぢこめる。

つめたい風もふく日なら、人目もはばからず、フードをかぶって、ちょっとあやしいねずみ男のようになる。もしも、知り合いに見られても、これじゃ、だれだか、わからないもんね。

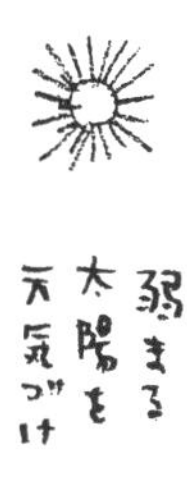

霜月まつり〈一〜二十三日〉
長野県遠山郷の湯立て神楽。年に一度の神との出会いの夜。釜に湯を煮えたぎらせ、神の面を着けた舞人が、「くんもとのぼれ。お湯を召しませ」と、神聖な湯を周囲にかけながら飛び、跳ね、舞う。長野県飯田市の十三の神社で。

旧暦の霜月が近づくと、日が短くなって太陽の力がおとろえてきます。太陽が再び生まれ変わる再生と、万物の蘇生をうながすため、また、里の平和や五穀豊穣も祈って。

十二月十二日　ポケットの手

好きな人のポケットのなかに、手を入れて
ポケットのなかで、手をつないであるく。
電線や雲や瓦屋根を見ながら、
わらったり、しゃべったりするんだけれど——
あき地の赤い実や洗濯物や影の形を見ながら、
友だちのことや、お昼ごはんのことなんか、話すんだけれど——
こころのなかが、見ているのは、
さっきからずっと、ポケットのなか。

なんの日

ダーズンローズデー

十二本のバラを愛情のしるしとして、恋の相手にプレゼントする日。

やさしくてあまいバラの香り。十二本ももらったら、なんとも思ってない相手でも、つい、クラッとなってしまうかも。

でも、トゲもあるので、慎重に。やっぱり好きな人にもらいたいな。

ひっそりとした、冬の庭では、バラの剪定の季節。

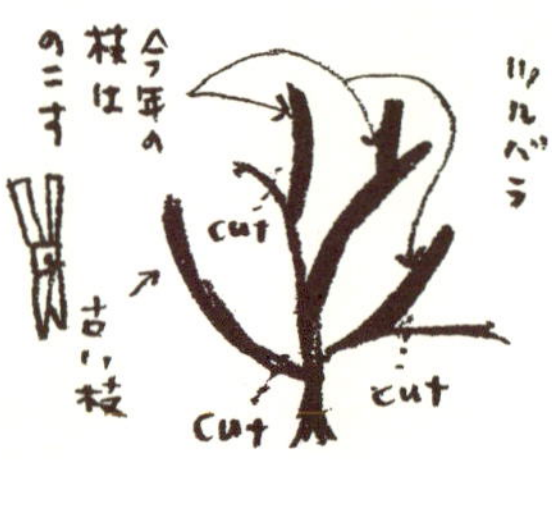

十二月十三日　すす払い

正月事はじめ。すす払い、松迎え。

年神様《としがみさま》を迎える準備をはじめる日。

江戸時代には、この日にみんなですすをはらい、松や薪など、お正月に使う木を山へ取りに行くのが習わしだったそう。でも最近は、お正月よりもクリスマスの準備で大忙し。この時期は、園芸やさんにも、松ではなくて、樅の木やポインセチアがならんでいます。

そんなわけで、お正月の準備は、クリスマスのあとで。

あまり時間がかけられなくて、年神様にはもうしわけないかぎり。

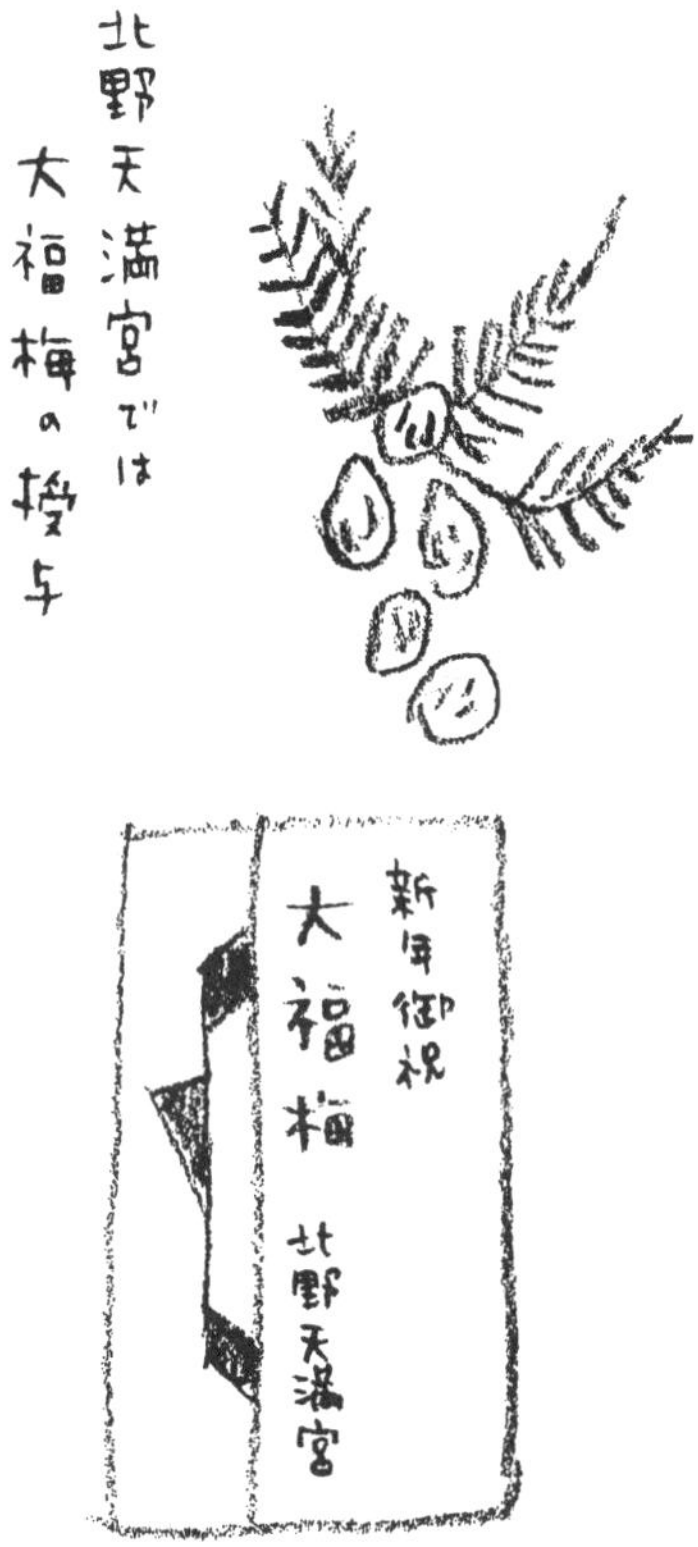
北野天満宮では
大福梅の授与
新年御祝
大福梅
北野天満宮

なんの日

松迎え
年神様というのは、お正月の神様。最近お正月がお正月らしくなくなったのは、年神様が、ちょっと気を悪くしてるのかも。

聖ルシア（ルチア）祭
十二月は太陽が六時間しか出ていないスウェーデンでは、日が長くなるように、とルシア祭。光の聖人、農耕の守護神、聖（サンタ）ルチア。コケモモの枝の冠をかぶった少女達が「サンタ・ルチア」（イタリア・ナポリの民謡）を歌って行進。光みたいに黄色い、サフラン入りの菓子パンを人々にふるまって歩きます。

十二月十四日　カキの日

魚屋で、ぷくぷくにふくらんだ、牡蠣と目があう——。

家を出たときの晩ごはんの計画は、あっというまにふっとんで、今晩は牡蠣！　となる。

殻つきのままの生牡蠣に、レモンをぎゅっと搾って、ちゅるん、と食べる。やわらかなワタと、海のにおい——。かおりのいい日本酒を口にふくんだら、またちゅるん。そして、ちゅるん。

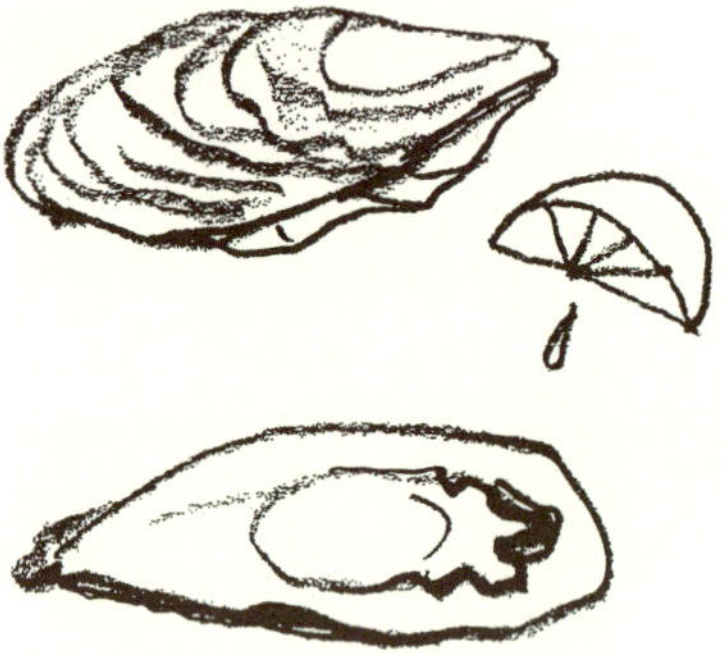

海のミルクといわれる牡蠣は、栄養食品。特に亜鉛がたっぷり。お肌がつるつる。

なんの日

赤穂義士祭
赤穂義士が討ち入りを成し遂げた日に夜を徹して行われる。忠臣蔵をはじめ、参勤交代の大名行列など時代行列が見もの。兵庫県赤穂市にて。

やっさいほっさい祭り
えびす神に扮した年男を三人の男がかついで、火の中を渡る。大阪は堺の石津太（いわつた）神社で。

十二月十五日　強化月間

つづく、牡蠣の強化月間。旬のうちに食べなくてはね。

牡蠣は、生か、フライか、味噌汁が好き。

でも、今日は、すこし目先を変えてパスタに。

ニンニクと下仁田葱と牡蠣のパスタ、ちょっと思いついて、やってみました。クリームあじも良さそうで悩んだのだけど、バターとお醤油すこしを隠し味にして、ぺぺロンチーノがベースのスープパスタに。牡蠣がかたくならないように、火はさっととおして、ふっくらとさせるのがコツ。

とろんとした葱とふわっと熱くなった牡蠣。バターしょうゆの香りの湯気。

からだがぬくもる、冬のパスタ。

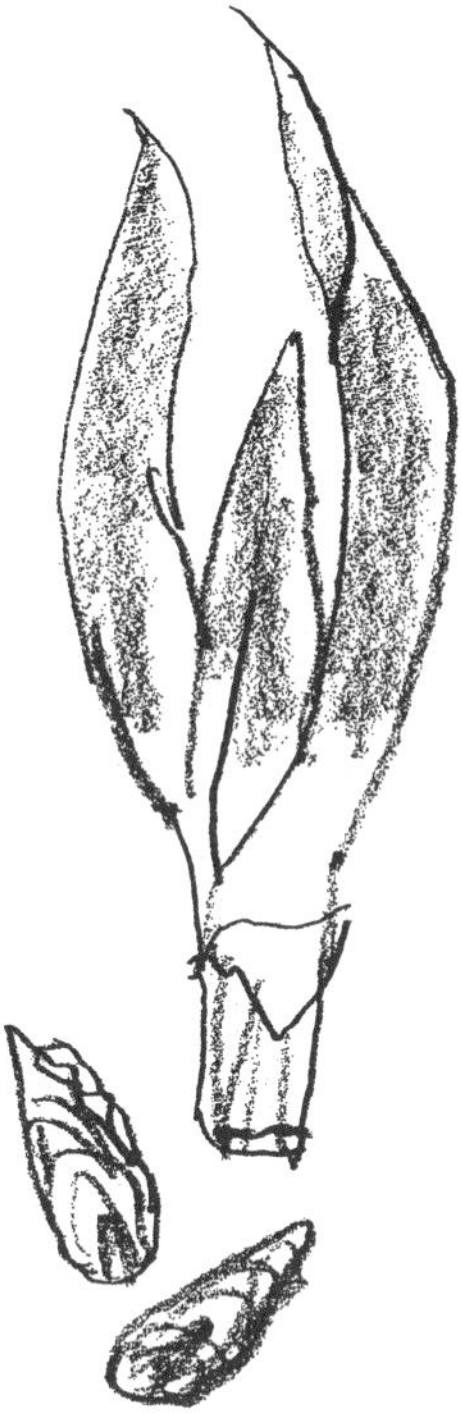

おなべだったら
かきの雪鍋。
大根おろし
ぽん酢で
たべる。
昆布だしとお酒
水菜

なんの日

世田谷ボロ市〈十二、一月の十五、十六日〉江戸時代にボロをさかんにとりひきしたことから、こう呼ばれるようになったボロ市。朝九時の花火の合図とともに、はじまります。にぎやかな露店、骨董。

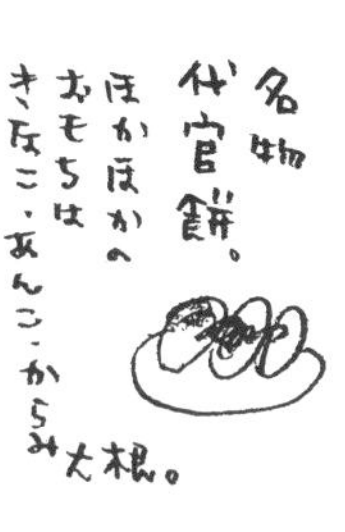
名物
代官餅。
ほかほかの
おもちは
きなこ・あんこ・からみ大根。

十二月十六日　はじめての電話

生まれてはじめて電話を自分でかけたのは、四歳の時。留守番中だった。

かけたのは、おなじ団地の四階の、じゅんちゃんの家。

じゅんちゃんは、わたしの家に来て電話のかけ方を教えたあと、走って自分の家に帰って、わたしの電話を待った。

「――じゅんちゃんのこえや！　しゃべってる―」

胸がどきどきした。おもしろくて、じゅんちゃんの知ってる電話番号――時報や天気予報や、リカちゃんダイヤル――に、なんべんもなんべんもかけまくってたら、じゅんちゃんのおかあさんに見つかって、ものすごくおこられた。

電話をかけるのに、お金がかかることをしらなかった、わたしたち。

なんの日

電話の日
ちいさい頃、電話は、さわりたいけど、さわるとおこられるオモチャでした。明治二十三（一八九〇）年、日本で初めて電話が開通しました。

念仏の口止め
お正月の神様（年神様）は、念仏がきらい。お正月がちゃあんとやってくるように、今日は、今年最後の念仏おさめ。

鵜祭（うまつり）
石川県羽咋（はくい）市の気多（けた）大社で、鵜（う）の動きで来年の豊凶を占う「鵜祭」。葦カゴから放たれた鵜様、さて、どう動く？

十二月十七日　ライト兄弟の日

冬晴れの空に、ひこうき。

ぴかぴかの青い中をわたっていく。

見あげてるあいだ、時間が急におそくなるような気がするのは、どうしてだろう。

はじめて空を飛んだのは、ウィルバーとオービルのライト兄弟。本職は自転車製造業なのに、工場の中でふたり、飛行機の設計図書きばかり。風が渡るキティホークの海岸で、はじめて飛んだ空は、十二秒間。四度目でやっと五十九秒、二百五十六メートル。よろよろと、宙に浮いた一瞬は、うれしくて、とても長く感じたにちがいない。

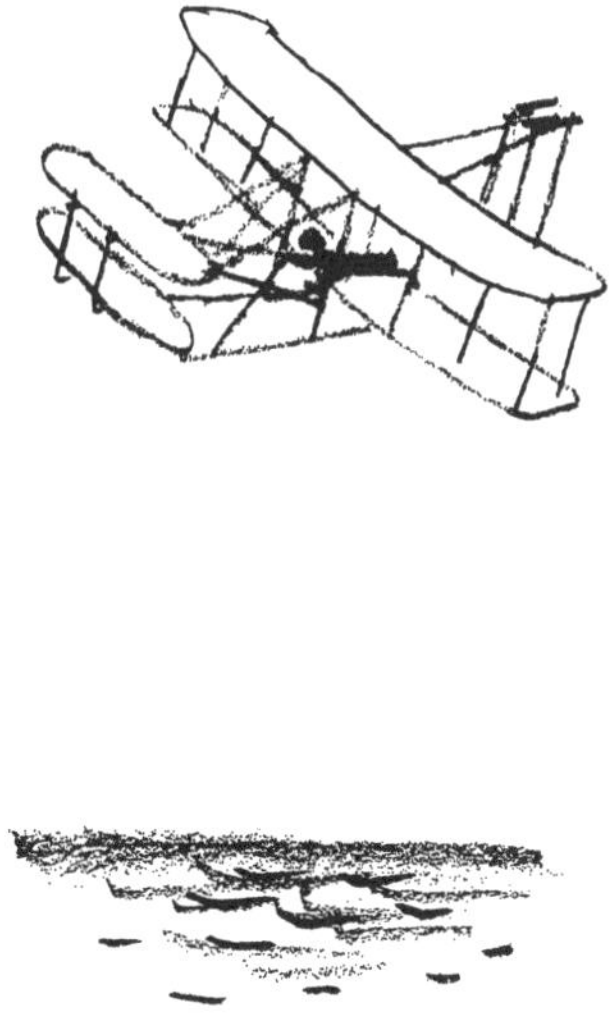

なんの日

ライト兄弟の記念日
一九〇三年、動力つき飛行機で、人類がはじめて空を飛んだ日。モノレールの上を滑走して、離陸。おおきな凧みたいな、フライヤー号。びゅんびゅん風のふく海岸で。

もうすぐクリスマス。市場に、緑の葉っぱがリボンみたいな、立派ないちごが、ならんでいます。赤と緑はクリスマスカラー。すまし顔の、冬いちごたち。

十二月十八日　コトコトコト

夜が長く長くなってきます。
長い夜は、ひさしぶりに泊まりに来た友だちと
ことことことこと、いつまでもしゃべっている。
きのうより、おとといより長い夜。
お茶いれて。また、お茶いれて――
「もうねよう。もうねなくちゃ」
なんどもいいながら。
ことことことこと……。
しゃべっても、しゃべってもたりない、幸福な夜。

冬至がちかくなって、夜が長くなってきます。
こんな夜には、柚子茶。
はちみつ漬けの柚子に、熱いお湯をそそいで。
また、おしゃべり。

なんの日

羽子板市〈十七〜十九日〉
年の瀬が近づいて、東京・台東区浅草寺で羽子板市、やってます。縁起物の羽子板を求める人で、いっぱい。

十二月十九日　すばる

冬の星、すばるの話。

すばるはひとつの星ではなくて星の集まり、星団。西洋名はプレアデス星団。古語で首飾りのことを「みすまる」といって、昔のひとは、この星の連なりを、たくさんの玉を連ねた首飾りと見たてて、「すまる」→「すばる」とよぶようになったそう。

冬の夜のくびかざり。

牡牛座の首のところ、つめたく、りんりんとまたたいて、あとに続くのは、双子座、オリオン座――。

マフラーに手袋、コートを着込んで、冬の夜空を双眼鏡でのぞいて、星をさがす。「あったあった」と、うれしくなっていつも言ってしまうすばるは、楽しそうに集まった、星団。長く見あげてると、首が痛くなるのが、たまにきず。

お正月が近づいています。双子座のポルックスとカストルは、お雑煮を食べる時期に見えるから、雑煮星とも言ったそう。

十二月二十日　ゆず

冬至が近いので、スーパーマーケットに、黄色いゆずの実がならぶ。

ふだんはひっそりはじっこにいるゆずの実が、パック詰めされて、いいところにすわって得意げ。あちこちの家のゆぶねに、この黄色いまるい実が、ぽこぽこ浮かぶのかとおもうと、楽しくなる。

三つ買う。ふたつはお風呂に。あとひとつは、料理用に。

料理用は、実に鼻をくっつけて、においをかいでから、冷凍室へ——。

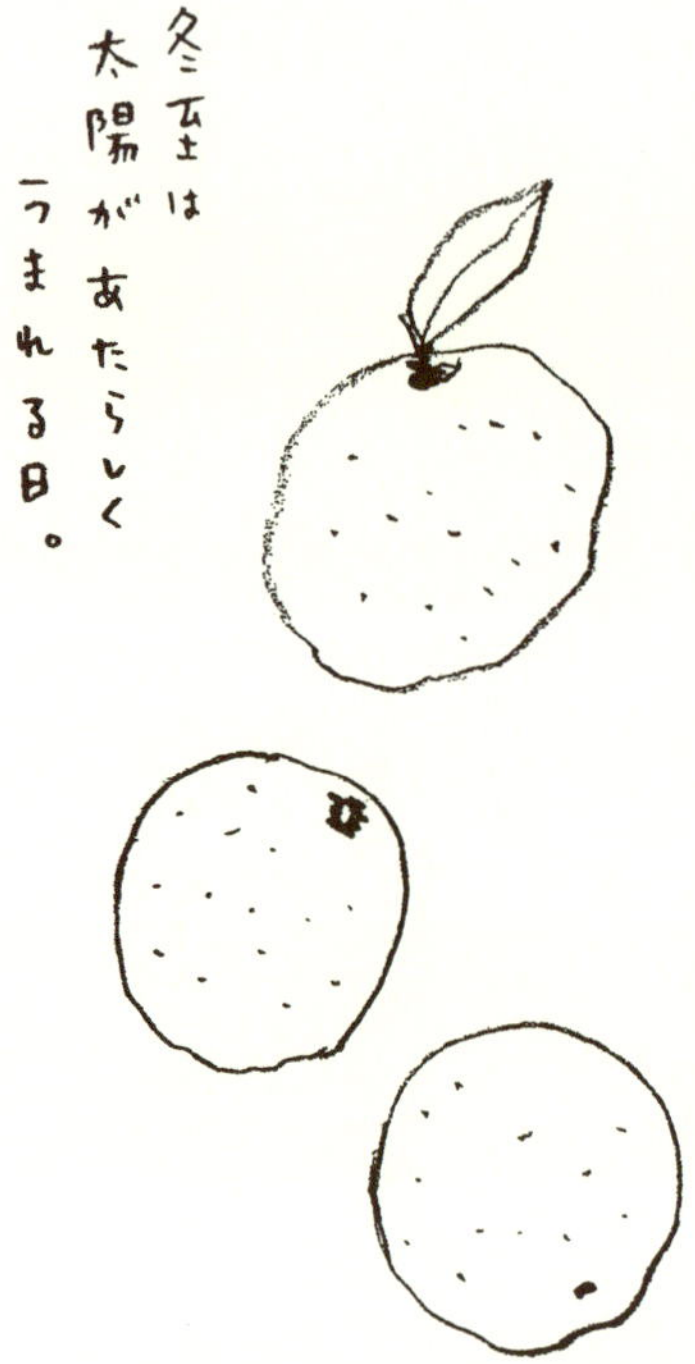
冬至は
太陽があたらしく
うまれる日。

ゆずの季節に実を丸ごと冷凍しておくと便利です。必要なときに、取り出して、皮をすこしそいで薬味にできるから。

皮をそがれたゆずの実は、怪我してる子どもみたいで、すこしかわいそうなんだけど——。

下田水仙まつり〈十二月二十日～一月三十一日〉
冬至のころ、伊豆の下田は爪木崎の水仙が、あかるい日向色で、満開です。つめたい風がふく海岸で、早々と、早春のかおり。

なんの日

デパートの日
明治三十七年、三越呉服店が日本初のデパートになって、開店。
ゆずもならんだかな。

十二月二十一日　冬至《とうじ》かぼちゃ

かぼちゃを切っていたら、あっというまに日が暮れた。
今日は冬至。夜が一番長い日。
乱切りの白い雪化粧かぼちゃに、黒砂糖と、お酒すこしをいれて無水鍋をゆすぶる。
ほくっとなったところで、火を止めてあとは余熱で――。
長い夜のテーブルに、あまくて黄色いかぼちゃのあかりがともります。
冬至に、かぼちゃを食べると風邪をひきにくいそう。

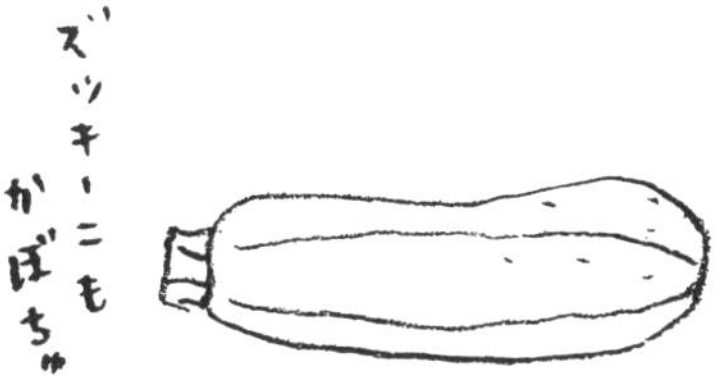
ズッキーニも
かぼちゃ

なんの日

冬至（二十四節気の一つ）
日南のかぎりを行て日のみじかきのいたりなればなり（天明七年「暦便覧」）
十二月二十一、二十二日頃

一年中でいちばん夜の長い日。この日から日が伸び始めることから、むかしはこの日が年の始まりと考えられました。冬至の日に南瓜を食べたり、ゆず湯にはいったりすると、風邪知らず。

つい
つぶして
しまう

遠距離恋愛の日
冬の長い夜、恋人と抱きしめあうと、あったかい。

十二月二十二日　冬の雨

ぽとぽとと、つめたい雨。

葉っぱを落としたヤマボウシの木が雨にぬれて、まっくろ。

「あのヤマボウシ、きっともう、枝の芯まで、雨水がしみてるんだろうな」

たまに、こうやって、からだのどこもかしこも、水びたしになるのって、木も、きもちいいかな。

人間が、さめざめと泣いて、びしょぬれになって放心してる時みたいに。

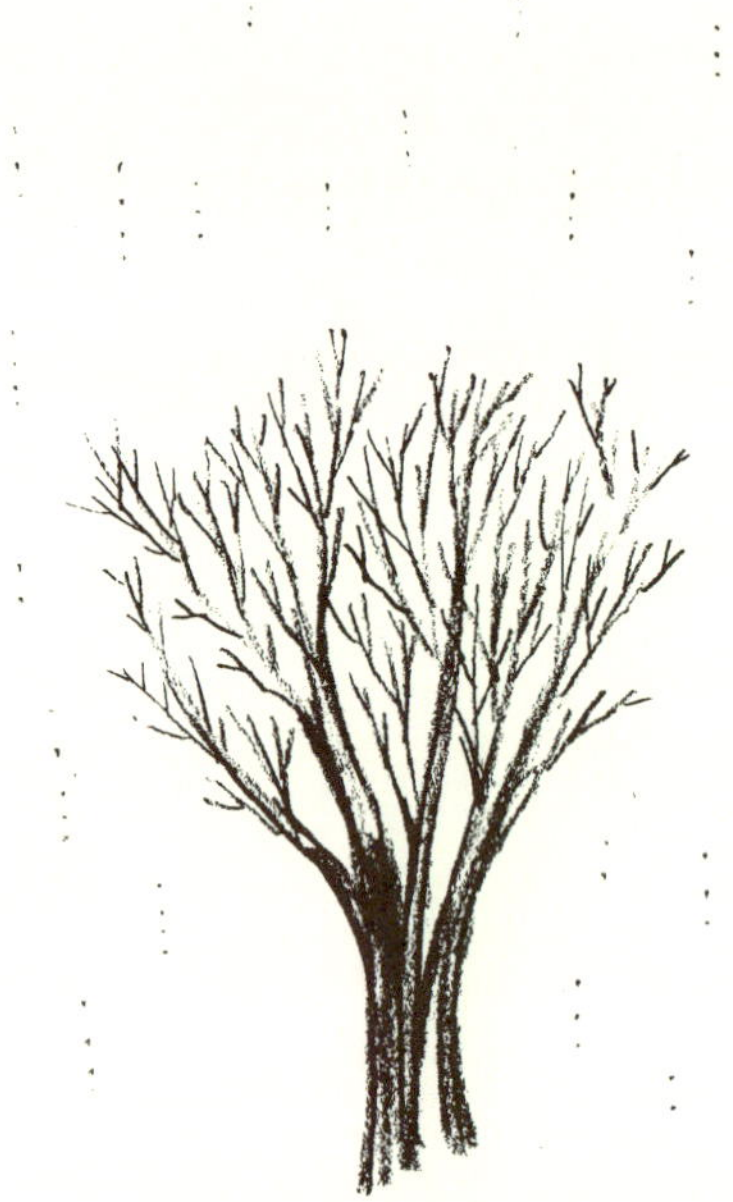

クリスマスが近づいて、雪まじりのつめたい雨。花屋さんにポインセチアが、ぁかあかとならんで、こっちを見ています。

ポインセチアは、メキシコの花。茎から出る白い液を解熱剤として使ったりしていました。和名は、猩々木（しょうじょうぼく）。猩々は中国の伝説上の猿みたいな、ばけもののこと。まっ赤な顔して大酒のみ。海の中に住んでいるそうな。

十二月二十三日　ホットパック

麦のホットパックを抱いてねむる。

これは、スウェーデンの湯たんぽ（湯じゃないけど）です。むかしスウェーデンでは、麦をフライパンであたためて、袋に詰めて、暖まったそう。

現代のこのホットパックは中身はおなじ麦だけど、レンジでチンして、ほかほかになる、らくちんなもの。二～三時間でさめるから、ちょうどからだがあたたかくなった頃には、つめたくなっています。だから、電気毛布みたいに、暑くて夜中に目がさめたりしない。

湯たんぽもホットパックも、ゆるゆるとさめていくのが気持ちいい。

つめたい足のゆびも、ひざこぞうも、ホットパックのおかげで眠りにつきます。

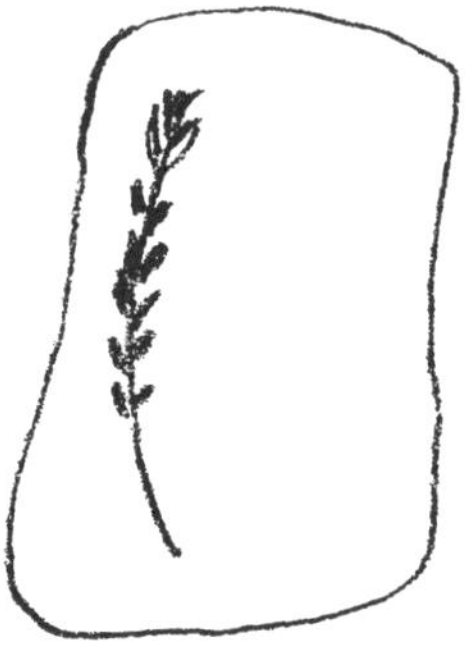

冬の枯れ草をふんで歩いていると、山芋のからさや。ちいさい羽のような、プロペラのようなからさや（種がなくなったさや）がならぶ枯れ蔓。まるくまいて、家につれてかえる。壁のフックにひっかけたら、リース。

十二月二十四日　クリスマスプレゼント

朝の庭の——白い砂糖菓子みたいな、霜つきの葉っぱ。
昼間の空の青色。
手袋をひろってくれた、ちいさい女の子が、
渡す時、はずかしそうにわらったこと。
うっかりふんづけた眼鏡が、われなかったこと。
うれしそうに、しっぽをふって、べろを出してる犬を見たこと。
電車が遅れたせいで、ばったり友達に会えたこと。
急に、ふってきた雪——。
ゆびさきが氷みたいにつめたくなったおかげで、
好きな人と手をつなぐ口実ができたこと。
——これみんな、今日もらったプレゼント。

なんの日

クリスマスイブ

今晩、大忙しなのは、赤い服きた、白ひげじいさん。こどもたちは、靴下をつるして、ねむります。あくる朝はどきどき。靴下チェック。寒くても、絶対早おき。

サンタクロースのモデルは、聖ニコラウス。ニコラウスが貧しい家に金貨を投げ入れたら、偶然靴下の中に。これが、イブの夜に靴下をつるすようになったはじまり。

十二月二十五日　クリスマス

西オーストラリア州のパースは、一年のほとんどが、青空。

南半球では真夏のグリーン・クリスマス。強い陽射しの中を、サンタクロースが、陽気にサーフィンにのってやってきます。

北半球のフィンランドでは、イブの正午、古都トゥルクの大聖堂に響く鐘の音――。

地球が平和であるように――と祈る、しずかな雪のクリスマスのはじまり。


おとなも子供も、幸福な日でありますように。

なんの日

クリスマス

イエス・キリストの誕生日。「Christmas」は、「キリスト(Christ)のミサ(mass)」という意味。フランス語では「Noël」。ドイツ語では「Weihnacht」で、「キリストがうまれた夜」という意味。

キリストの誕生日というのは、ほんとうは、ハッキリしていないそうです。ローマ教会が「太陽神」の誕生日の祭日をキリスト誕生を祝う日に決めたことから、陽射しのすくない冬に、冬至を祝う習慣と結びついて、祝うことになりました。

十二月二十六日　雪のかどっこ

てぶくろのウールのちくちくに、
しろいゆきが、ひっかかる。
「――あそんで、あそんで」
六角形のかどっこが、てぶくろをぎゅっとつかんで、
みて、みて！
さかさまにしても、おちないよ。

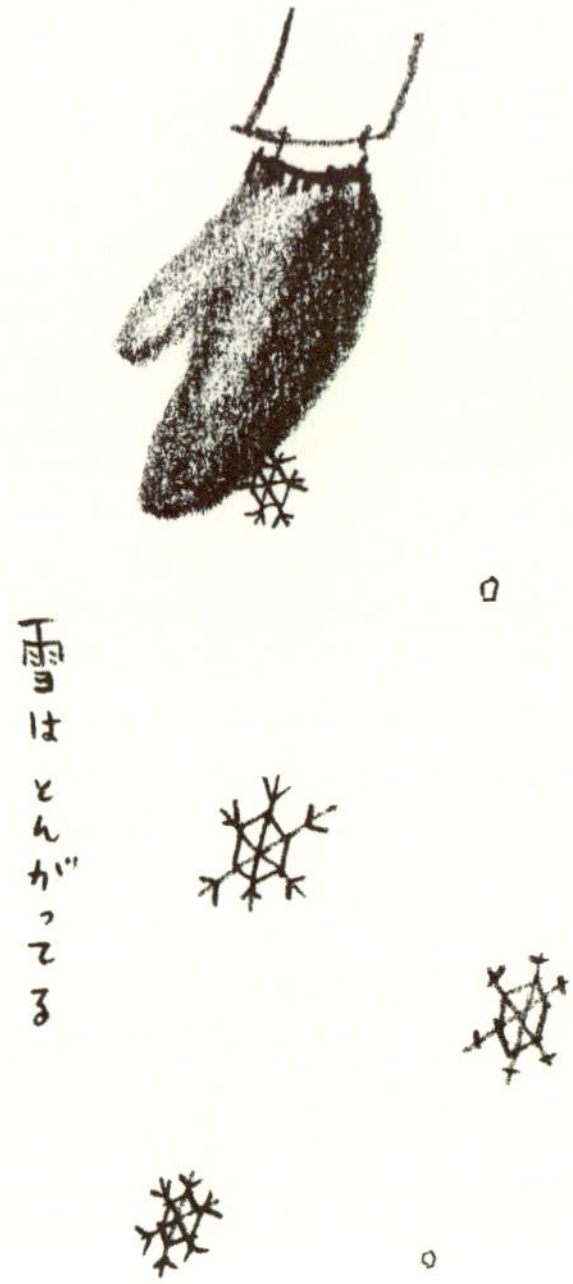
雪はとんがってる

雪の結晶を、うまれて初めて図鑑で見た時「こんなきれいなものが、空からふってくるなんて！」と、ものすごく驚いた。だけど、きれいな六角形の雪を見つけるのは、むずかしかったな。

なんの日

雪印の日

一九三八（昭和十三）年、物理学者の中谷宇吉郎が、雪の人工結晶をつくることに成功したことに由来して。

紙のスノーフレークスの作り方

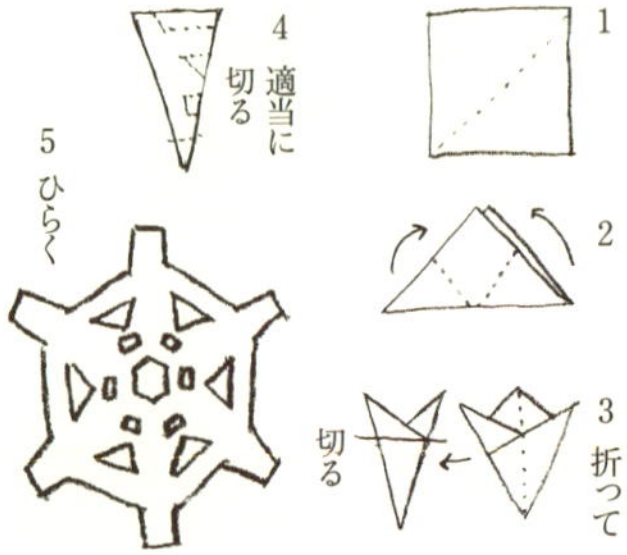
1
2
3 折って
切る
4 適当に切る
5 ひらく

十二月二十七日　黒豆

「黒豆はストーブのうえが一番じょうずにできるねんよ」

そう言って、母はうれしそうに、ストーブのはじっこのほうになべをおいた。

「とろとろ弱火でゆっくり煮えるから、放っておいてもきれいな黒になるんやで」

白い湯気がしずかにあがる横で、窓をふいたり、鯛の子をたいたり、数の子を水につけたり、くるくると忙しそうにうごく。忙しいことが、なにかお祭りのような母。

まだ、終わらない暮れの掃除。いうことをきかない子供ら。

黒豆を煮る仕事ぐらいは、かしこいストーブに手伝わせて――。

お正月の準備で、あわただしくなるのって、なんだかたのしい。

今日は箸袋づくり。祝い膳の箸袋は、いつも和紙を使って、自分でさっとつくる。

和紙を袋に折って、墨と朱赤と金色を使って、名前と、それから簡単な絵をいれる。ちょっとぐらい線がにじんでも気にしない、数日間だけ使う、箸袋だもの。

朱赤や金を色に使うと、おめでたい感じでそれらしい。なんだかごっこの気分。

――ほら。あまった和紙で、ぽち袋もできました。

十二月二十八日　鏡もち力士

和菓子屋さんに、鏡もちが、背の順でならぶ。

最大級の鏡もちは、横綱の相撲取りみたい。

新しい年神さまが宿るといわれる鏡もち。福が重なりますように、と、かさねたおもち。太陽をまねた古代の鏡に似せてつくったという、しろくてまるいおもちは、きれいで素朴なかたち。和菓子屋さんの手のかたちにゆがんでるところがかわいらしい。

「ひび割れないように、時々、霧吹きで水かけてね」

わたしは、一番ちいさいのと中くらいの。選んで、うちにつれて帰りました。

鏡もちのてっぺんのダイダイは、もがないでいると、三年も木になっている。代々続く実だから、ダイダイ。橙色だからダイダイ。繁栄することを願って。

なんの日

をけら火の鑽火式（ひきりしき）
をけらとよばれるキク科の植物に浄火をきり出す日。三十一日のをけら詣りの日、参拝者はこの火を吉兆縄に移し、消えないようくるくる回しながら帰ります。この浄火でお雑煮をたけば無病息災。京都・八坂神社で。

シネマトグラフの日
一八九五年、パリで、はじめてスクリーンに映画が。

十二月二十九日　ペチカ

雪のふる夜はたのしいペチカ。
ペチカ燃えろよ、お話しましょ。
むかしむかしよ、
燃えろよ、ペチカ。

「ペチカ」は、北原白秋の詩に山田耕筰が曲をつけた、ふゆのうた。

ペチカは、ロシア式の煉瓦でできた暖炉のこと。暖炉でなくても、火があるとうれしい。ストーブのうえで、じゅっとこぼれてしゅんしゅん沸くケトル。

あたたかい部屋で、遅い年賀状書きながら、何杯もお茶ばっかりおかわり。

あけまして
おめでとう
ございます

お正月に
届くんだろうか

なんの日

山田耕筰忌
作曲家、山田耕筰の命日。北原白秋の詩では、ほかに「からたちの花」「砂山」「この道」など、きれいなうたがたくさん。生まれは東京・本郷。

大そうじも
まだ
あちこち
のこって
ます。

十二月三十日　花どっさり

いそいそと花を買いにいく。もちろんお正月用。

お正月は、花を家じゅうにかざることに決めている。元日の朝、目がさめたとき、家の中の空気が、とくべつで、あたらしくなっていてほしいから。

——ゆりと、椿と、水仙は、かざりたいな。あと、木瓜《ぼけ》の花と、センリョウ、松。それから……。ふだんはこんなにどっさり花を買うなんてできないけど、このときは、「お正月」という、いいわけのもとに、花をたっくさん、かかえて帰る——わたしにとって、

あわただしい中、うきうきと、家のあちこちにかざりまくる。

年に一度の幸福な花の日。

明日で、今年もおしまい。今日は、小晦日《こつごもり》。

とりあえず
バケツに

なんの日

小晦日（こつごもり）
大晦日の前日のこと。

年の瀬でお祭りみたいな市場。ひとの声と、お正月の食材でごったがえす。てらてらひかるなまこや、いくら。蛤。箱ごとならぶ、タラバガニや数の子。鮟鱇やふぐの鍋セット。わっしょいわっしょい、もりあがっています。

重箱にも
松や木瓜の花いれて。

十二月三十一日　除夜の鐘

大晦日《おおつごもり》。近くのちいさいお寺で、除夜の鐘を撞かせてくれるというので、早めに出かけたら、まだ、だあれもいない。一番乗り。ぱちぱちあがる、かがり火の横で、お寺のお手伝いのおじさんたちが、甘酒と豚汁の鍋の番。おたまでぐるぐるとかきまぜて「ほら」と、甘酒をさし出す。

「――さむいから、飲んで待っててよ」

あまくて、あつあつ。紙コップのしろいお酒をすすりながら、火の粉が星になるのを見ていたら、あっという間に人の列が、できていた。

――ごおおおおん。

鐘の音が、ひびく。お坊さんのあとに続いて、わたしも、ごおおおん。

煩悩の数は百八つ。――百八つぐらいやったら、ぜんぜんたらんな。となりの人と顔見合わせて、わらう。

ごおおおん。ごおおん。

年が明けていきます。

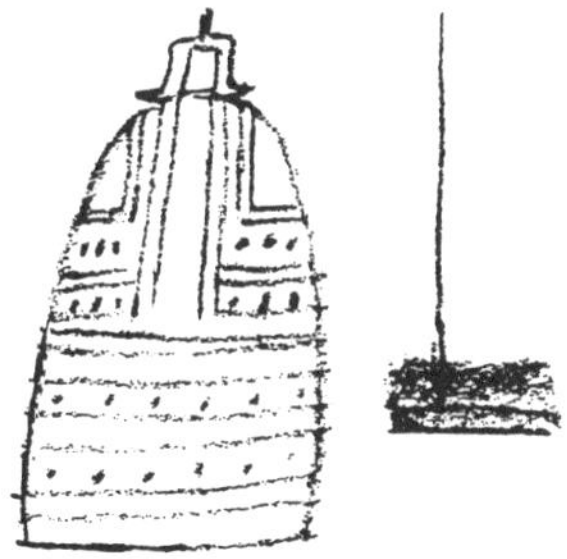

なんの日

秋田では
なまはげ

大晦日（おおつごもり、おおみそか）

つごもりは、月が隠れる月隠（つきごもり）のこと。旧暦で、月がなくなる月末をさす。一年の最後なので、それに大をつけて、大晦日。旧暦では、一日は夕方からはじまると考えられていたので、この日の夕方からが、新年。

だから、新しい年を越して、おめでとう、と食べるお祝いの食事が晦日そば。そばは、もともと引っ越しや、年越しに食べるお祝いの食事でした。

よい年に
なりますように。

あとがき

この本は、ずっと作ってみたかった本です。

ちいさい頃から、日記に、季節のことをメモしたり、絵に描いたりするのが好きでした。いつか、このような本がつくれたら、と、思っていました。これは、四季のある日本で、三六六日を楽しむための私的な歳時記です。

心が暗くなるようなニュースに、自分の生きている場所が、とても、いいものだとは思えない時、自分自身にも嫌気がさしてしまう時――。季節の変わり目の大風や、いつも通る道の植物に、わたしは何度も救われました。たくさん笑ったり喜んだりするために、この世界に生まれてきたのだと思いたいから、かなしみに敏感になりすぎないように、と、思う。そして、幸福に鈍感にならないように、と、心する――。


数年前、父親が、あとしばらくの命だと聞いた時、窓の外の七月の葉っぱが、突然、透けるようにひかって、一枚ずつが立ちあがって見えて、驚きました。もう、この生いしげる緑の季節を一緒に見ることは、できないんだよ――と、葉っぱが、言うようでした。

もしも――

今日一日かぎりで、この世界のすべてにさようならを言わなければならないとしたら、なんでもないと思いこんでいる日常は、もったいないぐらい新鮮で、いとおしい。

寒い日に、息が、しろくなることも。夏のゆうがたのにおいも。

流れる水の、まるくなったひかりも。それをさわるときの不思議さも。

月がのぼることも。太陽が明るいことも。

美しいものは、やまほど。

きりなく。

あたらしい朝は、毎日生まれてきて、あたらしい風は、一瞬ごとにふいている――。


タイトルを「ひらがな――」としたのは、歳時記や暦に詳しくない人でも、季節や三六六日を楽しめる、ひらがなのようにやさしい暦の本にしたいと思っていたからです。旬の食べ物に再会する幸福や、その土地の民話をのぞくような遠い場所のお祭り、身近な動物や花の知らせなど、書きとめるのは、とても楽しいものでした。

この分厚い本を、なんとか形にしてくださった編集の福島さん、大量の原稿を根気強く調べてくださった校閲の方、そして、旧暦や二十四節気についての解説を書いてくださった倉嶋厚さん、ありがとうございました。この本をつくるのに、六年もかかってしまったので、その間に、町の名前が変わったり、お祭の名前が変わったり、祝日がふえたり、色々なことがありました。まだまだ、書き足りない季節のいろいろが、きりなく、本当にきりなくあるのですが、なんとか、本になってうれしいです。

この本が、どこかのだれかの枕もとやテーブルの横に置かれて「今日は、どんな日だろう」と、それぞれの日々の手がかりになってくれると、幸せです。

――楽しんでもらえますように。

巻末付録

本文に出てくる主な旧暦行事の今後十年間の日にち

行事〈旧暦〉＼西暦	2025年	2026年	2027年	2028年	2029年	2030年	2031年	2032年	2033年	2034年
桃の節句（3/3）	3/31	4/19	4/9	3/28	4/16	4/5	3/25	4/12	4/2	4/21
七夕（7/7）	8/29	8/19	8/8	8/26	8/16	8/5	8/24	8/12	8/1	8/20
中秋の名月（8/15）	10/6	9/25	9/15	10/3	9/22	9/12	10/1	9/19	9/8	9/27
十三夜の月（9/13）	11/2	10/23	10/12	10/30	10/20	10/9	10/28	10/16	10/5	10/24

旧暦と新暦、二十四節気、雑節について

太陰暦と太陽暦、旧暦と新暦について

地球が太陽の周りを一周する期間を一年としたのが太陽暦（陽暦）です。これに対して、月の満ち欠けの周期を一か月（一朔望月*）とし、その十二か月を一年としたのが太陰暦（陰暦）です。

地球上の季節現象は、地球がその自転軸を公転面に傾けて公転しているため、太陽の地球への照らし方が一年を通じて規則正しく変化することによって生じます。したがって季節の変化を判断するのには、太陽暦が最も合理的で便利です。

もちろん自然界の季節現象は年により遅速があり、太陽暦の日付に正確にあわせて変化することはありません。しかし、そのずれは、太陰暦に比べるとはるかに小さいものです。なぜなら、太陰暦の一朔望月は二十九日半**であるため、太陰暦の一年は太陽暦の一年（一太陽年）より十一日短くなるからです。

たとえば、ある年の冬に正月があったとしても、そのまま日・月・年を刻んでいくと、八年ほど後には正月が秋になり、十六、七年後には正月が夏になってしまいます。太陰暦の日付は、照明の発達していない時代には「夜の明るさ（月明かり）」を知るのに便利であり、また潮の満干の大小の周期を知る目安にもなりましたが、農耕生活に重要な季節を知るのにはとても不便でした。

そこで、月の満ち欠けによって日を数え、太陽の動きで季節を調整していく「太陰太陽暦」が生まれました。太陰太陽暦では十九年に七回閏月をおいて、一年を十三か月とし、季節とのずれを調節しました。しかしそれでも、日付と季節は年により驚くほど大きくずれました。

日本では、明治五（一八七二）年に政府より「改暦の詔書」が出され、それまで使用してきた太陰太陽暦を廃し、太陽暦を使うことになりました。以後、改暦前の太陰太陽暦を旧暦、改暦後の太陽暦を新暦、と呼ぶようになったのです。

よく旧暦は「月遅れ」にすると新暦になるといわれます。しかし、それは平均的にみた話で、例えば、旧暦の三月三日「桃の節句」は、新暦に直すと、早い年は三月下旬、遅い年は四月下旬に当たります。太陰太陽暦の日付と季節のずれとは、こういうことなのです。

＊新月を朔、満月を望というので、新月から新月、満月から満月までの周期を朔望月という。旧暦では月のはじまりの朔日（ついたち）は必ず新月。その約十五日後は満月。

＊＊一朔望月の長さは、冬は長く、夏は短い。平均が二九・五三日。太陰暦では、三十日の大の月、二十九日の小の月を交互に十二か月で一年とした。

二十四節気、雑節について

太陽暦の一年を二十四等分し、それぞれの期間に季節の名前をつけたのが「二十四節気＊」です。二十四節気は、「太陽の季節点」ということもできます。太陰太陽暦は、季節をとらえるのに不便な太陰暦の上に二十四節気を刻んだ暦なのです。

二十四節気は、太陽の黄経【図1】を基準にしました。黄経は黄道を三六〇度に刻んだものです。そして黄経の十五度ごとに、二十四節気が設けられたのです。一節気十五度は十五日間（ときおり十四日間または十六日間）に相当し、二十四節気で一太陽年、四季、十二節月、三六五日が構成されます。二十四節気は、通常、時点を表す言葉として使われていますが、前記のような考え方から言えば期間であり、その期間の「入りの日」を二十四節気の名前で呼んでいるのです【図2】。

日付で季節を言い表すのが不便だった江戸時代の歳時記では、江戸の彼岸桜は「立春より五十四、五日目頃より」、ボタンは「立夏より、二、三日目頃」、卯の花は「夏至の頃」などと、花の季節も日付ではなく時点としての二十四節気で表しています。現在も使われている八十八夜とか二百十日（いずれも立春から数えた日数）も、その名残りです。

他に季節の目印としては、節分、彼岸、入梅、半夏生、土用、二百二十日などの「雑節」がありますが

【図1】地球を中心にした天球（仮想）の図

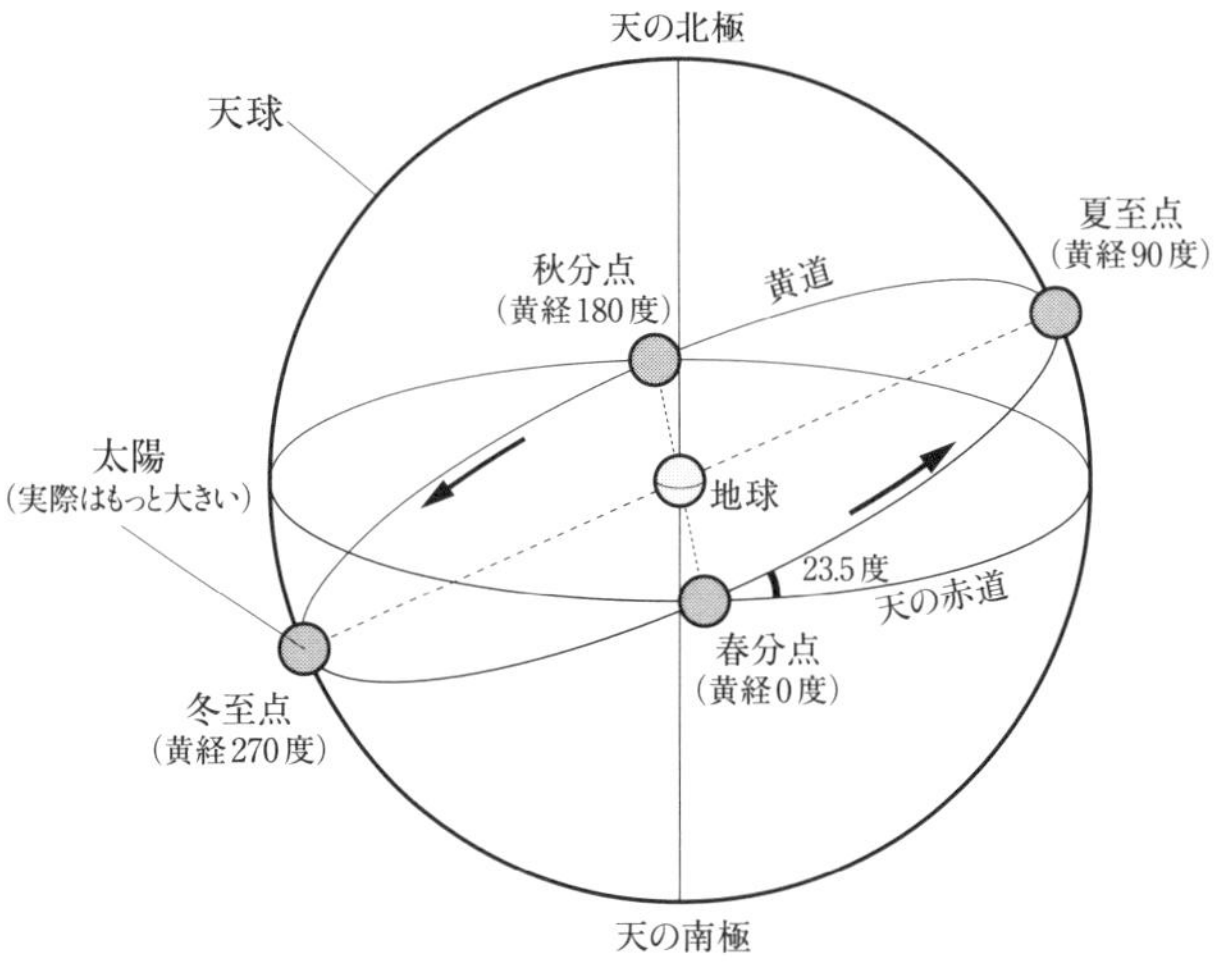

黄道（こうどう）というのは地球を中心にして見た太陽の通り道のこと。天の赤道に対して約23・5度傾いています。（地球の公転軌道と同じ）

地球の赤道を延長した天の赤道と黄道が交わる点のひとつが「春分点」で、それを0度として、360度に刻んだものが黄経（こうけい）です。

【図2】黄道に四季、十二節月、二十四節気と黄経度数を記した図

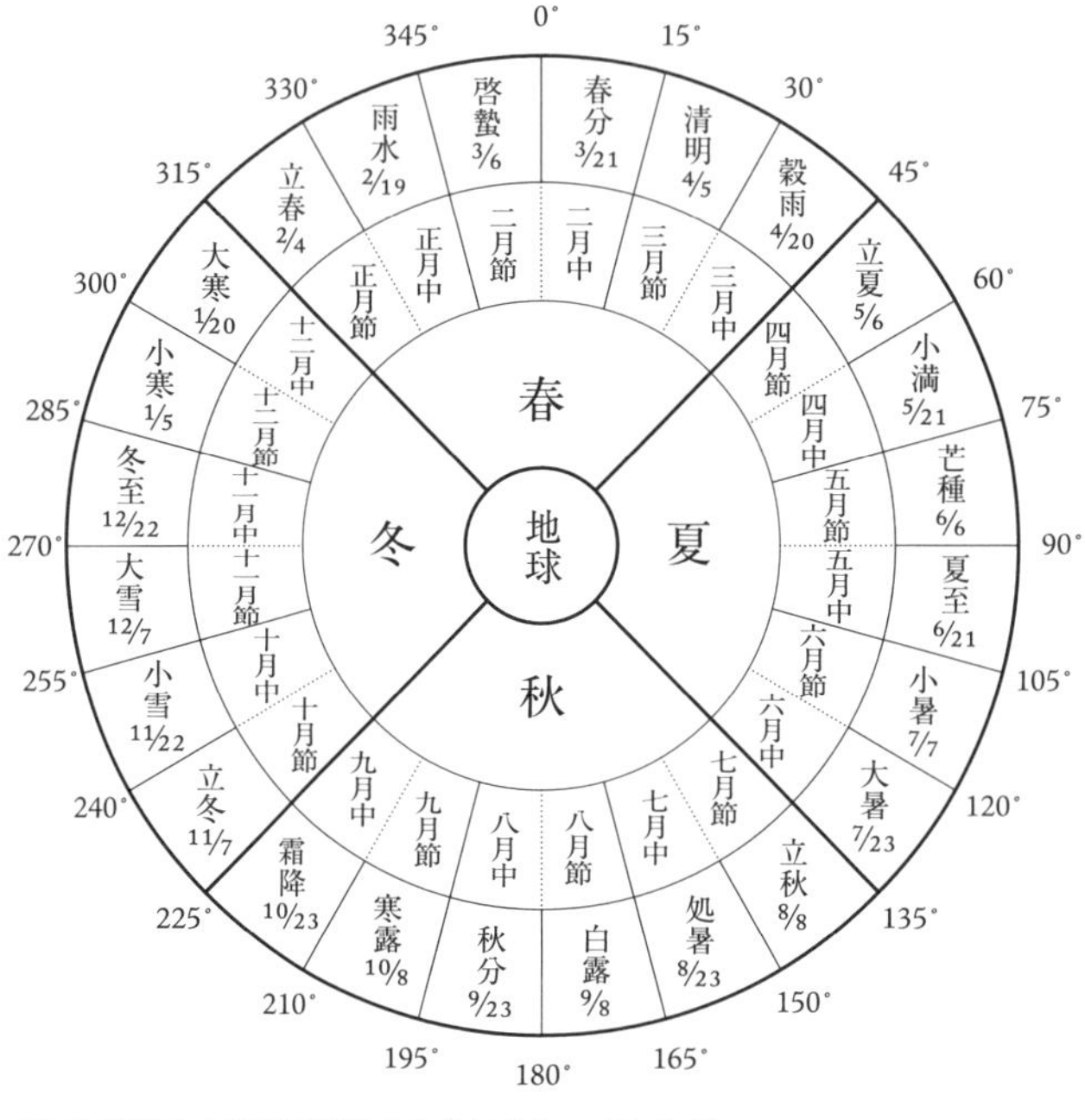

季節の目安とするためにこの黄道（太陽の通り道）を春分を起点として、15度ごとに24等分して、太陽の季節点ともいえる二十四節気が設けられました。

十二節月の前半を節気、後半を中気といって、季節の目印となるような二十四節気の名前がつけられました。たとえば、十一月（霜月）の場合、前半の十一月節（節気）は「大雪」、後半の十一月中（中気）は「冬至」です。

（注1）黄道の太陽は反時計まわりにまわっているが、
この図は、月のめぐりにあわせて時計まわりで記している。
（注2）日付は2006年のもの。年により、1日程度前後する
（424頁、「今後十年間の二十四節気の日にち」参照）。

（八十八夜、二百十日も雑節）、その多くは二十四節気からの日数や黄経で決められており、いずれも農業の目安となる重要な「太陽の季節点」です。

太陽暦では、日付そのものが「太陽の季節点」ですから、二十四節気の日付も、年により一日前後するだけでほぼ固定されており、旧暦時代のような「それによって季節を知る」という実用性は薄れた、といえるかもしれません。しかし、二十四節気の言葉を聞くと、季節の移ろいが改めて感じられます。

＊現在は「二十四節気」と呼ぶ方が一般的ですが、正式の呼称は「二十四気」です。それぞれの節気は一つおきに十二の「節気」と十二の「中気」に分かれていますし（十二節月）、さらに暦学者内田正男さんによれば、中国や日本の古い文献では「二十四気」と記されており、また江戸時代までは「二十四気」と呼ばれていたとのことです。

四季の区分点

四季を区分するのに、太陽の照らし方の特別な日を目印にするのは、きわめて自然なことです。

人々が一番早くに気づいた「特別の日」は、二至二分だったと思われます。二至は最も昼間の短い冬至と長い夏至、二分は昼夜同じ長さの春分と秋分です。

東洋（中国文化圏）の暦では、春分を春の中央、夏至を夏の中央、秋分を秋の中央、冬至を冬の中央というように、二至二分を季節の中央に持ってきました。するると四季の境目は、隣り合う二至二分の中間にくることになります。これが立春、立夏、立秋、立冬の四立です。四立は季節の始点であり、その前日が季節を分ける「節分」です。したがって「節分」は年に四回あったのですが、いまは冬と春を分ける立春前日（二月三日）だけが「節分」として残っています。これは春の節分が旧正月の近くにあり、節分行事と正月行事が重なったためと思われます。節分は近づく農耕の季節を前にして新しい年の豊作を予祝する「春の行事」となったのです。

一方西洋の暦では昔から、四季の始点を、春は春分、夏は夏至、秋は秋分、冬は冬至としていました。

東洋と西洋の季節区分の違いを表に示しました【図3】。東洋の四季区分は日（昼）の長さと光の強さの季節変化と見事に合っていますが、気温を見ると、寒さのどん底で春が始まり、暑さの絶頂で秋が立つなど、たいへんアンバランスです。これは大気が光の変化に

【図3】東洋と西洋の季節区分の違い

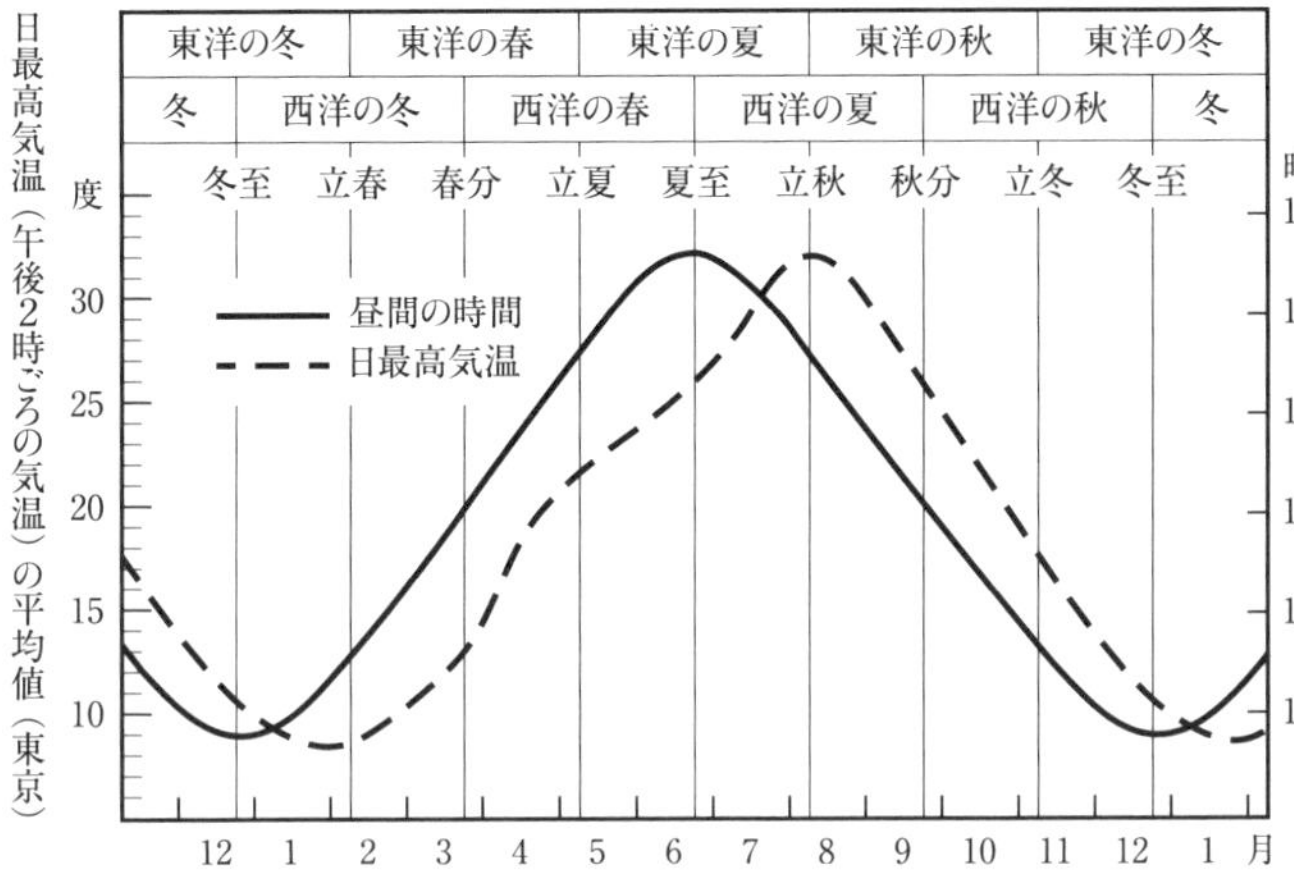
日最高気温（午後2時ごろの気温）の平均値（東京）
東洋の冬
東洋の春
東洋の夏
東洋の秋
東洋の冬
冬
西洋の冬
西洋の春
西洋の夏
西洋の秋
冬
度
冬至
立春
春分
立夏
夏至
立秋
秋分
立冬
冬至
時間
30
25
20
15
10
昼間の時間
日最高気温
15
14
13
12
11
10
昼間の時間（光の強さ・東京）
12 1 2 3 4 5 6 7 8 9 10 11 12 1 月

応じて温まったり冷えたりするのに、約一か月半ほど遅れるからです。その点、西洋の四季区分は二至二分を春夏秋冬の始点としているので、気温の変化に合っています。東洋の区分は季節変化の原因、西洋は結果に、注目しているともいえそうです。

　昔からの東洋の四季区分は寒暖暑涼に先行する光の変化にいちはやく季節の移ろいを感じ取ろうとしたものといえます。

倉嶋　厚（気象エッセイスト、理学博士）

今後十年間の二十四節気の日にち

月	西暦 / 節気名	2025年	2026年	2027年	2028年	2029年	2030年	2031年	2032年	2033年	2034年
1月	小寒	5日	5日	5日	6日	5日	5日	5日	6日	5日	5日
	大寒	20日	20日	20日	20日	20日	20日	20日	20日	20日	20日
2月	立春	3日	4日	4日	4日	3日	4日	4日	4日	3日	4日
	雨水	18日	19日	19日	19日	18日	18日	19日	19日	18日	18日
3月	啓蟄	5日	5日	6日	5日	5日	5日	6日	5日	5日	5日
	春分	20日	20日	21日	20日	20日	20日	21日	20日	20日	20日
4月	清明	4日	5日	5日	4日	4日	5日	5日	4日	4日	5日
	穀雨	20日	20日	20日	19日	20日	20日	20日	19日	20日	20日
5月	立夏	5日	5日	6日	5日	5日	5日	6日	5日	5日	5日
	小満	21日	21日	21日	20日	21日	21日	21日	20日	21日	21日
6月	芒種	5日	6日	6日	5日	5日	5日	6日	5日	5日	5日
	夏至	21日	21日	21日	21日	21日	21日	21日	21日	21日	21日
7月	小暑	7日	7日	7日	6日	7日	7日	7日	6日	7日	7日
	大暑	22日	23日	23日	22日	22日	23日	23日	22日	22日	23日
8月	立秋	7日	7日	8日	7日	7日	7日	8日	7日	7日	7日
	処暑	23日	23日	23日	22日	23日	23日	23日	22日	23日	23日
9月	白露	7日	7日	8日	7日	7日	7日	8日	7日	7日	7日
	秋分	23日	23日	23日	22日	23日	23日	23日	22日	23日	23日
10月	寒露	8日	8日	8日	8日	8日	8日	8日	8日	8日	8日
	霜降	23日	23日	24日	23日	23日	23日	23日	23日	23日	23日
11月	立冬	7日	7日	8日	7日	7日	7日	8日	7日	7日	7日
	小雪	22日	22日	22日	22日	22日	22日	22日	22日	22日	22日
12月	大雪	7日	7日	7日	6日	7日	7日	7日	6日	7日	7日
	冬至	22日	22日	22日	21日	21日	22日	22日	21日	21日	22日

行事一覧

本文日付	日程	行事名 正式名称を〈　〉で補いました	行事の場所、問い合わせ先
1/3	3日	玉せせり	筥崎 はこざき 八幡宮　福岡市東区箱崎　092-641-7431
1/4	4日	〈住吉〉踏歌神事 とうかしんじ	住吉大社　大阪市住吉区住吉　06-6672-0753
1/6	6・7日	高崎だるま市 〈少林山七草大祭だるま市〉	少林山達磨寺　群馬県高崎市鼻高町　027-322-8800
1/6	6日	アマメハギ	石川県輪島市門前町皆月　【問】門前総合支所商工観光課　0768-42-1111
1/7	7日	鬼夜 おによ	大善寺玉垂宮 たまたれぐう　福岡県久留米市大善寺町宮本　0942-27-1887
1/10	9～11日の三日間	十日戎 とおかえびす	今宮戎神社　大阪市浪速区恵美須西　06-6643-0150
1/12	第二土日	松本あめ市	長野県松本市　【問】あめ市実行委員会　0263-36-1121
1/12	12日	まないた〈俎〉開き	報恩寺　東京都台東区東上野　03-3844-2538
1/14	14日	どやどや	四天王寺　大阪市天王寺区四天王寺　06-6771-0066
1/14	14日	バイトウ	新潟県十日町市大白倉　【問】川西観光協会　025-768-4951
1/15	15日	御粥祭 おかゆさい	下鴨神社　京都市左京区下鴨泉川町　075-781-0010
1/15	15日	筒粥神事 つつがゆしんじ	三峯 みつみね 神社　埼玉県秩父市三峰　0494-55-0241
1/16	1月15・16日、7月15・16日	こんにゃくえんま	源覚寺 げんかくじ　東京都文京区小石川　03-3811-4482
1/16	第三日曜	新山 しんざん 神社裸まいり	新山神社　秋田県由利本荘市石脇　【問】由利本荘市観光協会本荘支部　0184-24-6349
1/17	17日	三吉梵天祭 みよしぼんでんまつり	太平山三吉神社　秋田市広面字赤沼　018-834-3443
1/19	18・19日	初厄神　厄除大祭 やくよけたいさい	松泰山東光寺 とうこうじ　兵庫県西宮市門戸西町　0798-51-0268

1/20	20日	摩多羅神祭《またらじんさい》〈常行堂二十日夜祭《じょうぎょうどうはつかやさい》〉	毛越寺《もうつうじ》　岩手県西磐井郡平泉町　0191-46-2331
1/22	12月下旬~2月上旬	冬の滝紀行	袋田の滝　茨城県大子町袋田滝本　【問】大子町観光協会　02957-2-0285
1/25	24・25日	鷽替神事《うそかえしんじ》	亀戸天神　東京都江東区亀戸　03-3681-0010
1/28	1月下旬~3月下旬	大島椿まつり	東京都大島町　【問】大島観光協会　04992-2-2177
2/1	1~5日	ヤーヤ祭り	尾鷲《おわせ》神社　三重県尾鷲市北浦町　【問】尾鷲市新産業創造課　0597-23-8261
2/6	6日	ゾンベラ祭	鬼屋神社　石川県輪島市門前町鬼屋　【問】門前総合支所商工観光課　0768-42-1111
2/6	6日	お燈祭《とうまつり》	神倉《かみくら》神社　和歌山県新宮市神倉　【問】熊野速玉大社　0735-22-2533
2/7	5~11日（11日が土日なら変更）	さっぽろ雪まつり	北海道札幌市　【問】さっぽろ雪まつり実行委員会　011-211-2376
2/7	1月下旬~2月中旬	千歳・支笏湖氷濤《しこつこひょうとう》まつり	北海道千歳市支笏湖温泉　【問】支笏湖まつり実行委員会　0123-23-8288
2/7	2月上旬	弘前城雪燈籠まつり	弘前公園　青森県弘前市下白銀町　【問】弘前市立観光館　0172-37-5501
2/7	第一土日~11日（11日が土日なら変更）	岩手雪まつり	小岩井農場まきば園内　岩手県岩手郡雫石町　【問】岩手雪まつり事務局　019-692-4321
2/7	第三金~日曜	十日町雪まつり	新潟県十日町市　【問】十日町雪まつり実行委員会　025-757-3100
2/10	10日	〈上桧木内《かみひのきない》の〉紙風船上げ	紙風船広場　秋田県仙北市西木町上桧木内　【問】西木公民館　0187-47-3100
2/10	10日	御願《ごんがん》神事（竹割りまつり）	菅生石部《すごういそべ》神社　石川県加賀市大聖寺敷地　0761-72-0412
2/11	11日	白河だるま市	福島県白河市本町、中町、天神町　【問】白河まつり振興会　0248-23-3101
2/11	11日	雪中花水祝《せっちゅうはなみずいわい》	八幡宮　新潟県魚沼市堀之内　【問】魚沼市観光協会　025-792-7300
2/12	第二土日	犬っこまつり（犬の子正月）	中央公園　秋田県湯沢市　【問】湯沢市商工観光課　0183-79-5055
2/13	第二金~日曜	なまはげ柴灯《せど》まつり	真山《しんざん》神社　秋田県男鹿市北浦真山　【問】男鹿市役所観光商工課　0185-23-2111
2/15	15・16日	横手のかまくら	秋田県横手市　【問】横手市観光協会　0182-33-7111
2/17	第三土曜	西大寺会陽《さいだいじえよう》	西大寺観音院　岡山市西大寺中　086-942-2058
2/19	第三日曜（天候で変動も）	秋吉《あきよし》台の山焼き	山口県美祢郡秋芳《しゅうほう》町　【問】秋芳町観光商工課　0837-62-0304
2/22	22・23日	〈太子〉春会式《たいしはるえしき》	斑鳩寺《いかるがでら》　兵庫県揖保郡太子町鵤　0792-76-0022
2/23	23日	五大力尊仁王会《ごだいりきそんにんのうえ》	醍醐寺　京都市伏見区醍醐東大路町　075-571-0002
2/24	24日	幸在祭《さんやれさい》	上賀茂神社　京都市北区上賀茂本山　075-781-0011

2/25	25日	太宰府天満宮　飛梅講社《とびうめこうじゃ》大祭	太宰府天満宮　福岡県太宰府市宰府　092-922-8225
2/25	25日	北野天満宮　梅花祭《ばいかさい》	北野天満宮　京都市上京区馬喰町　075-461-0005
2/25	2月下旬～3月下旬	水戸の梅まつり	偕楽園　茨城県水戸市見川　029-244-5454／弘道館公園　茨城県水戸市三の丸　【問】水戸観光協会　029-224-0441
3/2	2日	（若狭の）お水送り	神宮寺　福井県小浜市神宮寺　0770-56-1911
3/2	1～14日	二月堂修二会《しゅにえ》	東大寺　奈良市雑司町　0742-22-5511
3/3	2月15日～3月31日	天領日田のおひなまつり	大分県日田市　【問】日田市観光振興課　0973-23-3111
3/4	3・4日	深大寺《じんだいじ》だるま市	深大寺　東京都調布市深大寺元町　【問】調布市観光協会　0424-81-7184
3/12	12日	東大寺のお水取り〈東大寺修二会お水取り〉	東大寺　奈良市雑司町　0742-22-5511
3/15	旧暦2月15日	涅槃会《ねはんえ》	真如堂（真正極楽寺）　京都市左京区浄土寺真如町　075-771-0915
3/21	19～21日	道後温泉まつり	道後温泉　愛媛県松山市　【問】道後温泉まつり実行委員会　089-943-8342
3/22	22～24日	（法隆寺）お会式《えしき》	法隆寺　奈良県生駒郡斑鳩町法隆寺山内　0745-75-2555
3/30	3月30日～4月5日まで	薬師寺花会式《はなえしき》	薬師寺　奈良市西ノ京町　0742-33-6001
4/10	第二日曜	やすらい祭り（鎮花祭《ちんかさい》）	今宮神社　京都市北区紫野今宮町　075-491-0082
4/10	第二日曜	やすらい祭り（鎮花祭）	玄武神社　京都市北区紫野雲林院町　075-451-4680
4/11	旧暦3月3日	流しびな	千代《せんだい》川　鳥取市用瀬町　【問】流しびなの館　0858-87-3222
4/11	旧暦3月3日	北木島の流し雛	岡山県笠岡市北木島　【問】笠岡市産業振興課　0865-69-2147
4/13	13～17日	弥生祭《やよいさい》（ごた祭り）	日光二荒山《ふたらさん》神社　栃木県日光市山内　0288-54-0535
4/14	14・15日	春の高山祭《たかやままつり》	日枝神社　岐阜県高山市城山　【問】高山市観光課　0577-32-3333
4/14	13～15日	長浜曳山《ひきやま》祭り	長浜八幡宮　滋賀県長浜市宮前町　0749-62-0481
5/1	1・2日	春のどぶろく祭り〈飛騨一宮水無《ひだいちのみやみなし》神社例祭〉	飛騨一宮水無神社　岐阜県高山市一之宮町　0577-53-2001
5/3	3・4日	博多どんたく〈福岡市民の祭り博多どんたく港まつり〉	福岡市　【問】福岡市民の祭り振興会　092-441-1170
5/6	4月30日～5月6日	くらやみ祭	大國魂《おおくにたま》神社　東京都府中市宮町　042-362-2130

5/14	中旬土日を挟んだ一週間	神田祭	神田明神　東京都千代田区外神田　03-3254-0753
5/15	15日	葵祭	下鴨神社　京都市左京区下鴨泉川町　075-781-0010
			上賀茂神社　京都市北区上賀茂本山　075-781-0011
5/19	第三金〜日曜	浅草三社祭	浅草神社　東京都台東区浅草　03-3844-1575
5/25	25日	鶴岡化けものまつり	鶴岡天満宮　山形県鶴岡市神明町
		〈鶴岡天神祭 てんじんまつり〉	【問】天神祭実行委員会〈鶴岡市観光物産課内〉　0235-25-2111
5/28	28日	曽我の傘焼まつり	城前寺 じょうぜんじ　神奈川県小田原市曽我谷津　【問】小田原市観光協会　0465-22-5002
6/8	初旬の木〜月曜の五日間	白根大凧 しろねおおたこ 合戦	新潟市白根　【問】白根大凧合戦実行委員会　025-373-2111
6/10	10日	漏刻祭 ろうこくさい	近江神宮　滋賀県大津市神宮町　077-522-3725
6/14	6月中旬〜下旬	辰野ほたる祭り	松尾峡　長野県上伊那郡辰野町　【問】辰野ほたる祭り実行委員会　0266-41-0258
6/14	6月上旬〜下旬	天の川ほたるまつり	JR近江長岡駅周辺　滋賀県米原市　【問】米原市商工観光課　0749-58-2227
6/18	第三日曜	くも合戦	加治木町福祉センター　鹿児島県姶良郡加治木町　【問】加治木町役場　0995-62-2111
6/20	20日	鞍馬山竹伐り会式 たけきりえしき	鞍馬寺　京都市左京区鞍馬　075-741-2003
6/22	5月下旬〜6月下旬	〈水郷潮来あやめまつり大会〉	前川あやめ園　茨城県潮来市　【問】潮来市役所観光商工課　0299-63-1111
6/22	6月20日〜7月10日	〈毛越寺あやめ祭り〉	毛越寺　岩手県西磐井郡平泉町　0191-46-2331
6/24	6月24日〜7月25日	あじさい祭り	太平 たへい 神社　栃木県芳賀郡益子町　【問】鹿島神社　0285-72-6221
6/25	6月下旬〜予選、10月決勝	雑巾がけレース	宇和米 うわこめ 博物館　愛媛県西予市宇和町卯之町　【問】宇和町商工会　0894-62-1240
6/30	30日	夏越のはらえ	上賀茂神社　京都市北区上賀茂本山　075-781-0011
6/30	30日	夏越のはらえ	北野天満宮　京都市上京区馬喰町　075-461-0005
6/30	30日	氷室開き（7月1日は氷室の日）	湯涌 ゆわく 温泉　石川県金沢市湯涌町　【問】湯涌温泉観光協会　076-235-1040
7/10	9・10日	ほおずき市	浅草寺　東京都台東区浅草　03-3842-0181
7/16	1〜31日	祇園祭	八坂神社　京都市東山区祇園町北側　【問】京都市観光協会　075-752-0227
7/18	第三日曜	蓮まつり	古代蓮の里　埼玉県行田市大字小針　【問】行田蓮まつり実行委員会　048-559-3540
7/20	20日	すもも祭〈李子祭〉	大國魂神社　東京都府中市宮町　042-362-2130
7/22	22〜24日	うわじま牛鬼まつり	愛媛県宇和島市　【問】うわじま牛鬼まつり実行委員会　0895-22-5555

7/24	24・25日	天神祭《てんじんまつり》	大阪天満宮　大阪市北区天神橋　06-6353-0025
7/24	第三土曜	よこての全国線香花火大会	横手川蛇の崎川原　秋田県横手市【問】横手市観光協会　0182-33-7111
7/27	20・27日	津和野祇園祭（鷺舞神事）	弥栄《やさか》神社　島根県鹿足郡津和野町【問】津和野町役場商工観光課　0856-72-0650
7/30	7月30日～8月5日	黒石ねぷた祭り	青森県黒石市【問】黒石青年会議所　0172-52-3369
7/30	最終土曜	隅田川花火大会	隅田川花火大会実行委員会事務局（墨田区と台東区が交代で） 墨田区役所　03-5608-1111／台東区役所　03-5246-1111
8/4	3～6日	秋田竿燈まつり	竿燈大通り　秋田市【問】秋田市竿燈まつり実行委員会　018-866-2112
8/5	1～7日	弘前ねぷたまつり	青森県弘前市【問】弘前市立観光館　0172-37-5501
8/5	2～7日	青森ねぶた祭	青森市【問】青森ねぶた祭実行委員会事務局　017-723-7211
8/6	旧暦七夕頃の土日	南の島の星まつり	石垣島　沖縄県石垣市【問】石垣市企画開発部観光課　0980-82-1535
8/7	6～8日	仙台七夕まつり	宮城県仙台市内、中心部商店街および周辺部商店街 【問】仙台七夕まつり協賛会　022-265-8181
8/7	6・7日	山口七夕ちょうちんまつり	山口市、中心商店街パークロード周辺 【問】山口市ふるさとまつり実行委員会　083-932-3456
8/11	上～中旬の十日間程	なら燈花会《とうかえ》	奈良公園一帯　奈良市【問】なら燈花会の会　0742-21-7515
8/15	15日	精霊《しょうろう》流し	長崎市市街地一帯【問】長崎市観光宣伝課　095-829-1314
8/15	16・17日	灯籠流し	松島海岸および松島湾一帯　宮城県宮城郡松島町【問】松島観光協会　022-354-2618
8/15	15日	万霊灯籠供養会《ばんれいとうろうくようえ》	浅草寺　東京都台東区浅草【問】浅草観光連盟　03-3844-1221
8/15	15日	諏訪湖祭湖上花火大会	長野県諏訪市【問】諏訪湖祭実行委員会事務局　0266-52-4141
8/16	16日	五山の送り火〈大文字五山送り火〉	京都市、五山【問】京都市観光協会　075-752-0227
8/20	20日	大覚寺（の）宵弘法《よいこうぼう》	大覚寺　京都市右京区嵯峨大沢町　075-871-0071
8/23	23・24日	千灯供養《せんとうくよう》	化野《あだしの》念仏寺　京都市右京区嵯峨鳥居本化野町　075-861-2221
8/24	24日	伊奈の綱火（小張《おばり》松下流）	小張愛宕神社　茨城県つくばみらい市小張【問】つくばみらい市商工観光課　0297-52-3141
8/27	26・27日	吉田の火祭り	冨士浅間《せんげん》神社　山梨県富士吉田市上吉田 【問】ふじよしだ観光振興サービス　0555-20-1000

8/28	最終土曜	(大曲の)全国花火競技大会	雄物川河畔　秋田県大仙市　【問】大曲商工会議所　0187-62-1262
8/29	8月末の木~日曜の四日間	虫ききの会	向島百花園　東京都墨田区東向島　03-3611-8705
9/1	1~3日	おわら風の盆	富山市八尾町八尾地区　【問】越中八尾観光協会　076-454-5138
9/6	9月上旬	カンタンの声を聞く会	高尾山薬王院および周辺　東京都八王子市　【問】八王子観光協会　042-643-3115
9/9	9日	烏相撲 からすずもう	上賀茂神社　京都市北区上賀茂本山　075-781-0011
9/13	12~18日	(筥崎八幡宮の)放生会 ほうじょうや 大祭	筥崎八幡宮　福岡市東区箱崎　092-641-7431
9/14	第三土日	岸和田(の)だんじり祭	大阪府岸和田市　【問】岸和田市商工観光課　072-423-9486
9/15	15日	石清水祭 いわしみずさい	石清水八幡宮　京都府八幡市八幡高坊　075-981-3001
9/15	第三土日	日向神楽	長畝 のうね 八幡神社　福井県坂井市丸岡町　【問】坂井市商工観光課　0776-50-3152
9/16	敬老の日(第三月曜)	大杉神社神幸祭	大杉神社　岩手県下閉伊郡山田町北浜町　【問】山田町商工会　0193-82-2515
9/24	19日以降の最初の日曜	泣き相撲	生子 いきこ 神社　栃木県鹿沼市樅山町　【問】鹿沼市観光物産協会　0289-60-2507
10/1	1~5日	ずいき祭	北野天満宮　京都市上京区馬喰町　075-461-0005
10/3	3日(2007年以降未定)	花馬祭 はなうままつり	五宮 いつみや 神社　長野県木曽郡南木曽町田立　【問】南木曽町観光協会　0264-57-2001
10/7	7~9日	長崎のおくんち祭り〈長崎くんち〉	諏訪神社　長崎市上西山町　【問】長崎伝統芸能振興会　095-822-0111
10/16	10月1日~11月23日	二本松の菊人形	福島県立霞ヶ城公園　福島県二本松市
			【問】二本松菊栄会(二本松市商工観光課)　0243-23-1111
10/17	15~17日	神嘗祭 かんなめさい	伊勢神宮　三重県伊勢市宇治館町　0596-24-1111
10/22	22日	鞍馬の火祭	鞍馬一帯　京都市左京区鞍馬
			【問】鞍馬の火祭テレホンサービス　075-741-4511(9月1日~10月31日)
10/22	22日	時代祭	平安神宮　京都市左京区岡崎西天王町　075-761-0221
10/28	28・29日	宇和津彦神社秋祭り〈秋季例祭〉	宇和津彦神社　愛媛県宇和島市野川新　0895-22-1276
11/3	3日	弥五郎どんまつり	岩川八幡神社　鹿児島県曽於市大隅町　【問】曽於市大隅支所　099-482-5950
11/3	3日	稲穂祭り	花岡福徳稲荷社　山口県下松市末武上　法静寺内　0833-43-4500
11/4	第一土日	西都古墳まつり	西都原 さいとばる 御陵墓前広場　宮崎県西都市　【問】西都市観光協会　0983-41-1557
11/8	旧暦10月10~17日	(出雲大社の)神在祭 かみありさい	出雲大社　島根県出雲市大社町杵築東　0853-53-3100

11/13	第二日曜	嵐山もみじ祭	嵐山渡月橋上流一帯　京都市　【問】嵐山保勝会　075-861-0012
11/18	1〜30日	もみじまつり	箕面公園一帯　大阪府箕面市　【問】箕面市役所商工観光課　072-724-6727
11/21	11月中旬	落ち葉焚きの集い	百草《もぐさ》園　東京都日野市百草　042-591-3478
12/1	1日	桜山まつり	桜山公園　群馬県藤岡市三波川　【問】藤岡市観光協会鬼石支部　0274-52-3111
12/2	2日	おしろい祭り	大山祇《おおやまづみ》神社　福岡県朝倉市杷木大山　【問】朝倉市観光協会　0946-24-6758
12/3	2・3日	秩父夜祭《ちちぶよまつり》	秩父神社および周辺　埼玉県秩父市　【問】秩父観光協会　0494-21-2277
12/4	第一日曜	ひょうたん祭り	柴山八幡神社　大分県豊後大野市千歳町　【問】豊後大野市千歳支所　0974-37-2111
12/4	4日	保呂羽堂《ほろはどう》の年越し祭	千眼《せんげん》寺　山形県米沢市窪田町　【問】米沢市役所商工観光課　0238-22-5111
12/6	6日	秋葉山権現火防祭《あきばさんごんげんひぶせまつり》	秋葉山量覚院　神奈川県小田原市板橋　0465-22-6025
12/7	第一日曜	笑い講	山口県防府市大字台道の当番(頭屋)の家（小俣《おまた》八幡宮の神事） 【問】防府市観光協会　0835-25-2148
12/8	第一日曜	お火焚大祭《ひたきたいさい》	太郎坊宮　滋賀県東近江市小脇町　0748-23-1341
12/9	9・10日	鳴滝の大根焚《だいこだき》	了徳寺　京都市右京区鳴滝本町　075-463-0714
12/10	10日	大湯祭《だいとうさい》	氷川神社　さいたま市大宮区高鼻町　048-641-0137
12/11	1〜23日（毎日ではない）	霜月まつり	遠山郷の13の神社　長野県飯田市南信濃　【問】遠山郷観光協会　0260-34-1071
12/14	14日	赤穂義士祭	兵庫県赤穂市　【問】赤穂義士祭奉賛会　0791-43-6839
12/14	14日	やっさいほっさい祭り	石津太《いわった》神社　大阪府堺市西区浜寺石津町中　072-241-5640
12/15	12・1月の15・16日	世田谷ボロ市	ボロ市通り　東京都世田谷区　【問】せたがやボロ市保存会　03-3439-1108
12/16	16日	鵜祭《うまつり》	気多大社　石川県羽咋市寺家町　0767-22-0602
12/18	17〜19日	羽子板市	浅草寺　東京都台東区浅草　03-3842-0181
12/20	12月20日〜1月31日	(下田)水仙まつり	爪木崎　静岡県下田市　【問】下田市観光協会　0558-22-1531
12/28	28日	をけら火の鑽火《ひきり》式	八坂神社　京都市東山区祇園町北側　075-561-6155

ろ

わ

を

や

ゆ

よ

ら

り

る

れ

ま

み

む

め

も

ひ

ふ

へ

ほ

の

は

と

な

に

ね

ち

つ

て

す

せ

そ

た

さ

し

う

え

お

総索引

数字は本文掲載日
◇印は行事一覧(p.425〜)に掲載
*印は本文に簡単な作り方あり

あ

い

主要参考資料

アイヌ歳時記――二風谷のくらしと心　萱野茂　平凡社新書
梅干し・漬け物・保存食　脇雅世　主婦の友社
縁起菓子・祝い菓子　亀井千歩子文／宮野正喜写真　淡交社
【上方落語】桂米朝コレクション１　四季折々　桂米朝　ちくま文庫
季節の３６６日話題事典　倉嶋厚　東京堂出版
今日は何の日　話のネタ３６５日（３訂版）　ＰＨＰ研究所
暮らしのこよみ歳時記　岡田芳朗　講談社
昆虫の手帖　田中梓　大阪書籍
植物記　埴沙萠写真・文　福音館書店
星座天体観察図鑑　藤井旭　成美堂出版
なぞ解き歳時記　ＮＨＫ「なぞ解き歳時記」制作グループ編　講談社文庫
年中行事覚書　柳田國男　講談社学術文庫
花づくり大百科　保存決定版　主婦の友社
花の名前　高橋順子文／佐藤秀明写真　小学館
別冊太陽「日本を楽しむ暮らしの歳時記」春～冬　平凡社
牧野新日本植物図鑑　牧野富太郎　北隆館

http://koyomi.vis.ne.jp/（「こよみのページ」）

この作品は書下ろしです。

ひらがな暦《こよみ》

三六六日《さんびゃくろくじゅうろくにち》の絵《え》ことば歳時記《さいじき》

著者　おーなり由子《ゆうこ》

発行　二〇〇六年十一月十五日
十二刷　二〇二五年　四　月　五　日

発行者　佐藤隆信
発行所　株式会社新潮社
〒一六二―八七一一　東京都新宿区矢来町七一
電話　編集部　〇三（三二六六）五四一一
　　　読者係　〇三（三二六六）五一一一
https://www.shinchosha.co.jp

本文デザイン　秦好史郎・新潮社装幀室

印刷所　TOPPANクロレ株式会社
製本所　加藤製本株式会社

日本音楽著作権協会（出）許諾第〇六一三三二一九―六〇一

乱丁・落丁本は、ご面倒ですが小社読者係宛お送り下さい。
送料小社負担にてお取り替えいたします。
価格はカバーに表示してあります。
©Yuko Ohnari 2006, Printed in Japan

ISBN978-4-10-416305-2 C0095